평균의

마
음

평균의

마음

저마다의 극단을 사는 현대인을 위한 책 읽기   이수은   메멘토

차례

일러두기

* 외래어는 외래어표기법과 국립국어원 용례를 따라 표기했으나
  참고도서 서지사항과 인용문은 출간 당시 표기대로 두었다.
* 원서명은 국내에 유통되고 있는 번역본이 없을 경우에만 병기했다.
* 인용 또는 참고한 책들은 각 장별로 글 말미에 모아 밝혔다.

잭 머니건에게
비록 당신은 이 글을 읽지 못하겠지만

사랑하지만
나눌 수 없는 것들

그 책을 어떻게 알게 됐는지 전혀 기억나지 않는다. 누가 알려줬거나 어디서 들은 건 분명 아니고, 인터넷으로 주문한 기록만 있다. 혹시 아마존의 검색 알고리즘이 나에게 맞춤 추천을 해준 거라면…… 이걸 부끄러워해야 하나 놀라워해야 하나. 커다란 체리 빛깔 공으로 몸통을 가린 누드의 금발 미녀가 웃고 있는 표지에, 제목은 너티 비츠*The Naughty Bits*. 의역하자면, '외설 명장면 맛보기'.(부제는 한결 노골적이라 차마 여기에 옮겨 적지 못하겠다.) 나는 이런 책을 왜 갖고 있는 것인가.

오래전에 이 책의 한국어판을 내려고 시도했더랬다. 오해들 하시기 전에 말씀드리자면, 『너티 비츠』는 고전 걸작들에서 가려 뽑은 선정적인 명문장과 그에 대한 재기발랄한 해설로 이루어진, 시답지 않지만 흔치도 않은 독서 에세이다. 가령 플라톤의 『향연』을 소개하면서 엉뚱하게도 뇌섹남의 인기 비결을 논하는데, 색다른 관점이지만 자못 설득력이 있다. 『향연』은 소크라테스가 제자들에게 '필멸의 인간에게 철학이 필요한 이유'를 설파하는 내용이라고 알려져 있다. 사람이 살면서 경험하는 사랑은 그 동기와 대상에 따라 몇 가지로 분류할 수 있는데, 그중에서 정신의 불멸을 이룩하는 궁극의 사랑은 다름 아닌 지혜에 대한 사랑, 즉 필로소피아philosophia라는 것이 『향연』의 결론이다. 그러나 음탕한 21세기 독자는 건전하고 바람직한 해석의 경계를 가뿐히 뛰어넘어, 분별 있는 교양인이라면 질색할 장면에 주목한다.

서양철학사에서 최고로 이지적이었던 그날의 파티가 끝나갈 무렵, (한때 소크라테스와 한 침대를 쓰는 사이였던) 알키비아데스가 어디서 술을 진탕 퍼마시고는 거나하게 취해 나타난다. 아테네 군대의 비주얼 담당*, 얼굴 천재 알키비아데스는 소크라테스와 나란히 앉은 청년 사이를 비집고 들어가 앉는다. 사랑하는 스승님의 옆자리를 먼저 차지하고 있던 청년은 청순한 미모와 시재詩才로 멀리 마케도니아까지 명성이 자자하던 비극 작가 아가톤이다. 소크라테스가 어여삐 여기

---

* 『향연』의 배경이 되는 기원전 416년에 알키비아데스는 이미 삼십대에 접어든 장군이자 정치가로 아테네에서 명성을 떨치고 있었다. 하지만 플라톤은 『향연』에서 그를 여전히 소년미 뽐내는 조각 미남으로 그리고 통제 불능의 집착남으로 묘사한다.

사랑하지만
나눌 수 없는 것들

는 아가톤을 질투하면서, 사랑의 경쟁자 알키비아데스는 이런 연설을 한다. "소크라테스 선생님은 여러 사티로스반인반수들 중에 특히 마르시아스숲의 정령인 반인반수로 피리 연주에 능함를 닮은 용모를 가졌지만, 피리도 없이 오직 자신의 말만으로 마르시아스보다 훨씬 더 청중을 황홀하게 합니다."

소크라테스는 지난 2500년간 철학사에 등장한 명사들 가운데 감히 견줄 대상을 찾을 수 없을 만큼 독보적인 추남이었다. 그런데 어떻게 당대 최고의 꽃미남 청년들에게 그토록 사랑받았던 것일까? 왜냐하면 고매한 이성을 추구한 고대 그리스인들은 한갓 미끈한 몸뚱어리가 아니라 "브레인, 그것도 엄청 큰 브레인"에다 섹스어필의 이데아를 부여했기 때문이다. "거북목에 여드름투성이인 십대 소년에게 이 아이디어가 얼마나 큰 위안을 줄지는 누구라도 짐작하고 남음이 있다."

『향연』의 핵심 주제인 에로스를 이보다 더 간명히 짚어낸 글을 웬만해선 찾아보기 어렵다. 유명하다니까, 왠지 한번 들춰는 봐야 할 것 같은 의무감에서, 시험 때문에 어쩔 수 없이, 좌우지간 재미없게 『향연』을 읽은 사람의 눈에 이런 각도의 면은 잘 드러나지 않는다. 저자인 잭 머니건은 듀크대학교에서 르네상스문학 연구로 박사학위를 받은 진짜배기 고전 전문가다. 고전을 소개하는 몇 권의 책을 썼고, 그중 2종은 한국어판이 나와 있다. 그런데 어째서 이 파격적인 데뷔작 『너티 비츠』는 번역본이 없나? 이유는, 내용이 문란해서가 아니라 저작권 때문이다.* 이 책을 아는 다른 편집자가 있다면 아마 나와 같은 이유로 출간을 포기해야 했을 것이다.

〇

사람을 유형화하는 습관은 종종 낭패를 보기 마련이지만, 마음속에 가지고 있는 나만의 분류법이 있다. 1) 내가 좋아하는 것을 세상 사람 모두가 사랑하길 바라는 타입. 2) 내가 좋아하는 사람만은 내가 좋아하는 것을 함께 좋아해주길 바라는 타입. 3) 좋아하는 것은 뭐가 됐든 혼자 즐겨야만 하는 이유를 갖가지로 지어내는 타입.

1번 유형은 바이럴 마케팅의 핵심 타깃, 입소문을 내는 사람들이다. 이들이 활동력과 영향력의 밸런스를 잘 갖추면 다양한 채널을 통해 유행을 만들어내는 트렌드세터, 인플루언서, 파워리뷰어가 된다. 이거 써보니 좋더라. 먹어보면 생각

---

* 『너티 비츠』는 저작권 유효 기한이 한참 남은 현대 작가들의 작품도 여럿 소개하고 있는데, 원서의 인용문들은 북미 대륙에서 판매되는 책에 한해서만 원저작자들에게 인용 허가를 받은 상태였다. 말인즉 이 책의 한국어판을 출간하려면 필립 로스, 움베르토 에코, 토머스 핀천, 커트 보니것 등 월드클래스 작가 또는 그들의 에이전트에게 손수 메일을 보내 인용 동의를 받은 후 인용에 따른 2차 저작권료를 각각 지불해야 한다. 이러다 보면 겨우 1000부 팔릴 책에 인용 저작권료만 1000만 원이 들 수 있다. 또는 원저작자가 인용 허가를 거절할 수 있다. 그도 아니면 그냥 영원히 답장이 안 올 수 있다.

사랑하지만
나눌 수 없는 것들

이 달라질걸. 나 믿고 한번 해봐.

그렇지만 아무래도 보편적이고 인간적인 유형은 2번이다. 잘 모르는 사람들끼리 서로 가까워지는 것도, 연인이나 부부가 사소한 일에 감정이 상해 싸우는 것도 대개는 서로의 공통분모를 발견하고(일치시키고)자 하는 열정에서 기인한다. 나는 너를 좋아한다. → 나는 양념치킨을 좋아한다. → 너도 양념치킨을 좋아해야 한다. ↔ 이봐, 내가 너를 아무리 사랑해도 치킨만은 후라이들세……

내가 속한 3번 유형은 좋게 말해 은둔형 덕후지 아주 괴팍한 족속들이다. 마음 약한 2번은 3번의 아집을 꺾지 못해 늘 져주다 떠나가고, 공유와 교류를 중시하는 1번은 아예 이들의 존재조차 모를 수 있다. 좋은 건 함께하고 싶고 나누고 싶은 게 다들 당연한 거 아니야? 아닙니다, 아니고요. 좋아하기 때문에 혼자 보고, 좋아하니까 혼자 먹고, 좋아해서 혼자 듣고, 그래서 점점 더 좋아지게 되는, 은밀함의 나선형 계단을 따라 끝없이 하강하는 인간도 적잖이 있다. 그리고 이런 습성은 대인 관계, 그중에서도 특히 우정과 연애에 걸림돌이 된다. 거리가 있는 상대에겐 "취존 좀!"이라고 눙칠 수 있지만, 서로 볼 꼴 못 볼 꼴 다 본 사이에서 혼자를 고집하는 건 관계 자체에 대한 도전으로 받아들여진다.

동시대 작가의 책을 읽는 것은 개성적 개인인 나를 확인하는 경험이고, 고전을 읽는 것은 보편성의 세계를 탐구하는 것이라고 생각한다. 전적으로 공감하기도 나의 현실에 곧바로 적용하기도 어려운 내용들 속에서 인간의 항상성恒常性을 발견하는 것이야말로 고전이 주는 크나큰 위로고 기쁨이라고. 그러나 그 존재의 근본을 개인의 고유성으로 파악하는 현대인에게 고전에 대한 열광은 퇴행적 권위주의나 소외된 소수자의 취향으로 치부되곤 한다. 그러니까 내가 평균에 관심을 기울이게 된 것은 세상이 가리키는 평균이 어느 지점에 있는지를 잘 알아차리지 못해서였다. 나는 늘 엉뚱한 데에 가 서 있었고, 거기가 아니라 여기가 '우리'고 '보통'이라고 지적받았다.

대부분의 자유가 그러하듯이, 인류의 문명사에서 해석의 자유 또한 상당히 최근의 개념이다. 인간은 아주 긴 세월 동안 획일화된 신념의 세계를 살았다. 그게 종교건 윤리나 정치의 영역에서건 남과 다른 생각, 다른 의견, 다른 관점을 갖는 것은 거의 허용되지 않았다. 그러다가 근대 이후 드넓은 자유의 문이 열려 마침내 누구나 자신만의 생각을 말하고 자신만의 눈으로 읽고 자신만의 주장을 쓸 수 있게 되었다. 이는 필연적으로 모든 해석을 '사견'으로, 가정假定의 한 가지로 만든다.

이제 사람들은 과거에는 쓸모없던 고민을 열심히 하며 살게 됐다. 내 생각은 얼마나 일반적일까 혹은 객관적일까?

내 감정이나 욕망은 시대의 경향과 부합할까, 뒤처져 있진 않나, 혹시 유니크하게 벗어나 있는 것은 아닐까? 해석의 자유를 가진 현대인은 각자 자기만의 '모호하고 불분명한 주관성'이라는 웅덩이에 들어앉아 서로를 비교한다. 나의 타당성이 언제나 상대적으로만 입증되기 때문에 어떤 견해를 갖기 위해서라도 우리는 자신의 위치를 거듭 확인하지 않으면 안 된다.

해석의 자유는 다른 모든 자유들과 마찬가지로, 만물의 근본원리를 확신하고 추구한 고대인들과는 비교할 수 없이 막대한 책임을 우리 각자의 판단에 부여한다. 나와 다른 남들의 생각이 널리 공개되어 알려지고 여러 사람이 동의하는 가치관과 개인 각자의 가치관이 대조되면서, 어떤 것은 평범하고 어떤 것은 특별하지만 또 어떤 것은 이상하다고 판별된다. 개성과 다양성이 중요한 가치로 존중될수록 주류와 비주류를 구분하고 싶어 하는 욕망은 더 뚜렷해진다.

내 생각에, 평범성은 몰개성이 아니고 다수에 속하는 것이 늘 가장 평범한 것도 아니다. 바다는 수없이 많은 평범한 물결로 이루어지지만 모든 물결이 다 배를 밀어내는 파도가 되진 않는다. 때로는 어떤 작은 기이함, 못 보던 판자 하나가 완전히 새로운 해안으로 우리 모두를 이끌기도 한다. 어쩌면 우리가 보편적이라거나 극히 예외적이라고 여기는 것들이 실제로는 그다지 보편적이지도 예외적이지도 않을 수 있다. 아마도 이런 물음에 답하고 싶어서 나는 여태 고전을 붙들고 있는 것 같다.

고전을 읽는 이유는 저마다 다르겠지만, 나는 스페인 철학자 오르테가 이 가세트의 말에 전적으로 공감한다. 고전을 자세히 읽는 것은 "무한히 많은 주제가 정신에 자극을 주도록 하기 위해 우리 정신의 반사면들을 증가시키는 일"이기 때문이고, 그게 고전이어야 하는 것은 "내 가슴이 비참함을 느끼지 않기 위해서는 모든 유산이 필요"하기 때문이다. 우리가 살아온 날들의 의미를 설명하고 살아가는 노고의 가치를 인정하기 위해서, 인간인 내가 한사코 인간성을 긍정하려고, 인류 공동의 문화유산에 기쁘게 의지하는 것이다.

비록 나를 오래 보아온 지인들에게 인간을 모른다는 질타를 받고 살지만, 그럼에도 나만의 평균론을 가지고 있고, 그걸 끄집어내 말할 수 있게 된 데는 잭의 책이 큰 격려가 됐다. 사랑하니까, 사랑하기 때문에 나눌 수 없다고 믿었던 것들을 혼자인 여러 사람과 나눠보라고, 이제라도 노력이라는 걸 좀 해보라고 부추기면서 스스로 하나의 프로토타입을 보여주었기 때문이다. 아무리 통속적인 주제와 뻔뻔스러운 문체로 낯 뜨거움을 안겨도 그것마저 신선한 관점의 하나로 허락하고 새로운 앎의 영역으로 인도하는 고전의 포용력은 과연 드넓으며, 오래된 책들에 이렇게나 진심인 사람을 만나는 일은 언제든지 신이 난다. 히여 나도 용기를 내보기로 했다.(잭, 믿기지 않겠지만, 당신 책은 내 마음속 애장 도서 목록에서 무려

103위나 차지하고 있답니다. You're Welcome!)

The Naughty Bits: The Steamiest and Most Scandalous Sex Scenes from the World's Great Books, Jack Murnighan, Three Rivers Press, 2001.

『돈키호테 성찰』, 호세 오르테가 이 가세트, 신정환 옮김, 을유문화사, 2017.

1부

몹시

고약한 문제,

나

행복에 대한 무관심

마틴 에이미스 『런던 필즈』 1989년

때와 장소를 불문하고 해서는 안 되는 질문이 있다. 회의 시간에, 술자리에서, 친구들과 패스트푸드점에서 멀쩡히 잘 있다 돌연, 흔들리는 눈빛을 하고선 이렇게 중얼거려보라. 행복이 뭘까? 인생이 뭐지? 다정하고 너그러운 사람들과 함께라면 뭐래, 왜 저래? 정도로 끝나겠지만, 평소 당신을 요주의 인물로 여겨온 사람이 그 자리에 있다면 심리 상담을 진지하게 권유받을지 모른다.

인생의 궁극적 목적은 행복이다. 이 문장에는 어렴풋하지만 어딘가 도발의 느낌이 있다. 찬성도 반대도, 긍정도 부정도 선뜻 하기 어렵다. '궁극적 목적'이라는 것에 의문을 품을 수도 있고, 행복이 무엇인지부터 규정해야 하는 것 아닌가 생각이 들기도 한다. 그래서 부담스러운 부분들을 덜어낸 수정 버전이 있다. **사람은 누구나 행복해지고자 한다.** 확실히 이건 반박하기 쉽지 않다. 행복이 뭔지는 잘 몰라도 그걸 기어코 마다할 이가 나와 내 주변 사람 중에는 없어 보인다.

누군가의 행복론을 들을 때 우리 다수가 느끼는 혼란은 기준에 대한 견해차에서 비롯한다. 행복의 필수 조건은 건강입니다, 여러분! 이보다 더 튼튼할 수 없는 육신을 가졌건만 난 전혀 행복하지 않은걸. 돈이 많으면 행복해지지. 맞아, 부족한 것보단 넘치는 게 낫지만…… 돈이 인생의 전부일까? 권력이 행복이다! 맙소사, 위험한 인간이로군. 행복은 즐거운 것이에요. 그렇긴 한데, 언제 즐거우냐가 사람마다 다르잖아요. 이렇게 도돌이표를 따라 오락가락하다 보면 남는 결론은 이것뿐이다. 행복의 기준은 사람마다 다르다. 고로 행복은 주관적이다. 하지만 이 난제는 놀랍게도 기원전 3세기에 이미 명쾌히 해결된 바 있다. 그리고 더욱 놀랍게도 인간의 행복론은 여태껏 그로부터 한 걸음도 나아가지 못했다. 장장 24세기 동안 유통되어온 그 행복론의 창시자는 아리스토텔레스고, 굵은 글씨로 적은 앞의 두 문장은 모두 그의 책 『니코마코스 윤리학』에서 인용한 것이다.

고대에나 오늘날에나 쾌락 명예 존경 부 건강 등은 행복의 조건으로 꼽힌다. 아리스토텔레스도 이런 것을 행복으로 여기는 사람이 많다는 데는 동의한다. 그러나 진정한 행복이라고 하면 얘기가 달라진다. 우리가 말하는 여러 조건은 행복

몹시 고약한 문제,
나

을 위한 수단일 뿐이지 '행복 자체'가 아니다. 행복의 본질을 파헤치려는 많은 시도가 '소소하지만 확실한 나만의 행복' 정도로 겸손하게 물러나는 것도 결국은 행복의 주관성을 넘어서지 못하기 때문이다. 하지만 아리스토텔레스는 이런 상대주의에 동의하지 않는다. 그는 절대의 행복, 최고선인 행복을 확고하게 정의하며, 이때 사용한 논증 전략이 '목적론'이다.

아마 다들 학창 시절 도덕 시간에 배우셨을 텐데, 아리스토텔레스의 목적론이 얼마나 이상한 내용인지를 알아차린 분은 많지 않으실 듯하다. 목수에게 망치의 목적은? 못을 박는 것이다. 따라서 망치의 '좋음(선)'은 못을 잘 박는 것이다. 기타 연주자에게 기타의 목적은? 음악을 연주하는 것이다. 그리고 최상의 기타에게 '최상의 좋음(최고선)'은 훌륭하게 연주되는 것이다. 그렇다면 인간 삶의 목적은 무엇인가? 행복이다. 왜냐하면 유일하게 행복만이 "다른 어떤 목적을 위한 수단이 아니라 그 자체로 추구되는" 자족적 목적이기 때문이다.

인간의 기능은 다른 동물들과 달리 "이성의 원리를 따르는 영혼의 활동"으로 이루어진다. 고로 망치나 기타의 좋음이 그러하듯이 인생의 최고선, 즉 행복은 인간 고유의 기능을 최상으로 실현함으로써, 다시 말해 "이성을 발휘해 관조하는 삶"으로써 획득된다. 그래서 어린아이와 개는 행복하지 않다. 그들은 도무지 반성적으로 사색할 줄을 모른다. 이 완벽한 순환논리를 타파할 이성적 수단을 갖지 못한 우리는 졸지에 강아지처럼 해맑은 어린이로 전락해버리고, 어쩐지 괜한 논쟁에 끼어들었다 한층 더 무지에 가까워진 듯 씁쓸해진다.

$$\mathcal{O}$$

그런데 여기, 최선의 행복론을 다투는 유구한 전장戰場에 뛰어들어 새로운 깃발을 꽂은 대담한 소설이 하나 있다. 마틴 에이미스의 『런던 필즈』는 앞날을 보는 능력 덕분에 자신이 살해될 시간과 장소 그리고 범인을 알게 된 서른셋의 육감적인 여자가, 무고한 살인자에게 살해 동기를 만들어 주려고, 부유한 유부남의 돈을 갈취해, 건달에 사기꾼인 유부남에게 빼돌리고, 서로를 죽일 듯이 질투하게 만들면서, 그녀가 주인공인 소설을 쓰고 있는 무명작가와 함께 예정된 죽음의 플롯을 착착 진척시켜나가는, 보다 보다 별 희한하고 어이없는 소설이다. 대체 무슨 헛소리냐고? 그러게나 말입니다. 죽자고 죽으려는 여자와 어쩌다 보니 그 죽음의 조력자가 된 세 남자의 치정+반전+멜로+미스터리라니.

그렇지만 독자 여러분은 안심하셔도 좋다. 이미 절판된 지 오래인 데다 여성 캐릭터를 무지막지한 팜파탈로 묘사해 여성 심사위원들의 반감을 사는 바람에 부커상 후보작에서 제외될 정도였으니, 페미니즘이 그 어느 때보다 융성한 오늘날에 이런 소설을 복간할 출판사는 없을 듯하다. 그렇다고 기

몹시 고약한 문제,
나

어이 중고 시장을 뒤져 구해 읽을 만한 문학적 가치가 있는 작품……이라고 말하기도 좀 주저된다. 아니 뭐야, 좋아하는 것도 아니고 훌륭하지도 않은 소설을 왜 알려 주는 거냐, 라고 물으신다면 좋아하진 않지만 싫어하는 것도 아니라고 분명히 밝히련다. 그리고 이건 내 생각인데, 에이미스는 특히 여성 인물에 대해서만 무례한 게 아니라, 인간 전반에 대해 거침없이 막말을 하는 타입이다.

책 권하는 책을 두 권이나 쓰고서야 알게 된 건데, 취향을 많이 타는 문화 상품은 남이 추천한다고 없던 관심이 갑자기 막 샘솟고 그러지 않는다. 그래서 독서를 강권하는 글은 이제 그만 쓰기로 했고, 그렇다면 아예 절판된 책을 놓고 이야기하는 게 서로 마음도 편하고 취지에도 걸맞지 않겠습니까? 인생과 행복의 의미를 논하려는 우리에게 적절한 질문은 그 책을 읽었느냐 여부가 아니라, 이렇게 도전적인 이야기가 시사하는 바는 무엇이냐.

아리스토텔레스의 이성적 자기수양론은 물론이고, 현대인 다수가 동의하는 감각충족감이나 세속적 가치추구로서의 행복을 향해 조롱의 윙크를 날리며 불행을 향해 질주하는 주인공 니컬라 식스는 파괴적으로 뇌쇄적이다. 그녀는 자신이 원하는 방식으로 살해당하기 위해, 막돼먹은 불한당 키스 탤런트와 중년에 애아버지면서도 모태솔로인 양 쩔쩔매는 가이 클린치, 두 남자를 철저히 농락한다. 한편, 작가적 양심도 책임감도 없는 삼류 소설가 마크 애스프리(마틴 에이미스와 이니셜이 같다.)는 이들의 범죄 스릴러를 집요하게 엿보며 아무것도 하지 않는데, 그럼으로써 빅히트작 소설 한 편을 길에서 거저로 줍다시피 한다. 가정 파탄에 이를 지경의 박애주의자*로 거듭난 "톨스토이를 화나게 만들려고" 작정이라도 한 듯, 에이미스는 "연옥에서 완연한 지옥으로" 나아가는 이야기를 사이키하게 완성해낸다.

이 소설에서는 성인은 물론이고 어린애마저 독자의 강렬한 적의를 일깨운다. 그런데도 이걸 끝까지 읽을 수 있다면, 아마도 그 힘은 불쾌한 서사들 사이사이로 구정물 속 에메랄드처럼 반짝거리는 수려한 문장들에서 비롯할 것이다. 혓바닥을 목도리처럼 휘날리며 달려가는 개. 놀라서 펄쩍 뛰어오르며 요란하게 울리는 전화기. 저질 소설가의 눈에 띄지 않으려고 커다란 덩치를 힘닿는 최대한 웅크리는 세련된 스포츠카. 와우! 이런 신박한 묘사력을 봤나. 영국 문단의 독창적 문제아 에이미스는 타고난 기량과 집요한 관찰력으로 소설의

---

* 백작 작위를 가진 대지주였던 톨스토이는 젊은 날 온갖 방탕을 일삼았으나 만년에 들어서는 회심하여 절제와 극빈의 삶을 추구했다. 사유재산권을 거부하여 농노들을 해방하고 영지를 나눠 주었으며 대중에게 '선한 영향력을 끼치는 예술론'을 펼쳐, 종교에 귀의하기 전에 쓴 『안나 카레니나』나 『전쟁과 평화』 같은 걸작의 가치를 스스로 부정했다. 남편이 소설의 인세도 받지 않겠다고 고집을 피우자 톨스토이의 아내는 펄펄 뛰며 저작권을 회수했다. 톨스토이는 부부 싸움 끝에 가출했다가 11일 만에 기차역에서 홀로 죽은 채로 발견되었다.

몹시 고약한 문제,
나

내러티브에 만화적 필치를 더해 현실감을 제거하는데, 그 덕분에 독자가 이입하는 감각은 한층 생생해진다.

줄곧 인상을 찌푸린 채 탄식하며 읽다가 문득, 이런 의문이 든다. 그래서 이 소설의 목적은 뭘까. 자기 죽음을 내다보는 능력을 갖게 되면 정말 이렇게까지 죽으려고 노력할까. 인간은 누구나 죽는 순간까지 자신이 원하는 방식으로 살고자 애쓰는 존재 아닌가……. 아! 그거였구나. 운명을 아는 니컬라 식스에게 최선이란, 기왕이면 그녀 스타일로 죽는 것이다. '피살'이 자기 죽음의 내용이라면 형식만은 치명적이어서 결코 잊을 수 없는 스토리의 주인공이길 바랐기 때문에.

"아무도 사랑하지 않고 늘 혼자였던 니컬라는 형식을 기다리며 놓여 있는 설거짓거리를 물끄러미 보았다. (……) 사람들은 모든 것이 자기 존재를 유지하고 싶어 한다고 말해. 모래조차도 계속 모래로 있고 싶어 한다고 말이야. 난 그런 건 믿지 않아. 어떤 것들은 살고 싶어 하지만 어떤 것들은 그렇지 않아." 90일 안에 반드시 죽어야 하는 그녀는 자신이 가진 모든 능력과 자원을 동원해 속물들과 멍청이들 그리고 독자까지 완벽하게 배신함으로써, 넘치는 사랑 속에서 죽여진다. 자신의 생일에. 개기일식이 일어난 날에. 불꽃놀이 축제의 밤에. 20세기가 끝장나는 순간에. 새로운 세기가 시작되기 직전에.(1989년에 쓰인 이 소설의 배경은 가상의 미래인 1999년이다.)

내 생각에 『런던 필즈』는 현대인의 '도덕적 공포'를 보여주는 소설, 자신들이 사는 세상을 스스로 위기로 몰아넣으면서도 이를 아무렇지 않아 하는 인류에 대한 통렬한 냉소다. 무감각은 생존에 가장 위험한 태도고, 사랑은 삶에 대한 감각을 더 또렷하게 한다. 2000년 넘게 천적 없는 완벽한 환경에서 잘 먹고 잘 살던 공룡은 왜 멸종했을까. "뭔가가 잘못된 병든 천국 같았던 그 세상"에서 너무도 풍요로워진 그들은 진짜로 "그럴 기분"이 아니어서 연인을 향해 소리친다. "날 내버려 둬. 이제야 콩깍지가 벗겨졌어. 당신은 괴물이야!" 사랑을 잃어버린 공룡들은 번식을 거부한 채 우적우적 먹이를 씹다가 악취를 풍기며 증오에 찬 종말을 맞는다. 가상의 공룡 멸종 시나리오에 빗대긴 했지만, 그리고 또 꽤나 진부하게 들리지만, 서로가 서로의 삶을 소모하기만 할 뿐 사랑 없는 인간의 결말 또한 다르지 않을 것이다.

모두가 악당인 『런던 필즈』의 인물들에겐 하나의 공통점이 있다. 아무도 행복에는 관심 갖지 않는다는 것. 그들은 인간이 욕망할 수 있는 모든 종류의 것을 욕망하지만, 그들의 행동이나 생각 어디에도 행복해지고자 하는 간절함은 없다. 돈이, 성공이, 자유가, 쾌감이, 남들의 인정이, 날씬한 몸매가, 지치지 않는 정력이 훨씬 더 시급해서 "하얀 종이 위에 흰색 잉크로 적혀 있어 천사의 눈에만 보이는" 행복을 찾기 위해 낭비할 시간이 없는 것이다.

몹시 고약한 문제,
나

독자인 우리는 (아마도) 악당이 아니지만, 행복에 대해서만은 그들과 같은 태도를 취하며 산다. 더 중요하고 더 촉박하고 더 당면한 문제만을 풀어가며 하루하루 살아가기도 벅차, 매일 새로워지는 천사의 눈으로 행복을 찾아볼 여유가 없다. 우리는 행복을 포기하는 대신에 행복보다 더 가치 있다고 믿는 것을 추구하며 살거나, 그것을 통해서는 행복에 이르지 못하리라는 걸 알면서도 그 다른 무언가를 좇으면서 산다. 그러므로 '사람은 누구나 행복해지고자 한다'는 테제는 참이 아니다. 평범한 우리 중 누가 다만 행복해지고자 하는 의지로, 행복만을 목적으로 살아갈 수 있겠는가.

　스웨덴 출신 의학박사 한스 로슬링은 생전에 "빅데이터를 가장 잘 활용하는 보건통계학자"로 유명했지만, 그보다는 테드TED의 인기 강연자로 더욱 유명했다. 아들 며느리의 도움을 받아 2미터는 좋이 넘는 손가락 지시봉을 들고 등장해 각종 통계 도표를 분석하는 그의 강연은 잘 짜인 슬랩스틱 코미디를 보는 듯 폭소 만발이지만, 다루는 주제는 세계 기아, 기후변화, 인구와 빈곤, 소득수준과 종교와 출산율까지, 전 인류에게 심각하고 화급한 것들이다. 그가 수십 년간 축적한 통계 분석 노하우를 써서 강조하는 '팩트풀니스사실충실성'의 예는 이런 것이다. 인간은 침팬지만도 못한 판단력에 의존해 세상을 보고 있다, 부디 진실을 가리는 믿음에서 벗어나라, 세계는 더 나빠지고 있는 것도 더 좋아지고 있는 것도 아니니 두려워하지 마라. 수많은 지적 사유가 암울하고 회의적인 결론에 이르는 것과 반대로 그는 적당히 겁은 주되 희망의 근거를 숫자로 보여준다.

굉장히 설득력 있고 진심으로 믿고 싶은 내용들인데, 침팬지와 별반 차이가 없는 내 뇌 한구석에서 조그만 질문 하나가 떠올라 끈질기게 맴돈다. 로슬링이 확신에 차 비교대조하고 있는 저 빅데이터들이 진짜로 객관적이고 사실에 충실하다고 믿어도 괜찮을까. 이삼십대에 최저점을 찍고 육십대 이후에는 수직 상승하는 행복지수 그래프가 과연 팩트일까. 청년기에는 모든 게 불안정하기 때문에, 중년에는 일과 가정과 양육 스트레스가 막대해 불행감을 느끼지만, 은퇴 후 안정 속에서 비로소 찾아가는 행복한 인생 그래프라니. 그럼 나도 십몇 년만 잘 버티면 마침내 인생의 절정기를 맞게 되겠다. 그런데 어째서 이렇게 기분이 찜찜하지?

취미요 특기가 의심인 나는 우리나라 보건복지부가 발표한 각종 통계자료를 뒤져 보았고, 내 이럴 줄 알았다. 사회복지 체계가 세계 최고 수준인 북유럽 노인들과 달리, 한국인은 노년에 들어서도 행복지수가 전혀 상승하지 않으며 오히려 불행감과 우울감이 치솟는다고 보고되고 있다. 최근 15년 사

몹시 고약한 문제,
나

이 이런 경향은 더욱 심해졌는데, 노년이 되어도 여전히 돈 걱정, 취업 못 하는 딸 걱정, 결혼 앞둔 아들 전세금 걱정, 손주들을 돌보는 황혼 육아와 아무리 나이가 들어도 변함없이 유지되는 가부장제까지, 모든 게 노인들의 행복을 가로막고 있어서다. 더 충격적인 사실은 우리나라는 전 연령대의 사람들이 하나같이 극도의 스트레스를 호소하고 있으며 행복지수는 나이 불문하고 바닥에 가깝다는 점이다. 우리나라 자살률이 괜히 OECD 국가들 중 16년 연속 1위가 아니다.(2017년 제외.)

　　한국인 부모는 자식이 장성하면 독립된 개인으로 인정하고 존중하면서, 너는 너대로 나는 나대로 각자 알아서 잘 살자, 깔끔하게 끊어내지 못한다. 그러다보니 한국인 자식은 평생토록 부모의 걱정과 잔소리에서 벗어나지 못하고 오십을 넘어 육십이 되어도 남의 자식과 비교질을 당하며 산다. 이렇게 끈끈한 가족애와 집단정신으로 뭉쳐진 한민족에겐 유럽사람 로슬링의 팩트풀니스가 통하지 않는다. 그럼에도 깨달은 바는 있다.

　　하나는, 숫자로 말하면 대중을 현혹하기 쉽다는 것. '빅데이터 분석으로 도출해낸 결과'라는 말만으로 어떤 주장의 가치나 신뢰도가 실제보다 더 높아지는 효과는 로슬링 자신에게도 충분히 적용된다. 그렇지만 스웨덴 네덜란드 독일 미국 등 서양 선진 10개국의 행복 통계가 동아시아의 작은 나라 사람들에게 줄 수 있는 위로는 미약하다. 그래서인가, 흔해빠진

옛 경구 하나가 생각난다. "세상에는 세 종류의 거짓말이 있다. 거짓말, 새빨간 거짓말 그리고 통계."(마크 트웨인이 영국의 수상 디즈레일리의 말이라며 인용했지만, 정작 디즈레일리는 이런 명언을 한 적이 없다는 게 팩트.)

그리고 다른 하나는, 로슬링의 행복 그래프가 여실히 보여준바, 인간은 의무로부터 벗어나 자유로울 때 가장 행복감을 느낀다는 결론. ……? 아니, 아닐 수도 있다. 가족의 정이 넘쳐흐르는 한국인은 노년기를 개인주의자로 살아가는 데 더 큰 어려움을 느낄지 모른다. 정원 가꾸기나 독서를 하면서 평화롭게 혼자 지내기보단 아들딸며느리사위손주 들에 둘러싸여 대접받는 노년이 다복한 삶이라고 생각할 것 같다.

불운한 말년이라 하면 역시 세네카를 빼놓을 수 없다. 행복을 논할 때 가장 자주 언급되는 인물 중 하나인 세네카는 고대 로마의 정치가이자 사상가지만 철학적으로는 아리스토텔레스의 정통 후계자다. 그 또한 이성에 따라 절제하는 삶만이 진정으로 행복하다는 금욕주의를 주장했는데, 아리스토텔레스의 행복론이 이상하지만 매우 체계적인 논리 검증을 통해 '이성'이라는 결론에 도달한다면, 세네카의 행복론은 울분으로 가득하다. 왜냐하면 그가 로마제국 시민들의 끝을 모르는 배덕 방종 타락에 깊은 환멸을 느꼈기 때문이다. "제정신이 아니면서 즐거워"하고 "미쳤기 때문에 웃는" 사람들을 향해 세네카는 절규하듯이 '절제의 덕'을 외치는데, 먹혀들 리가 없다.

몹시 고약한 문제,
나

재밌는 점은, 세네카가 강하게 비판하는 에피쿠로스학파의 쾌락주의도 실은 정신적 쾌락에 최고의 가치를 두었기 때문에, 어느 쪽이건 행복의 추구는 '간소한 삶'으로 귀결된다는 거다. 아무래도 요즘 유행하는 심플라이프가 답인가? 글쎄, 세네카라면 이렇게 대꾸하겠다. "다수가 더 좋은 것을 택하는 일은 인간사에서는 일어나지 않는다. 군중은 최악의 논거이므로, 우리는 가장 대중적인 것이 아니라 가장 좋은 것이 무엇인지 물어야 한다." 고대인들은 인간에 대한 평가는 몹시 야박했지만 인간을 향한 기대 수준은 실현 불가능할 정도로 높았다.

정리해보면, 여러 행복론의 공통점은 분명하다. 가장 좋은 것, 최선인 것이 행복이다. 다만 그 좋은 게 뭔지를 두고 의견이 분분할 뿐. 그런데 『런던 필즈』를 읽다가 누구도 거부하기 힘든, 간결하고 명쾌한 행복의 정의를 찾았다. "그는 자신이 살아 있음을 이보다 더 실감한 적이 없었다. 이보다 더 행복한 적이 없었다. 이것이 적나라한 진실이었다." 인간에게 행복이란 이런 것이 아니겠는가. 자신이 살아 있음을 기쁘게 자각하는 상태, 그것 말고 더 좋은 게 뭐가 있을까.

『런던 필즈』, 마틴 에이미스, 허진 옮김, 열린책들, 2012.

『니코마코스 윤리학』, 아리스토텔레스, 강상진 · 김재홍 · 이창우 옮김, 길, 2011; 천병희 옮김, 숲, 2018(2판).

『세네카의 대화: 인생에 관하여』, 루키우스 안나이우스 세네카, 김남우 · 이선주 · 임성진 옮김, 까치, 2016.

몹시 고약한 문제,
나

인기 있는 로맨스 소설의 비결

존 파울즈 『프랑스 중위의 여자』 1969년

내 친구 금자(가명)는 미인이다. 지금은 늙었는데도 (안경 벗고 보면) 배우 이영애 씨를 닮았으니, 보송보송 뽀얗던 스무 살엔 얼마나 예뻤겠나. 본인에게 물어봤더니 아니나 다를까, 학창 시절 남학생들에게 대시깨나 받았다고. 내 외모는, 음, 뭐랄까…… 자족적이다. 나의 연애사는 53연패. 차인 기록으론 아는 사람을 통틀어도 내가 으뜸이다. 이렇게나 대비되는 금자와 나에게도 공통점은 있다. 둘 다 우리 세대 평균보다 결혼이 한참 늦었다는 것. 심지어 흑발 미녀 금자가 나보다 더 오래 싱글이었다. 이유는 뻔하다. 금자는 예쁘지만 욕을 잘하고, 나는 짬에서 나오는 불평분자의 바이브를 숨길 수가 없다.

두 사례로부터 한 가지 결론이 도출된다. 결혼 여부는 한 사람이 정상 범주에 속하는지 아닌지를 판별하는 기준이 될 수 없다. 세상에 또라이가 얼마나 많은데 고작 결혼했다는 사실만 가지고 멀쩡한 인간일 거라 짐작하는가. 역대 최악의 사이코패스들 중 상당수가 기혼이었으며, 일평생 한 명의 배우자와 결혼생활을 유지한 작가들 중에도 문제적인 인물은 많았다. 제임스 조이스는 결혼 전 심각한 섹스중독이었으며, 버지니아 울프는 신경증 환자였다. 반면, 발자크는 매력도 인기도 아주 많았는데 십수 년을 한 여인에게 구혼만 하다가 지병으로 죽기 5개월 전에야 가까스로 결혼에 성공했다. 자신의 전 재산을 아내에게 상속한다는 유언장을 쓰는 조건으로.* 나는 송년 모임에서 선배가 해준 덕담 때문에 결혼을 결심한 것 같다. "너처럼 자폐적인 애가 어떻게 결혼을 하겠니."

한 가지 강력한 동기가 다른 모든 필요/조건을 압도하면 세상 누구라도 결혼할 수 있다고 생각한다. 결혼을 안 했다고 미성숙한 존재로 취급하거나 어딘가 결함 있는 사람으로 보는 시선은 전근대적이다. 19세기에는 그게 통념이었다. 그래서 빅토리아시대 영국 여성 작가들, 제인 오스틴이나 브론테 자매는 싱글로 살면서 결혼 때문에 고통받는 남녀들을 다각도로 묘사한 소설을 썼다.

나는 이들의 소설을 좀 늦게야 읽었는데, 그마저도 일 때

---

* 왜냐하면 그녀가 우크라이나의 대부호이자 백작이었던 남편과 사별 후 재혼이었기 때문에, 발자크와 결혼하려면 유산으로 받은 영지와 저택을 포기하고 프랑스로 이주해야 했다.

몹시 고약한 문제,
나

문에 별 감흥 없이 읽었다.『오만과 편견』『제인 에어』는 민음사에서 세계문학전집을 편집하면서 봤고,『폭풍의 언덕』역시 문학동네에 다닐 때 직원 증정용으로 받아 읽었다. 내가 고전을 집중적으로 읽었던 1980~1990년대에는 지극히 남성 중심적인 고전 목록에 이 작품들이 들어 있지 않았고, 빅토리아 시대 소설이 부흥하기 시작한 2000년대에는 이미 연애나 결혼이 나에게 가능성 희박한 판타지 장르가 돼버렸기에 외려 냉소적이었다. 그러다가 존 파울즈의『프랑스 중위의 여자』를 읽고 비로소 개안을 해, 그 시대의 이야기가 오늘날의 우리에게 여전히 울림을 갖는 이유가 무엇인지를 깨닫게 되었다.

짝사랑하던 여자를 나비 채집하듯이 납치 감금해놓고 사랑을 호소하는 스토커를 그린 심리 스릴러『콜렉터』(1963)로 "데뷔작으로는 사상 최고액의 선인세*"를 받으며 단숨에 세계적인 명성을 얻은 존 파울즈는 1926년생 영국 작가다. 옥스퍼드에서 프랑스문학을 전공하고 유럽과 런던의 여러 대학에서 영어 강사로 일했던 그는 작가로 입지가 굳어진 마흔 무렵, 도

* 『콜렉터』를 출판한 조너선 케이프 출판사 발행인의 말로, 작가들의 선인세는 비공개가 원칙이기 때문에 단정할 순 없지만, 그가 아는 한 역대 가장 높은 금액으로 페이퍼백 판권이 팔렸다고 한다.

싯의 해안 마을 라임 레지스Lyme Regis로 이주해 그곳에서 여생을 보낸다.

영국 남서부의 이 소박한 해변을 기억에 남을 만한 장소로 기록한 첫 번째 소설이라면 제인 오스틴의 『설득』(1818)일 것이다. 오스틴의 소설에서 1814년의 라임은 아담하고 예쁜 로컬의 여름 휴양지로, 헤어진 연인 사이인 앤과 프레더릭은 이곳에서 서로의 진가를 재발견하고 관계의 전환점을 맞이한다. 파울즈의 『프랑스 중위의 여자』는 그로부터 50여 년 뒤인 1867년의 라임을 배경으로 하는데, 도저히 같은 지명이라고 짐작할 수 없을 만큼 다른 풍광을 보여준다.

도버 해협 너머로 프랑스를 바라보는 파울즈의 라임 해변은 수십 킬로미터에 달하는 주상절리 절벽이 병풍처럼 둘러서 있고 백악기와 쥐라기의 화석을 품은 바위로 뒤덮인 거친 장소로, 강한 바닷바람에 펄럭이는 치맛자락과 모자 끈까지 눈에 보이는 듯 생생하다. 실제로 19세기 라임에는 끌 한 자루만 들고 울퉁불퉁한 바닷가를 돌아다니며 공룡이나 암모나이트 화석을 캐내 팔아 생계를 유지하는 주민들이 있었고, 지질학자나 박물학자들뿐 아니라 색다른 취향을 가진 수집가들을 위한 화석 상점들이 성업했다. 19세기의 오스틴이 당대의 라임을 수채화처럼 맑고 가볍게 그렸다면, 20세기 소설가 파울즈는 150년 전의 라임을 극사실주의 회화로 복원한다.

하나의 장소를 묘사하는 두 작가의 차이는 결국 관점의

몹시 고약한 문제,
나

차이, 더 나아가 사유의 차이를 드러낸다. 오스틴의 소설은 빅토리아시대의 평균적인 여성들보다 뛰어난 지성과 분별력을 갖춘 여성이 그에 걸맞은 훌륭한 남성과 결혼이라는 정박지에 안착하는 과정에서 겪는 사회적 충돌과 심리 변화를 섬세하고 매끄러운 문장으로 보여준다. 그에 비해 『프랑스 중위의 여자』는 다윈의 『종의 기원』(1859)과 마르크스의 『자본론』(1867)이 출간되고 산업혁명이 본격적인 궤도에 접어들면서 철도와 공장이 전국으로 퍼져나가던 이 시대에도 여전히 극도로 억압적이고 금욕적인 태도를 고수한 젊은 남녀들에게 실제로 가능했던 사랑은 어떤 양상이었는지를 꼼꼼하고 차가운 자연주의자의 시각으로 파헤친다.

이야기는 흔하디흔한 삼각관계로 시작된다. 런던 귀족인 찰스는 그에게 막대한 유산과 대저택을 물려줄 싱글 백부의 후광에 힘입어 신흥 부르주아의 외동딸 어니스티나와 약혼했다. 장차 그는 그녀에게 신분 상승을, 그녀는 그에게 100년은 지속될 안정적 경제력을 제공할 것이다. 봉건 계급사회에서 가장 효율적인 결합인 데다, 서로에 대한 감정적 흡족함과 태생적 유사성(해맑은 우월의식)까지 갖춰 더 바랄 나위 없는 이 커플은 결혼식을 치르기 전까지 어니스티나의 이모가 사는 라임에서 약혼 휴가를 보내기로 한다. 그런데 그곳에는 프랑스 해군 중위와 사귀다 버림받아 "미쳐버린" 사라 우드러프가 있다.

아버지 덕분에 "농부의 마누라가 될 팔자로 태어났으면서 더 나은 사람이 되도록 교육받은" 사라는 바로 그 "인습을 뛰어넘는 지성"으로 인해 불행감을 느낄 수밖에 없는 가정교사라는 직업을 가졌더랬다. 프랑스어를 할 줄 알고 귀족과 부르주아의 자녀들을 가르치는 사라는 "그녀가 벗어난 계층의 청년들에게 결혼 상대로는 너무 상류층에 가까워" 보이지만, "그녀가 동경하는 계층의 남자들에겐 여전히 너무 평범했다". 사라의 이러한 지위는 빅토리아시대 중산계급 여성 소설가들의 처지와 유사하다. 지성은 여성에게도 공평하게 통찰력을 갖게 하지만, 관습화된 사회는 이지적이라는 이유만으로 남녀를 동등하게 대우할 마음이 없기에, 교육으로 자아를 찾은 여자는 계급에 순응하는 여성들에 비해 사회화 과정에서 더 큰 어려움을 겪는다.

사라는 그중 가장 나쁜 예다. 그녀는 난파한 프랑스 배의 선원이 부상당한 채로 구조되었을 때, 마을에서 유일하게 프랑스어를 아는 평민 여성이어서 통역사와 간호사 역할을 떠맡는다. 그런데 그가 하필 미끈한 외모의 바람둥이였던 것. 당시의 일반적인 여성들과 마찬가지로 연애 경험이 전무했던 사라는 자기와 함께 프랑스로 가서 결혼하자는 남자의 사탕

몹시 고약한 문제,
나

발림이 그저 어떻게든 한번 자보려는 수작임을 간파하지 못한다. 가정교사 자리를 버리고 외국인을 따라나섰다 신세를 망친 사라는 이제 풀트니 부인 댁에서 고용살이를 하면서 정신적 학대를 당하고 있다. 왜냐하면 '불결'과 '부도덕'을 병적으로 증오하는 독실한 기독교도의 캐리커처 같은 인물인 풀트니 부인이 사라를 죄에서 구원하겠다는 목표를 세웠기 때문이다.

모두가 예상하는 바대로, 찰스는 혼자 라임의 해안 절벽을 산책하다 사라와 우연히 마주치고, 우연은 운명처럼 세 번이나 반복되고, 둘은 서로를 향한 이끌림을 떨쳐내지 못한다. 그리고 그다음은 모두의 예상을 훌쩍 뛰어넘는 황망한 전개다. 책의 44장 끝에서 갑자기 스토리가 중단되는 것이다. 현미경으로 세균을 들여다보듯 정밀하게 묘사되던 소소한 로맨스가 반전에 반전을 거듭하는 인생극장으로 돌변한다. 독자가 한밤중에 이 장면에 도달했다면 십중팔구 밤을 꼬박 새우게 될 것이다. 여기서부턴 그야말로 페이지를 넘기는 손가락을 막을 수 없다.

등장인물들과 독자는 꿈에도 몰랐지만, 모두의 앞에는 소설가가 준비한 세 가지 다른 결말이 놓여 있다. 각각의 버전은 전혀 다른 세계관, 전혀 다른 도덕성, 전혀 다른 인간성을 토대로 수립되었기에 서로 조금도 겹쳐지지 않는다. 첫 번째 결말에선 진부하지만 그 시대의 보통 사람들에게 가장 타당한 선택이 이루어진다.(찰스가 돈과 두려움 때문에 약혼녀에게 돌아간다.) 두 번째 역시 통속적이긴 하지만, 자기가 속한 계급과 불화하던 개성적인 두 남녀가 온갖 사건사고를 거치면서 지긋지긋한 인연으로 엮이는, 서글픈 해피엔딩 같다.(확신이 없는 이유는 확실하게 쓰여 있지 않아서.) 그리고 마지막은 글쎄 이걸 뭐라고 해야 할지…… 하여간 열린 결말인데, 이때의 찰스와 사라는 19세기에선 도저히 존재할 것 같지 않은 표정, 더없이 현대인의 것인 얼굴을 하고 서로를 본다. 당신은 과연 어떤 엔딩이 가장 흡족하실지.

그러니까 보시다시피 『프랑스 중위의 여자』에는 인기 있는 로맨스 소설의 요소라곤 아무것도 없다. 심지어 애인으로건 결혼 상대로건 바람직한 남자 주인공 하나가 없다. 그런 것은 모두 『설득』에 있는 것이다. 파울즈적으로 해석하자면, 『설득』은 내면의 서로 다른 욕구들(귀족이라는 지위에 대한 자의식과 속물적인 타인들에 대한 저항의식)이 합의점을 찾지 못하는 바람에 짝짓기 경쟁에서 도태될 뻔했던 남녀가 자손의 번식이라는 생명의 임무를 수행하기에 너무 늦지 않은 시기에 성공적으로 서로를 선택하는 이야기, 라고 싸늘하게 말할 수도 있다. 그런데 어떻게 이것이 시대를 뛰어넘어 로맨스 소설의 모범으로 자리 잡았는가. 거기엔 사랑에 대한 우리의 기대와 착각이 관련되어 있다.

『설득』의 주인공 앤은 시골 귀족 엘리엇 경의 막내딸이다. 미모의 큰언니 엘리자베스는 오만하고 이기적이며, 둘째언니 메리는 눈치 없고 의존적이어서 늘 징징거린다. 앤은 셋 중 가장 세심한 감성과 배려심을 소유한 지혜로운 여성이지만, 27세라는 많은 나이(요즘으로 치면 삼십대 중후반쯤?)와 눈에 띄지 않는 외모 때문에 결혼은 거의 불가능한 처지다.

앤이 결혼적령기를 놓치고 독신으로 늙어가게 된 데는 첫사랑의 아픔이 있다. 열아홉 살 봄에 그녀는 늠름하고 책임감 강한 해군 대령 프레더릭에게 청혼을 받았더랬다. 신분도 보잘것없는데다 가난하고, 쓸데없이 잘생기기만 한 애인과의 불투명한 미래를 고민하던 앤은 일찍 돌아가신 엄마의 절친이자 "분별 있는" 과부인 레이디 러셀에게 상담을 청했다. 그리고 그녀의 "설득"에 따라 프레더릭의 청혼을 "현명하게" 거절했다. 그리고 7년 후. 프레더릭이 전쟁에서 큰 공을 세우고 많은 돈을 모아 탐나는 남편감으로 다시 나타나는데……

제인 오스틴은 앤을 평범하지만 사랑스럽고, 독립적이면서도 상궤를 벗어나지 않는 주인공으로 만들기 위해 그녀 주변의 모든 인물을 위선적인 속물로 전락시킨다. 그래서 등장인물들 전부가 각자 하나의 성격만을 가지고 일관된 태도로 살아가는 데 반해, 오로지 앤만이 사랑의 속도에 맞춰 끊임없이 성장하는 모습을 보여준다. 작가는 소설에 등장하는 여러 처녀를 비교하면서 어떤 여성이 가장 좋은 남편감을 차지해야 마땅한지를 끈질기게 '설득'한다. 하지만 현대의 독자인 나에게 앤은 표리부동의 전형으로 보인다.

귀족의 체면 때문에 과시적 소비를 일삼고 사치스러운 생활 습관을 고수하려고 "부재지주*"의 길을 선택하는 아버지를 경멸하지만, 손색없이 잘 꾸며진 연회에 안도하고 호스트로서 에티켓을 훌륭히 발휘하는 것에 자부심을 느낀다는 점에서, 앤은 귀족의 생활양식과 규범이 내면화된 인물이다. 돈의 힘으로 지위가 상승한 부르주아를 꼴사나워 하는 귀족 사회의 통념을 비판하기보다, 자선과 관대함을 몸소 실천함으로써 귀족의 의무를 다하고 명예를 회복하려는 태도도 마찬가지다. 앤은 또 다른 구혼자인 사촌 엘리엇 경이 공공연히 드러내는 계급주의를 책망하지만, 자신의 태도에 깃든 계급의식은 교양으로 정당화한다.

적나라하게 말해서 앤은 조건 때문에 애인을 차버렸다가 그가 조건을 일부 충족한 이후에야(그리고 신붓감으로서 가치가 하락한 자신을 여전히 고결하게 사랑하기 때문에) 이토록 훌륭한 남자를 "제대로 맞이하고 평가해줄 가족이 아무도

---

* 자신의 소유지에 거주하며 직접 돌보지 않고 임대 등을 통해 소득만을 올리는 지주를 가리키는 경제사회학 용어다.

몹시 고약한 문제,
나

없다"는 사실을 애석해하는, 진정한 속물이다. 그녀의 평범성이 가장 두드러지는 부분은, 사랑을 무사히 되찾은 후에도 레이디 러셀의 조언에 따랐던 과거 자신의 선택을 끝내 옹호하면서 "그때는 그게 옳았다."고 믿는 것이다. 앤의 이중성은 부분적으로는 시대의 산물이지만, 본질적으로는 로맨스 소설의 필요조건이다.

인기 있는 로맨스 소설은 평범한 주인공에게 무지갯빛 스포트라이트를 비춰 우리의 평범성을 값지고 특별한 것으로 보이게 한다. 소설의 초반부에서 앤은 생기 없는 마른 꽃처럼 묘사된다. 가망 없는 노처녀의 위축된 심리가 외모에서 언행에 이르기까지 골고루 드러난다. 그러다가 멋지게 변신한 프레더릭이 재등장하자 곧이어 다른 구혼자들이 출현하고, 갑자기 세 남자에게 동시에 열띤 관심과 주목을 받는다. 프레더릭의 순정한 사랑 속에서 앤은 생기 넘치는 아름다운 처녀로 새롭게 '발견'된다.

바로 이것, 아무에게도 주목받지 못하던 흔한 인물이 사랑의 힘으로 단숨에 빛나는 별이 되는 것, 있는 그대로 받아들여져 남달리 사랑받는 것, 우리에게 설렘의 감각을 일깨우고 충만감을 안겨주는 로맨스 소설의 힘이다. 주인공이 더 평범하고 세속적일수록 독자는 더 쉽게 감정이입하게 되고, 주인공에게 사랑을 바치는 이가 조그맣고 귀여운 결점들과 압도적 매력을 가졌다면 독자의 희열은 배가된다. 이때 결정적 요소가 하나 있다. 적절한 농도의 에로티시즘은 로맨스에 생기를 불어넣는다. 연애소설의 독자는 성적 암시가 담긴 눈빛 몸짓 스침 소리에 오감을 자극받고 인물에 자신의 욕망을 투사하면서 점점 깊이 빠져든다. 에로티시즘은 로맨스를 전진시키는 내연기관 엔진이다. 그리고 그것은 언제든지 전부를 날려버릴 폭발장치로 돌변할 수 있다.

$$\mathcal{O}$$

미국 소설가 로버트 쿠버는 '잠자는 미녀' 동화를 여러 버전으로 다시 쓴 중편소설 『브라이어 로즈』에서 로맨스라는 '판타지'를 완전히 박살 내는데, 대략 이런 식이다. 아름다운 공주에 관한 소문을 들은 용자들이 가시장미 덤불을 헤치고 찾아왔는데…… 한 세기째 잠들어 있는 공주의 몸에 득실거리는 이와 서캐에 놀라 졸도한다든지, 지독한 구취에 키스할 엄두를 내지 못하고 코를 싸쥔 채 줄행랑을 놓는다든지, 먼저 왔다 간 도전자들이 남긴 수많은 자식들에 둘러싸인 광경을 목도한다든지. 용을 때려잡은 사랑의 열정도 꾀죄죄하고 가차 없는 육체적 사실들 앞에선 무용지물이다.

평범한 남녀는 지력이나 재력만 평범한 게 아니라 육체조차 평범해서 자신이 매력을 객관적으로 보증받지 못한다. 그럼에도 사랑에 빠진 순간만은 이런 사실을 잠시 잊거나 잊

몹시 고약한 문제,
나

은 척할 수 있는데, 연애소설은 이 착란상태를 상시적으로 되살려냄으로써 우리가 꾸준히 사랑을 추구하도록 돕는다. 오스틴의 소설에서 인물들의 육체성은 매우 희미하고 낭만적으로 미화된다. 이는 부분적으로는 성적 언급을 금기시했던 빅토리아시대의 관습이 반영된 결과일 것이다. 하지만 그 시대라고 해서 모든 작가가 등장인물들에게 순수한 플란넬 잠옷만 입힌 것은 아니다. 에밀리 브론테는 『폭풍의 언덕』에서 캐서린 언쇼를 놀라운 집착과 가학 성향을 보이는 격정적 캐릭터로 표현했고, 가장 늦게까지 제대로 평가받지 못했다.

섹슈얼리티를 가리는 은밀함이야말로 성공하는 연애소설의 핵심 기술이다. 빅토리아시대 소설이 여전히 인기 있는 것도, 남녀가 절절히 사랑하는데 16회가 끝나가도록 키스 이상의 신체 접촉은 결코 하지 않는 드라마가 계속 흥행하는 것도 같은 이유에서다. 우리가 '사실들'로부터 달아나고자 할 때, 『설득』류의 소설은 가성비 좋은 연료가 된다. 우리는 우울한 각성 대신 망상 속에서 조금 더 오래 둥실거릴 수 있다.

그럼에도 불구하고, 오스틴주의자들의 반감을 자초하고 있음을 잘 알면서도, 나에게는 파울즈 쪽이 더 흥미롭다고 말할 수밖에 없다. 세상 그 무엇이든 자세히 들여다보면 마음을 움직이는 매력 한구석은 발견할 수 있고, 우리는 저마다 자신이 좋아하는 대상을 찬미하고 감탄할 자유가 있는 시대에 살고 있다. 그러니까 굳이 비교하려는 것이 아니라, 내가 좋아하는 걸 재미없어하는 사람도 있다는 사실을 알아주셨으면 좋겠어서 하는 말이다. "'극한직업'에 테드 창이 나온다"는 말을 듣고, 작품이라곤 17년 간격으로 펴낸 단편소설집 두 권이 전부인 테드 창이 극한직업 운운할 소설가는 아니지 않으냐고 했다가 원색적인 비난을 당하고 나면, 소수의 취향이기보다 깔끔하게 무취향이고 싶다는 체념이 생긴다. 시청률 60퍼센트를 찍은 드라마도 천만 관객이 본 영화도, 누군가는 별로 내키지 않을 수 있고, 봤는데도 여전히 안 좋을 수 있다.

이런 취향은 아마도, 발자크의 표현을 빌리자면, "스스로를 훌륭하다고 생각하여 사람들을 단단히 멸시하게 만드는 남자식 교육"을 받은 폐해일 것이다. 그리고 역시 발자크의 말대로, "여자가 가야 할 정해진 길에서 벗어난 모든 처녀가 그러듯이 결혼에 대해 비판적"이어서(그리고 물론 결혼을 하니 더욱 맹렬히 결혼에 비판적이 되어서), 최종 목표가 결혼인 이야기보다는 실험가의 무정함으로 주인공 남녀를 사랑의 여러 경계들 끝까지 몰아붙이는 『프랑스 중위의 여자』가 연애의 본질을 더 깊이 사색하게 하는 소설이라고 생각된다.

찰스와 사라는 남녀가 사귀면서 겪을 수 있는 온갖 정신적 육체적 난관들과 맞닥뜨린다. 그리고 그 과정에서 그들 각자의 무력한 실체가 거듭 폭로된다. 찰스는 모든 면에서 무능하고 사라는 교활하든지 내담하든지 아무튼 종잡을 수 없다. 그런데 찰스는 19세기의 화석처럼 사랑을 하고, 사라는 20세

몹시 고약한 문제,
나

기에 출현하게 될 여성의 마음으로 사랑을 하기에 이들은 엇갈릴 수밖에 없다. 비록 전적으로 그의 인격적 결함은 아닐지라도 찰스는 그 시대의 귀족계급 남성이 갖는 한계 때문에 쓰라린 실패를 맛본다. 이토록 단호히 버려져 안쓰러움마저 불러일으키는 남자 주인공도 보기 드물다. 한편, 19세기에 불시착한 시간여행자처럼 보이는 사라는 자기 시대로부터 빠져나오려고 필사의 생존 투쟁을 벌인다. 어쩌면 찰스는 그녀의 싸움을 위한 도구에 불과했는지 모른다. 약간은 사랑이었을 수 있고 일말의 의무감이었을 수도 있다. 하지만 사라를 어느 방향으로든 움직이게 한 힘은 '내가 누구인지를 아는 존재'로 살아가고자 하는 독립심이었을 가능성이 가장 높아 보인다.

『프랑스 중위의 여자』, 존 파울즈, 김석희 옮김, 열린책들, 2004.

『설득』, 제인 오스틴, 원영선·전신화 옮김, 문학동네, 2010.

Briar Rose, Robert Coover, Grove Press, 1996.

『잃어버린 환상』, 오노레 드 발자크, 이철 옮김, 서울대학교출판문화원, 1999.

외로움의 문체

어니스트 헤밍웨이 『여자 없는 남자들』 1927년

싫어하는 작가와 작품에 대해서는 말하지 않는다는 원칙을 세워두고 있다. 그 작가를 좋아하는 독자들의 기쁨과 즐거움을 방해하고 싶지 않아서, 는 예의 있어 보이려고 하는 말이고, 사실은 싫은 이유를 설명하는 것이 좋아하는 책에 대해 이야기하기보다 훨씬 어렵기 때문이다. 게다가 그 싫음이 이성적 추론의 결과이기보다 정서적 반응에 가까울 경우, 이를 해명하는 일은 심도 깊은 자기성찰마저 요한다. 싫은 이유를 밝히기 위해 바로 그 싫은 이유를 탐구해야 하는 아이러니가 발생하는 것이다.

그뿐 아니라 호불호는 유대감 또는 소외감을 형성하는 강렬한 사회적 반응기제고, 특히 불호는 상대에 대한 공격으로 오인되거나 손쉽게 공격의 대상이 될 수 있다. 그런데 우리

몹시 고약한 문제,
나

나라에서 유독 많은 사랑을 받는 세계적인 작가 셋이 하필 내가 싫어하는 작가 순위 톱3에서 각축을 벌이다 보니, 이는 혼자만 어떤 작가를 좋아할 때 느끼는 적적함과는 또 달라서, 그 명단을 공개하는 행위가 고독을 넘어 고립을 자초할지 모른다는 두려움마저 불러일으킨다.

현대인에게 외로움과 고립 그리고 고독은 일상적으로는 뚜렷이 구분되지 않은 상태로 혼재한다. 이 셋의 차이와 본질을 가장 간결하고도 명확하게 서술한 이는 한나 아렌트가 아닐까 싶다. 아렌트는 『전체주의의 기원』에서 외로움이 사회적 관계 속에서 느끼는 외톨이의 기분이라면, 고립은 "인간들이 공동의 관심사를 추구하면서 함께 행동하는 삶의 정치 영역이 파괴되었을 때, 그들이 내몰린 막다른 골목"이라고 말한다. 외로움이 개인적이고 심리적인 감각지각인 데 비해, 고립은 구체적인 행동과 현상으로 표출되는 단절이다.

외로움과 고립감이 공통적으로 부정적 감정이라면, 고독은 "자기 자신과 함께 있을 수 있는" 혼자인 사람의 상태로, 독립한 인간의 이상적 고독은 사유를 가능케 하는 기본 조건이다. 왜냐하면 나는 고독 속에서 비로소 나 자신과 대화할 수 있기 때문이다. 그럼에도 우리는 종종 고독과 외로움을 도저히 구분할 수 없다고 느끼고, 혼자만의 시간을 갖고 자아와 충만한 대화를 나누고 나면, 흥을 북돋우는 사람들과 어울려 있고 싶고 말이 통하는 누군가와 한없이 가벼운 수다를 떨고 싶어진다. 존재의 무게를 벗어버리고 다정히 어루만지는 타인의 손길에 경계심 없이 자신을 내맡길 수 있을 때, 생명은 활기를 띠고 번성하며 방심하여 쉴 수 있다. 아렌트가 명시했듯이, 우리는 "내 정체의 확인을 위해서 전적으로 다른 사람에게 의존"할 수밖에 없는 존재기에, 타인들과의 "접점을 잃어버린" 고독은 곧 외로움이 된다.

0

행동진화생물학의 관점에서 외로움이란 사회적 유대를 '원할 때' 일어나는 신체 반응이다. 아무렴. 당연한 거 아닌가? 생각하다 다시 읽어보니 꽤나 이상한 말이다. 우리는 외로워서 연애를 하고 싶은 게 아니라, 연애가 하고 싶어서 외로운 것이다! 외로움이 사회적 동물의 생리현상이라는 사실, 그리고 최면이나 거짓말로 유도된 외로움도 실제로 외로운 것과 똑같은 영향을 끼친다는 사실은 왕따가 정서적 학대 행위일뿐만 아니라 접촉 없는 신체 폭력인 이유를 입증한다. 그렇다면 사회적 유대가 전혀 필요 없어진다면 외로움도 느끼지 않게 될까? 어쩌면.

포유동물이 사회적 유대감을 발달시키는 데 작용하는 주된 화학물질은 옥시토신이다. 하지만 뇌의 보상중추에 옥시토신 수용체가 없는 경우, 이 호르몬의 영향력은 사라진다.

사회성이 높고 암수가 짝을 이뤄 지속적인 관계를 유지하는 프레리 들쥐의 뇌에는 옥시토신 수용체가 밀집해 있는 반면, "고독을 즐기는 몬테인 들쥐"의 뇌에는 옥시토신 수용체가 없다. 그 때문에 프레리 들쥐에게 옥시토신을 주사하면 다른 개체들에 대한 적절한 경계심마저 사라져 생면부지의 아기 들쥐를 열심히 돌보고 임신 상태가 아님에도 젖을 물리려 애쓴다. 반면, 애초에 무리생활을 하지 않는 몬테인 들쥐는 옥시토신 주사를 맞는다고 사교적이고 다정다감한 들쥐로 돌변하지 않는다.

인간은 몬테인 들쥐보다는 프레리 들쥐에 가까워서 외로움을 떨치기 위해 유대감을 원치 않을 수가 없다. 단식투쟁을 한다고 해서 배고픔을 느끼지 않는 것이 아니듯이, 사회적 유대를 의식적으로 거부하더라도 우리 몸은 언제나 다른 사람들의 온기를 향해 반응한다. 인간 뇌가 유대감을 원하고 소외를 두려워하도록 진화했기 때문이다. 최초의 인류는 원시의 자연에서 살아남기 위해 가까이 모여 지내기 시작했고, 생존에 유리한 방식으로서 협동을 학습하게 되었다. 무리에서 벗어난 개체는 생존 확률이 급격히 떨어지므로 무리의 일원으로 머물기 위해 필요한 유대감 형성 전략이 발달했고, 친화력과 사회성이 좋을수록 생존 확률이 높아지므로 이러한 특성은 후대에 더 잘 유전될 수 있었다. 문제는, 엄격한 무리생활이 생존에 필수적이지 않게 된 오늘날에도 고립을 위험으로 감지하도록 설정된 뇌의 알람은 여전히 충실히 작동한다는 점이다. 현대의 개인들은 우리 뇌가 감당할 수 있는 수준보다 훨씬 독립적인 생활방식을 영위함으로써 피치 못하게 과잉된 외로움과 씨름할 수밖에 없다.

그런데 여기에 변수가 또 하나 있다. 각 개인의 외로움은 다른 사람들과 잘 어울리지 못하는 비사회성 정도에 비례하지 않고, 어울리고 싶은 욕망의 강도와 더 상관이 있다. 외로움 수준은 사람마다 다르고, 똑같은 조건에서도 어떤 사람은 유난히 더 외로움을 호소하지만 어떤 사람은 그다지 외로워하지 않을 수 있다. 발달심리학자 제롬 케이건은 500명의 어린이들을 십수 년에 걸쳐 추적 조사한 결과, 스트레스 요인에 대한 기질적 민감도가 시간이 흘러도 크게 변하지 않는다는 사실을 밝혀냈다. 최초 실험에서 영유아의 20퍼센트는 스트레스에 '고반응성'을 보여 소위 예민한 아이로 분류된 반면, 거의 반응을 보이지 않은 '저반응성' 아이들도 40퍼센트에 달했다. 나머지 40퍼센트는 보통 수준의 민감도를 보였다. 그리고 성장 후에 어떤 방향으로든 기질의 변화가 관찰된 경우는 전체의 5퍼센트에 불과했다.

예민함과 마찬가지로, 외로움을 느끼는 강도도 사람마다 다르다는 점은 사회적 관계 맺기에 의미 있는 영향을 끼치는 요소인에도 적절히 고려되지 못해 종종 불화와 좌절의 원인이 된다. 유대감 욕구 수준이 유달리 높은 사람이 전혀 그렇지

몹시 고약한 문제,
나

않은 사람과 짝이 되었을 때, 한쪽은 상시적 애정결핍으로 고통받고 다른 쪽은 수시로 부담감과 죄책감에 시달릴 수 있다. 수많은 친구 연인 부부가 서로에게 실망해 싸우게 되는 데는 친밀함에 대한 불균형한 기대수준이 기저원인 중 하나로 작용한다. 그럼에도 유전이 모든 걸 결정한다고 말하는 것은 잘못이며, 환경에 의해 유전적 요인이 발현되고 더 강화되는 것으로 이해해야 한다고 연구자들은 강조한다. 또한 어떤 선천적 능력도 종간 격차(인간과 코끼리의 차이)에 비하면 종내 격차(인간 개인들 간의 차이)는 미미하다. 기질적 유대감 수준에 차이가 있다는 사실이 관계에 대한 불성실한 태도를 모두 변명해주지는 않는다는 얘기다.

〇

싫어하는 작가 셋 중 둘은 싫은 이유가 명확해서 함구하고 있는 데 반해, 헤밍웨이는 좋다고 하는 이유들에 확실히 동의할 수가 없어서 말하기를 기피하게 된 경우다. 많은 사람이 인생 고전으로 꼽는 헤밍웨이의 소설에서 아무런 감흥을 느끼지 못하다니, 나의 감정지각 능력에 어떤 결함이 있지는 않을까. 헤밍웨이 소설의 주제에 공감하지 못하는 것은 내 경험과 인식이 그만큼 협소하다는 증거일 수 있다. 세상 물정 모르는 방구석 잉여라서 생의 비정함에 맞서 투쟁하는 자유로움을 느껴본 적이 없는 걸지도.

하지만 헤밍웨이 소설을 설명할 때 빠지지 않는 '강한 남성성'은 추상적이거나 문화상징적인 의미라곤 털끝만큼도 없는 기능적 물리적 신체능력, 호전성 충동성 공격성으로서의 수컷다움, 승자와 패자를 가르는 경쟁과 폭력을 표상하기 때문에, 이에 동일시할 만한 피지컬을 타고나지 못한 자로서는 대상화하여 감상하는 방법밖에 없다. 그런데 애석하게도 나에게는 스테레오타입의 여성성마저 부족한지, 아무리 '순정'이어도 '마초'가 근사해 보이지 않는다. "여자를 손에 넣고는 싶지만" 그러기 위해 "시간을 허비하기"는 싫다는(「병사의 집」) 남자들에게 호감을 갖기란 난망하다.

가장 미국적인 작가라고도 하는데 미국 출신 순문학* 작가 중에 대중의 인지도가 가장 높은 것뿐 아닌가 싶고**, 초기 단편 일부를 제외하면 헤밍웨이 소설의 배경은 대부분 유럽 아프리카 남미라는 점, 그리고 그만큼 여러 나라를 몸소 돌아다닌 미국인 작가가 거의 없다는 점을 감안한다면, 전 세계 어디에서건 과연 미국인답게 당당한 코즈모폴리턴의 면모를 과

---

* 내키지는 않지만 이 표현을 쓸 수밖에 없는 이유는 하드보일드 탐정소설의 종결자 레이먼드 챈들러나 공포소설의 제왕 스티븐 킹도 못지않게 유명한 미국 작가지만 이들을 헤밍웨이와 동일선상에서 비교하는 경우는 없는 듯해서다.

** 미국인들이 꼽는 위대한 미국 작가로는 스타인벡과 포크너가 주로 1, 2위를 나눠 갖는데, '미국적'이라는 수식어에도 이 두 작가가 더 걸맞아 보인다.

몹시 고약한 문제,
나

시하기는 한다. 헤밍웨이 소설에서 인물들의 국적이나 민족, 문화적 특수성은 섬세하게 다뤄지지 않는다. 내전 중인 스페인에서건 쿠바의 어촌에서건, 소설의 서술자는 주변적 존재나 이방인으로서의 관찰자적 시선을 결여하고 늘 주인공 의식을 과시한다. 따라서 헤밍웨이의 소설을 미국적이라고 하려면, 낯선 세계에 대한 두려움이 없지만 낭만적 지적 호기심도 없는, 외국어의 "문법을 끝내 익히지 못하는"(「이국에서」) 미국인 서술자의 태도를 맨 먼저 언급하지 않을 수 없다.

헤밍웨이가 본격적으로 문학계에서 주목받기 전, 그의 작품들의 가치를 먼저 알아본 소설가 스콧 피츠제럴드는 "미국적인 주제에 지나치게 집착함으로써 책을 망치는 동시대 작가들"을 통렬히 비판하면서 헤밍웨이에 대한 열렬한 추천사를 여러 잡지에 보냈다가 원고 게재를 거절당한 적도 있다. 또 전기 작가이자 미국헤밍웨이학회 회장이었던 고故 스콧 도널드슨은 "운동 애호가이자 전사로서의 헤밍웨이의 명성"은 "미국인의 상상력에 자리한 반지성주의 정서와 부합"한 데서 비롯했다고 썼다.

상상력으로 말하자면, 헤밍웨이 소설을 독해하는 데 특별히 더 풍부한 상상력이 필요한지는 모르겠다. 대부분 자신이 실제로 겪은 사건과 경험을 토대로 한 '리얼리즘' 소설이어서 얼핏 다큐드라마 같기도 하다. 비평가 앨프리드 카진은 헤밍웨이가 "모든 단어에 소리를 부여하고, 단어와 그 지시대상이 일체인 상상의 장소에 도달함으로써, 정확히 시에 가깝도록, 영어 산문에 새로운 차원을 열었다."고 극찬했는데, 도무지 그의 문장을 읽는 것만으로는 그러한 상상의 장소에 흡족히 당도해지지가 않는다. 그 언어가 지시하고 있는 세계를 유추할 만한 유사 경험이나 감각이 없을 때, 묘사는 더 구체적일수록 더욱 생소해진다.

그러니까 나에게 가장 힘든 것은 헤밍웨이의 트레이드마크이자 수많은 현대 소설가들에게 막대한 영향을 끼쳤다고 평가되는 '하드보일드 문체'를 이해하는 일이다. 인물의 사념이나 복잡한 감정 묘사가 드물고 주로 행위와 대사로 이루어져 빠르게 읽히는 게 특징인데, "근육질의" "힘센" "정력적인" "흐르는 땀이 눈에 보이는" "바위를 굴리는 시늉을 하는 것이 아니라 진짜로 바위를 옮겨 놓는"(네?) 단문의 연속이 생생한 박진감으로 다가오지 않고, 이런 문장은 어떻게 번역해도 잘했다는 소리를 듣기 힘들겠구나 하는 생각부터 드는 것이다. 특히 원문의 자신만만함이 한국어로 옮겨지면 어쩔 수 없이 많이 점잖아져서, 원래는 무쇠였는데 번역자들이 애써 날렵한 스테인리스스틸로 변신시킨 느낌이랄까. 하여간 어휘나 문장구조가 아무리 단순해도 그 안에 담긴 의미나 의도를 확신하기는 결코 쉽지 않다.

헤밍웨이가 1927년에 발표한 두 번째 단편소설집의 제목은 『여자 없는 남자들Men Without Women』이다. 이건 무라카미 하루키의 장편소설 제목이 아닌가 고개를 갸우뚱할 독자가 있을 텐데, 물론 하루키가 헤밍웨이의 제목을 재사용한 것이다. 헤밍웨이가 명성을 얻은 뒤로 출간된 신작 단편집들은 새 단편 몇 편에 기존에 발표했던 단편 중 일부를 재수록한 선집 형태였기 때문에, 초창기 단편집의 제목은 자연히 잊힐 수밖에 없었다. 무엇보다 14편의 단편이 실려 있는 이 책에는 정작 '여자 없는 남자들'이라는 제목의 소설이 없다. 그래서도 이 제목이 헤밍웨이의 소설로 덜 알려지게 됐을 텐데, 수록작들의 면면을 살펴보면 이보다 더 어울리는 제목도 없다.

1925년, 피츠제럴드와 파리에서 처음 교류할 때만 해도 헤밍웨이는 단편집을 한정 수량으로(초판만 찍는 조건으로) 두 번 출간한 경력이 전부인 무명작가였다. 당시 피츠제럴드는 미국의 저명 출판사인 스크리브너에서 출간한 두 번째 장편소설 『아름답고 저주받은 사람들』이 초판 2만 부를 찍고도 책이 모자라 5만 부를 더 찍을 만큼 인기 작가였다. 스콧은 어니스트를 보자마자 홀딱 반해버렸다. 피츠제럴드의 극성스러운 주선으로 헤밍웨이는 스크리브너의 편집자 맥스웰 퍼킨스에게 원고 검토를 받게 된다. 퍼킨스는 1926년 헤밍웨이의 첫 장편소설 『해는 다시 떠오른다』를 출간했고, 책은 베스트셀러가 되었다. 『여자 없는 남자들』은 그 흥행의 기세를 몰아, 그간 써두었던 단편들을 묶어 낸 책이다.

수록작들 가운데서도 퍼킨스가 수작으로 꼽았다는 「5만 달러」는 노장 권투선수 잭이 신흥 강자 월컷과 벌이는 타이틀 방어전을 그린다. 시합 투어를 다니는 대신 처자식과 한 집에 살면서 안락한 잠자리에 들기를 소망하는 잭은 더는 챔피언에 어울리지 않는, "볼 장 다 본" 퇴물이다. 모두가 월컷의 승리를 점치는 가운데, 이번 시합이 자신의 은퇴 무대가 되리라고 직감한 잭은 월컷에게 5만 달러를 몰래 베팅한다.(이 부정행위가 발각되면 상금도 챔피언십도 모두 뺏기는, 진짜 도박이다.)

그런데 막상 경기가 시작되자 둘은 팽팽한 접전을 이뤄 쉽사리 승패가 갈리지 않는다. 잭은 반드시 져야 하지만 그렇다고 녹아웃으로 패하고 싶지도 않다. 결국 11라운드까지 난타전이 이어지던 중 월컷이 벨트 아래 13센티, 잭의 급소에 훅을 꽂는다. 반칙패에 해당하는 공격이다. 엄청난 통증에 잭은 무릎을 꿇는다. 이대로 자신이 판정승을 거두면 그는 베팅한 5만 달러를 날린다. 눈알이 튀어나올 듯이 온몸에 힘을 주며 고통을 견뎌낸 잭은 심판이 8까지 카운트했을 때 다시 일어선다. 그리고 경기가 속개되자마자 상대의 불알에 펀치를 날린다. 심판이 잭의 반칙패를 선언한 뒤, 그는 어기적거리는 걸음

몹시 고약한 문제,
나

걸이로 링을 떠난다. 잭은 '졌지만 지지 않은' 선수고, "파괴될 수는 있어도 패배하지는 않는_{can be destroyed but not defeated}" 남자다.

헤밍웨이의 심벌과도 같은 이 문장—A man can be destroyed but not defeated—은 『노인과 바다』의 늙은 어부 산티아고가 하는 혼잣말로 널리 알려졌지만, 그의 다른 작품들에서도 이와 거의 비슷한 문장을 찾아볼 수 있고 주제적으로도 거듭 되풀이된다. 슈퍼히어로가 부활하는 장면의 내레이션처럼 가슴이 웅장해지는 대사긴 한데, 통사론적 관점에서는 생각이 좀 필요하다. 우선, 디스트로이드_{destroyed}와 디피티드_{defeated}는 운을 맞추기 위해 선택된 단어들이다. 이때 '패배'의 의미는 디피트의 수동태형_{be defeated}으로 만들어진다. 영어 단어 디피트는 '패배시키다'라는 뜻의 능동사고, 우리말에서는 '쳐부수다'나 '무찌르다'에 해당한다. 그런데 패배라는 것이 본래 적에게 당하는 것이지 스스로 또는 자발적으로 패할 수는 없다. 그럴 때는 '굴복하다_{submit}' 또는 '투항하다_{surrender}'라고 한다. 따라서 영문법 수동태는 디피티드의 '피동성'을 더욱 부각시킨다. 그런데 헤밍웨이는 이 문법을 부정하는 정도를 넘어 불가능하다_{can not}고 쓰고 있다. 그러니까 결국 이 독백의 요지는 문장 전체로 뿜어내는 '불복 의지'가 아닐까. 가능하건 아니건, 말이 되거나 말거나, 나는 승복하지 않는다. 이 정서는 헤밍웨이 소설을 이해하는 중요한 단서다.

헤밍웨이의 여러 단편에서 "기름진 뱃살"은 경멸의 대상으로, 결딴난 남자를 상징한다. 「5만 달러」의 잭은 남자다움을 잃어가는 중이고, 그것은 가정생활의 필연적인 폐해다. 결혼하면 남자는 배에 비계가 끼고, 남자구실을 못 하게 된다. 『여자 없는 남자들』에 등장하는 경험 많은 남자 어른들은 소년이나 청년에게 종종 충고한다. 진짜 사나이는 결혼하지 않는다, 아내는 남자를 끝장낸다, 결혼하면 모든 걸 잃는다. 헤밍웨이의 또 다른 대표 단편 「킬리만자로의 눈」에서 다리의 패혈증으로 죽어가는 소설가 해리는 부유한 아내 헬렌과 결혼하는 바람에 자신이 게을러지고 슬럼프에 빠지게 됐다며 독설을 퍼붓는다.

결혼에 대한 이토록 부정적인 인식 그리고 부유한 여성을 향한 적의의 근원은 무엇일까. 남성 작가들이 흔히 여성을 성적 대상으로 묘사하며 비하하거나 숭배하는 것과 달리, 헤밍웨이의 인물들은 여자에게 진심으로 화를 낸다. 이성을 향한 원한에 가까운 이런 감정은 문학에서 결코 흔하지도 보편적이지도 않다. 문학작품을 이해하는 것과 작가의 생애를 아는 것은 별개라고 생각한다. 하지만 내 경우, 헤밍웨이만큼은 작가의 일대기를 알고 나서야 비로소 그의 소설 속 남성들이 어째서 그렇게 말하고 행동하는지를 얼마간이나마 짐작할 수

몹시 고약한 문제,
나

있게 되었다.

『헤밍웨이 vs. 피츠제럴드』에 따르면, 어니스트 헤밍웨이는 호남형 외모, 야외 활동을 즐기는 취미, 주체할 수 없는 활력, 청교도적 결벽증, 선천적 우울증 그리고 내면의 유약함까지 모든 면에서 아버지 클래런스 헤밍웨이를 빼닮았다. 한데 클래런스는 겉보기엔 대단히 남자다웠지만 자아가 강한 아내 그레이스에게 꼼짝 못 했다. 성악 교사였던 그레이스는 전쟁을 치르면서 생활력이 강해진 1920년대의 "평범한 미국인 아내들과 마찬가지로 대가 셌고" 남편을 휘어잡는 스타일이었다. 그녀는 음악 레슨으로 의사인 남편보다 훨씬 많은 돈을 벌었으며, 무엇보다 제자인 루스와 지나치게 돈독했다.

헤밍웨이의 어머니가 자녀들을 엄격하게 훈육하는 통제적인 부모였다는 사실은 꽤 알려져 있다. 하지만 어머니에 대한 헤밍웨이의 "증오"는 단지 마마보이가 되고 싶지 않은, 억압당한 아들의 반항 정도가 아니었다. 루스는 처음에는 그레이스에게 수업을 받으러 오가던 여학생이었다. 그런데 머지않아 헤밍웨이네 집에 아예 들어앉아 레슨을 받으면서 아이들의 보모와 가정부 노릇까지 하게 되었다. 클래런스는 집 안에서 온종일 아내의 제자가 얼쩡거리는 꼴을 몹시 못마땅해했다. 하지만 그레이스는 "아내의 충실한 친구를 향한 질투에 눈이 멀어 스스로 남편의 지위를 포기"하지 말라며 오히려 그를 비난했다.

참다못한 클래런스가 기어이 "내 아이들이 있는 집에 루스는 더이상 한 발짝도 들여놓을 수 없다"고 선언하자 그레이스는 자기 돈으로 집 맞은편에다 루스가 기거할 별채를 짓는다. "두 여자의 은신처"가 완성되자 부부 관계는 더욱 악화했다. 클래런스는 더 자주 멀리로 사냥이나 낚시를 나갔고, 장남 어니스트는 성년이 되자마자 집을 떠났다. 그로부터 9년 후인 1928년, 클래런스 헤밍웨이는 권총으로 자살했다. 그리고 어니스트는 그날로 어머니와 연을 끊었다. 그레이스와 루스는 그 뒤로도 평생 우정을 이어갔으며, 헤밍웨이는 자기 아들들이 "양성애자 할머니"와 만나는 것을 금지했다. 그는 어머니의 장례식에도 참석하지 않았다.

그레이스가 일관되게 주장한 대로, 두 여자는 그저 진실한 "영혼의 단짝"이었을지 모른다. 그렇다고 해도 그것이 삼각관계였다는 사실에는 변함이 없다. 문제는 남성의 연적이 다른 남성이 아니라는 점이다. 나의 남자다움으로는 그녀의 마음을 돌릴 수 없다는 사실이 헤밍웨이 부자父子에게는 상처 그 이상, 남성성에 대한 모욕이었다. 헤밍웨이 소설에 나타나는 동성애 혐오는 이 가망 없는 삼각관계에 대한 두려움과 관련이 있다. 그래서 그는 누구보다도 남자답게 행동하고, 여자에 연연하지 않는, 오로지 남자로만 사는 남자가 된다. 여기에 더해, 충분한 경제력을 가진 자유로운 여성까지도 마음 내키는 대로 다룰 수 있다는 사실을 입증함으로써 그의 승리감은

몹시 고약한 문제,
나

자아도취를 완성한다.

헤밍웨이의 일생은 표면적으로는 세계사의 모든 중요한 현장에 두 발로 뛰어든 '행동주의'로 요약된다. 그러나 그 이면에는 '위험중독' 성향이 도사리고 있다. 1차 세계대전이 발발했을 때 그는 시력 때문에 자원입대가 거부되었음에도 적십자 운전병으로 기어코 이탈리아 전선에 나갔다. 그리스-터키 전쟁, 스페인 내전, 2차 세계대전에는 취재기자로 자원해 잠수함 수색작전에까지 참여했다. 그는 1차 세계대전에서 박격포탄을 맞은 것을 시작으로 총상, 비행기 추락, 자동차 사고를 각 2회씩 겪었으며, 소소하게는 창문이 머리로 떨어져 수술을 받은 적도 두 번이나 있다.

그의 대표작 『무기여 잘 있거라』는 1차 세계대전 직후에, 『누구를 위하여 종은 울리나』는 스페인 내전 후에, 『노인과 바다』는 2차 세계대전 뒤에 쓰였다. 평화로운 시기에 쓴 작품들 중 상당수는 범작이거나 혹평을 받았다. 예외적으로 「킬리만자로의 눈」을 발표한 1937년은 그의 인생에서 가장 안정적인 시기였지만, 바로 그 생의 권태를 자전적 독백체로 썼기 때문에 작품성을 얻었다. 그는 평범한 일상을 죽도록 못 견뎌했고 호전적인 자극이 없으면 우울에 잠겨 폭음했다. 싸울 일이 정 없으면 아프리카로 사파리 여행을 가거나 투우를 관람하거나 낚시나 권투라도 했다.

헤밍웨이의 생애는 프로이트 심리학에서 말하는 인간의

기본 충동으로 생충동과 짝을 이루는 죽음충동의 전형에 가깝다. 그는 자기 삶을 러시안룰렛처럼 다뤘고, 파국을 향해 달려들어 그것을 돌파하고자 했다. 헤밍웨이에게는 자신이 불사의 존재라는 기이한 믿음이 있었고, 그와 비례하는 강도로 죽음에 대한 공포에 시달렸다고 전해진다. 그가 이런 생각을 품게 된 것은 I차 세계대전에서 포탄에 맞고도 살아났던 열아홉 살 때부터. 헤밍웨이의 자전적 페르소나로 평가되는 소년 닉 애덤스(남성의 기원인 '아담')는 24편의 단편에 등장하는데, 그중 맨 처음이 「인디언 캠프」(1924)다. 의사인 아버지가 인디언 캠프로 왕진 가는 데 따라나선 닉은 아버지가 산모의 아기를 받아주는 사이 그녀의 남편이 자살한 장면을 목격하게 된다. 아버지와 함께 호수 위로 보트를 저어 집으로 돌아오면서 닉은 이런 생각을 한다. "He felt quite sure that he would **never die.**(그는 자기가 절대 죽지 않을 거라고 확신했다.)"

읽는 사람에 따라 느낌은 다르겠지만, 나에게는 이것이 '용기에 관한 판타지'로 보인다. 문학작품 속 한 구절이라는 사실을 모르고 본다면, '네버 다이'나 '언디피티드'는 영락없이 할리우드 액션 블록버스터의 포스터 문구다. 이런 정도의 초현실적이고 드라마틱한 불사不死 테마라니. 아무리 헤밍웨이의 문체가 사실적이고 그의 글쓰기가 실체험을 토대로 했나 해도, 그것이 도달하려는 지점은 인간의 한계를 넘어선다.

몹시 고약한 문제,
나

모더니즘은 모든 종류의 과잉, 장식성과 감상성을 부끄러워한다. 군더더기 없는 담백함, 간결함, 기능에 충실한 단순함 같은 것들을 아름답다고 여긴다. 노골적인 감정의 표출은 공공장소에서 발가벗고 돌아다니는 것만큼이나 스스로와 다른 사람들에게 수치다. 고대 서사시부터 고전주의와 낭만주의 문학에 이르기까지, 문학 속 인물들은 남녀를 가리지 않고 아무 때나 잘 울었다. 그들은 비통해서 감격해서 격노해서 기뻐서 폭포수 같은 눈물을 줄줄 흘리곤 했다. 하지만 이제는 소설에서조차 아무도 울지 않는다. 개인성의 부상으로 사적 영역과 공적 영역의 분리가 명확해졌기 때문에, 누추한 감정의 찌꺼기들은 일기장에나 몰래 적어야지 술에 취해서 눈물을 짜내며 절제 없이 흘리고 다니면 안 된다. 울음은 흉하고, 감정은 비밀에 부쳐져야 한다.

헤밍웨이는 자신의 문체를 '빙산이론'이라고 명명하면서, 시적이고 예술적인 성취를 이루는 좋은 문장이란 전체 이야기의 8분의 1만을 수면 위로 드러내고 나머지는 모두 물밑에 남겨두는 것이라고 했다. 스스로의 말대로 헤밍웨이의 소설에는 거의 대부분의 것이 '생략'되어 있고, 이 하나의 전략을 우직하게 밀어붙여 고도의 미니멀리즘, 하드보일드의 미학을 성취한다. 의문은, 헤밍웨이가 그러한 문체를 전적으로 예술적 의도에 따라 선택하고 세련한 것인지 아니면 그는 그렇게밖에 말할 줄 몰랐던 사람은 아니었는지다.

하드보일드는 사실주의의 한 갈래로 분류되지만, 무엇을 묘사하고 무엇을 말하지 않는가 하는 점에서는 사실주의와 큰 차이가 있다. 하드보일드는 총구에서 발사된 총알 한 개가 인간의 몸을 꿰뚫을 때까지는 놀라운 사실성으로 현실을 모방한다. 하지만 그 때문에 생겨나는 오랜 고통과 일상적 비참은 말하지 않는다. 폭력의 미장센은 잔인함의 역겨움을 은폐하고 강한 것으로 두려운 것과 악한 것을 가린다는 점에서 지독한 환상이다. 부드러운 살과 약한 뼈와 예민한 정신으로 이루어진 인간은 그런 투쟁에서 무사하기 어렵고, 그 후유증은 사람에 따라 평생을 가기도 한다. 그럼에도 하드보일드가 현대인에게 매력적인 스타일로 다가온다면, 그것이 구차한 인간성에 대해 연민을 호소하기보다 현실 바깥으로 더 멀리 떨어뜨려놓기 때문일 것이다. 당연히 하드보일드의 주인공은 비정한 세계에 맞서 싸워야 하고, 환멸 속에서도 살아남아야 한다. 그런 사람에게 외로움은 필연이다.

『여자 없는 남자들』에 실린 첫 번째 단편 「불패자_The Unde-feated_」는 소재가 투우라는 점만 빼면 헤밍웨이의 마지막 소설이자 대표작인 『노인과 바다』와 구조적으로 거의 똑같다. 나이 들고 인기 없어서 은퇴나 하라는 소리를 듣는 투우사 마누엘은 시합을 배정해주는 사무소장을 졸라 관객이 적은 저녁

몹시 고약한 문제,
나

시간대로 겨우 경기를 잡는다. 그런데 역시나 예상대로—등장인물 모두의 예상을 깨고—마누엘은 한창때로 돌아간 투우사처럼 박진감 넘치는 명경기를 펼치고, 쇠뿔에 받혀 배가 뚫릴 뻔하지만, 온몸에 피칠갑을 하고도 절대 포기하지 않아 기어코 거대한 검은 소를 쓰러뜨린다는, 또 하나의 승자의 이야기다. 은퇴를 강요당하는 퇴물, 84일째 단 한 마리의 물고기도 잡지 못한 노인. 힘을 잃어가는 이 남자들은 비록 추레하고 볼품없는 외관을 하고 있지만, 그 내면에는 전설의 히어로 같은 불굴의 의지가 살아 있다.

헤밍웨이의 남자들은 대개 혼자고, 외롭고, 때로는 완전히 고립되어 있다. 그래서 그의 문체는 외로운 현대인의 내면세계와 잘 어울린다. 아니, 외로움의 문체는 하드보일드일 수밖에 없다는 말이 더 적절할 것이다. 늙은 어부 산티아고가 대서양 작은 배 위에서 사흘 동안 사투를 벌일 때, 그가 맞서고 있는 것은 청새치도 상어 떼도 아니다. 그는 거대하고 마음 없는 이 세상 전체를 상대하고 있는 것이다. 그 투쟁의 바다에 인간이 오직 그 하나뿐이라는 것, 말을 걸어주는 유일한 인간이 자기 자신이라는 것, 이것이야말로 헤밍웨이의 자기상이고 인간관이다.

그러나 인간 각자가 아무리 본질적으로 혼자고 외로운 존재라고 해도, 어느 누구도 완전히 홀로 세계와 맞서는 삶을 살 순 없다. 그 어떤 비정非情의 세계에서마저 다정多情을 구하는 것이 변연계 뇌를 가지고 무리생활을 하는 인간의 한계고 운명이다. 그래서 바다 위의 무정한 노인은 자신에게 친절했던 한 소년을 거듭 아쉬워하는 것이다. 그 모습에서 모종의 동병상련을 느낄 때, 나는 헤밍웨이를 조금은 이해하게 되었다. 비록 여전히 그가 좋지는 않지만, 아마 이건 괜찮을 것이다. 헤밍웨이의 말을 빌리자면, "You did not have to like it because you understood it.(그것을 이해했다고 해서 좋아할 필요는 없다.)"(「킬리만자로의 눈」)

헤밍웨이는 사람을 끌어당기는 매력으로 평생 "친구가 많았지만 그들 대부분과 등을 돌렸"고, "친구나 애인에게 마음의 상처를 입기 전에 자기 쪽에서 먼저 관계를 끊었다". 그는 가까운 사람들과 감정을 주고받는 데 서툴렀고 질투심과 소유욕이 강했다. 그래서 애정 어린 관계를 오래 유지하지 못하고 자주 상대를 배신했다. 다양한 사회심리학과 인간행동 연구 들은 사회생활을 잘하거나 인맥이 넓은 것과 외로움은 거의 상관이 없음을 밝힌다. 오히려 외로움이 실제로 문제를 일으키는 경우는 빈번히, 자신의 외로움을 제대로 알고 인정하지 않을 때다. 외로운 사람이 고독하지 못할 때 그는 아프게 된다.

길고 좁고 어두운 터널 속에서 힘겹게 스스로를 밀고 나간 끝에 마주하는 것이 다만 고립된 자기 자신인 것은 크나큰 고통이다. 고독이 외로움이나 고립이 되지 않도록 적절한 밀

몹시 고약한 문제,
나

도의 관계를 찾고 지켜가는 것은 인간에게 주어지는 일생의 과제 중 가장 어려운 일일 것이다. 서로를 애틋하게, 그러나 지나치지 않게 사랑하는 기술이 필요하다.

Men Without Women, Ernest Hemingway, Charles Scribner's Sons, 1955.

『인간은 왜 외로움을 느끼는가』, 존 카치오포 · 윌리엄 패트릭, 이원기 옮김, 민음사, 2013.

『헤밍웨이 vs. 피츠제럴드』, 스콧 도널드슨, 강미경 옮김, 갑인공방, 2006.

돈은 왜 쓰고 싶나

스콧 피츠제럴드 「리츠칼튼 호텔만 한 다이아몬드」 1922년

피츠제럴드에 대한 나의 애호는 헤밍웨이에 대한 사적 반발심에서 시작된 듯하다. 헤밍웨이가 자전적 일화들로 작가적 명성에 스스로 후광을 입혔던 것과 정반대로, 피츠제럴드는 엉망진창이었던 그의 사생활로 살아서나 죽어서나 작품성을 평가절하당했다. 피츠제럴드는 스물네 살이던 1920년에 첫 장편소설 『낙원의 이쪽』으로 단박에 '셀럽'이 되었다. 청혼을 거절당했던 젤더 세이어와 책이 나온 지 일주일 만에 결혼했고, 『낙원의 이쪽』 초고를 두 번이나 퇴짜 놓았던 스크리브너 출판사는 그를 일급 작가로 대우해 20퍼센트 인세 계약을 했다.

신문과 잡지 들은 "마치 그가 영화배우기리도 힌 듯" 피츠제럴드의 곱상한 외모와 명사들과의 친분, 파티 뒷이야기,

몹시 고약한 문제,
나

각종 스캔들을 다뤘다.「킬러들」원고를 2oo달러에 사겠다는 편집자 맥스웰의 회신에 헤밍웨이가 "기뻐 어안이 벙벙했"던 그때, 피츠제럴드는 《새터데이 이브닝 포스트》에 편당 3ooo 달러를 받고 단편소설을 실었지만, 그를 훌륭한 작가라고 하는 사람은 없었다. 그는 "상업적으로 성공한" 작가일 뿐, 그의 높은 유명세는 작품에 대한 혹평들을 더욱 도드라지게 했다.

그의 첫 단편집『말괄량이들과 철학자들』(192o)과 두 번째 단편집『재즈 시대의 이야기들』(1922)은 즉흥적이고 거칠 것 없는 젊은이들, 분방한 '플래퍼'들의 초상을 뛰어난 명암의 대비로 그려낸 시대소설로 평가되었다. 이것이 그에게 바쳐진 최고의 찬사였다. 그에 반해 오늘날 그의 대표작으로 꼽히는『위대한 개츠비』가 출간되었을 때 거만하고 영향력 있는 비평가들은 이 경박한 베스트셀러를 질색했다. "로맨스라 해야 할지 신파라 해야 할지, 아니면 뉴욕 상류층 생활의 가감 없는 기록이라 해야 할지 모르겠는 괴상한 이야기"고 "본질적으로 한참 수준 미달"이어서 "확실히 무시해도 좋을 만한" 소설이라는 평이었다. 모두 그와 알고 지냈거나 안면 있던 작가 평론가 출판관계자 들의 말이었다.

1차 세계대전 직후인 1918년부터 1929년 주식시장의 붕괴로 대공황이 시작되기 전까지, 미국 최고의 호황기를 상징하는 소설가 피츠제럴드는 "재즈 시대의 다소 촐싹대는 기록자"에 불과했다. 작가로서 피츠제럴드의 이력은 정점에서 출발해 하염없이 추락해가는 과정이었다. 한때는 선인세로 1만 2000달러를 받았고 《새터데이 이브닝 포스트》는 그에게 편당 4000달러까지 지불했지만*, 그가 죽기 넉 달 전에 마지막으로 정산된 인세는 고작 13달러 13센트, 총 40부에 해당하는 금액이었고 그마저도 대부분 스콧이 구입한 것이었다. 그의 책은 1950년대 후반까지 한동안 완전히 절판되었다.

0

작가의 삶이 글보다 더 자주 세간에 오르내리면 작품에 대한 해석은 어쩔 수 없이 오염되고 만다. 하지만 데뷔 이래 죽을 때까지 그의 언행이 신문 지면의 단골 가십으로 다뤄진 데는 스콧 자신의 책임이 가장 클 수밖에 없다. 피츠제럴드 부부의 주사 변덕 히스테리 외도 낭비벽은 당대 문학예술계 인사들 사이에서 조롱거리였고, 이 부부가 치고 다니는 사고를 수습해야 하는 사람들을 "점점 더 짜증나게" 만들었다. 스콧은 아무리 가혹한 비판도 언제나 군소리 없이 받아들였다. 왜냐하면 그가 글을 쓰기 위해 "노력이라는 것을 해본 적이" 정

---

* 2013년 5월 4일 자 《새터데이 이브닝 포스트》에 따르면, 이 금액은 현재 물가로 5만 4000달러에 달한다. 단편 한 편에 6000만 원이라는 엄청난 고료를 받은 것이다. 《포스트》가 10년 동안 65편의 단편에 대해 피츠제럴드에게 지불한 고료는 2013년 화폐가치로 50만 달러에 육박했다고 한다.

몹시 고약한 문제,
나

말로 없었기 때문이다. 캐나다 소설가 몰리 캘러헌*은 회고록 『파리에서의 그해 여름*That Summer in Paris*』에서 피츠제럴드를 가리켜 "그렇게나 탁월한 재능을 가졌음에도 늘 놀라울 정도로 자신 없어"했고, "자기보다 못한 사람들로부터 업신여김을 받는 남다른 재능이 있었다"고 썼다.

스콧은 열아홉 살 때 프린스턴대학교 문예 서클에서 사귄 선배 에드먼드 윌슨을 평생 따르고 의지했는데, 당대의 영향력 있는 비평가가 된 후에 윌슨은 빈번히 스콧과 헤밍웨이를 비교하면서, "타고난 재능을 낭비하는 불성실한" 작가라고 스콧을 꾸짖었다.(스콧에게 헤밍웨이의 글을 맨 처음 소개한 사람도 윌슨이다.) 1922년, 윌슨은 피츠제럴드에 관한 본격 비평을 처음으로 《북맨》지에 발표해, 향후 피츠제럴드 소설에 대한 논평의 방향이 고착되는 데 크게 영향을 미쳤다. 여기서 윌슨은 스콧을 "다이아몬드를 상속받은 어리석은 노파"처럼 "작가로선 운 좋은 천재지만 인간으로서는 거의 재앙 같은 존재"라고 했다. 스콧의 소설에는 "예술적 양심"이 결여되

---

* 그는 1929년 파리에서 헤밍웨이와 벌인 권투 시합으로 유명해졌는데, 평소 프로급 권투 실력이라고 자평하던 헤밍웨이를 1라운드 만에 녹아웃으로 쓰러뜨렸다. 헤밍웨이는 이 패배를 피츠제럴드의 탓으로 돌렸다. 심판 겸 시간 계측을 맡은 스콧이 경기 시간이 초과됐는데도 휘슬을 불지 않아 KO를 당한 거라고. 이 일로 헤밍웨이는 "알코올중독으로 맛이 간" 스콧이 "악의적으로 13분 동안이나 라운드를 진행시켰다"며 앙금을 품었다.(헤밍웨이의 이 말은 과장이다. 실제로는 3분 55초였다.)

어 있고, "토대가 확고하지 못한 그의 가치관은 '과시욕'에 초점이 맞춰져" 있으며, "수명이 오래가는 작품을 생산하는 훈련을 아직 받지 못한 즉흥연주가"로서 한계가 분명하다고. 이런 글을 읽고도 스콧은 "윌슨은 '진실'만을 썼으며, 그의 충고를 '더없이 기쁘게' 받아들인다."고 말했다.

윌슨은 스콧 본인에게나 언론 매체 등에 공식적으로나 『개츠비』를 칭찬한 적이 한 번도 없었지만, 제삼자에게 보내는 사적인 편지에서는 이런 고백을 했다. (출간을 앞둔 자신의 원고 교정쇄를 검토하다가 문득 『개츠비』를 다시 읽어보고는) "글을 엮어나가는 스콧의 솜씨가 어찌나 훌륭한지 그만 기가 죽고 말았다네." 나는 피츠제럴드의 단편선집을 편집하면서 그의 작품들을 자세히 접할 기회가 있었는데, 영미 문학에서 피츠제럴드는 고전적 의미의 미문美文을 쓸 수 있었던 마지막 현대 작가가 아닌가 하는 생각이 들었다. 그처럼 섬세하고 순수한 문학적 문장에 더는 유별난 가치를 두지 않게 된 것이야말로 모더니티의 진정한 성취라고 혹자는 말할지 모르겠다. 헤밍웨이의 파워풀한 보도문報道文 스타일과 비교하면 피츠제럴드의 세련된 문장은 '스노비시'하다. 장식적이고, 지적 허영과 자기연민이 묻어나며, 다소 감상적으로까지 보인다. 하지만 소설가로서 그의 빼어남은 도저히 있을 법하지 않은 이야기라도 시작과 동시에 빠져들게 만드는 묘사력과 설득력이다. 노인으로 태어나 점점 젊어져 신생아로 죽는 '벤저민 버

몹시 고약한 문제,
나

튼' 이야기만 해도 막상 읽기 시작하면 황당무계하다고 트집 잡을 새도 없이 단숨에 빨려들게 된다.

피츠제럴드는 소설의 '핍진성'이 소재의 사실성 또는 묘사 대상의 실재성과 필연적 관계에 있지 않다는 것을 선명히 한다. 그는 인물들의 떨림 설렘 흥분 갈망 같은 무수한 감정의 결들을 아주 사소한 사물들, 가령 "체크무늬 식탁보"나 "성냥불"만 가지고도 더없이 생생하게 언어로 드러낸다. 그 시적인 문장들의 물결에 둥실 마음을 맡길 때 독자는 이야기 속에서 그들과 함께 흔들리며 떠내려간다. 허구의 이야기에 총천연색으로 반짝이는 빛을 입히는 피츠제럴드의 화법은 현대인의 취향에는 호불호가 갈린다. 생의 마지막 10년 동안 그가 빚을 갚고 아내의 병원비와 딸의 학비를 벌기 위해 할리우드에 가서 시나리오를 썼을 때 실패한 이유도 그의 서정적인 문어체가 영화라는 매체에 어울리지 않은 데 있다. 문체의 수려함이 너무나 쉽게 눈에 띄어서 사람들은 피츠제럴드의 매력이 그것뿐이라고 믿어버렸다. 철 지난 아름다움을 구현하는 것은 예술가에게 불운한 재능이다.

$\mathcal{O}$

아주 부유한 사람들에 대해 한번 말해보겠다. 그들은 당신이나 나와는 다르다. 그들은 일찍부터 소유하고 즐기며, 그것이 그들에게 뭔가 영향을 끼쳐서, 우리가 거칠어지는 지점에서 그들은 나긋나긋해지고, 우리가 신뢰하는 것에 대해 그들은 시니컬해진다. 당신이 부자로 태어나지 않는 한 그것을 이해하기는 매우 어렵다. 그들은 마음속 깊이 자신들이 우리보다 낫다고 여긴다. 왜냐하면 우리는 삶의 보상과 피난처를 우리 스스로 찾아내야 하기 때문이다. 그들은 다르다.

이런 글을 읽을 때 무슨 생각이 드시는지 궁금하다. 인정하긴 싫지만 사실이잖아, 부럽다. 무슨 소리, 사람은 다 똑같지, 부자라고 별거 없다. 음, 이건 내 얘긴데? 하는 부자도 있으려나. 나라면 상속받은 부를 자신의 우월성의 근거로 내세우는 사람을 마주하면 불쾌할 것 같긴 하다. 부모 돈도 내 능력이야, 같은 멘트를 태연히 내뱉어 상대를 모멸하는 안하무인이 연상되는 것이다. 그렇지만 이런 생각도 내가 부자가 아니기 때문에 드는 이중 잣대일 것이다. 제프 베이조스의 딸로 태어나 숨 쉬듯 자연스럽게 부를 누리고 산다면, 그것을 부끄러워할 필요를 느낄 수가 없고, 또 굳이 그런 부정적이고 피곤한 생각에 잠겨 살 이유도 없겠다.

아무려나, 앞의 문장은 피츠제럴드의 단편 「부잣집 아이」의 도입부고, 뉴욕 최상층 가문의 상속자로 태어나 언제나 자신만만했던 한 청년이 어떻게 사랑에 실패하는가에 관한 이야기가 이어진다. 피츠제럴드의 소설에서 '부자'는 거의 모든 것이라고 해도 좋을 만큼 중요한 주제다. 부자를 그처럼 이상화한 현대 소설가는 다시없고, 이는 문체의 의고성擬古性과 더불어 피츠제럴드의 퇴행적 지향을 선명히 드러낸다. 스콧은 미국 북부 미네소타주의 세인트폴 출신임에도 역사 속으로 사라진 '남부연방'에 대한 노스텔지어를 갖고 있었다. 신분제 대신에 자유시장주의를 제1원칙으로 삼은 나라에서 이러한 낭만적 귀족주의 추구는 대개 콤플렉스의 변형이다.

스콧의 어머니 몰리는 아일랜드 이민자의 딸로 장사로 돈을 모아 신흥계층에 안착한 "부끄러운" 출신 배경이 있었다. 반면, 아버지 에드워드는 생활용품 제조사인 프록터앤드갬블의 영업사원으로 돈벌이는 시원치 않았지만, 피츠제럴드 가문은 미국 건국 초기 동부에 자리 잡은 명문가 중 하나로, 스콧에게 "자랑스러운" 성姓을 물려주었다. 스콧은 촌스럽지만 돈과 실권이 있는 어머니에 대해서는 당혹감을, 뼈대 있는 집안 출신으로 교양을 지녔지만 경제적으로 무능한 아버지에 대해서는 수치심을 느꼈다. 그래서 어릴 적에는 "자신이 원래 왕족의 핏줄로 태어났지만 피치 못할 사정 때문에 지금의 보잘것없는 양친의 집 앞에 버려졌다는 상상"을 하면서 부모에 대한 이중적 열등감을 달랬다.

이 정도만 해도 자아상에 대해 인지부조화를 겪기 충분한 조건인데, 스콧의 경우는 하나의 변수가 더 작용했다. 천사처럼 예쁘게 생긴 외아들을 "하느님이 보낸 선물처럼" 여겼던 몰리는 스콧에게 필요한 모든 것을 마련해줄 준비가 된 채로 언제나 주위를 맴돌았다. 아들을 세인트폴의 상류사회에 들여보내기 위해 최고급 주택가 인근 연립주택에 월세로 살면서 명문 사립학교에 입학시켰고, 아버지가 직장에서 해고되어 형편이 어려워졌음에도 동부의 명문 사립인 뉴먼스쿨에 보냈으며, 프린스턴대* 학생이라는 자부심으로 시카고 최고 부유층 자제이자 사교계 명사였던 지네브라 킹과 데이트하는 데 성공하게 했다.

그뿐 아니라 몰리는 스콧이 무슨 짓을 해도 전부 다 귀여운 장난으로 여겨서 스콧을 완벽하게 '스포일드 차일드'로 만들었다. 잘난 척하거나 애교 부리는 것밖에는 사회적 관계 맺기의 기술이 없었던 "재수 없는 녀석" 스콧은 "열다섯 살 때까지는 다른 사람은 아예 없는 줄 알고" 살았다. 몰리와 스콧은 "턱없이 높은 사회적 야망"을 가진 모자였고, 한사코 부자들 속에 있고자 했다.

성장기 양육 환경이 인격 형성에 미치는 영향의 전형이

* 1900년대 초 미국에서는 18~21세의 청년 중 5퍼센트만이 대학에 진학했고, 주로 농업이나 기술과 관련된 단과대학(college)이었으며, 학비는 무료거나 비싸야 연 40달러 수준이었음에도, 절반 이상이 중퇴했다. 그에 반해 주로 동부에 몰려 있던 대학교(university)들의 학비는 중산층 가정이 감당하기에는 매우 비쌌다. 예컨대 아이비리그 중 한 곳인 브라운대학교에 다니려면 1년에 학비 보험료 기숙사비 교재비 등을 합쳐 연평균 393달러가 들었는데, 이는 2012년 물가 기준으로 9만 5000달러 상당, 1억 원이 넘는다.

몹시 고약한 문제,
나

라 할 만큼 스콧이 평생 시달린 문젯거리들 대부분은 부와 출신에 대한 콤플렉스와 관련이 있었다. 주목해야 할 흥미로운 부분은 이것이 미국적 환상의 에스프리라는 사실이다. 누구나 열심히 노력하면 성공할 수 있다는 아이디어는 기회와 가능성에 대한 낙천적 믿음을 바탕으로 한다. 미국인은 아메리칸드림이라는 신념으로 문화나 전통의 부재에서 오는 결핍을 극복한다. 이는 오랫동안 세습봉건제에 시달렸으면서도 배금주의에는 비판적인 유교 문화권에서는 체득하기 힘든 감각이다. 한국인 독자 대다수가 '개츠비는 왜 위대한가'라는 질문에 어떤 설명을 들어도 썩 와닿지 않는 것은 이 때문이다.

우리말에서 '위대하다'라는 형용사에는 모종의 도덕성이 담겨 있기에 어떤 대상에 이 수식어를 붙이려면 그에 준하는 탁월한 덕성이 요구된다. 이순신 장군이나 세종대왕 같은 인물이면 몰라도, 위대한 부자나 위대한 사기꾼은 가벼운 수사에 불과하다. 하지만 영어의 'great'는 뭐든지 평균보다 많거나 크거나 좋으면 다 붙일 수 있다. great building위대한 빌딩, great dog위대한 개, The Great Wall위대한 장벽, 만리장성, great feeling위대한 기분 등등. great가 좋은 이유는 많기 때문이고, 부는 그중 가장 좋은 많음이다. 이 공식은 19세기 말 미국에서 보편적 사회적 가치로 체계화되었다.

미국의 아동문학가 허레이쇼 앨저Horatio Alger, 1832~1899는 매사추세츠주 목사의 아들로 태어나 하버드에서 신학을 전공하다 때려치우고 뉴욕에 가서 청소년을 위한 '성공담 소설'을 시리즈로 썼는데, 가난한 소년이 약간의 행운과 많은 노력으로 막대한 부를 거머쥔다는 천편일률의 줄거리임에도 2000만 부를 팔아치운 베스트셀러 작가다. 피츠제럴드와 헤밍웨이는 이 앨저의 소설들을 읽으며 소년기를 보냈다.

일명 "무일푼에서 거부로Rags to Riches"라고 일컬어지는 앨저의 플롯은 미국인의 마음속에 부에 대한 낙관적 도식을 아로새기는 데 크게 기여했다. 농사꾼의 자식으로 태어나 원대한 미래와 비천한 현실 사이에 갇혀 허송세월하던 17세 소년 제임스 개츠가 우연히 백만장자 광산업자 댄 코디의 목숨을 구해주고 그로부터 부자로 사는 법을 배우는 과정은 전형적인 앨저류의 플롯이다. 제이 개츠비는 제임스 개츠가 부의 결과로 다시 태어난 인물이므로 머지않아 영예로운 사랑의 승리자가 될 것이다. 비평가 해럴드 블룸이 "『위대한 개츠비』는 의도치 않았으나 분명하게 미국인의 꿈, 아메리칸드림을 반영한다."고 쓴 것도 이 때문이다.

개츠비는 미국인의 이상, 타고난 부old money가 아니라 성취한 부new money의 주인이라서 위대하다. 그는 부자가 되고자 했고, 그것을 실현했다. 개츠비는 미국인다운 순수함으로 돈의 힘을 믿었다. 그에게는 사랑을 얻는 것도 잃는 것도 모두 부와 관련이 있었다. 그래서 그에게는 '그레이드'라는 수식어가 누구보다 잘 어울린다. 아니, 그럼 개츠비가 돈을 모으기 위해 저질렀던 각종 불법들은 뭐냐, 엄밀히 말하면 범죄자인데 그래도 위대하냐, 반문할 수 있다. 하지만 당시의 사회상을 조금만 들여다보면 개츠비가 관여했던 승부조작 도박과 밀주 판매는 손쉬운 이권사업으로 어디서나 횡행했다.

1920년대는 미국 역사상 가장 많은 양의 술이 소비되었던 금주법의 시대이자, 시장 선거부터 의정 활동에 이르기까지 정치 전반에 갱단이 조직적으로 관여했던 범죄의 시대다. 기업가와 권력자가 한 몸처럼 결탁했고, 자유시장주의와 금권정치가 판치는 승자독식의 시대였다. 1895년에 금융 재벌 J. P. 모건은 국고가 바닥나 위기에 몰린 클리블랜드 대통령을 압박해 6500만 달러 규모의 사모 국채를 발행하게 하고, 이로써 수백만 달러의 이익을 챙겼다. 국채 발행은 의회의 비준이 필요한 사안이었지만 모건은 "친구 사이에 헌법이 무슨 대수냐"고 했다. 사안의 경중을 떠나 돈과 법 사이의 거리가 충분히 멀었던 당대의 맥락에서 보자면, 개츠비의 사업은 감내해야 할 타락한 일거리일 뿐, 그가 추구하는 위대한 부의 비전에 흠집을 내지는 않는다. 개츠비는 특별한 악행을 저지른 것이 아니라 그 시대의 어떤 전형일 뿐이었다.

무엇보다 소설 '개츠비'를 '위대'하게 만든 인물은 피츠제럴드가 아니라 편집자 퍼킨스였다. 그는 피츠제럴드의 소설 제목을 항상 고쳤다. 가령 초고에 '로맨틱 에고이스트'였던 장편은 『낙원의 이쪽』으로, '나이팅게일을 위한 송가'로 연재되었던 작품은 『밤은 부드러워』로 바꿔서 출간했다. 『위대한 개츠비』는 출간 일정이 지연될 정도로 유난히 제목 짓기에 난항을 겪었다. 수십 개의 가제가 제안되었는데, 그중에는 '첫 시도에 실패했다면 부자가 돼서 재도전하라If At First You Don't Succeed, Become Rich and Try Again', '낡은 돈이냐 새 돈이냐: 돈벌기Old Money vs. New Money: The Moneying' 같은 것이 있었다. 마지막까지 스콧이 주장한 제목은 '황금 모자를 쓴 개츠비The Gold-Hatted Gatsby' 였지만 막판에 맥스웰이 그레이트 개츠비로 정해버렸고, 스콧은 마지못해 받아들이면서도 "타당하지만, 좋다기보단 나쁜 쪽에 더 가깝다"고 평했다. 피츠제럴드의 가제 중에 '위대한'이 들어간 제목은 없었다. 이상한 경로로 또는 우연히 어쩌다 그렇게 완성되어버린 책을 읽으면서 거기에 많은 의미를 부여하고 해석하는 것도 후대의 독자들만이 누리는 이유 없는 즐거움이다.

⌀

    아메리칸드림을 상징하는 인물은 많지만, 내가 가장 인상적으로 읽은 스토리는 찰리 채플린의 『나의 자서전』이다. 영국 런던에서 연극배우인 부모 밑에서 태어난 그가 어린 시절에 겪은 가난은 혹독함 자체였다. 이혼 후 두 아들을 혼자 기르게 된 채플린의 어머니는 배우 말고는 할 줄 아는 일이 거의 없었다. 그녀는 바느질을 해주고 얻은 동전 몇 푼으로 아이들을 먹여야 했는데, 자주 일거리가 끊겨 굶는 날이 허다했다. 채플린의 영화에 등장하는 좀도둑 소매치기 구두닦이 꽃팔이 소년은 모두 그 자신의 어릴 적 모습이다. 구두창이라도 있으면 떼어 썰어 먹을 지경의 가난이었다. 채플린은 온종일 거리를 쏘다니며 구걸하다 돌아왔는데, 어머니는 늘 아침과 똑같은 모습으로 창가에 멍하니 앉아 있었다. 얼마 후 헤너 채플린은 극도의 영양실조로 정신분열 증세를 보여 병원에 수용되었다. 보호자 없는 아홉 살 찰리는 형과 함께 빈민구호소에서 지냈다.

그로부터 19년 후, 찰리 채플린은 미국에서 백만장자가 되었다. 1917년 채플린은 퍼스트내셔널 영화사와 연봉 120만 달러 계약을 했다. 할리우드 영화 역사상 최초의 100만 달러 계약 뉴스는 신문에 대서특필되었다. 당시 이미 주급 1만 달러를 받는 스타 배우 겸 감독이었던 채플린은 언론 재벌 윌리엄 허스트, J. P. 모건, 앤드루 카네기 등 미국 최고의 부자들과 어울렸으며 돈을 쓸 시간이 없을 만큼 스케줄이 빡빡해서 저금이 50만 달러에 달했다.

많은 돈을 벌었지만 "그것을 한 번도 본 적이 없었"던 채플린은 한번 확인해보고 싶었다. 그래서 비서와 운전기사를 고용하고, 길 가다 눈에 띈 자동차 판매점에 들어가서는 전시된 차들 중 가장 고급스러워 보이는 세단의 가격을 물었다.

4900달러라는 점원의 말에 그는 "주시오."라고 했다. 노점에서 파는 사과 한 봉지를 사듯이 자동차를 사는 손님에게 놀란 점원이 "엔진이라도 보시겠습니까?"라고 묻자 채플린은 "나는 차에 대해서는 아무것도 모릅니다."라고 답하며 엄지손가락으로 타이어를 한번 눌러봤을 뿐이다.

14~15년 전에 읽었는데도 이 장면은 오랫동안 기억에 남아 있다. 돈은 왜 쓰고 싶을까, 라는 하등 쓸데없는 질문이 떠올라 사라지지 않고 맴돌았기 때문이다. 다들 아시다시피, 돈을 쓰고 싶은 마음은 실제로 돈이 수중에 있고 없고와는 별로 관계가 없다. 또한 벌기도 전에 쓸 궁리부터 하는 경우가 대부분이라는 것도 생각할수록 이상하다. 대부분 부자란 돈을 쓰는 데 비해 벌 계획을 세우고 실행하는 데 막대한 시간을 투입하는 사람들인 것 같고, 보통 사람들에겐 계획이고 뭐고 생각할 틈도 없이 스쳐가는 게 돈이다. 말하자면 돈을 쓰고 싶은 마음은 각자의 지불 능력과 비례하지 않는다는 건데, 이토록 비합리적인 욕망의 원인은 대체 뭘까.

그 답은 이미 20세기에 프랑스의 걸출한 사회철학자 장 보드리야르가 명쾌하게 내놓았다. 현대의 경제사회 구조는 소비를 통해 자신의 존재를 증명하도록 구축되었다. 자유로운 개인은 소비함으로써만 집단 및 세계와 관계를 유지할 수 있으며, 소비 양식의 차별화를 통해 신분제를 대체하는 사회적 계급/지위를 확인한다. 소비는 단지 경제행위가 아니고,

몹시 고약한 문제,
나

자본주의 시장의 기본인 수요와 공급의 원리를 따르지도 않는다. 현대인은 타인들의 욕망을 스스로에게 투사하고 소비 행위로 이를 충족함으로써 현존감을 얻고, 이상적 현실(가령 부자의 삶)을 모사함으로써 진부한 일상의 불안을 잠재운다. 평등하고 민주적인 시스템(이라는 환상)이 만인의 권리로 주어진 결과, 소비는 불평등과 특권을 누리는 존재로서 자부심을 보존하는 형식적 수단이 되었다. "소비자 대중은 존재하지 않으며 어떠한 욕구도 표준적인 소비자로부터 자연발생적으로 출현하지 않는다."

상당 부분 옳다고 생각되지만, 그럼에도 이것만으로는 '돈은 왜 쓰고 싶은가'에 충분하고도 납득할 만한 답이라는 느낌이 들지 않는다. 계급적 욕망이 아닌, 오직 필요에 따른 소비만 한다는 것은 어떤 삶일까. 한동안 이걸 실험해본 적이 있다. 직접적인 계기는 패스트패션으로 낭비되는 자원과 거대한 쓰레기 산에 관한 다큐멘터리를 본 것이다. 꼭 필요한 물건이 아니면 사지 않는다는 원칙을 정하고, 장보기는 미리 적어둔 물품만, 대용량 구매는 하지 않고, 1+1이라니까 괜히 한 묶음 집어 들기도 금지, 쓰던 물건은 다 떨어지기 직전에 재구매 등 세부 규칙도 세웠다.

그러고 나서 가장 먼저 뚜렷해진 변화는 '시간이 엄청나게 남아돈다'는 것이었다. 돈을 쓰는 데 드는 시간이 그렇게나 많았다는 걸 깨달았고, 요즘 양말은 어쩜 그렇게 질긴지 목이 늘어날지언정 구멍은 나지 않는다는 걸 알게 됐다. 쇼핑이라는 것은 필요한 품목의 구매라기보다 여가생활의 변형이라는 것도 느꼈다. 여행이나 경락 마사지의 필요성을 판단하는 부분에선 약간 혼란스러웠는데, 유료인 체험은 어떤 경우가 타자들의 욕망의 모사고 어떤 경우는 절실한 위안인지 명확하지 않았다.

하여튼 1년 넘게 이렇게 지냈더니 무소유까지는 아니어도 꽤나 단출한 일상이 되었다. 신상품이나 트렌드에 무지해져서 뭔가를 사려 해도 어디서 파는지 뭘 살지 판단할 수 없게 되었던 것이다. 그렇게나 오래 안 썼으면 제법 돈이 모였을까. 천만의 말씀. 쌓이는 통장 잔고를 보며 즐거워할 만한 성정을 결여하여, 나에게 반드시 필요한 물건들을 알아내고 고르는 데 강한 집념을 갖게 됐다. 뭐라도 사고 싶은 유혹에 고민 없이 굴복할 수 있게 해준 칫솔과 수세미에게 고마웠고, 값비싼 책을 서슴없이 장바구니에 담을 때는 가슴이 뛰었다. 소비를 극단적으로 절제하는 것은 엄격한 다이어트를 할 때 나타나는 증세와 유사하게 우울감을 불러오고, 의외의 대상을 향한 낭비 욕구가 강해지는 부작용을 낳았다. 어쩌면 욕망이 소비를 부추기는 것이 아니라, 소비 욕구 자체가 인간의 기본충동 중 하나가 아닐까.

조르주 바타유는 그렇다고 한다. 바타유의 사상은 "합리적이고 위선적인 근대 부르주아와 배신당한 노동자 계급"으

몹시 고약한 문제,
나

로서는 선뜻 받아들이기 어려운 과격한 주장을 담고 있지만, 부인할 수 없는 진실을 드러낸다. 바타유에 따르면 소비는 두 종류로 나뉘는데, 하나는 "생산활동에 필요한 기본적 조건으로서의 소비"고, 다른 하나는 "생산 목적과 상관없는, 순수한 비생산적 소비", 즉 "소모"다. 소모 행위의 대표적인 예로는 과시적 사치, 종교 및 장례 의식, 기념물 제작과 건립 그리고 공연 도박 예술 전쟁이 있다. 인류 문명은 언제나 이 두 유형의 소비가 상호 동시적으로 작용하며 변천해왔다.

그런데 산업사회에 들어서서 목적과 유용성이 중요한 경제 원리로 부상하면서 소모의 가치는 철저히 부정되었다. 열심히 저축하고 부를 늘리는 데 헌신적인 자본주의적 근대인은 보존과 정당한 배분에 많은 관심을 갖게 되었으며, 그 결과 인간을 사물의 질서에 종속시켰다. 이들은 "하찮은 재산을 얻기 위해 과시적인 소모의 가치 하락을 완성시킨 장본인"이고, 보상은 일을 통해서만 얻어진다는 거짓을 퍼뜨림으로써 스스로 노동의 노예가 되었다. 이제 인간은 두 얼굴을 갖게 되었고, 밤의 소비와 낮의 일이 분리된 삶을 살게 되었다.

하지만 자연의 일부인 인간에게도 잉여를 어떻게 소모할 것인가는 "미래가 달린 중대한 문제"다. 초과 에너지의 소모, 즉 탕진은 비움으로써 다시 채워지는 그릇과 같다. 소모의 최종적 목적 역시 획득이지만 이 새로운 획득에는 질적 변화가 일어난다. 내밀한 인간성을 되찾고, "사물의 초라함에서 벗어나 신적 질서를 회복"하는 것이야말로 깊은 자유의 완성이다. "과잉은 결손작용을 통해 탕진되어야 한다. 지구 에너지를 활기 있게 하는 것은 최종적 낭비다." 어떻게 읽으면 종교적 경건함으로 들리고 또 어떻게 보면 위태로운 파괴 성향인데, 원치 않은 절제로 시무룩해진 마음에는 반가운 활기를 불어넣는다.

바타유의 주장은 소비가 생명의 본성이라는 것이다. 사실 그렇긴 하다. 자연은 필요와 계획에 따라 생산하지 않고, 늘 넘치거나 부족하게 생성되고 소멸하는 것들이 무한히 순환하는 무위다. 그리고 생각해보면, 돈을 벌 때보다 쓸 때가 더 즐거운 이유는 그걸 쓰고 있어서, 없애버리고 있어서다. 쓰지 않고 쌓아두는 돈에서 쾌를 느끼는 사람도 있겠지만, 어쩐지 변태적이다. 그가 진짜로 만끽하고 있는 것은 다만 자신의 환상, 원한다면 얼마든지 그 돈으로 바꿔올 수 있다고 믿는 가능성들(타인의 마음, 아름다움, 안전과 영생 등)이다. 그에 반해 "일단 자원을 소모하면 그 소모된 자원은 그것을 소모한 사람에게 특권을 안겨준다". 내가 돈을 써버려야 나에게 환대건 포만감이건 돌아오는 것이다. 어쩌면 쇼핑중독이나 낭비벽은 생의 기쁨을 잃어버린 현대인이 생명의 느낌을 복구하려는 파탄적 시도일 수 있다.

몹시 고약한 문제,
나

1930년대에 헤밍웨이와 피츠제럴드가 벌인 '부자 논쟁'은 두 사람이 작가로서 얼마나 다른 이야기를 하고자 했는지를 극명히 대비시킨다. 결론부터 말하자면, 헤밍웨이가 인간이 희망하는 바를 이야기한다면 피츠제럴드는 우리가 찬미하는 것들의 불모성을 이야기한다. 둘은 애초에 서로 어울리기 힘든 성질의 사람들이었는데도, 피츠제럴드가 헤밍웨이를 일방적으로 숭배하다시피 했기 때문에 한동안 친구로 지낼 수 있었다. 하지만 『해는 다시 떠오른다』로 작가의 입지를 굳힌 1926년부터 헤밍웨이는 서서히 스콧을 피하기 시작한다. 특히 헤밍웨이는 스콧의 아내 젤더를 극도로 혐오해서(젤더의 정신분열 징후와 양성애 기질을 가장 먼저 눈치챈 사람이 헤밍웨이였다.) 스콧이 그녀와 이혼하지 않으면 절대 훌륭한 작가가 될 수 없을 거라고까지 했다.

그해, 스콧이 잡지에 발표한 「부잣집 아이」를 읽은 헤밍웨이는 둘을 아는 여러 지인들에게 상당히 비아냥거렸다. 피츠제럴드는 "부자들에게 지나치게 알랑거리고", 그의 소설의 "주제라는 것은 만날 첫사랑 아니면 돈타령"이어서 "아무도 그가 생각을 가진 사람이라고 말하지 않는다". 그러고는 "부자란 그저 돈이 많은 사람일 뿐, 우리와 전혀 다르지 않다."고 단언했다. 흔하디흔한 이 견해차는 그러나 10년 후에 상당히 심각한 공격으로 비화한다.

　1936년 2월, 피츠제럴드는 《에스콰이어》지에 "모든 삶은 무너져 내리는 하나의 과정이다."라는 문장으로 시작되는 산문을 발표한다. 추락, 붕괴, 정신의 파탄 등으로 해석되는 '크랙업*The Crack-Up*'이라는 제목 그대로, 당시 그는 처참히 망가져가고 있었다. 젤더는 집에 불을 지르고 발작을 일으켜 정신병원에 수용되었고, 작품은 흥행이 저조해 돈에 쪼들렸으며, 무엇보다 그가 술을 너무 많이 마셨다. 스콧은 그러한 자신의 상태를 담담히, 그럼에도 연민을 불러일으키는 약한 목소리로 적었다.

　　또 다른 종류의 타격은 내면으로부터 오는데, 너무 늦어버려서 아무것도 할 수 없게 될 때까지, 다시는 좋은 사람이 되지 못하리라는 사실이 최후통첩의 깨달음으로 올 때까지는 그걸 전혀 느끼지도 못한다. (……) 나는 지금껏 살아오면서 너무도 많은 사람을 만났다. (……) 나는 영문 모를 적들과 떼어낼 수 없는 친구들과 지지자들로 이루어진 세상에서 살았다. 그러나 이제는 철저히 혼자고 싶었다.

　4월까지 3회에 걸쳐 연재된 이 연작 산문은 그를 알던 모든 작가와 비평가에게 경악을 안겨주었다. 그때까지만 해도 작가가 자신의 사적인 이야기를, 특히 비관적인 심경을 글로

몹시 고약한 문제,
나

써 공개한다는 것은 끔찍스럽게 구차한 행동이었다. 게다가 그가 우회적으로 표현한 원망은 "친구들"의 마음을 몹시 불편하게 했다. 그리고 그의 글은 큰 반향을 일으켰다. 갑자기 세상 사람들이 다시 그를 주목했다. 피츠제럴드는 '고백적 에세이'라는 장르를 하나의 트렌드로 만든 장본인이 되었다. 하지만 헤밍웨이에게 스콧의 글은 눈꼴신 자기연민이었고 술에 취해 "줏대 없이 징징거리는" 한탄으로 보였다. 그래서 그는 같은 해 8월, 역시 《에스콰이어》에 단편소설 「킬리만자로의 눈」을 최초 공개하면서 자신의 페르소나인 소설가 해리에게 이런 독백을 시킨다.

그해리는 가련한 스콧을 떠올렸다. 언젠가 스콧은 낭만적 경외심을 담아 다음과 같은 문장으로 시작되는 소설에 착수한 적도 있다. '아주 부유한 사람들은 당신이나 나와는 다르다.' (……) 스콧은 부자를 특별히 매혹적인 종족으로 여겼고, 그게 아니라는 사실을 알았을 때는 다른 무엇도 그렇게까지 박살 낼 수 없을 만큼 충격을 받았다.
그는 그렇게 박살 나는 사람들을 경멸해왔다.*

* 잡지에 수록된 최초의 버전에서는 피츠제럴드를 실명으로 언급하며 저격했지만, 단편집으로 묶여 나올 때는 편집자 맥스웰의 필사적인 반대로 '스콧'이 '줄리언'으로 바뀌었다.

당시 헤밍웨이는 피츠제럴드에게 보낸 편지에서 작가로서 스콧에게 심각한 결핍을 두 가지 꼽았다. 하나는 인간에 대한 이해가 부족하다는 것이고, 다른 하나는 상상력이 없다는 것이었다. 내 생각에, 헤밍웨이는 피츠제럴드의 상상력도, 스콧이 인간을 체험하는 방식도 전혀 이해하지 못했다. 헤밍웨이가 생각한 부자는 보통의 사람들 누구나 얼마간은 알고 있는 '평범한 허구'의 부자다. 자본주의 사회의 승리자인 그들은 성실하고 근면하게 자기 삶을 책임지고자 애쓰며 사는 대다수 중산층과 서민을 상대적 박탈감에 빠뜨리는 존재다. 한갓 돈 따위로 차별적 특권을 주장하는 거만한 인간인 것이다. 지기 싫어하고 늘 강해 보이고 싶어 한 헤밍웨이로선 당연히 불쾌한 족속들이다. 부자에 대한 이러한 상像은 상투적이다.

피츠제럴드에게는 일반인이 생각할 수 있는 선을 훌쩍 뛰어넘은, 마법에 가까운 부를 소유한 인물을 상상하는 특별한 능력이 있었다. 「리츠칼튼 호텔만 한 다이아몬드」에 바로 그런 부자가 나온다. 소박한 중산층 출신인 존은 재력가의 자제들이 다니는 보스턴 근교 사립 고등학교에서 퍼시 워싱턴이라는 소년과 사귀게 된다. 그리고 퍼시의 초대로 여름방학에 그의 고향집에 놀러 간다. 그런데 알고 보니 퍼시네 아버지는 지구상에서 가장 부유한 사람이다. 왜냐하면 워싱턴 씨의 저택이 서 있는 산 전체가 한 개의 거대한 다이아몬드기 때문이다. 순간 눈을 의심하게 되지만, 진짜로 그렇게 쓰여 있다.

몹시 고약한 문제,
나

부피 1세제곱마일, 즉 가로세로높이가 각각 1.6킬로미터에 달하는, 리츠칼튼 호텔만 한 다이아몬드라고.

피츠제럴드의 이 과함, 지나침, 허무맹랑함은 매혹적이다. 거기에는 인간의 마음을 설레게 하는 꿈, 합리성과 적절성을 강요하는 현실세계로부터 아득히 멀어지는 경이로운 환상이 있다. 대상을 있는 그대로 모사하는 것이 아니라 불가능한 조합을 통해 경험되지 않는 신비한 창조물을 만들어내는 것, 판타지에 대한 갈망은 인간의 독특한 욕구 중 하나다. 왜냐하면 인간만이 상징과 기호를 사용하는 능력으로 위안을 얻기 때문이다. 피츠제럴드는 "세상 그 무엇에도 비견할 수 없고, 인간이 소망하거나 꿈꿀 수 있는 차원을 넘어선 백색으로" 빛나는 다이아몬드와 같은 부를 상상했고, 그 아름다움의 본질을 정확히 꿰뚫었다. 절대왕권과도 같은 그 부는 "플라톤적으로 구현한 궁극의 감옥"이다. 그리고 수십 년 동안 각고의 노력으로 지켜온 비밀, 다이아몬드 산의 존재가 세상에 발각될 위기에 처했을 때 워싱턴 씨는 모든 걸 폭파시켜 재로 만들어버린다. 이 완전한 파괴, 막대한 소모로부터 '현실'을 살아가야 할 존재의 각성이 이루어진다.

인간이 그려내는 허구의 종류는 가지각색이다. 헤밍웨이가 아무리 사실주의를 표방해도, 피츠제럴드가 아무리 터무니없는 판타지여도, 변함없는 사실은 둘의 이야기가 상당한 정도로 허구라서 매력적이라는 점이다. 어떤 허구가 더 끌리는지는 사람마다 다르겠지만, 찬란한 부에 대한 피츠제럴드의 천진난만한 경탄에는 모종의 친숙함이 있다. 스스로 빛을 내는 따뜻하고 둥근 태양을 숭배해온 인간은 반짝이는 것들을 예뻐하는 눈을 갖게 되었다. 피츠제럴드가 "부자"라고 말할 때, 그가 마음속에 떠올리는 것은 영원히 도달할 수 없는 그 완전한 빛이었을 것이다.

사적 취향을 떼어놓고 말하자면, 헤밍웨이가 피츠제럴드보다 더 전 세계적으로 널리 읽히는 것은 그의 작품이 보다 보편적인 주제를 다루고 있어서다. 이때 보편이란 작품을 관통하는 핵심 정서를 파악하기 쉽다는 뜻이다. 반면에, 피츠제럴드의 소설들은 특정 시대 특정 국가의 특정 세대와 계급의 이야기라서 그 시대로부터 멀어질수록 독자는 물랭루주 쇼처럼 눈길을 끄는 구경거리로 여기게 된다. 게다가 발랄한 분위기와 화려한 스타일에도 불구하고 언제나 비극이라는 점은 독자를 크게 낙담시킨다. 헤밍웨이가 허구인 승자들의 이야기를 썼던 반면, 피츠제럴드는 노력과 능력에 상관없이 결국은 패배하고 마는 인간들의 이야기를 썼다. 피츠제럴드는 아메리칸드림이 '꿈'이라는 것을 알았고, 거대한 오물 속에서 은화를 차지하려 싸우는 일, "그럴 가치가 없는" 대상에게 집념의 추구를 바치는 일이라는 것도 알았다.

피츠제럴드는 인간 내면의 변덕 불안 욕망이라는 보다 은밀하고 근본적인 테마를 다루며, 위선의 베일로 애써 가린

몹시 고약한 문제,
나

속물성을 예민한 감각으로 간파해낸다. 하지만 안타깝게도 그는 동시대인들에게 자신의 재능을 노골적이지 않으면서 돋보이게 하는 작가적 사회성이 없었다. 꾸밈없는 솔직함으로 자신의 안과 밖을 다 공개했기 때문에, 그의 존재 자체가 들키고 싶지 않은 우리 자신의 부끄러움이 되고 말았다. 동료 작가와 비평가 들은 그의 소설이 도덕적 책임감이나 예술적 목표를 가지고 치열하게 고민한 결과가 아니라는 것을 너무 자세히 알았다. 그가 요란할 뿐 깊이 없는 작가라는 오명을 쓰게 된 데는 이런 부분이 크게 작용했다. 소설가 피츠제럴드는 "사람이 비밀이 없다는 것은 재산 없는 것처럼 가난하고 허전한 일이다."(「실화失花」)라고 한 이상李箱의 스산한 독백에 걸맞은 삶을 살았고, 그의 작품에 대한 사후 재평가는 비밀을 아는 동료들도 모두 세상에서 사라진 후에야 온전히 이루어진다.

Jazz Age Stories, F. Scott Fitzgerald, Penguin Books, 1998.

"The Rich Boy", *Redbook Magazine January/February*, 1926.

https://www.esquire.com/lifestyle/a4310/the-crack-up/

https://classic.esquire.com/article/1936/8/1/the-snows-of-kilimanjaro.

미국 대학 교육의 역사. https://college-education.procon.org/history-of-college-education/

Bloom's Guides: The Great Gatsby, Harold Bloom, Infobase Publishing, 2006.

『헤밍웨이 vs. 피츠제럴드』, 앞의 책.

『나의 자서전』, 찰리 채플린, 이현 옮김, 김영사, 2007.

『소비의 사회』, 장 보드리야르, 이상률 옮김, 문예출판사, 1991.

『저주의 몫』, 조르주 바타유, 조한경 옮김, 문학동네, 2000.

몹시 고약한 문제,
나

현대인인 여성이 고전을 읽을 때

조지 엘리엇 『미들마치』 1872년

오늘날 고전으로 손꼽히는 문학작품 대다수는 여성인 독자를 염두에 두지 않고 창작되었다. 이 말은 실제 독자의 성별과는 무관하게, 소설 속 화자가 상정하는 '가상의 청자'가 당대의 남성 대중이었다는 뜻이다. 그리고 이때 남성이란 일정 정도의 지식과 재산을 소유한 자유민을 가리켰다. 노예나 농노인 남성은 부유하고 지체 높은 여성보다 더 독자로 상상되기 어려웠다. 봉건시대에는 귀족이나 영주 가운데도 문맹이 적지 않아서 고전은 소수의 엘리트와 성직자의 전유물이었다. 책은 다른 어떤 문화 생산물보다도 신분과 계급에 민감했다.

19세기 중반부터 두각을 나타내기 시작한 여성소설들은 글을 쓰는 주체가 여성이라는 생산자적 관점보다는 여성을 능동적 독자로 의식하고 인정한 소비자적 측면에서 더 큰 의의가 있다고 생각한다. 작가가 뚜렷한 의도를 가지고 여성의 세계를 다룰 수 있었던 것은 실체로 존재하는 대상독자 집단을 발견했기 때문이다. 이는 비단 여성인 작가에게 국한되지 않았다. 여성 인물들을 서사의 중심축으로 세웠던 플로베르나 발자크는 선정적 통속소설이라는 비난 속에서도 수많은 여성 독자들의 지지에 힘입어 큰 인기를 누렸다.

여성소설에 관한 논의들 대부분은 창작자인 여성이 겪어야 했던 사회적 한계와 제약 들에 집중하지만, 어느 시대에나 예술가는 사제나 군인에 비해 그다지 대접받는 직업이 아니었다. 물론 여성 작가의 경우는 거친 실패담조차 희귀할 만큼 주류 문학사에서 논외로 취급되어온 것이 사실이다. 책을 읽고 쓰는 행위는 총검술을 익히는 것만큼이나 남성적인 활동이어서, 고전이 즐거이 '여성성'을 이상화해도 이는 실제의 인간 여성과는 거의 아무런 관계가 없는 신화적 원형적 상징일 뿐이었다.

이로부터 어떤 이들에게는 필연적 질문이 생겨난다. 여성인 독자가 고전을 읽을 때 그녀는 자신을 누구와 동일시할 것인가. 소설 속에서 주변적이거나 대상화된 여성에만 감정이입할 수 있다면, 그 많은 고귀하고 비천한 남성 주인공의 투쟁서사를 수고스럽게 읽어야 할 이유가 무엇인가. 이러한 의문은 종종 여성인 독자가 고전의 인물들을 진정으로 이해하

몹시 고약한 문제,
나

고 공감하는 것이 과연 가능한가라는 의심으로 이어진다. 여성은 창작자는커녕 온순한 독자로서도 자주 자격 미달이라는 판정을 받곤 한다.

⌀

조지 엘리엇은 1819년 영국 중서부의 작은 도시 너니턴Nu-neaton 외곽에 위치한 아버리 영지Arbury Estate에서 태어났다. 12만 평이 넘는 대지 한가운데 2만 평의 정원과 호수가 있고 광대한 숲으로 둘러싸인 이곳은 영국의 명문가인 뉴디게이트가의 사유지로, 엘리엇 가족은 성에 딸린 자그마한 농가 주택에서 살았다. 엘리엇의 아버지는, 독신이었던 5대 남작 로저 뉴디게이트*가 세상을 뜬 후 직계 후계자가 없어진 아버리 영지의 위탁 관리인이었다. 엘리엇은 어릴 때부터 두드러지게 영특했고 배움의 욕구가 강했다. 그 때문에 19세기의 평범한 중산계급이었음에도 엘리엇의 아버지는 엘리엇의 교육에 투자를 아끼지 않았다. 그녀는 다섯 살부터 열여섯 살까지 세 군데 기숙학교에서 공부했다.

그렇다. 19세기를 대표하는 이 여성 작가의 본명은 메리

---

* 미들섹스대학교와 옥스퍼드대학교의 설립자이며, 뉴디게이트 문학상을 만든 인물이다.

앤 에번스로, '조지'는 그녀의 평생 파트너였던 조지 헨리 루이스의 이름이고, '엘리엇'은 "입에 잘 붙고 발음하기 쉬운 단어"여서 골랐다고 한다. 아버지가 딸인 메리 앤을 교육시키기로 결심한 데는 그녀가 남달리 총명해서뿐 아니라, '장차 이 아이에게 청혼할 남자가 없을 것 같아서'라는 부모의 현실적 염려가 더 크게 작용했다. 메리 앤에게는 미모를 타고나지 않은 소녀에게 요구되곤 하는 부차적 매력, 예를 들어 사랑스러움이라든지 귀여움 또는 다정다감한 애교 같은 것마저 없었다.

그러나 제아무리 영특해도 기숙학교를 끝으로 메리 앤은 더이상 정규교육을 받을 수 없었다. 결혼 적령기에 도달했으나 모범적인 '숙녀a lady'가 되지 못한 메리 앤은 돌아가신 어머니 대신 집안일을 하는 틈틈이 독학을 시작했다. 뉴디게이트 후손들의 신임을 받은 아버지 덕분에, 그리스어와 라틴어 사전을 포함해 6777종의 고전 장서를 보유한 아버리홀 도서관을 자유롭게 이용할 수 있었다. 이곳에서 메리 앤은 헤로도토스의 『역사』에서부터 대大플리니우스의 『박물지』에 이르기까지 고대 그리스와 로마의 주요 저작들을 탐독했다. 그 치열한 자기교육의 결과로 엘리엇은 호메로스와 볼테르를 대수롭지 않게 인용하고, 그리스 신화와 로마사로 재치 있는 위트를 구사하는 진귀한 여성 작가가 되었다.

아버지의 우려와는 다르게, 조지 엘리엇은 61세 때인 1880년에 21세 연하의 투자 중개인 존 월터 크로스에게 청혼

몹시 고약한 문제,
나

을 받았다. 부유한 은행가 집안의 자제였던 크로스는 서른 살에 이미 은퇴하기에 충분한 정도의 재산을 모았고, 《타임》지에 이따금 칼럼을 실었으며, 시인 알프레드 테니슨, 찰스 다윈, 토머스 헉슬리 등과 친분을 나누는 사이였다. 크로스는 스물아홉 살이던 1869년 가족과 휴가차 떠난 로마 여행에서 엘리엇을 처음 만난 이후 그녀의 팬을 자처해 자산 관리까지 맡아 해주면서 오랜 우정을 쌓았다. 이들의 첫 만남은 엘리엇의 소설 『미들마치』에서 드라마적 변형을 거쳐 재연된다.*

엘리엇은 크로스와의 결혼으로 세간의 비난을 받았는데, 당연히 두 사람의 엄청난 나이 차를 두고 말이 많았다. 하지만 엘리엇의 오빠는 예순 넘은 여동생이 드디어 멀쩡하게 결혼식을 올렸다는 사실에 크게 기뻐하면서, 연을 끊고 지냈던 메리 앤을 가족의 일원으로 다시 받아주었다. 왜냐하면 엘리엇이 남편이라 부르며 20년을 함께 산 루이스가 유부남이었기 때문이다. 당대의 저명한 비평가였던 루이스는 엘리엇을 법적 배우자인 아그네스보다 더 진정한 동반자이자 조력자로

---

* 무려 27세나 연상으로 모태솔로 초식남인 커소번 신부와 결혼한 열아홉 살 처녀 도로시아 브룩은 신혼여행지인 로마에서 커소번의 친척인 윌 레이디슬로와 재회한다. 미들마치의 커소번 저택에서 짧게 서로를 소개받고 스쳐 지났던 두 사람은 이때 처음으로 상대방을 '발견'하고 은연중에 신경 쓰기 시작한다. 도로시아는 커소번이 죽은 뒤 레이디슬로와 재혼한다. 이는 『미들마치』에 "나의 남편 루이스에게"라는 헌사를 썼던 엘리엇이 후일 크로스와 결혼한 것과 우연하게 겹친다.

여겼다.* 엘리엇은 루이스의 친자녀 셋을 보살폈고, 말년에는 병든 루이스를 간호하고 그의 임종을 지켰다.(크로스와는 루이스 사후 2년 뒤에 결혼했다.)

소설가 조지 엘리엇으로 이력을 시작하기 전에 메리 앤 에번스는 코번트리의 진보 지식인 모임인 '로즈힐 서클'에서 주도적 역할을 한 여성 멤버였다.** 에번스의 첫 저작은 그녀가 로즈힐을 통해 접한 독일의 급진 신학자 다비드 슈트라우스와 헤겔좌파 철학자 루트비히 포이어바흐의 논쟁적 저서들을 영어로 번역, 출판한 것이다.(이때부터 에번스는 자신을 불가지론자로 선언한다.) 이후 《웨스트민스터 리뷰》지의 부편집장으로 일하면서 실질적으로 편집 작업을 도맡아 했고 칼럼과 비평도 썼다. 에번스의 비평은 언제나 매섭고도 용감

---

* 루이스의 아내 아그네스는 루이스보다 먼저 《데일리 텔레그래프》의 초대 편집장인 손턴 리 헌트와 내연관계를 맺었지만, 엘리엇과의 관계를 인정하고 공개한 루이스가 법률상 유책 배우자여서 이혼소송을 제기할 수 없었다. 헌트 역시 법률상 배우자와 이혼하지 않고 아그네스와 관계를 유지했다. 아그네스가 헌트와의 사이에서 낳은 혼외자 넷은 루이스의 성을 따랐으며, 아그네스는 루이스에게 양육비와 생활비를 받았다.

** '로즈힐'은 모임의 장소를 제공한 찰스와 브레이와 캐럴라인 헤넬 부부의 집을 가리킨다. 에번스는 캐럴라인의 오빠인 찰스 헤넬의 소개로 서클에 참여하게 되었는데, 그는 급진적 개신교 분파인 유니테리언(Unitarians)이었다. 에번스는 이곳에서 사회주의 사상가 로버트 오언, 사회학자 허버트 스펜서, 작가이자 경제사회학자 해리엇 마티노, 철학자 랠프 월도 에머슨 등을 만났으며, 기독교 복음주의를 유물론의 관점에서 비판하게 되었다.

몹시 고약한 문제,
나

했다. 이를 눈여겨본 루이스가 메리 앤에게 직접 소설을 써보라고 권했다.

1857년, 에번스는 조지 엘리엇이라는 남성 필명으로 「아모스 바턴 목사의 슬픈 운명 The Sad Fortunes of the Reverend Amos Barton」이라는 단편을 《블랙우즈 매거진》에 게재한다. 그리고 소설이 실린 잡지 한 부를 오늘날에는 물론이고 당시에도 영국을 대표하는 거물 작가였던 찰스 디킨스에게 보냈다. 디킨스는 "엘리엇 씨 Sir."에게 동료 작가로서 충심 어린 감탄과 지지의 마음을 담은 답장을 쓴다. 그런데 이 편지에서 디킨스는 이런 말을 한다. "이 탁월한 소설가가 만일 여성이 아니라면, 저는 이 세상이 창조된 이래로 이토록 여성적인 정신을 가진 남성 작가는 단 한 명도 본 적이 없다고 확신합니다." 디킨스는 엘리엇이 여성임을 알아차린 최초의 인물이었다.

1859년, 첫 연작소설집 『애덤 비드』를 출판하자 초판 1500부가 곧 매진됐으며 비평가들은 입을 모아 "인간의 마음에 대한 작가의 지적 통찰이 압도적"이라고 칭송했다. '엘리엇'이라는 이름은 세인들의 뇌리에 각인되었다. 사람들은 그가 누군지 추측하기 시작했고, 인기가 높아지자 심지어 엘리엇을 사칭하는 인물까지 등장했다. 어쩔 수 없이 메리 앤은 자신의 정체를 밝혔다. 디킨스는 엘리엇의 첫 책 출간을 축하하는 편지에서 "부인께서 여성이라는 사실이 『애덤 비드』를 읽는 기쁨을 조금도 망가뜨리지 않습니다."라고 했다.

여성임이 알려진 후에도 메리 앤은 계속 조지 엘리엇으로 소설을 출판했다. 오늘날 독자는 이러한 남성 필명의 사용이 여성 작가임을 숨기기 위한 전략이라고 추측할 수 있다. 그러나 이는 꽤나 현대적인 아이디어다. 빅토리아시대에도 여성이 글을 쓰는 것은 가능했지만, 책을 출판하면서 실명을 밝히는 짓은 만인에게 수치였다. 전업 작가임을 노골적으로 드러내는 것만도 '여자 망신'인데, 거기에다 실명까지 밝힌다면 이는 다른 여성들의 '권리와 품격'마저 짓밟는 무례고 모욕이 될 터였다.

다른 선택지도 있었다. 당시 활동했던 대부분의 여성 작가들처럼 '어느 숙녀의 작품By A Lady'이라고 표기하는 것이다. 엘리엇보다 44년 전에 태어난 작가 제인 오스틴은 죽기 5년 전까지도 그녀가 『오만과 편견』이나 『이성과 감성』의 저자라는 사실을 가족을 제외하고는 아무도 몰랐으며, 저자명은 늘 '어느 숙녀'였다.(여성은 계약서에 서명을 하더라도 법률적 효력이 없었기 때문에, 출판 계약은 그녀의 오빠가 대리했다.) 하지만 작가란 자신의 소설적 자아에 대해 기꺼이 책임질 용의를 가지고 작품을 발표해야 한다고 생각했던 엘리엇은 익명 출판에 비판적인 입장이었다. 이때 여성 작가에게 가능한 최선의 차선이 남성 필명을 사용하는 것이었다.

엘리엇과 동시대를 살았던 브론테 자매들 역시 출산 당시에는 남성 필명을 썼다가 사후에 재조명되면서 브론테 자

몹시 고약한 문제,
나

매로 불린다. 그에 반해 메리 앤 에번스는 지금도 남성 필명으로 불린다. 이는 아이러니하게도 에번스가 다른 어떤 여성 작가들보다 당대의 주류가 되는 데 성공했음을 뜻한다. 엘리엇은 찰스 디킨스, 윌리엄 새커리, 토머스 하디 등 동시대의 남성 작가들과 대등하게 교류하고 출판했으며, 자기 시대의 정치 법률 경제 그리고 여성 이슈에 대해 적극적으로 의견을 개진했다. 엘리엇은 유명 인사였고 많은 팬을 거느렸으며, 그 가운데는 남성 지식인도 상당수였다. 빅토리아 여왕의 딸인 루이즈 공주는 엘리엇의 열혈 팬을 자처해, '부정한' 관계 때문에 격식을 갖춘 자리에는 함께 참석할 수 없었던 루이스와 엘리엇 커플을 초대해 직접 만나기까지 했다. 엘리엇의 대표작 『미들마치』가 "최고의 영국 소설 1위"(BBC, 2015), "역사상 가장 위대한 소설 21위"(《가디언》, 2015)로 꼽히며 후대에까지 높이 평가되는 가장 큰 이유는 엘리엇이 살아서 그 이름으로 작가적 명성을 획득한 데 있다.

〇

『미들마치』의 첫 서너 페이지를 읽다보면 이런 생각을 하게 된다. 옥스브리지 악센트를 구사하는 성우가 읽어주는 오디오북으로 들으면 '우와, 영어가 엄청 고급지고 세련됐다' 감탄하면서 10분 안에 잠들 수 있겠는걸. 31만 6059자(원문

기준)에 달하는 이 무겁고 두꺼운 책을 한 장 한 장 넘기며 읽어나가기란 꽤나 심대한 정신력을 요한다. 특히 소설에서 정서적 감흥, 극적 카타르시스를 경험하고자 하는 독자라면 『미들마치』는 크게 실망스러울 책이다. 흥미진진한 서사로 긴장과 몰입을 선사하지 않으며, 인물에 감정이입해서 상상의 나래를 펼치게도 하지 않는다.

'미들마치'라는 가상의 영국 시골 마을에서 1832년이라는 시대를 살아가는 여러 주민의 표면과 이면을 꼼꼼하게 서술하는 이 작품은 약간의 유머와 약간의 반전 그리고 대부분은 지적 사변으로 이루어진, 영국적 수다의 전형이다. 프랑스적 수다가 주로 '재담'과 '험담'의 양극단을 오가는 경쾌함이 특징이고, 독일적 수다는 '웅장'과 '과장'의 중간 어디쯤을 맴도는 암울함이 특징이라면, 영국적 수다의 특색은 단연 기품 있고 점잖은 어휘로 조곤조곤 모두 까기를 시전하는 신랄함이다. 그런 의미에서 『미들마치』는 내가 아는 한, 셰익스피어를 제외하고, 가장 영국적인 소설인 것 같다. 뼈 있는 농담으로는 세계 최강이라는 아일랜드 작가 오스카 와일드도 강력한 지성과 서늘한 통찰에서 나오는 엘리엇의 스타일에 비하면 괜히 요란하기만 할 뿐 결정적 타격감이 부족하다.

그러나 이 소설의 내용을 간략히 말하는 것은 불가능하다. 메인 서사라 할 만한 것의 비중이 주변적 에피소드들에 비해 특별히 더 풍부하지도 상세하지도 않아서, 어떤 인물을 따

몹시 고약한 문제,
나

라가느냐에 따라 전혀 다른 줄거리가 만들어질 것이다. 그런데 또 주인공이 누구인가 하고 보면 글쎄, 세 명인가? 스물두 명인가? 딱 잘라 말하기 어렵다. 물론 '빅토리아시대 여성 작가의 소설'이라는 선입견을 가지고 읽는다면, 이것은 서너 커플 예닐곱 남녀의 결혼에 관한 이야기라고 할 수도 있겠다. 그렇지만 비평가들이 이 소설의 주제로 '1차 선거법 개혁'과 빅토리아시대의 정치사회 의식의 변화, 전통으로서의 기독교와 실증주의적 유물론의 대결, 상속을 대체하는 경제적 자립 수단으로서 직업의 탄생 등을 꼽는다는 것은, 그게 설령 결혼 이야기처럼 보일지라도 로맨스와는 상당한 거리가 있음을 짐작케 한다.

그렇다면 『안나 카레니나』나 『카라마조프가의 형제들』과 비슷한 분량으로 작가가 펼쳐놓는 이야기란 어떤 것인가. 엘리엇은 모든 인물의 저마다의 어리석음과 저마다의 지혜를, 처신을, 술수를, 선택의 이유를 공평무사한 탐구자의 시선으로 서술한다. 소설 작법의 측면에서 『미들마치』가 선취한 현대성 중 하나가 이 '중심의 부재'다. 동작감지 센서가 달린 스포트라이트인 양 주인공만을 쫓아다니는 시선이 아니라, 나름대로의 한계를 지닌 인간들을 향한 고른 관심. 특정 시대만을 살다 간다는 점에서는 필연적으로 시대의 일부지만, 각자는 자기 자신을 고유한 존재로 인식한다는 것. 엘리엇의 작가적 목표는 그 다양한 개인성들에 대한 존중이다. 위대한 발견자로 일컬어지는 "빛나는 인물들도 저마다는 이 세상에서 그에게 변치 않을 명성을 안겨주었던 어떤 것보다 어쩌면 그의 걸음걸이나 옷차림에 훨씬 더 신경 썼던 이웃들 가운데서 살아가야 했다."는 사실을 잘 아는 엘리엇은 설령 소설 속 인물들일지라도 온전한 개성적 개인으로, 실제의 삶에 가장 가깝도록 묘사하고자 분투한다. 그래서 이 "나름의 사소한 지역 역사" 속에서 미들마치 주민들은 현대적 의미의 생동감을 얻는다.

『미들마치』에는 당시 영국의 지방 사회계급을 대표하는 인물들이 모두 등장한다. 먼저 빅토리아시대에 지방의 최상류층은 '신사gentleman'나 '준남작baronet'인 지주계급으로, 대토지와 그에 딸린 저택을 소유하고 소작농에게 지대를 받아 생활했다. 브룩 씨, 페더스톤 씨, 제임스 체텀 경, 커소번 신부는 미들마치의 최상층 남성들이다. 중류층은 다시 중상층과 중하층으로 나뉘는데, 상속 토지가 아닌 직업을 통해 수입을 얻는다는 공통점이 있지만, 중상층이 주로 축적한 자본으로 수익을 낸다면 중하층은 전문 지식이나 기술을 가졌더라도 스스로 품을 파는 만큼만 돈을 번다. 건축가이자 회계사이며 영지 관리인인 케일러브 가스와 과학자인 의사 리드게이트가 미들마치의 중하층인데, 리드게이트의 경우 돈은 없지만 출신 자체는 지체 높은 귀족 가문이어서 가스 씨와는 처지나 대우가 크게 다르다.

몹시 고약한 문제,
나

중상층의 주축은 지주계급을 능가하는 부의 축적을 목표로 하는 은행가 벌스트로드와 3대째 공장을 운영해온 신흥 부르주아 빈시 씨다. 이 두 사람은 동서지간으로, 벌스트로드의 아내가 빈시의 여동생이다. 둘은 각기 다른 방식으로 지역민들에게 영향력을 행사하는데, 대부업을 통해 주민들의 돈줄을 틀어쥔 벌스트로드가 공격적인 방식으로 권력을 발휘해 자신의 의사를 관철한다면, 빈시 씨는 시장으로서 각종 사건사고의 뒤치다꺼리를 맡는다. 여기서 눈에 띄는 점은 전통적 임명 명예직인 '치안판사'는 여전히 지주계급인 브룩 씨가 맡고 있다는 것이다. 즉 당시만 해도 시장 같은 선출직은 부르주아계급이 행정 봉사를 하는 대가로 신분적 자부심을 인정받는 수단이었음을 알 수 있다. 이 시대 사람들과 오늘날의 공통점이라면 한 가지밖에 없는데, 신분이 더 낮을수록 더 많은 잡다한 일을 해야만 살림살이를 겨우 꾸려갈 수 있는 반면, 상류층은 주기적으로 갖는 사교 모임을 통해 미들마치의 다종다양한 소문을 공유하는 것 외에 별달리 하는 일이 없다.

　　그리고 영국과 서유럽의 봉건영주제에서 특히 발달한 특수 직군인 사제가 있다. 이들은 사회 신분상 중상층에 해당하지만 경제적으로는 매우 의존적이다. 각 지주의 영지가 하나의 교구고, 그에 부속된 교구 신부가 한 명씩 있다. 가령 브룩 씨의 팁턴 농장에는 캐드월러더 신부가 팁턴 교구장으로 있고, 교구장 부인은 교구민들의 봉헌품을 십일조로 받아 생활을 꾸려간다. 하지만 이따금 커소번 같은 지주사제도 있다. 사제 서품을 받은 뒤에 친척으로부터 영지를 상속받은 커소번은 로윅의 지주이자 교구장이다.

소설 『미들마치』에서 가장 매력 넘치는 감초 캐릭터인 캐드월러더 교구장 부인은 늘 낚시 이야기만 하며 무사태평한 남편과 달리, 오만 가지 동네일에 참견하느라 몸도 입도 몹시 바쁜 분이다. 신부보다 더 교구민들을 챙기는 그녀는 "사제관에 현물로 헌납되지 않는 물품이 하나같이 값이 비싼 데 대해 말할 수 없이 화가" 나고, 이웃들에게 매번 "가난하다고 애원해 사정없이 물건 값을 깎으려고" 들지만, "가장 다정한 농담"을 건네는 조언가로서의 역할에 충실함으로써, "계급과 종교에서 이웃이 되어주고, 에누리 없는 십일조의 쓴맛을 덜어"준다. 마지막으로 하류층 가운데 『미들마치』에 등장하는 인물로는 마시장의 브로커 뱀브리지, 소작농 대글리, 협잡꾼 래플스 등이 있지만 비중은 작은 편이다.

이쯤에서 누가 누구와 사귀는가, 그래서 그 "사과 처녀와 호박 총각"들은 어떻게 되었는가에 관한 이야기를 해야 할 것 같은 압박감을 느낀다. 결론만 말하자면 독신인 브룩 씨가 후견인을 맡은 조카들 중 언니인 도로시아는 라틴어와 그리스어로 된 책을 읽는 남편 곁에서 "설사 촛대잡이를 하더라도" 기쁘겠다는 지적 동경심으로 커소번 신부와 결혼하고, 도로시아에게 청혼하려던 체텀 경은 좀더 현실적인 동생 실리아

몹시 고약한 문제,
나

와 결혼한다. 한편, 시장인 빈시 씨의 딸인 전형적 시대미녀 로저먼드는 "너는 돈 없는 남자와는 살 수 없는 아이"라는 캐드윌러더 부인의 조언을 무시하고 야망에 찬 가난한 의사 리드게이트와 결혼하지만 남편의 경제력에 걸맞지 않은 사치로 빚더미에 올라앉는다.

이 커플들의 결혼생활은 지구상 모든 부부와 마찬가지로 기대와 실망의 반복 속에서 차츰 서로에게 적응해나가는 힘겨운 과정이다. 엘리엇은 서로 잘 맞지도 어울리지도 않는 남녀가 어느 한순간의 착각 속에서 상대를 적절한 배우자라고 믿게 되는 데 대해 이렇게 말한다. "문명사회의 어려움 속에서도 꾸준히 결혼이 수행될 수 있었던 것은 그처럼 후하게 봐주는 판단을 내렸기 때문이고, 그러지 않았더라면 인생이란 정말로 어느 때에건 잘 돌아가지 않았을 것이다." 결혼의 위험성을 경고하기에 이보다 훌륭한 사실의 적시도 없는 듯하다.

그럼에도 작가는 내가 좋아하는 유형의 남녀 또한 마련해두어 진부한 실수를 되풀이하는 남녀들의 이야기 속에서 다소나마 위안을 안긴다. 아마도 엘리엇 자신을 가장 닮은 듯한 인물로 보이는 가스 씨의 딸 메리는 고약한 수전노 지주 영감인 페더스톤 씨 댁에서 가사를 돌봐주고 받는 적은 월급을 모아 살림에 보태는 야무진 스물두 살 처녀다. 로저먼드 빈시와 프레드 빈시는 자식 없는 이모부인 페더스톤 씨가 유산을 물려주리라 기대하며 이 집에 주기적으로 인사하러 들르는데, 프레드는 메리를 사랑하고 로저먼드는 가난하고 못생긴 메리에게 상냥하지만 속으로는 무시한다. 심지가 곧을 뿐만 아니라 똑똑하기도 한 메리는 로저먼드의 속내를 훤히 들여다보고는 뭐하고 지냈느냐 인사를 건네는 로저먼드에게 이렇게 대꾸한다. "나 말이야? 아, 집안일을 하고, 설탕물을 타 드리고, 모두에 대해 나쁘게 생각하는 법을 배우고 있었지." 또 메리는 젊은 남녀가 어쩌다가 거의 매일 보는 상황에 놓이면 사랑에 빠지게 된다는 로저먼드의 주장에는 이렇게 반박한다. "거의 매일 보면 사랑에 빠진다고? 나에게는 그게 서로를 혐오하게 되는 이유가 종종 되는 것 같더라."

인간에 대한 통찰이 상당한 메리는 프레드가 낭만적 무모함으로 청혼했을 때 경제관념 없는 철부지 도련님과 결혼해 나쁜 남편을 원망하며 부모가 힘들여 모은 돈을 남편 빚을 갚는 데 쓰면서 살고 싶지 않다고 단호히 거절한다.(프레드는 페더스톤 이모부의 유산을 상속받을 거라는 기대로 여기저기서 돈을 빌려 쓰다 갚지 못하게 되자 가스 씨에게 보증을 부탁했는데, 결국 그 돈을 고스란히 가스 씨가 대신 갚았고, 여기에 메리의 남동생 학비와 메리가 2년 동안 모은 월급이 모두 들어간다.) 메리의 가혹한 진단에 프레드는 마음이 너덜너덜해져서 쓰러질 시경이 된다. 그래도 메리 또한 마음으로는 프레드를 사랑하기 때문에, 그가 가스 씨 밑에서 착실히 일을 배

몹시 고약한 문제,
나

워 사람 구실을 할 때까지 얼마든지 결혼은 미뤄도 좋다고 생각한다. 훗날, 오랫동안 둘의 결합을 반대하던 아버지가 마침내 프레드와의 결혼을 허락하자 메리는 이런 말을 한다. "아빠, 제가 그이를 사랑하는 건, 그이가 결혼 상대로서 훌륭해서가 아니에요. 그저 늘 그를 사랑하고 있었기 때문이에요."

이렇게 길게 설명을 늘어놓았는데도 전체 내용의 50분의 1이나 될까 싶다. "성인을 위해 쓰인 몇 안 되는 영어 소설"이라는 버지니아 울프의 말대로, 『미들마치』는 스토리에 중점을 둘수록 매력이 반감되는 작품이다. 그보다는 오히려 작중인물들을 바라보는 서술자의 시각을 음미하는 편이 훨씬 자극적인 쾌감을 선사하는데, 바로 이 점이 『미들마치』의 현대성을 이루는 두 번째 축이다. 현대적 소설 이론이 만들어지기 전에 쓰인 대부분의 고전과 마찬가지로 『미들마치』 또한 '전지적 작가 시점'으로 쓰였다. 하지만 『미들마치』의 전지적인 서술자는 내러티브의 불완전함을 작위적으로 보완하기 위해 소설 전면에 나서는 존재라기보다, 미들마치 주민들의 인생을 관조하고 사색하는 제3의 독자처럼 기능한다. 그리고 소설 안의 독자인 서술자에 공감하면서 인물들을 바라볼 때, 우리 소설 밖의 독자는 엘리엇의 진가 또는 『미들마치』의 매력을 제대로 음미하게 된다.

서술 기법의 이러한 혁신성은 모든 인물에 두루 해당하지만, 그중 하나만 예를 들면 브룩 씨의 국회의원 후보 출마

도전기다. 미들마치에서 가장 부유한 지주인 브룩 씨는 소작인들에게 형편없는 집을 세주고 높은 월세를 받으면서도 그들의 어려움에는 전혀 관심이 없는 인물이다. 그는 구두쇠지만 그렇다고 스크루지 영감처럼 돈에 연연하는 수전노는 아니다. 그저 하층민들의 삶의 고난에 대하여 계급적으로 '당연한' 무관심일 뿐이다. 또한 브룩 씨는 "찌그러진 물체의 회전만큼이나 복잡한" 여자의 마음에 대해서는 전혀 아는 바가 없음에도 관습적 성역할은 천부의 자질로 받아들인다. 신체적으로나 지적으로나 조금도 매력을 발산하지 못하는 이 부유하고 태평한 모태솔로 지주는 때로 살짝 귀엽기까지 한 허당이다.

그래서 브룩 씨가 평등한 참정권을 보장하는 선거법 개혁이 의회에서 발의되자 적극 찬성하면서 온갖 진보주의자와 개혁가가 모여 있는 불온한 휘그당 소속으로 국회의원 선거에 출사표를 던졌을 때, 다른 지주들은 한마음으로 등 뒤에서 그를 험담한다. "길 잃은 새끼거북처럼 어정버정하고 있더니 드디어 인기인이 되려는 뚱딴지같은 마음을 먹었단 말인가?" "브룩 씨는 자기 지대 장부나 개정하라지." 모든 도락 가운데 "제일 돈이 드는 도락은 입후보." 등등. 심지어 브룩 씨는 눈치도 없어서 조카사위인 커소번이 사랑의 경쟁자로 여겨 극도로 경계하는 윌 레이디슬로(커소번의 이모의 손자로 젊고 다재다능하며 혈기 넘치는 이십대다.)를 참모로 고용하고 진보

몹시 고약한 문제,
나

적 논조의 신문사인《파이어니어*pioneer*》를 사들여 편집주간을 맡기고는 선거운동에 열을 올린다. 브룩 씨의 좌충우돌 정치 행보에 대해 서술자는 우리의 재담꾼 캐드월러더 교구장 부인을 앞세워 다음과 같이 논평한다. "야단났어요. 이렇게 피리를 사 모아서 이 사람 저 사람 마구 불어댄다면 말이에요.* 그 플레시 경처럼 온종일 침대에서 도미노를 하고 지낸다면 자기 혼자 일이니까 남한테 폐는 안 될 텐데요."

이쯤에서 『미들마치』의 예비 독자들은 궁금할 것이다. 전통적인 귀족계급이라면 선거법 개혁에 반대하는 게 자연스럽고, 하원에 진출한다 해도 보수파인 토리당 소속이어야 마땅하다. 그런데 어째서 브룩 씨는 정반대의 선택을 했을까. 왜냐하면 그쪽이 더 "자신의 소신에 맞고" "시대의 요구에 부응"

---

* 캐드월러더 교구장 부인의 말에는 당시 횡행했던 부패 정치의 상징인 포켓선거구를 비판하는 뼈가 담겼다. 영국은 18세기 말부터 산업혁명과 더불어 농촌 인구의 상당수가 도시 노동자로 유입되었다. 가령, 대표적 공업도시인 맨체스터는 18세기까지 주민이 1만 명에 불과했는데 1851년에는 인구가 40만에 달했다. 그럼에도 과거 어촌이던 시절 그대로, 의회가 배정하는 하원의원 의석수는 하나도 없었다. 반면에, 갑자기 주민이 줄어든 시골의 영지들은 인구 여덟 명에 유권자가 한 명인 곳에서도 하원의원을 배출했다. 이런 상황 속에서 국회의원 출마자들이 돈을 주고 선거구를 통째로 사버려 당선되는 사례가 속출했다. 포켓선거구란 이렇게 누군가의 호주머니에서 다른 사람의 호주머니로 넘겨지는 물건처럼 사고팔 수 있는 선거구를 가리키는 말이다. 1832년의 1차 선거법 개혁안에는 세금을 낼 수 있는 성인 남성의 보통선거권과 함께 선거구별 인구에 비례한 의석수 배정 등이 포함되었다.

하는 것이기 때문이다. 이 대목에서는 약간 웃어도 좋다. 브룩 씨는 자신의 소신에 대하여는 아는 바가 매우 적으며, 보통 선거권을 막연하게 흑인 노예 반대와 같은 포괄적 박애주의로, 자신의 이익과 직접 관련이 없는 바다 건너 신대륙의 사안으로 여기면서 찬동하는 것이다. 이에 서술자는 짧은 한마디로 풍자의 모범을 보여준다. "세상의 익살꾼은 박애주의자를 다음과 같이 정의한다. 자선심은 거리의_{자신의 이익과 무관한 정도의} 제곱에 비례해 증가한다고."

『미들마치』에는 경구로 외웠다가 적시에 던진다면 훌륭한 일침이 될 만한 주옥같은 문장들이 차고도 넘친다. 사실은 너무 많아서 밑줄을 긋다 보면 그냥 책 전체에 줄을 그어야 할 지경이다. 결국 줄 긋기를 포기하고 가만히 읽다가 불현듯 이런 의문이 든다. 엘리엇은 정말로 무슨 얘기를 하고 싶은 것일까? 내가 이해한바, 그녀는 우리 인간들이 "요령부득의 생쥐가 닥치는 대로 깨물거나 판단하는 것과 비슷"하게 각자 자신이 무엇을 하려는지, 그 의미가 무엇인지, 그 결과는 종국에 어디로 이어질지 대부분 알지 못한 채로, 끊임없이 가고 있다고 믿는 어떤 방향을 선택하면서, 그렇게 힘써 인생을 살다 간다, 라는 진실을 말한다.

엘리엇의 문체에서는 남녀를 불문하고 당대의 모든 작가를 능가하는 지성과 연민 어린 조소가 뿜어져 나온다. 고대 그리스의 개념에 따라 광휘와 열정의 디오니소스적 예술가와 이성과 조화로운 균형의 아폴론적 예술가로 구분한다면, 엘리엇은 단연 후자에 속하며 이는 성별을 떠나 문학사에 보기 드물게 출현하는 작가 유형이다. 특히 엘리엇은 풍부한 과학 지식을 적재적소에 사용해 인간행동에 대한 이해의 폭을 넓히는데, 그중 대표적으로 꼽히는 것이 '현미경' 비유다.

한 개의 물방울에 현미경을 갖다 댄다 해도 우리의 해석이라는 것은 조악하기 짝이 없다. 그러니까 당신이 들여다보는 렌즈의 배율이 낮다면 걸신들린 아귀를 벌리고 있는 어떤 생명체 속으로 그보다 더 작은 다른 생명체들이 세금으로 내는 동전이 살아서 움직이듯 제 발로 뛰어 들어가는 광경이 보일 것이다. 하지만 그 렌즈가 훨씬 고배율이라면 조그마한 털뭉치들이 관세를 물리기 위해 도사리고 앉아 있는 세관원처럼 희생양이 될 생물을 삼키려고 회오리를 일으키는 풍경이 펼쳐진다.[*]

---

[*] 나의 조악한 해석으로는, 이 문장의 비유에는 두 개의 층위가 있다. 하나는 역사적 배경과 관련이 있는데, 17세기에 영국에서 시행되었던 인지세(stamp duty)다. 활자화된 모든 문서(신문과 출판물을 포함한 법률적 상업적 공문서 일체)에 부과되었기 때문에, 인지세 동전(tax-pennies)이 발이라도 달린 듯 알

이 문장은 감수성 풍부한 시인이 물방울의 영롱함을 보석에 빗대 찬탄하고 있을 때, 곁에 있던 세균학자가 "아마 현미경으로 보면 그 속에 레지오넬라균도 꽤 들어 있을 겁니다." 하는 격이다. 하나의 현상이나 사건에 대해서도 관찰자의 지식이나 정보의 양, 의도, 의지에 따라 해석이 달라질 수 있음을 보여주는 문장이지만, 너무도 감성을 파괴하는 비유라선지 출간 당시에는 "여성은 이런 문장을 쓰면 안 된다."고까지 욕을 먹었단다.

아무려나, "사실을 있는 그대로 보며 즐기고자 하는 늠름한 중립불편의 정신"으로 쓰인 탓에 『미들마치』는 당대에는 평가와 호불호가 극명히 갈렸다. 그렇지만 한 번만 더 생각해보면, 이것이야말로 엘리엇이 보기 드물게 박학한 여성이었기에 쓸 수 있었던 글쓰기 방식이 아니었나 추측하게 된다. 왜냐하면 그 시대에 이 정도의 지성과 진취적 시각을 갖춘 남성이었다면 그는 틀림없이 자기 현실의 어떤 영역에서건 지도

아서 사라지는 형국이다. 인지세는 18세기 들어 숱한 반대로 폐지됐지만 영국의 식민지였던 미국에서는 관세의 일부로 모든 우편물에 강제 부과되었고, 이는 미국독립운동을 촉발하는 계기가 됐다. 다른 하나는 과학 비유인데, 현미경은 1830년에 영국의 의사 리스터가 렌즈의 배율을 혁신적으로 높이는 방법을 고안해내며 크게 발전했다. 문장의 구체성으로 미루어 추측건대 엘리엇은 실제로 현미경으로 물방울을 관찰한 적이 있는 듯하다. 배율이 낮을 때는 물속의 작은 알갱이들이 표면장력에 의해 더 큰 알갱이 쪽으로 끌려가는 거처럼 보이지만, 배율이 높아지면 박테리아를 잡아먹는 섬모 달린 짚신벌레 등의 활동이 관찰되고 그 움직임은 제자리에서 좌우로 조금씩 회전하는 것처럼 보인다.

몹시 고약한 문제,
나

자적 인물로 활동하기에 매진하느라 이토록 관조적이고 성찰적인 소설 쓰기에 인생을 허비하지 않았을 것이기 때문이다.

엘리엇의 글에서는 무수한 고전을 탐독하면서 여성인 독자에게는 기대되지도 요구되지도 않았던 탁월한 혜안을 갖게 된 한 인간의 쓸쓸함이 느껴진다. 그리고 바로 이것이 고전을 읽을 때 여성인 독자가 느끼는 심정이기도 하다. 여성도 남성과 마찬가지로, "서로 얽히고설킨 같은 환경 속에서, 때때로 닥치는 같은 고난들을 겪으며, 동종의 본성에 따라 더듬어가는 인생이라는 의식 말고는 없는, 영혼에서 영혼으로 전해지는 이 외침"을 들을 수 있는 귀를 가진 인간으로서 읽고 있을 뿐이다.

『미들마치』, 조지 엘리엇, 이가형 옮김, 주영사, 2019. 본문의 인용은 이가형 선생의 유려한 번역을 대부분 따랐으나, 몇몇 긴 구절은 소설 안에서 자연스럽게 읽히는 수준 이상으로 해석의 명징함이 필요한 어휘들이 포함돼 있어 따로 번역했다.

George Eliot's life as related in her Letters and Journals, J. W. Cross, New York: Harper & Bros., 1885.

1858년 디킨스가 엘리엇에게 보낸 편지. https://theamericanreader.com/18-january-1858-charles-dickens-to-george-eliot/

The British Academy/The Pilgrim Edition of the Letters of Charles Dickens,
Vol. 9, Graham Storey and Kathleen Mary Tillotson(eds), Oxford
University Press, 1997.

몹시 고약한 문제,
나

저는 왜 당신과 다릅니까

표도르 도스토옙스키 『카라마조프가의 형제들』 1880년

사람 마음은 다 거기서 거기다. 세상 참 별사람 다 있다. 인간만큼 알 수 없는 존재도 없다. 이 문장들은 각각이 다른 문장의 진실성을 배척하지만, 셋 다 일면의 진실을 담고 있다. 우리는 다른 사람들을 보면서 각자 자기 나름대로 이해하거나 이해하지 못한다. 나는 도저히 납득할 수 없는 어떤 사람을 누군가는 충분히 이해할 만하다고 하고, 그 반대도 흔하다. 그래서 결국 누가 타인의 어떤 면을 이해하는지는 그 타인에게 달렸다기보다 그를 바라보는 사람의 시선에 달렸다고 생각하게 된다. 도스토옙스키가 나에게는 이런 의미에서 어려운 작가다.

나는 그의 소설들을 읽을 때마다 좀 어리둥절하다. 모든 색채가 다 도드라져 울긋불긋한 얼룩을 보는 느낌이랄까. 강

약의 조절이란 게 없고, 다짜고짜 최고조로 시작해 줄기차게 최고조를 유지하다 최고조의 최고조로 폭발해버리는, 귀가 먹먹해지는 아우성의 연속 같다. 그런데 또 어떤 사람들은 도스토옙스키에서 거부할 수 없는 매력, 인간적 공감, 천재성에 대한 경외감 같은 것을 느낀다고 한다. 그런 이들은 정신력이 대단한 걸까 아니면 호기심이 강한 걸까. 확실히 도스토옙스키에 열광하는 사람들은 인간 정신의 유동성과 다면성을 예민하게 감지해내는 능력이 있는 듯하다. 까다롭고 복잡하고 섬세하지만 그래서 매력적이고, 무엇보다 인간성의 어둠과 음울함을 직시하는 용기가 느껴진다. 그에 비하면 나는 그저 무난한 축에 속하지 않나, 보통은 다들 이렇지 않나 싶다가도, 또 어쩌면 내가 남달리 둔감해서 내 마음이 어떤지도 잘 모르면서 여태 살아온 건 아닌가 의심하기도 한다.

도스토옙스키의 작품에는 어느 한순간에 인격이 격변하는 인물이 늘 있다. 그가 주인공일 때도 있고 주변적 인물일 때도 있지만, 소설에서 가장 인상적인 한 장면을 만들어내고 다른 인물들과 독자에게 의미심장한 메시지를 던진다는 공통점에선 예외가 없다. 『카라마조프가의 형제들』에는 그런 인물이 심지어 여러 명인데, 그중에 특히 한 명을 꼽으라면 조시마 장로신부가 가장 상징적이다. 왜냐하면 그의 성장 과정이 도스토옙스키 자신의 체험과 상당히 흡사하고(어린 나이에 페테르부르크로 보내져 사관학교에서 군인 교육을 받는다든

몹시 고약한 문제,
나

지, 홀로 가족과 떨어진 후 다시는 살아생전의 어머니를—작가 자신은 아버지를—보지 못하는 것 등), 도스토옙스키를 대가로 만들어준 문학적 주제 또한 신부의 입을 통해 상당히 직설적으로 토로되기 때문이다.

조시마 신부는 거의 환생한 예수처럼 성스럽고 존경받는 인물로, 그의 손길에 병이 치유되는 기적도 종종 일어난다. 소박하고 다정하지만 종교적 위엄이 대단한 성자여서 제아무리 개차반 같은 인간이라도 그 앞에서는 감히 패악을 부리지 못한다. 그런데 날 때부터 신성하고 무고하기만 했을 것 같은 그에게도 '짐승'이었던 과거가 있다. 군의 장교로 복무하던 시절 그는 여느 군인들과 마찬가지로, 아니 누구보다 적극적으로 향락에 빠져 지냈으며 기고만장해 만용을 부렸다. 그러다가 연정을 품기만 하고 자만심에서 고백은 하지 않았던 처녀가 부유한 지주와 결혼하자 질투와 복수심으로 그녀의 남편에게 시비를 걸어 결투를 신청한다. 그러고도 분에 못 이겨 부대로 돌아와서는 자기 부관인 당번병을 피가 터지도록 때린다. 이튿날 아침, 눈을 뜬 그는 맑은 햇살 아래서 자기 내면의 "치욕적이고 저열한 것"을 발견하고 충격으로 전율한다. 그는 간밤의 당번병에게 다가가 다시 한 번 뺨을 후려친다. "맞을 때마다 몸을 부르르 떨면서도 손을 쳐들어 몸을 막을 엄두조차도 내지 못하는" 병사의 모습을 본 순간, 그는 각성한다. 자신이 다른 사람에게서 그의 사람다움을 빼앗았다는 사실과 사람이 사람을 때리는 것이 얼마나 범죄인가를 깨달은 그는 울면서 외친다. "참으로 사람은 누구나 모든 사람들 앞에서 모든 이들에 대해 죄인이다." 이제 회심悔心한 그는 진리의 빛 안으로 들어서고 영혼은 정화된다.

도스토옙스키를 읽다보면 한 인간의 내부에 얼마나 다양한 인격이 들어 있을 수 있는지를 발견해 섬뜩해지곤 한다. 무의식, 교육으로 주입된 행동양식, 사회적 시선, 관습과 법률에 의해 억눌려 있긴 하지만 위험하고 폭력적인 욕구와 충동 들이 인간 종에게서 박멸된 적은 결코 없다. 그리고 그것이 죄악이 된 것은 인간이 이성적 판단력과 도덕적 반성능력, 즉 양심을 가질 만큼 우수하게 진화했기 때문이다.

인간의 뇌는 다른 영장류에 비해 압도적으로 커지는(몸무게 대비 뇌 용량) 과정에서 보다 오래된 뇌를 더 진화한 뇌가 감싸는 적층 구조를 이룸으로써 여타 동물들은 경험하지 않는 내면의 갈등을 겪게 되었다. 대뇌의 3분의 2를 차지하는 신피질은 막강한 언어 추론 학습 능력을 발휘한다. 그런데 종 보존을 위한 본능(식욕, 성욕, 투쟁-도피 반응)을 담당하는 파충류의 뇌와, 감정적 욕구(유대 공감 두려움 회피)를 맡은 원시변연계 또한 신피질 못지않게 생생히 동시적으로 작용한다. 그래서 인간만이 달고 기름진 식사를 한 후에 자괴감 속에서 다이어트 계획을 세우고, 먹기 위해 농불을 죽이는 것에 죄책감을 느끼며, 자신의 욕구와 감정이 '특별하다'고 믿는 자의

몹시 고약한 문제,
나

식을 가지게 되었다. 문제는 더 똑똑하고 세심해진 자의식이 뇌의 더 원시적인 부위들을 때때로 못 견뎌한다는 것이다. 마음의 문제라고 일컬어지는 것 중 상당수는 내 뇌 안의 여러 뇌들(내 속에 너무나 많은 나들이라고 해야 할까.) 사이의 부조화와 관련이 있다.

근대 전까지 자의식은 개개의 인간 삶에 큰 문제를 일으키지 않았다. 고대에는 어느 사회나 부족적 집단적 요소가 강했던 만큼 자의식이 크게 발달하지 못했고, 서양의 경우 중세 암흑기는 종교라는 숭고한 날개 아래서 자아는커녕 인간 존재마저 부정하면서 내세의 빛을 고대했다.(이 시기의 사람들은 금욕적 경건적 성향 때문에 실제로도 더 어둡게 지냈고, 높은 신분의 인물, 가령 왕이나 영주가 말을 타고 지나가면 옷과 마구에 장식으로 박혀 있는 반짝이는 광물들이 말 그대로 '눈부셔서' 머리를 조아렸다.) 19세기 후반에서 20세기 초는 근대적 자의식의 완성기로, 오늘날 우리가 믿고 추구하는 여러 가치는 대부분 이 시기에 특정 사상들로 확립되었다. 한때는 과격한 혁명이념이었던 평등주의 자유주의 개인주의가 보편 신념으로 자리 잡았고, 그와 더불어 바람직한 삶의 상에 대한 합의도 희미해졌다. 자의식은 우리가 자기 자신을 고유한 가치를 지닌 존재로 인식하도록 하는 소중한 감각이지만 그런 만큼 인간의 공통감각에 대한 확신을 앗아가기에, 더는 인간성의 본질이 무엇인지를 단언할 수 없게 되었다.

그럼에도 나는 굳이 따지자면, 성선설을 적극 주장하진 못해도 성악설을 지지할 수는 없다. 왜냐하면 자연상태의 존재가 좀더 호전적이거나 유순할 수는 있어도 악할 수는 없기 때문이다. 다른 동물과 달리 인간은 생존의 절박한 필요 때문이 아니어도 폭력을 저지르고 심지어 심심풀이나 재미로 동종을 죽인다는 반론이 있지만, 오직 인간만이 그러는 것도 아닐뿐더러 그게 인간의 본성이라고 확신할 만한 근거는 없다. 인간 또한 혹독한 야생상태에 놓인다면 얼마든지 본능에 따라 거칠게 살아갈 것이고 약육강식이 지배적 원리가 될 것이며 누구나 식인을 서슴지 않을 거라고 정말로 단언할 수 있을까. 지구상 어디엔가는 여전히 자연 속에서 고요히 살아가는 소수 원시부족들이 있고, 우리 각자의 삶이라는 것도 전체로 보면 동족을 보호하고 후손을 보전하기 위한 노고일 뿐이다.

나는 폭력 또한 다양한 경로의 학습으로 발달하는 행동양식이지, 누구나 인생의 어느 시기 어떤 순간에 저절로 터득하게 되는 내재적 본성이라고 믿을 수가 없다. 악은 규정적 개념이고, 사회와 시대가 무엇을 악으로 보느냐에 따라 가변적이다. 따라서 악하게 태어나는 존재란 불가능하고, 다만 무고했던 한 아이가 악인이 되어가는 데 협력한 여러 요인에 대해 누군가는 책임지도록 요구할 수 있을 뿐이라고 생각한다. 그러나 이런 믿음도 ㄱ 속을 꿰뚫어볼 만큼 인간이라는 종족을 충분히 경험하지 못한 내 무지의 소산일 수 있다. 가령 『카라

몹시 고약한 문제,
나

마조프가의 형제들』의 살인자 스메르쟈코프가 자신의 폭력을 정당화하는 이런 논리를 펼칠 때, 나는 두려움 속에서 다시 한 번 인간을 회의하게 된다. "인생의 보통의 경우에는 다른 사람을 때리는 것은 법적으로 금지되어 있으며 다들 때리는 것을 멈추었지만, 인생의 특수한 경우에는 우리나라뿐만 아니라 온 세상에서, 아담과 이브 시절처럼 계속하여 사람을 때리고 있으며 절대로 그것을 멈추지 않을" 것이다.

*

『카라마조프가의 형제들』 같은 "종합 소설"은 읽는 사람에 따라 천차만별 독해가 가능하지만, 한 가지 점에서는 대다수가 뚜렷한 의견 일치를 보인다. 즉 도스토옙스키의 소설에서 주제적으로 선악의 대결은 인물들 각자의 내면에서 유물론과 유신론의 투쟁으로 치환된다는 것이다. 여기에는 인간의 자유의지에 대한 깊은 회의가 자리하는데, 소설 속에서 이를 보여주는 대표적 인물이 표도르 카라마조프의 사생아 스메르쟈코프다.

백치였던 엄마가 표도르에게 겁탈당해 임신한 후 그의 집 마당에 아이를 낳아놓고 죽자, 이 불한당은 버려진 아이를 거둬 머슴으로 '사용'한다. 아버지와 형제들에게 서자로도 공인받지 못하는 스메르쟈코프는 감정을 느끼지도 타인의 고통에 공감하지도 못하며, 선악을 구분하는 도덕관념은 백지에 가깝다. 현대의 프로파일러는 그를 사이코패스 성향 범죄자로 판단할 것이다. 그런데 그의 파괴된 인격은 모두 그 아버지의 가혹함 탓이다. 한편, 아버지의 학대에 가까운 방임 속에서, 그래도 어쨌거나 엄연한 '카라마조프'로 자라난 다른 세 아들 미챠, 이반, 알료샤는 각각 세속성, 지성, 신성을 상징하는 인물로 성장하지만, 그들 내부에는 자신과 가장 반대되는 성질을 향한 제어할 수 없는 이끌림이 있다. 이 일그러진 아이들을 만들어낸 근본원인 역시 인간쓰레기요 부조리한 인격의 표본이라 할 표도르 카라마조프다. 그런데도 작가는 그가 "러시아의 흔한 아버지"라고 말한다.

나에게 이들은 인간의 성격을 이루는 여러 자아들을 각각 분리해 저마다 극대화한 캐릭터, 즉 '유형적 인간'들로 보인다. 표도르와 그 아들들은(물론 서자도 포함해서) 카라마조프 패밀리를 구성하는 자아들이고, 그 모두는 작가인 도스토옙스키 내부의 인격들이다. 도스토옙스키는 "스스로의 도덕성에 대한 믿음"을 가지고 있었으면서도 끊어낼 수 없는 욕망과 충동을 칼날처럼 선명히 자각했고, 그로써 치욕적인 자기혐오에 시달리지만, 의식으로 저지른 죄들을 고백하고 참회하며 정신적으로 고양된다. 이 과정은 무한히 되풀이된다. 바로 여기에서 이해의 어려움이 생겨난다. 지고한 선과 무한한 악이 한 인간 안에서 이토록 격렬히 싸운다는 것, 극단적으

몹시 고약한 문제,
나

로 분열적인 이 마음은 과연 어떤 것일까. 그런 정신의 상태로 일상을 꾸려가는 것이 어떻게 가능했을까.

사실 도스토옙스키는 거의 늘 잘 못 지냈고, 요즘식으로 말하면 불안장애 강박 중독 양극성장애 등 각종 신경정신과적 문제들을 달고 살았다. 평범한 대부분의 사람도 내면에는 다른 모습이 여럿 있지만, 그 다면성이라는 것이 대개는 모호하고 막연한 상태에 머무는 데 반해, 도스토옙스키는 각각의 인격 또는 지향성이 서로 강렬하게 충돌하면서 공존한다. 이 때문에 그의 소설들은 대립하는 가치들의 거센 투쟁으로 이루어진다. 폭력성 권력의지 반사회성 음탕함 중독 그리고 범죄성향은 유물론적 자아의 산물이고, 연민 양심 순진무구함 용서 희생 그리고 참회는 유신론적 도덕적 자아의 의지로 표출된다. 표도르 카라마조프의 둘째아들 이반은 이를 "유동하는 인간의 이성" 대 "영구적이고 절대적인 이성"의 싸움이라고 말한다.

청년 시절 도스토옙스키는 급진적 사회주의 개혁가 모임의 일원으로 활동하다 체포되었는데, 처형당하기 직전에 황제의 형 집행정지 명령서가 담긴 수레가 도착하면서 극적으로 목숨을 건진다. 애초에 처형식은 황제 니콜라이 1세가 반정부지식인들을 겁주려고 꾸민 정치 퍼포먼스였지만, 이를 알 리 없었던 도스토옙스키는 극한의 정신적 충격을 경험한다. 그 뒤 시베리아로 보내져 3년 2개월간 끔찍한 유형 생활을 하면서 "리얼리스트"였던 도스토옙스키는 독실한 기독교도가 된다. 당시 그는 가장 위험한 사상범으로 지목되어 손과 발에 쇠고랑을 찼으며, 한 평 남짓한 감옥에서 온갖 오물과 분비물로 더께가 진 바닥에 수십 명이 덩어리져 누워 지냈다. 인간성이 붕괴되는 환경 속에서 수감자에게 허락된 유일한 책은 신약성경이었다. 그는 이때의 체험을 여러 작품에서 어떤 식으로든지 언급한다. 그만큼 작가적 의식에 큰 영향을 끼친 중요한 사건이었음은 틀림없지만, 참혹한 인간성 말살을 경험한 모든 작가가 다 도스토옙스키처럼 극도의 양가성을 보여주는 것은 아니다.

도스토옙스키의 작품에 나타나는 자아분열과 자유의지 문제는 그가 일생 동안 시달렸던 중독증과 내면적으로 깊이 연관되어 있지 않나 하는 것이 내 생각이다. 다양한 대상, 가령 마약 알코올 도박 등에 중독되는 사람들에게서 흔히 발견되는 심리적 방어기제가 자유의지의 부정이다. 내가 이걸 끊고 싶지 않은 게 아니라 내 의지로는 끊을 수가 없고, 그것이 나를 완전히 장악하고 지배하여 내가 나 자신에 대한 통제력을 상실했기 때문에 멈출 수가 없다. 중독자가 일시적으로 중독 대상을 끊었을 때 겪는 금단현상은 인간의 자유의지를 의심하게 만든다. 술을 마시고 있지 않은 상태의 알코올중독자는 오로지 술을 마시는 생각밖에 할 수가 없고, 어떻게 하면 술을 마실지, 왜 술을 마셔야 하는지를 스스로에게 납득시키면서 술을 마시기 위한 수단을 강구하는 데 온 정신을 집중한다. 도스토옙스키가 도박에 심하게 빠져 있었던 1863년부터 1871년까지 8년 동안 그는 가진 돈을 모두 날리고 아내의 외투와 보석을 전당포에 잡히고도 밥을 굶으면서 계속해서 지인들에게 돈을 빌려달라는 편지를 썼다. 아내에게 돈을 달라고 졸라 겨우 몇 푼이라도 얻으면 즉시 도박장으로 달려갔다가 몇 시간 후 한층 더 초췌하고 암울한 상태로 돌아와서는 무릎을 꿇고 울면서 돈을 더 달라고 애원할 때, 그는 다만 중독의 노예로 존재할 따름이다.

그런데 중독의 독특한 특징은 그 대상이 약물이건 게임이건, 음식이나 설령 운동일지라도 본질적으로 하나의 매우 강력한 동인에 의해 시작된다는 점이다. 원초적 몰아의 체험. 어떤 대상을 취함으로써 내 존재를 까맣게 잊는 것, 현실의 걱정거리나 고민, 나의 불완전하고 수치스러운 부분들을 망각하는 것은 거추장스러운 자의식을 가진 인간이 느낄 수 있는 최상의 쾌 중 하나다. 자아를 직시하는 것은 늘 얼마간의 두려움을 수반하며, 더 나아가 그 자아의 수많은 그늘진 구석을 분석하고 탐구하는 일은 강인한 내면을 요한다. 중독은 우리에게 자아를 회피할 외부적 계기를 주기 때문에 그토록 강력한 지배력을 발휘한다. 그리고 중독에서 벗어나려는 많은 사람은 극도의 공허감 속에서 자기 존재의 볼품없음에 충격받는다. 완전히 방치해두었던 나 자신이, 끊임없이 벗어나려 애썼던 불완전한 내가 여태 거기에 여전히 그대로 초라하게 '있음'을 새로운 눈으로 목격하게 되기 때문에. 그래서 중독자의 마음은 상시적으로 양면성과 분열성을 띠게 된다. 나는 그걸 정말로 끊고 싶지만 또 정말로 끊고 싶지 않다. 중독자는 "자유의지가 손상된 것이지 완전히 상실한 것은 아니다".

1861년 3월, 도스토옙스키는 형 미하일과 문학 월간지 《시대Vremya》를 창간한다. 2년간 발행된 이 잡지의 창간호에서 도스토옙스키는 미국 소설가 에드거 앨런 포1809~1849의 단편 소설 세 편을 수록하면서 직접 서문을 쓴다. "너무도 괴상하지만 어마어마한 재능의 소유자" 포의 "기이하게 변덕스럽고도 대담한 상상력!" 청교도적인 미국인들은 어둡고 기괴한 포의 범죄 추리 공포 소설을 진지한 문학이라기보다 흥밋거리의 펄프픽션으로 여겼다. 반면, 당시 유럽의 작가들에게 포가 끼친 영향은 상당하고도 강렬했다. 현대시의 창시자로 일컬어지며 프랑스 상징주의를 대표하는 시인 보들레르는 1847년에 「검은 고양이」(1843)를 직접 번역해 소개했고, 오늘날까지도 최고의 번역으로 평가된다. 보들레르의 극찬으로부터 포에 대한 열광은 말라르메, 발레리 등의 시인에게 전수되었으며, 영국 작가 찰스 디킨스 또한 포의 대표 시 「갈가마귀The Raven」(1845)를 즐겨 인용하곤 했다.

포의 소설은 유럽인들에게는 없던 정서, 즉 불안과 공허, 음울한 데카당이 지배적이고, 연구자들은 이것을 광활하고

몹시 고약한 문제,
나

텅 빈 땅에 급작스럽게 내던져진 고립된 개척자의 공포라고 말한다. 오랜 역사와 복잡한 신분사회 구조하에서는 이러한 원초적 인간의 두려움을 갖기 어렵다. 포는 1840~1850년대부터 러시아에도 알려졌는데, 그의 영향을 가장 크게 받은 작가로는 언제나 도스토옙스키가 거론된다. 내 생각에도 포의 소설 속 특정 요소는 도스토옙스키에게서 거의 그대로 재현되며, 본질적으로 같은 종류의 의식 상태로 보인다.

『죄와 벌』(1866)의 핵심 모티프는 도스토옙스키가 자신의 잡지에 수록했던 포의 단편 「고자질하는 심장」(1843)과 거의 동일하다. 주인공 젊은이는 자신만의 기괴하게 뒤틀린 논리에 스스로 완전히 설복되어 평소 알고 지내던 부자 노인을 죽인다. 그렇지만 범죄가 완성되자마자 그는 또 다른 자아의 거듭되는 고발에 시달린다. 분열은 점점 더 극심해져 그는 병자의 상태, 광기의 나락으로 떨어진다. 결국 그는 경찰관들 앞에서 절규하듯이 자기 죄를 스스로 폭로하고 만다. '내 안의 또 다른 내가 나의 죄악을 고발한다'는 이 모티프는 포의 단편들을 분류할 때 뚜렷한 줄기를 이룬다.

그토록 첨예한 죄의식을 느껴본 적이 없는 내가 부도덕한 파렴치한이 아니라면, 그것은 어쩌면 중독자의 두드러진 특성이 아닐까. 중독자가 중독을 끊고자 마음먹을 때 흔히 느끼는 감정은 압도적 공포와 죄책감이라고 한다. 몰아의 상태에서 인간은 인간으로서의 막중한 책임으로부터 벗어난다.

그런데 이렇게 쉽게(단지 '그것'에 다시 손대기만 하면 된다는 의미로) 얻어지는 지극한 쾌감을 포기하고 비루한 현실로 돌아가는 데 대한 공포가 너무나 크기 때문에 결국은 다시 술을 사러, 도박장으로, 약을 구하러 달려가면서도 그게 매우 잘못되었으며 자기 자신에게 가장 큰 죄를 저지르고 있다는 의식마저 떨쳐버릴 수는 없어서, 바로 그 순간에 자아가 분열된다는 것이다.

포는 살아생전 작가로 크게 성공하지 못했고, 평생 극도의 궁핍 속에서 알코올중독과 도박중독에 시달렸으며, 첫사랑 연인과 우여곡절 끝에 재회해 결혼식을 며칠 앞두고 실종된 후 5일 만에 길거리에서 혼수상태로 발견되어 죽음을 맞은 비운의 작가다. 포와 도스토옙스키는 선천적으로 우울한 기질과 예민한 감수성, 강한 자의식 등이 공통적이고, 중독에 이른 결정적 계기가 생계를 감당하기 힘들 정도의 가난이었다는 점도 유사하다. 그들은 전형적으로 삶의 고통을 잊기 위해서, 거액의 돈을 한 방에 따 생활의 고난을 해결하고 싶다는 희망으로 중독에 빠져들었다. 하지만 애초에 도스토옙스키는 도박중독에 빠지기 한참 전에도 유산으로 받은 거액을 내기 당구로 모두 잃은 전력이 있고, 군 복무 시절에는 다른 병사들이 카드 게임하는 것을 넋 놓고 구경하곤 했다. 어떤 사람이 더 쉽게 중독되는지, 그 기질적 특성이 무엇인지는 정신의학이나 뇌신경학적 해석이 보태져야 할 것이다. 중요한 점은, 도

몹시 고약한 문제,
나

스토옙스키의 중독이 한때 그를 파멸 직전까지 몰아갔지만, 결국 그가 거기서 빠져나왔다는 사실이다. 포가 여러 연인들에게나 작가로서나 끝내 인정도 보상도 받지 못한 채 쓰러지고 말았다면, 도스토옙스키에게는 두 번째 아내의 놀라운 헌신과 너무 늦지 않게 찾아온 작가로서의 성공이 있었다.

○

『카라마조프가의 형제들』의 살인자 스메르쟈코프는 아픈 인간이다. 그는 실제로 뇌에 문제가 있고, 이는 정신발달 장애가 있었던 어머니로부터 물려받은 유전일 가능성이 높다. 그러나 또한 그는 대단히 지능적이며 간질 발작도 그럴듯하게 연기할 수 있을 만큼 자기 질병을 통제하는 능력이 있다. 이게 어떻게 가능한지는 잘 모르겠지만 아무튼, 그러니까 그는 살인의 실행자가 될 수 있는 요건을 두루 갖추고 있었다.

친부를 살해한 혐의로 장남 미챠가 투옥되고 재판을 기다리는 동안에 카라마조프가의 다른 형제들은 그가 과연 진범인가를 두고 옥신각신한다. 알료샤는 스메르쟈코프를 범인으로 지목하고, 이반은 미챠가 아버지를 죽였다고 믿으며, 스메르쟈코프는 이반이 살인의 설계자라고 주장한다. 사실 큰형 미챠는 언젠가 내 손으로 아빠를 죽여버릴 거라고 하도 큰소리를 치고 다녀서 온 마을에 소문이 파다했으며, 이반은 누가 아빠 좀 안 죽여주나? 하는 속내를 여러 번 내비쳤더랬다. 아버지에 대한 스메르쟈코프의 원한이야 굳이 말할 것도 없고.

그러나 세 형제와 하인 스메르쟈코프 사이에는 뛰어넘을 수 없는 벽이 있다. 이 애정결핍의 카라마조프들이 충직한 집사 그리고리의 보살핌 속에서 최소한의 인간성이나마 보존하고, 어머니들의 후하고 정직한 친척들(실은 삼형제도 배가 다르다.) 덕분에 교육을 받아 무사히 사회구성원으로 받아들여지는 동안에도, 그 또한 무고하게 태어난 스메르쟈코프는 아무의 사랑도 관심도 미움조차 받지 못한 채 카라마조프 저택의 어두운 응달로 자라나고 있었다. 그는 이반이나 알료샤보다 형이지만 형 대우는커녕 그들 모두를 "도련님"이라고 부르며 존대하고 굽실거리며 늘 시키는 대로 따라야 했다. 그가 왜 그들과 달라야 했는가. 형제간의 대등함이 혈육으로부터 나오는 것이라면, 그 또한 카라마조프가의 형제였건만.

스메르쟈코프의 삶은 인간의 평등사상에 깃든 논리적 결함을 입증하는 하나의 예시다. 인간이 평등하고 자유롭게 태어난다면, 왜 누구는 나보다 더 많은 자유를 누리고 더 평등한 권리를 만끽하는가. 그와 나의 차이가 단지 조건/환경의 불평등이라면, 이 불평등은 왜 철저히 제거되지 않는가. 만일 이 세계에 완전한 평등이 불가능하다면, 평등한 개인들이 감내해야 하는 불평등의 고통은 어떻게 해소할 수 있는가. 힘겹고

몹시 고약한 문제,
나

서러운 처지에 있다고 누구나 범죄를 저지르는 것은 아니므로, 범죄자가 흔히 하는 부모 탓, 환경 탓, 세상 탓은 파렴치한 자기정당화일 뿐일까. 설령 그렇다고 해도 우리가 구조를 만들었고 바꿀 수 있는 사람들이라면, 비참한 환경에서 태어난 무고한 자들에 대해 연대책임을 질 의무 정도는 인정해야 하지 않을까.

형 미챠가 진범이면 좋겠는 남다른 이유가 있어서, 형이 유죄판결을 받을 만한 증거가 출현하자 기뻐하면서, 형이 범인이라는 확신으로, 바로 그 때문에 형의 탈옥을 계획하고 권하는 이반은 야비한 합리주의자다. 스메르쟈코프는 자신의 범행이 온전히 형제의 허락 속에서 시행되었으며, 그들 소망의 실현을 대리해주었을 뿐 자유의지는 없었다고 주장한다. 나는 결코 너에게 살인을 지시한 적이 없다, 라는 이반의 항변에 스메르쟈코프가 하는 반박은 음침하지만 정곡을 꿰뚫는다. "죽인다는 것은 말이죠—도련님은 제 손으론 절대 그럴 수가 없었을 테고 게다가 그러고 싶지도 않았을 테지만, 하지만 다른 누군가가 죽여주기를 바라는 것이라면, 예, 도련님은 이걸 원한 거죠."

도스토옙스키가 유신론, 도덕적 관념론, 러시아 민중주의에 천착했던 것은 어쩌면 그가 자기 안에서 항시적으로 관찰되는 물질주의적 욕망들에 대한 반작용이었을지 모른다. "신이 없다면 모든 것이 허용된다."는 이반의 말은 소설 속에서 신존재에 대한 도전으로 내뱉어졌지만, 사실은 도스토옙스키가 자신의 인간성에 대해 느낀 두려움의 표현이 아니었겠는가. 그리고 이는 아이로니컬하게도 인간이 얼마나 물질적 조건 앞에서 연약한가를 반증한다. 그것을 깨닫게 될 때, 전반적으로는 관념론을 선호하는 나로서도 어쩔 수 없이 '선택적 유물론자'가 되고 만다.

인간의 이성적 판단력이나 자유의지를 신뢰하지 않는다면, 한 사람의 정체성은 그가 속한 집단들의 총합일 뿐이라고 보아도 무방하다. 실증주의나 유물론에 가까워질수록 인간의 개별성과 고유성이라는 것도 우리의 자의식이 고안해낸 허구로 보인다. 그러나 성별과 연령으로, 출신 지역으로, 직업으로, 신분과 소득수준으로 드러나는 정체성은 그 사람을 이루는 부분들이긴 하지만, 각 요소가 그의 내면에서 차지하는 비율과 결합 방식의 수많은 차이로 전체인 한 사람은 저마다 다르게 형성되지 않을까. 수소와 산소의 결합으로 이루어졌다고 모든 물이 같은 물이라고 할 수 없듯이, 인간은 같아도 개인은 서로 다르다는 쪽으로 내 마음은 더 끌린다.

도스토옙스키는 굳건한 신념만큼이나 나약했고, 고결한 정신만큼이나 세속적이었지만, 후회와 절망 속에서 울부짖으면서도 인간과 세계의 모순들에 관하여 계속 썼다. 이 사실이 중요하다. 도스토옙스키는 노박숭녹에 빠졌다 나오는 과정에서 초기의 음울한 센티멘털리즘 소설들을 극복하고 죄와 구

몹시 고약한 문제,
나

원에 관한 대작들을 쓰기 시작했다. 도스토옙스키가 "도박장으로 들어섰을 때 내게는 그 모든 탐욕과 탐욕의 모든 추악함이 왠지 더 편하고 친근하게 느껴졌다. 서로가 격식을 차리지 않고 흉금을 털어놓고 솔직하게 대할 때가 가장 기분 좋은 법이다."라고 고백할 때, 그는 인간 누구에게나 죄의 가능성이 그리 멀리 있지 않고 그렇기 때문에 누구든지 자신의 옳음을 지나치게 자신해선 안 된다고 경고한다. 도스토옙스키는 우리가 선명한 자의식 속에서 자기 정신의 작용들을 알아차리는 것이 올바르게 살아가는 데 무엇보다 중요하다는 사실을 일깨운다는 점에서 현대인에게 가장 많은 영감을 주는 작가일 것이다. 그는 인간적 충동들과 결함들의 요란한 박람회장 같았던 내면을, 자신의 표리부동을 정밀하게 관찰하면서 '더 큰 힘', 압도적 선의지에 복종하게 되었다. 그는 그것을 신이라고 했지만, 나는 서양문학사를 통틀어 다른 어떤 작가보다도 도스토옙스키에게 구원은 문학이었다고 생각한다.

　　내가 도스토옙스키를 제대로 이해하지도 못하면서, 번번이 당혹스러운 심경을 무릅쓰고 꾸역꾸역 읽는 이유도 그래서다. 나에게 없는 다름을 가진 인간이라서, 인간에 대한 앎을 넓혀주는 문학이기 때문에. 판이하게 달랐던 세상에서 살아간 만난 적도 없는 사람들의 이야기에서 여전한 보편성을 발견할 수 있어서. 나도 몰랐던 내 안의 여러 특이성들이 과거에 존재했던 어떤 특이성들과 잠시 서로 공명하는 상태에 들기 때문에. 그러고보면 꼭 도스토옙스키뿐 아니라 모든 고전이 그러하다. 먼 시간대를 살았던 마음들과의 짧은 조우. '시대를 초월한다'는 말의 의미는 이런 것이 아닐까.

비록 이 찬란한 문명 시대에도 인간의 야만성에 대한 증거는 지천으로 널렸고, 인간이라서 저지를 수 있는 죄악의 한계는 끝이 없어 보인다. 인간의 끔찍함, 파렴치함, 신뢰할 수 없는 변덕은 인간을 부정하는 많은 말을 솟구치게 한다. 낭만적 감상으로 미화하기에 인간성은 너무도 허약해서, 파헤치면 파헤칠수록 점점 더 잘게 부서지는 파편들의 무더기에 불과하다. 그러나 도스토옙스키는 환멸이 아무리 쓰라려도 인간에 대한 희망의 근거는 있다고 말한다. 그것도 맞을 것이다. 인간은 이성을 사랑하고 사회적 존재로 협력하며 선한 목적에 봉사할 수 있다. 인간은 감정의 노예가 되거나 부도덕에 무릎 꿇어 지상의 가장 끔찍한 생물로 전락할 수 있다. 인간이 스스로 어느 방향으로든 움직여갈 수 있다는 데 일말의 가능성이 있다. 자기 안의 볼품없는 작은 조각들을 각자가 믿고 바라는 이상과 꿈과 신념을 접착제로 삼아 하나의 인격으로 종합해내는 능력 또한 가졌기에, 우리는 스스로의 힘으로 더 낫고 이로운 삶 쪽으로 나아갈 수 있다. 인간이 완전하고 고귀해서가 아니라, 그게 바로 '나'여서 외면할 수가 없다.

몹시 고약한 문제,
나

『카라마조프가의 형제들』, 표도르 도스토예프스키, 김연경 옮김, 민음사, 2007.

『매핑 도스토옙스키』, 석영중, 열린책들, 2019.

Freedom Regained: The Possibility of Free Will, Julian Baggini, Granta Publications, 2015.

2부

우리의

파괴력

사회성동물과 사회적 동물

윌리엄 골딩 『파리 대왕』 1954년

어릴 때 나는 내가 개인주의자인 줄 알았다. 다수의 의견에 동조하는 것이 불편하고, 무리에 휩쓸려 어울려 다니기가 싫었다. 다수와 무리는 어느 순간에든지 시초의 목적과는 다르게 변질된, 불온한 힘을 발휘할 잠재력이 있다는 점에서 인간 각자가 경계해야 할 상태로 여겼다. 이런 사고방식이 형성되는 데는 두 가지 요인이 긴밀하게 작용했는데, 하나는 서양 고전을 탐독한 것이고 다른 하나는 내 자아정체성을 제대로 이해하지 못한 것이다. 나는 내가 '개인이라는 사실'과 '개인주의자'의 차이를 구별할 만큼 개인주의에 대해 알지 못했다. 학교에서건 또래집단에서건 단체 생활이 힘들었던 것은 단지 나에게 사회적 협동 능력이 부족했기 때문이다.

서구의 정신사는 플라톤 이래로 하나의 이상을 굳건한

신념으로 세워놓았다. 관용과 조화의 미덕을 갖춘 독립한 개인들이 자유롭고 개방적인 조건하에서 충분한 토의를 거쳐 선하고 합리적인 합의에 이르는 것이야말로 바람직한 인간 공동체의 모습이다. 이것이 아리스토텔레스가 말한 "인간은 사회적 동물"이라는 정의의 본뜻이다. 더없이 완전한 이상이지만 여기에는 크나큰 맹점이 있다. 관용과 조화의 미덕이 부족한 개인들 또한 사회의 일원이고, 의식하지 못하나 작용하는 사회적 압력은 항시적으로 개인의 자유를 일정 정도로 제한하며, 선과 합리성은 서로 무관하거나 자주 충돌하는 가치들이다. 이 난망함을 타개하기 위해 서구인들은 훌륭한 이데아의 세계와 이전투구의 현실 세계라는 이분법을 채택했다. 이는 필연적으로 이상과 현실의 거리를 멀리 떨어뜨려놓는다.

이러한 이분법의 간극 속에서 탄생한 근대 서구의 개인주의와 자유주의는 공동체의 목표보다는 단독자인 개인들에게 보다 많은 선택권을 주는 쪽을 택했다. 그리고 20세기 초에 일어났던 두 차례의 전쟁과 전체주의에 대한 경악은 이 두 가치를 그 누구도/무엇으로도 침해할 수 없는 인간의 권리로 승인하게 했다. 하지만 한국인에게 이것은 직접적 체험과 투쟁으로 얻은 권리가 아니다. 서강대 사회학과 교수 이철승에 따르면, 우리에게 뿌리 깊이 체화된 공동체적 가치는 "벼농사 생산 체제에서 진화하여 20세기 산업자본주의까지 수천 년에 걸쳐 이어져온 동아시아 특유의 협업 양식으로서의 집단

우리의
파괴력

주의"와 "동아시아 국가와 시민사회의 근본 관계이자 윤리로서, 수행능력에 바탕을 둔 유교적 정당성론(맡은 일을 잘해서 구성원들을 만족시키면 결과적으로 정당하다.)"이다. 개인주의와 자유주의는 근대화와 더불어 한국인에게도 주어진 표면적 권리긴 하지만, 문화적으로나 정신적으로 내면화되기에 충분한 환경이었던 적은 없다.

돌아보면, 내가 옳다고 배우고 믿고 추구했던 가치들은 절반은 동아시아적이고 절반은 서구적이어서 적당히 엉기긴 했으나 완전히 용해되지는 않은 혼합물의 상태로 있었다. 수직의 고층빌딩 숲 가운데 자리한 궁궐의 지붕 곡선이라면 대비의 미감을 극대화하겠지만, 인간의 정신세계 내에서 이런 콘트라스트는 종종 혼란을 일으킨다. 전통과 현대의 충돌, 유교 문화와 서구식 교육의 부조화, 한국적 집단정서와 서구적 개인주의의 대립. 양립하기 어려워 보이는 가치들이 만들어내는 딜레마는 국가 차원에서뿐 아니라 일개인의 차원에서도 일어난다. 요즘에서야 나는 이것이 20세기에 태어나 한국 사회의 일원으로 성장한 나의 평범성을 보여주는 한 단면임을 깨닫고 있다.

2020년 1월 말, 국내 코로나 1번 환자가 나오자마자 언론에 그의 동선이 공개되었다. 그리고 불과 열흘 만에 고교생 둘이 확진자 동선을 실시간 업데이트해주는 '공익' 앱을 개발해 전 국민의 칭찬을 받았다. 마스크 대란과 대구 집단감염으로 공포에 휩싸인 사람들은 너도나도 휴대전화에 앱을 깔고 확진자가 나온 건물 근처로는 지나가지도 않았다. 하루에도 몇 번씩 재난문자가 와서 보면 우리 지역 어느 건물에 확진자가 다녀갔다는 공공 알림이었다.

높은 수준의 시민의식을 가진 한국인들은 정부의 사회적 거리두기 지침을 성실히 따르며 재택근무를 하고 달고나를 만들고 홈트를 했다. 그리고 확진자 동선 관련 기사에 악플을 달았다. ○번 확진자는 왜 배우자도 아닌 ○번 확진자와 종일 함께 돌아다녔냐. 불륜이냐. ○번과 ○번 확진자는 어째서 한날한시에 같은 호텔에 있었냐. 둘이 사귀냐. 누리꾼들의 분노를 산 일부 무개념 확진자는 직업이나 직장 등 신상정보까지 털렸다. 심지어 공식적인 동선 발표가 있기도 전에 관할 공무원을 통해 확진자의 신상정보가 거주 지역의 맘카페에 유출돼 파장이 일기도 했다.

그럼에도 세계 최고의 IT 강국답게 질병관리본부가 확진자의 휴대전화 위치 정보, 동선 내 CCTV 영상, 신용카드 이용 내역 등을 샅샅이 들여다보는 철저한 역학조사에 문제제기를 하는 목소리는 거의 찾아볼 수 없었다. 오히려 치명적인 감염병에 맞선 효율적이고 선제적인 대응으로 이해했고, 당연히

우리의
파괴력

알 권리가 있는 정보로 취급했다. 그랬기에 대통령까지 나서 "한국의 성공적 대응 모델을 국제사회와 공유하고자" G20 화상 정상회의에서 이런 말을 할 수 있었다. 우리는 "신규 확진자 수, 검사 건수, 지역별 분포 등 모든 역학 관련 정보를 매일 업데이트하여 배포"하고 있다고. 위기를 극복하는 해법은 연대하는 국민의 저력이었다. 우리는 우리가 꽤 잘해내고 있다고 자부했다.

그로부터 2년밖에 안 지났지만, 초기의 K방역은 정부가 주도하고 전 국민이 동참한 개인정보 유출과 사생활 침해의 결과물이었음을 모두가 암묵적으로나마 인정하고 있다. 마스크 착용을 거부하고 휴지를 사재기하는 어리석은 미국인들과 비현실적으로 텅 빈 에펠탑 앞 트로카데로 광장에서 이동금지령 뉴스를 전하는 리포터를 보면서 느꼈던 자부심은 이제 온데간데없다. 왜? 우리의 역학조사 방식에 인권침해 요소가 있다고 뒤늦게나마 동의해서가 아니다. 코로나앱 열기가 시들해진 것은 결과적으로는 그것만으로 팬데믹을 막을 수 없었기 때문에, 그러니까 공익이라는 명분으로 우리가 택한 전략이 그 목적을 충분히 달성하지 못했기 때문이다.

물론 이런 것은 선택의 문제일 수 있다. 한 집단의 구성원 전체가 비슷한 태도와 가치관을 공유한다면, 일종의 사회계약이 성립됨으로써 합의에 따른 정당성이 확보되었다고 간주할 수 있다. 돌아보면 확진자의 신상이 무차별적으로 유포

된 것은 메르스 때도 마찬가지였다. 아무리 감염병이라고 해도 환자의 나이나 성별을 익명의 다수가 알아야 할 응당한 이유가 없었지만, 상당 기간 그러한 정보들이 정부 차원에서 공유되었다. 그런데 2020년 4월, 오만한 프랑스인 변호사가 자국 경제지에 "확진자 동선을 추적하는 한국은 감시와 고발 사회"라는 기고문을 썼다. 이 기사를 접하고 자존심이 건드려진 우리 국민들은 수천 개의 악플로 응징했다. 프랑스의 한국 교민들은 성명을 냈고 정부까지 수차례나 공식 항의했다. 하지만 사적 영역과 공적 활동을 엄격히 구분하는 서구인에게 우리와 같은 대응 방식은 상상할 수 없다. 일탈적 개인들을 방치하는 서구인들의 태도 아래에는 자유와 개인의 존중이 여하한 최우선 가치라는 의식이 있다. 그것이 아무리 비효율적으로 보여도, 설령 그 때문에 더 큰 위험에 처할지라도, 결코 양보하거나 예외를 둘 수 없는 기본권이라는 인식이다.

한국인의 문화는 확실히 서양에 비해 강한 집단성을 내재하고 있다. 역사적으로도 우리는 집단의 가치보다 개인을 우선하거나 최소한 대등한 정도로 중요하게 여긴 적이 없다. 명예도 수치도 언제나 공동의 것이었다. 이러한 경향은 아시아의 여러 나라에서 공통적이라고, 서양 학자들은 분석한다. 동아시아인의 집단성의 기원에 대해서는 다양한 문명사적 해석이 가능하겠으나, 현대 한국 사회가 보이는 혼란하고 모순적인 집단성의 원인은 비교적 뚜렷하다. 근대의 정신적 개성을 자발적으로 획득하지 못한 채 일제강점기와 한국전쟁을 거치면서 강화된 민족주의와, 선택권 없이 도입된 자유자본주의 시스템에 빠르게 적응하면서 학습한 개인주의가 우리 각자의 내면에서 서로 버성기는 것이다.

휴스턴대학교 철학과 교수로, 자유의지와 윤리학 연구가인 태플러 소머스는 그의 책 『상대적 정의*Relative Justice*』를 한국인의 집단적 윤리의식에 관한 이야기로 시작한다. 2007년, 미국 버지니아공대에서 총기 난사 사건이 벌어져 서른세 명이 사망했을 때, 최초로 언론과 인터뷰한 LA 지역 부동산업자의 첫 마디는 "한국인을 대신해 사죄드린다."였다. 어리둥절해진 리포터가 "아니, 당신이 왜요?"라고 묻자, 그는 "범인이 한국인이잖아요."라고 답한다. 주미 한국대사가 공식 사과하고, 수많은 한국계 단체들이 성명을 냈다. "우리 한국인들은 미국 국민들에게 고개 숙여 깊이 사죄합니다." 소머스는 이 일련의 인터뷰를 보면서 윤리의식에 나타나는 차이를 문화상대주의 시각으로 분석하게 되었다고 한다.

만일 미국인 여행자가 독일에 가서 같은 범죄를 저질렀다면, 미국인들은 저런! 안됐네, 라거나 걔가 또라이, 정도의 반응을 보였을 것이다. 아니, 실은 남 일에 무관심한 대다수 미국인은 그런 사건이 있었는지조차 모르고 지나갈 것이다. 한국에서 범죄를 저지르거나 난동을 벌인 자국민에 대해 국가의 수치 운운하는 성명을 발표한 나라가 어디 있었던가. 개인의 일탈행위는 국가나 국민이 집단으로 부끄러워해야 할 사안이 아니고, 그 결과는 행위자가 오롯이 책임져야 한다. 그런데 소머스가 인터뷰한 한국인들은 미국에 살건 한국에 살건 모두가 입을 모아 "한국인으로서 부끄럽다"고 했다.

소머스는 그 문장을 도무지 이해할 수 없었다지만, 우리는 너무 잘 공감된다. 외국에서 추태 부리는 한국인을 볼 때 바로 튀어나오는 표현 아니던가. 비슷하게, 누군가 옆에서 민망한 짓을 할 때 쓰는 관용구로 '어째서 부끄러움은 나의 몫인가'도 있다. 뻔뻔하고 무개념인 행위를 저지르는 주체가 하지 않을 반성을 타인인 내가 대신해준달까. 하여튼 우리로선 자연스럽고 미국인 철학자에겐 너무도 생소한 이 반응을 열심히 탐구한 결과, 소머스는 아시아인의 도덕은 "수치의 문화"고 서양인의 도덕은 "죄의식의 문화"라는, 상당히 수긍이 가는 결론을 내린다. 그러니까 '죄도 오직 나의 것'인 서양사람들에게는 반성과 처벌 역시 개인 각자의 의무인 데 반해, 특히 동아시아인들은 도덕에 수반하는 모든 요소를 패키지로 공유한다는 것이다.

소머스뿐 이니라 대부분의 근대 경험주의 도덕철학자들은 도덕을 '공감*'이라는 감정 반응으로 형성되는 관념으로 파

우리의
파괴력

악한다. 최초의 공감력은 물론 진화적으로 생존에 유리하기 때문에, 즉 내 가족 친지 부족의 안녕을 도모하기 위해 발달했다. 그리고 이러한 정서의 학습이 타자들로 확장된 것이 도덕률이다. 따라서 도덕은 그 발생에서부터 실용적 필요와 맞닿아 있는 실천적 개념이다.

이에 반해 관념론 철학은 도덕을 이성적 사유의 결과인 "자기충족적 덕 개념"으로 파악한다. 윤리의 객관적 타당성이 그것의 목적이 아닌 '자율 자체'에 있다고 한 칸트의 도덕철학이 대표적이다. 하지만 형이상학적 윤리학은 논리적 완전무결함과는 별개로, 도덕의 현실적 실천적 가치를 부차적으로 만들기 때문에 "왜 선행이 중요한지를 설명하는 데 늘 어려움을 겪어왔다"고 누스바움은 지적한다.

서양의 이분법은 윤리의 영역에서도 이처럼 뚜렷하다. 이 문제를 극복하기 위한 해결책으로 흔히 쓰이는 것이 바로 '현상적 분석'이다. 소머스에 따르면, 도덕에서 이성의 역할은 주로 "(인과관계를 따지거나 뒤집어서) 행위나 주장을 정당

---

* 애덤 스미스의 『도덕감정론』에서 비롯한 단어로 'sympathy'의 번역이다. 철학자들이 말하는 도덕감정으로서의 공감이 감정이입(empathy)이나 역지사지와 다른 점은 '내가 만일 너라면'이 아니라, '내가 비록 너는 아니지만'이라고 가정하는 것이다. 내가 그러한 처지에 있어야 비로소 헤아리게 되는 타인의 심정이라기보다, 공평무사한 제삼자로서도 언제나 올바른 도덕적 선택과 판단을 할 수 있는 능력을 가리킨다. 그래서 스미스의 책에서 이 단어는 '동감'으로 번역되고 있으며, 이편이 더 적절해 보인다.

화"하는 데 더 기여한다. 여기까지 읽고 내심 뿌듯하기엔 이르다. 수치도 집단적으로 느끼는 우리의 도덕감정이 서양인의 윤리의식보다 우월하다는 얘기는 전혀 아니니까 말이다. 이것은 단지 도덕감정이 작동하는 원리에 관한 얘기일 뿐, 실제로 그것이 발휘되는 양상은 때에 따라 너그럽고, 때에 따라 관대하며, 때에 따라 가차 없다.

　도덕에 대한 민감도가 높은 집단적 도덕감정은 조작되거나 호도되기 쉽고 그 변덕스러움 때문에 일관된 도덕률로 체계화하기가 더 어렵다. 또한 죄의식의 문화에서는 각 개인의 도덕적 책임 개념이 강조되는 반면, 수치의 문화에서는 명예로움에 대한 추구가 보다 뚜렷하다. 즉 우리의 집단적 도덕감정은 개인에게 고유한 것이 전체의 이로움을 위해 쓰이는 것, 다시 말해 헌신과 희생을 최고의 선행으로 여긴다. 집단적 가치 추구와 도덕감정이 함께 작용하기 때문에 공익의 범위가 매우 포괄적이 되고, 그래서 집단의 필요나 요구에 따라 개인 정보가 공개되는 데 정당성 시비가 불거질 여지가 별로 없는 것이다.

0

　단 한 편의 작품만으로 어떤 작가를 판단하는 것은 불완전하거나 부당할 수 있다. 그러나 윌리엄 골딩의 대표작 『파리 대왕』을 미성숙한 상상력으로 너무나 섬뜩하게 읽어선지, 이제 와서 불편부당하게 이해하고자 그의 작품들을 두루 찾아 읽을 엄두는 나지 않는다. 비행기 추락 사고로 태평양 한가운데 산호섬에 떨어진 소년들의 생존투쟁을 다룬 이 소설은, 교육과 문명으로 제어해온 인간 내면의 야수성이 자비 없는 자연 속에서 집단적 광기로 폭발하는 과정을 유리알처럼 매끈하고 시적인 리듬을 가진 문체로 묘사한다. 서정적인 장면에서 공포가 피어나고 지상낙원처럼 아름다운 풍경에선 악취가 진동하며 인간 한계에 대한 각성은 혐오와 연민을 동시에 불러일으키는데, 이토록 상충하는 감정을 어느 한쪽으로 단호히 몰아가기 어렵다.

『파리 대왕』은 "인간의 자연상태는 만인의 만인에 대한 투쟁"이라는 홉스의 정의를 소설의 형식으로 가르친다. 홉스는 구성원들의 합의하에 권력을 양도받은 통치자가 법에 따라 국가를 지배함으로써 이러한 전쟁상태가 중지된다고 했는데, 안타깝게도 다섯 살에서 열두 살에 불과한 어린 소년들은 자신들이 체결한 지극히 단순한 사회계약조차 성실히 이행할 능력이 없다. 따라서 이들은 사소한 공포에도 어리석을 만큼 위축되거나 지나치게 격렬한 폭력으로 반응한다. 구조신호를 보내려면 불 피우기가 시급하다는 이성주의자를 조롱하고, 고기를 제공해주지 못하는 지도자를 배반하며, 파리 떼로 뒤덮인 부패한 돼지 사체를 숭배한다. 아이들은 두려움이 만들어낸 우상의 실체를 밝히려는 선각자를 살해하며, 선동하는 압제자의 유순한 도구를 자처해 굴종하지 않는 아웃사이더를 처단한다. 이러한 잔혹동화가 남기는 교훈은 뚜렷하다. 인간은 본성인 악을 자발적으로 통제할 능력이 없다. 그러니 파멸을 불러오는 이기적 욕망으로부터 우연의 은총이 인간을 구원할 때까지, 부디 살아남아라.

'걸리버 여행기'류의 흥미로운 모험소설이 될 수도 있었던 이 작품이 인간 본성을 날카롭게 도식화한 근대적 신화로 완성된 이유는 폭력의 기원에 대한 골딩의 비관론이다. "벌이 꿀을 만들어내듯이 인간이 악을 생산해낸다는 사실을 알지 못한 채 그 시절2차 세계대전을 지나온 사람이 있다면 그는 장님이거나 머리에 이상이 있을 것이다." 비록 골딩에게 노벨상을 수여한 스웨덴 한림원은 이를 두고 "생명력, 즉 그 강인함과 통제 불가능성 그리고 역설적 자유 덕분에 감염력을 얻는 활기"라고 최대한 긍정적으로 의미를 부여해주었지만, 허약한 내 마음은 이 암울한 생충동을 도저히 받아내지 못하겠다.

그럼에도 『파리 대왕』을 잊지 않고 또 되새기는 이유는 이 작품이 야생상태에서 벌어지는 자연의 투쟁이 고도화된 폭력 시스템으로 변질되는 지점을 정확히 짚어내서다. 그것은 다름 아닌 '폭민mob', 전체 구성원을 하나의 인격으로 동일시하는 무리의 힘이다. 다소 거만하고 허세가 있긴 해도 충분한 매력과 통솔력을 지닌 랠프는 선출된 지도자다. 그러나 그는 원시의 섬이라는 낯선 환경에서 문명적 사고를 지속함으로써 실권失權의 위기에 처한다. 반면, 성가대 지휘자로 어린 성가대원들을 이끄는 잭은 '사냥'과 '고기'를 약속함으로써 단숨에 다수의 지지를 얻는다. 소설은 랠프와 잭의 대립을 주로 묘사하지만, 실제로 벌어진 집단 린치와 살인의 주역은 얼굴도 목소리도 없는 다수다.

　　　　　　　　　　　／

　언제부터인지 뉴스에서 '독재'를 대신하는 말로 '전체주의'가 자주 눈에 띄고 있다. 그렇지만 내 생각에, 시사평론가들이 파시즘이라는 단어를 사용하는 주된 이유는 전달하고자 하는 메시지의 효과를 극대화하려는 목적, 즉 선동적 수사에 더 가까워 보인다. 독재나 집단주의라면 저마다 나름의 경험적 정의를 갖고 있는 사회의 일원들에게 새로운 경각심을 일깨우려고 끄집어낸 외래어는 아닌지? 아렌트의 명저『전체주의의 기원』에 따르면, 20세기 초 독일과 러시아에서 출현한, 완전히 새로운 통치 형식인 파시즘은 몇 가지 고유한 특징을 지니고 있다.

　전체주의는 "악행의 선전 가치"를 잘 알고, "정상적인 도덕 기준을 무시"하며, 어떤 계급의 대리인도 아닌 "오직 대중의 대리인"이기에 "사욕에 무관심"하고, 언제든지 "희생할 준비”가 되어 있는 폭민, 즉 “운동과 일체가 되어 그 법칙에 완전히 순응”하는 충성스러운 “다수의 힘”으로 작동하기 때문에 “비상한 적응력과 연속성의 부재”를 특징으로 한다. 이 악마 같은 운동에너지는 “소외되고 고립된 개인들”의 극단적 절망에서 비롯했으며, 언제나 일정 부분 “종족민족주의”적 성격과 “제국주의”적 의지를 가지므로 숙청이나 전쟁 등의 대량 인명 살상으로 동력을 얻는다.

『파리 대왕』의 소년들은 전체주의의 모형이고, 그것은 사회성동물인 개미나 벌의 생태와 흡사하게 작동한다. 나의 소속이 곧 나의 존재 이유고, 목적의 실현을 위해 군집 전체가 하나의 생물처럼 움직이는 방식. 묘사하는 것만으로도 호흡곤란과 좌절감을 안겨주는 이런 시스템을 인간이 채택하고 실행한다면 과연 얼마나 오래 종을 보존할 수 있을까. 물론 아렌트의 분석은 특정 시대 특정 국가의 전체주의를 대상으로 하지만, 그럼에도 아렌트가 생각하는 전체주의의 가장 끔찍한 특성은 폭력 장치로 기계화된 거대다수에서 나오기 때문에, 충분한 인구수와 자원을 갖지 못한 국가에서 진정한 파시즘은 실현되기 어렵다. 러시아의 위성국가들이나 아시아의 군소 국가들에서 일시적으로 출현했던 전체주의화는 모두 1당 독재나 1인 독재에 그쳤으며, 파시즘이라는 용어를 그토록 사랑했던 이탈리아의 무솔리니조차 인구수의 희생을 아까워한 나머지 정치적 숙청을 통해 사형한 인원은 고작 일곱 명에 불과했다. 아시아에서는 인도와 중국 정도가 파시즘의 잠재력을 가진 국가라고 아렌트는 예견한다.

그러니까 이렇게 조그만 나라 대한민국은 기껏해야 여러 버전의 전제정치, 또는 포퓰리즘 중우정치가 가능할 뿐이다. 게다가 우리는 누구를 소외시키고 마냥 개인으로 살도록 내버려두기엔 남 일도 내 일처럼 관심이 많은 감정적인 민족이고, 도덕성으로 말하자면 수치도 단체로 느끼는 종족이니 아직은 염려 없다. 무엇보다, 실리주의가 지배적 가치관으로 자리 잡은 오늘날의 한국 사회에서 정치적 명분을 위해 개인이 모든 희생과 손해를 감내해야 하는 전체주의는 아무래도 무리다. 한국인이 흔히 보이는 '원팀' 의식은 강력한 집단주의 정서의 발로일 뿐 전체주의로 나아갈 만한 요건을 갖추지 못한다. 그러므로 우리가 더 논의해야 할 것은 다름 아닌 '우리의 집단성'이 아니겠는가.

집단주의는 근대화된 한국 사회에서 벌어지는 여러 가지 갈등의 원인이지만, 또한 한국인의 저력을 과시하는 원동력이기도 하다. 가령 K팝의 상징 BTS가 세계인의 마음을 사로잡은 것은 '아미BTS의 팬클럽'의 힘이었다고 생각한다. 《가디언》이나 《뉴욕타임스》에 실린 BTS '입덕' 칼럼들을 보면, 아미를 선언하는 서양인들의 글에서는 신앙 간증과 비슷한 절실함이 느껴진다. 그것은 개인주의 사회에서 살아가는 사람들이 집단성의 위로를 경험하는 과정이고, 자기 내면의 외로움을 자각하는 순간이기도 하다. 그래서 그들은 아미가 될 때 폭풍눈물을 쏟고 영혼이 치유되는 경험을 했다고 고백한다. 그토록 거대하고 굳건한 취향공동체의 '일원'이 되는 것이 주는 위안을 서양인들 스스로는 조직해낼 수 없기에, 아미는 독보적이다. 우리에겐 별것도 아닌 '떼창'과 '빠순이'가 일궈낸 세계화의 위업이다.

그러고보니 독일에서 경험한 인상적인 한 장면이 있다. 라인강 지역의 도시들에서는 1년에 한 번 가을에 불꽃놀이 축제를 하는데, 우리의 여의도 불꽃축제처럼 인파가 몰린다. 넓은 잔디 공원으로 몇몇 한인 유학생들과 불꽃놀이를 구경하러 갔다. 그곳에서 지내는 동안 본 가장 많은 수의 독일인들이 같은 시각 같은 장소에 모여 있었다. 얼마나 기다렸을까, 첫 포가 특유의 휘파람 소리와 함께 쏘아 올려지고, 곧이어 화려한 빛들이 밤하늘 가득 퍼져나갔다.(불꽃의 패턴들이 독일답게 상당히 표현적이고 색달랐다.) 한국인들은 약속이라도 한 듯 동시에 와아, 탄성을 지르며 제자리에서 폴짝 뛰었다. 그러고는 곧바로 주변의 독일인들에게 제지당했다. 쉿! 둘러보니 이 사람들, 미사를 드리는 기독교도처럼 엄숙하게 두 손을 모아 잡고, 묵음으로, 각자 자기만의 하늘을 감상하고 있는 것이 아닌가. 나 원 참.

그들은 성발로 외로운 개인주의자들이어서 한국식의 자연스러운 감흥의 공유와 일사불란한 연대의 느낌이 더 따뜻

우리의
파괴력

하게 와닿았을 수 있다. 물론 K팝을 꾸준히 폄훼해온 독일 언론은 넷플릭스가 방영한 블랙핑크의 성장 다큐멘터리에 대해 "한국의 아이돌 양성 시스템은 올림픽 선수 선발처럼 가혹하다."고 논평했고, BTS가 데뷔 후 6년 만에 첫 장기 휴가를 떠난다는 소식을 전했을 때 프랑스 언론은 일제히 K팝 산업의 충격적인 노동착취 문제를 강도 높게 비판했다. 한국인의 집단주의를 이해하지 못하는 서양인에게 아이돌 양성 문화는 장기적이고 조직적인 아동학대, 인권침해로 비칠 수 있다.

그래도 괜찮다고, 본인들이 좋아서 선택한 거라고, 착취가 아니라 최고의 관리를 받는 거라고 주장하는 게 그들의 비판에 대한 유효한 반박인지는 모르겠다. 어쨌거나 모든 일은 생각하기 나름이고, 어떤 주의나 제도든지 장단점은 있는 거고, 나라마다 자기네 스타일이 있고, 누가 뭐래도 이건 우리 일이니 님들은 상관 마시고. 하기야 만16세 이하 청소년의 노동은 불법이고, 어떤 직업군이든 최소 연간 4~5주의 유급휴가를 법으로 정한 서구 나라들에서 어떻게 십대 아이돌 연습생이 나올 수 있겠나. 제아무리 유능한 기획사가 비틀스나 퀸을 만들어준다고 해도 혈기 왕성한 청년들은 하루가 멀다고 파파라치에게 해변의 키스신을 찍힐 것이다. 하지만 우리의 집단성은 이런 것들을 매우 가능하게 하고 또 기꺼이 인내하게 한다. 함께 꿈을 이룰 수 있다면. 우리가 다 같이 잘될 수 있다면. 우리의 성공으로 대한민국의 위상을 세계에 드높일 수 있다면.

　절반의 진심과 절반의 자조로 이쯤에서 끝내고 싶지만, 말해야만 하는 중요한 한 가지가 더 있다. 아렌트는 어떤 집단 내에 '전체주의적' 사고가 일단 자리 잡으면 무적의 장악력을 얻는 것이 애초의 "정치적 무관심" 때문이라고 말한다. 히틀러의 선동에 열광한 평범한 다수는 평소 정치에 대해 생각해본 적도, 정치적 어법을 학습할 기회도 없었던 계급 바깥의 개인들이고, 그래서 그들은 다른 어떤 정치 논리나 설득에도 일절 흔들림이 없었다. 무슨 뜻인지를 거의 이해하지 못했기 때문에 "전혀 어찌할 수 없었던" 것이다. 그 무지와 몰상식이 "악의 평범성"을 낳았다.

　평등과 공정에 열광할 뿐 그 실제를 숙고하지 않는 진부하고 일상적인 다수가 덕성을 경멸하고 인간적 가치를 멸시할 때, "이중적 도덕 기준이 판을 치는 위선적 황혼기에 극단적 태도를 뽑내는" 파시즘 테러리스트 개미들이 탄생하는 것이다. 나나 당신 같은 보통 사람이 희대의 전체주의 선동가가 되긴 어렵겠지만, 아이히만 같은—"약간의 천박함을 제외하곤" 특색 없는—실행자는 충분히 될 수 있다는 아렌트의 지적만은 새겨둘 필요가 있다.

『파리 대왕』, 윌리엄 골딩, 유종호 옮김, 민음사, 1999.

『불평등의 세대』, 이철승, 문학과지성사, 2019.

Relative Justice: Cultural Diversity, Free Will, and Moral Responsibility, Tamler Sommers, Princeton University Press, 2012.

1983년 노벨 문학상 선정 이유서. https://www.nobelprize.org/prizes/literature/1983/press-release/

『시적 정의』, 마사 누스바움, 박용준 옮김, 궁리, 2013.

『리바이어던』, 토머스 홉스, 최공웅·최진원 옮김, 동서문화사, 2016.

『전체주의의 기원』, 한나 아렌트, 이진우·박미애 옮김, 한길사, 2006.

『예루살렘의 아이히만』, 한나 아렌트, 김선욱 옮김, 한길사, 2006.

공짜의 나비효과

마크 트웨인 『얼간이 윌슨』 1894년

다음 중 어느 쪽이 더 기쁠까? 1) 사표를 가슴에 품고 또한 달을 버틴 대가로 월급 251만 원이 통장에 찍힌 것을 확인할 때. 2) 집에 불이 나는 꿈을 꾸고 산 로또가 3등에 당첨돼 22퍼센트 세금을 제하고 117만 원을 받게 되었을 때. 이런 가정법 질문을 던져보면, 생각보다 많은 수의 사람이 월급보다 로또가 더 기쁘다고 답한다. 노력에 대한 보상은 당연한 것이므로 기뻐할 이유가 없는 반면, 복권 당첨은 행운이기 때문에 그것을 거머쥔 짜릿함이 특별하다는 것이다. 노력의 결실보다 행운이 더 기쁜 일인 근거는 바로 그 '노력을 기울이지 않았다는 사실'에 있다.

그럼에도 공짜를 좋아하지 않으려고 노력하는 편이다. 혹시 한 번이라도 당첨의 쾌감을 맛보면 끊을 수 없을지 모르니까, 라는 것이 표면적인 이유고, 밑바닥에는 내가 그렇게 운수 좋은 사람일 리 없다는 부정적 마인드가 깔려 있다. 그리고 이러한 자기불신의 대척점에 행운아가 있다. 『얼간이 윌슨』은 마크 트웨인이 1881년에 발표한 청소년소설 『왕자와 거지』의 확장판이다. 16세기 영국을 배경으로 한 『왕자와 거지』가 세습신분을 풍자하고 있다면, 『얼간이 윌슨』은 19세기 미국의 현실을 풍자한다. 신분이 뒤바뀐 두 사람의 운명이라는 기본 착상은 동일하지만, 왕자와 거지가 백인과 흑인이라는 인종 요소로 대체되면서 좀더 스릴 넘치는 범죄 미스터리가 되었다.

1830년대 미국 남부에서 흑인 노예는 단지 피부색만이 아니라 세습신분과 인종이 결합된 끊어낼 수 없는 운명이었다. 백인과의 혼혈이라서 흰 피부를 가졌음에도 "깜둥이 노예"로 불리는 록시는 자신이 낳은 아기의 새하얀 피부를 보면서 가슴이 아프다. 이 아이도 평생 "서글픈 깜둥이"로 불리면서, "강 아래로 팔려 갈 것을 두려워하며" 살아가야 하다니. 미시시피강 하류의 대규모 플랜테이션 농장으로 팔려 간다는 것은 노예들에게도 가장 처참한, 인간 이하의 상태가 된다는 뜻이다. '가내노예'인 록시는 주인에게 속한 재산이라는 점에서 자유민이 아니지만, 월급을 받는 하녀 정도의 삶은 영위하고 있다. 하지만 주인 나리는 가내노예들이 좀도둑질을 하거나 고분고분하지 않으면 강 아래로 팔아버리겠다고 종종 협박한다.

어느 날 록시는 주인 나리의 아들 토미 도련님과 자기 아들 체임버스를 함께 목욕시키다 똑같이 뽀얗고 발그레한 두 아기를 번갈아 보면서 한탄한다. "내 가여운 아기가 무슨 짓을 했기에 너처럼 행운을 가지지 못한단 말이냐?" 그러다 불현듯, 며칠 전 주인 나리가 "둘 중 어느 쪽이 내 아이냐"고 물었던 기억이 떠오른다.(주인마님이 아이를 낳고 일주일 만에 죽어서 갓난쟁이 때부터 노예 유모 손에 맡겨 기르다 보니 아버지라도 제 자식을 알아보지 못한다.) 록시의 신분위조 범죄는 애끓는 모성애의 발로였다. 그녀는 자신의 행위를 정당화하면서 교회에서 들은 "늙은 깜둥이 전도사"의 설교를 인용한다. 인간은 믿음으로나 노력으로나 스스로를 구원할 수 없으며, "공짜로 오는 은총만이 오로지 유일한 길이고, 그것은 오직 주님 말고는 아무에게서도 나올 수 없다".

이 문장에 담긴 평등사상은 뚜렷하다. 백인은 흑인을 노예로 부릴 어떠한 천부권도 가지지 않는다. 그런데 지난 수세기 동안 백인들은 그렇게 해왔다. 따라서 그 천부의 운을 바꿔놓는다고 누가 나에게 죄를 물을 수 있겠느냐. 너희들도 했으니 나도 해도 되지 않겠니. 시작은 평등의 요구였는데, 마무리는 피장파장의 오류다. 록시는 아기들의 옷을 바꿔 입히고 주인의 요람에는 자신의 이기를, 노예의 요람에는 주인의 아기를 뉜다. 이제 그녀는 자기 손으로 제 아이를 선택받은 자, 행

우리의
파괴력

운아로 만들었다는 자부심을 느낀다.

공짜를 기뻐하는 마음의 실체는 바로 이것이다. '축복받을 자'로 선택되었다는 희소의 느낌. 남다른 존재라는 확인. 인간의 영역을 벗어난 신비로운 힘이, 우주의 기운이 '바로 나'를 돕고 있다는 믿음 말이다. 그런데 재미있게도 이 논리에는 자가당착의 요소가 있다. 첫째, 인간은 평등하지만, 타고난 운(천부적 조건, 하늘의 뜻, 신의 은총, 로또 당첨의 행운)에 따라 누리는 혜택이 정당하다면, 내가 일생 감내해야 할 어떤 종류의 불평등의 근거는 선진국의 부유한 백인 남성으로 태어나지 못한 내 팔자에 있다. 이렇게 되면 록시가 자신의 행위를 정당화한 논리는 무너진다. 노예로 태어난 것도 신의 뜻이므로 감내해야 할 불평등이 되니까. 그리고 둘째로, 행운이나 은총을 인간이 행위로써 바꿀 수 있다면 그게 과연 진짜로 공짜인가.

자연상태의 인간이 모두 평등하다면, 세상 누구도 자신에게 '우연히' 주어진 공짜를 선민選民의 특권으로 주장하고 누릴 수가 없다. 왜냐하면 경제 논리뿐만 아니라 사회 관습이나 제도의 영역에서도 내가 거저 누리는 어떤 혜택이 실은 다른 누군가의 이익을 침해하거나 불이익을 전제한 장치가 작동한 결과일지 모른다. 설령 자선이나 기부 같은 순수한 호의의 수혜자가 된다 해도, 내가 받은 만큼 사회에, 또 다른 누군가에게, 선의를 돌려주어야 한다는 도덕적 책무가 생겨난다. 공짜를 해맑게 기뻐하기엔 이러나저러나 마음이 편치 않아야 옳은 것이다.

○

출생 연도 끝자리가 1이라서 전국민재난지원금을 첫날 신청하게 되었다. 생애 최초로 정부가 묻지도 따지지도 않고 준다는 현금을 받으려니 어찌나 황송하던지 자세히 들여다보지도 않고 연속으로 '예' 버튼을 눌렀더니 마지막 화면에 "전액 기부 해주셔서 감사합니다."라는 메시지가 떴다. 하핫, 전액 기부가 돼버렸네. 어차피 이게 다 국민 세금이고 정부도 많은 국민의 기부를 기대한다고 했으니까, 고의가 아니었다는 건 비밀로 하고 모범 시민인 양 뿌듯한 척할까.

그런데 놀랍게도 나의 재난지원금 '비자발적' 기부 소식을 접한 가족들이 정색했다. 아니, 누구나 받는 그걸 왜 못 찾아 먹어! 전액 기부로 기본 설정돼 있는 신청 매뉴얼이 문제네! 가만있지 말고 어디다 신고라도 해봐! 무슨 피싱 사기 피해자 취급을 당하자 내 안이한 합리화는 설 자리를 잃었고, 결국 쭈뼛거리며 카드사 고객센터에 전화를 걸었더니 친절한 상담원이 2초 만에 원상복구 해주었다. 그리고 몇 달 후, 재난지원금 기부율에 관한 기사를 찾아봤다. 사실은 궁금했던 것이다. 과연 몇 퍼센트의 사람들이 기부했을까?

기부 의사를 명시한 비율은 단 0.2퍼센트, 아예 신청하지 않아 기부로 간주된 금액까지 합해도 고작 2퍼센트에 불과했다. 정부가 14조 원에 달하는 추경예산 부담을 줄이기 위해 공무원들에게 기부 권장 지침을 내렸음에도, 선택권을 가진 개인 대다수는 이를 따르지 않았다. 특히 중산층 이상에서 신청한 지원금을 실제 사용한 비율은 60퍼센트 수준에 그쳤다는 점이 눈길을 끌었는데, 돈이 많건 적건 긴급히 필요하건 아니건, 거저인 돈을, 설령 안 쓰더라도, 먼저 포기하려는 사람은 거의 없었다.

공짜, 특혜, 불로소득, 부자 아빠를 욕심내지 않는 사람이라도 내 소유로 인정받은 것을 덜어 내어드리는 일은 남다른 자비심이 필요하다. 선행은 자발적이어야 비로소 선행으로서 가치가 있다. 도덕적 행동은 필수가 아니라 옵션이다. 과연 그럴까. 내가 전국민재난지원금을 기부할 뻔했을 때 주변 사람들이 보여준 반응은 모두에게 주어지는 공짜는 더이상 특별한 혜택이 아니라 당연한 권리로 인식된다는 사실을 선명히 해주었다. 그러니까 나에게만 독점적이어야 좋은 운이지 다른 사람들이 나와 똑같이 받는다면 하나도 기쁘지가 않은 것이다. 모두에게 골고루 돌아가는 행운은 어째서 내 행복의 빛을 퇴색시키는가. 이것은 심술인가 인지상정인가. 롤스에 따르면 이는 악덕이다.

현대 정의론의 대부인 존 롤스는 1962년부터 40년 동안

하버드대 철학과 교수로 재직했다. 20세기를 대표하는 걸출한 도덕철학자 다수가 그에게 정의론을 배웠다. 1958년에 「공정으로서의 정의Justice as Fairness」라는 논문을 발표하며 시작된 롤스의 정의 탐구는 1971년 출간된 『정의론』으로 정점에 도달했으며, 그 이후에 나온 정의 개념을 다룬 모든 정치 경제 사회 윤리철학 연구는 예외 없이 롤스를 인용한다. 이토록 탁월한 책이지만, 당장 이 불공정한 세상을 어떻게 뜯어고칠까 의문에 가득 차 덤벼드는 사람에겐 썩 도움이 되지 않는다. 왜냐하면 롤스의 정의론은 사회이론이나 정치철학이 아니라, 칸트이래 가장 완벽한 도덕철학이기 때문이다.

롤스가 논증하는 공정으로서의 정의 개념은 두 부분으로 이루어지는데, 첫 번째는 "모든 사람은 다른 모든 사람과 동등하게 기본적 자유에 대한 권리를 갖는다."는 자유의 원칙이다. 민주주의에서 이 대전제는 결코 침해될 수 없으며, 세부적인 다른 모든 원칙은 이 제1원칙을 넘어서지 못한다. 여기까지는 꽤 쉽다. 그런데 두 번째 부분이 문제다. 왜냐하면 여기서 롤스가 개인의 자유를 어떻게 더 확실히 보장해야 하는지를 논하는 대신, 공정한 사회가 어떻게 "불평등을 의무화"해야 하는지를 논증하기 때문이다. 롤스는 이 제2원칙을 '민주주의적 평등' 원칙이라고 부르는데, 이는 다시 '차등의 원칙'과 '기회균등의 원칙'으로 나뉜다.

'최소 극대화 원칙'으로도 불리는 차등의 원칙은, 구조적으로 가장 적은 혜택을 받게 되는 '최소 수혜자'에게 가장 이익이 되도록 분배를 조정하는 것이다.(복지 제도가 탄탄한 북유럽의 높은 소득세율이 대표적이다.) 한편, 기회균등의 원칙은 그 또한 사회통합체의 일원인 최소 수혜자가 신분이나 태생적 조건 때문에 '자신의 가치에 대한 확신감자존감'을 잃어버리지 않도록, 능력주의나 '응분의 보상' 논리에 숨겨진 자격평가 욕구에 절차적 제약을 가한다.(교육부가 4년제 대학 입학 정원의 15퍼센트 이내에서 장애인 및 저소득층 학생을 선발하도록 의무화한 '기회균형선발비율' 조항이 이 원칙에 따른 것이다.)

나에게는 '공정으로 나아가는 불평등론'으로 해석되는 롤스의 제2원칙은 현실에서 여러 가지 반발을 불러일으킨다. 차등의 원칙은 종종 사회주의적 발상이라는 비판을 받는다. 왜 내 돈으로 나와는 무관한 빈곤층을 먹여 살려야 하는가. 분배의 균등을 강제하기보다는 자유롭고 공정한 경쟁이 이루어지게 해달라! 기회균등의 원칙은 우리 사회에서 가장 흔한 '역차별' 논쟁의 먹잇감이 되곤 한다. 군가산점제나 여성 고용할당제의 경우가 그러하다. 그렇지만 롤스의 관점은 다양한 욕구와 필요를 가진 개인들을 몇 개의 계급 또는 계층으로 뭉뚱그려 분류하고 그 속에서 각자 자신의 이익만을 도모하는 정치적 경제적 주체로 단순화하지 않는다. 롤스가 각 개인의 "의무와 권리의 할당, 사회적 경제적 이익의 배분을 규제"할 필요성을 주장하는 이유는 특정 개인이나 집단에 이익이 편중되는 것이 근본적으로 '다른 개인들의 자유를 침해하는 경우'를 최소화하기 위해서다. 즉 불평등의 일부를 허용하는 제2원칙은 민주주의의 3요소 중 평등과 박애*를 실천하는 것이고, 이로써 제1원칙인 자유에 도달하게 된다. 어디서 많이 본 내용이라고 생각된다면, 바로 프랑스혁명의 정신이다.

기회와 자원이 더 적은 사람에게 더 많이 배분될 수 있도록 불평등하게 분배하는 것이 어째서 평등인가 하면, 각기 다르게 주어진 조건과 환경으로부터 완전히 자유로운 사람이 없기 때문이다. 민주주의에서 평등은 획일적인 공평이 아니며, 타고난 운이 달라서 생겨난 불평등을 조정하는 것이 더 공정하다. 공정은 이해당사자가 응분의 보상을 받는 것이 아니며, 사회구성원들 사이에 실재하는 현격한 차이를 줄여나가는 것이다. 롤스의 공정론은 결국 언제나 타인들과 자기 자신의 행복을 함께 추구하는 인간의 덕성에 희망을 건다. 하지만 평균 수준의 도덕성을 가진 대중 독자인 나에게는 그 정의로움이 너무나도 정의로워 감히 훌륭한 뜻을 좇아 살아갈 엄두가 나지 않는다. 만일 사회 전체가 시기심과 경쟁심에 가득 차 있으며 자신의 이익에만 골몰하는 개인들로 이루어졌다면 어

---

* fraternity. 이 단어는 사실 '동지애'라고 번역되어야 한다. 보편적 인류애를 뜻하는 박애(philanthropy)는 민주주의 사회에서 구성원들이 운명공동체로서 나누는 끈끈한 동지애와는 성질이 다른 신념이다.

우리의
파괴력

떤 막무가내식 반박이어도 롤스의 정의론보다는 더 지지를 얻을 것이다.

우리나라에서 가장 유명한 정의론 저자인 마이클 샌델은 롤스의 정의론 중 '무지의 베일'이 갖는 논리적 취약성을 파고든 논문을 써서 학자로서 능력을 인정받았다. 무지의 베일이란 롤스가 정의를 수행하는 개인들의 특성으로 가정한 것인데, 합리적이고 이성적일 뿐만 아니라 어떤 사안에 대해 결정을 내릴 때 자신이나 타인에게 보다 유리한 조건이 무엇인지를 알지 못하는 상태를 뜻한다. 즉 나에게 더 이득이 되거나 타인에게 손해를 입히는 선택을 의도적으로 할 수 없다는 점에서 공정한 절차의 전제조건이다. 각종 시험에서 채점자에게 응시생의 개인정보를 제공하지 않는 것이나 기업의 블라인드 면접 같은 것이 약하게나마 무지의 베일 개념을 적용한 경우다.

그런데 얄궂게도 샌델은 롤스의 『정의론』에 담긴 여러 이슈들을 일반인이 관심 가질 만한 사고실험들로 변형해 제시함으로써 기록적인 인세 수입을 얻었다. 그리고 대반전은 샌델이 일종의 참여공동체주의를 주장하는 '정치학'으로 나아간다는 점이다. 롤스와는 비교할 수 없게 급진적인, 거의 혁명사상에 가까운 샌델의 정의론이 어떻게 우리 사회에서 그토록 대중적 인기를 끄는가. 나는 이것이 의아하다. 혹시 이것은 픽션의 역사에서 가장 오래된 '고귀한 신분(영웅 왕자 재벌 본부장님……) 판타지'에 비견할 만한, 논픽션계에 횡행하는 '공정 판타지'가 아닌가.

○

　'인국공 사태'는 공정에 대한 우리 사회의 집단별 세대별 시각차를 첨예하게 드러낸 사건으로 자주 언급된다. 워낙 떠들썩했던 일이라 많이들 아시겠지만, 2020년 6월 인천공항공사가 하청업체 소속 보안검색요원 1900명과 소방대원 200명을 직고용하겠다고 전격 발표하자, 이 불공정한 '로또 취업'에 가장 먼저 울분을 터뜨린 집단은 취준생들이다. 선망받는 일자리 2000여 개가 순식간에 사라졌다며 허탈해하는 이들에게 물색없는 어느 국회의원이 끓는 기름을 부었다. 이건 너희가 지원하려는 '공무원'도 아닌데 왜 화를 내니!

　그분은 요즘 공시생들이 행정고시 같은 고위 공무원 선발 시험 준비나 하는 줄 아셨나보다. 인국공 사태 직후인 2020년 7월, 공사의 자회사인 '인천공항경비'가 낸 신입직원 34명 채용공고에는 1299명이 지원했다. 연봉 3400만 원, 세후 250만 원 남짓 월급을 받는 일자리에 이렇게나 많은 청년이 아등바등 매달리고 있는데……. 그렇긴 하지만 인국공 사태를 향한 공시생과 취준생의 분노는 그들의 이익이 실질적으로 침해되어서라기보다, 공정에 대한 환상이 '대상 없는' 박탈감과 결합해 증폭된 결과에 가까워 보인다.

공항공사 비정규직의 정규직화는 분명히 노동자들에게 혜택이 돌아가는 정책으로 제안되었다. 그걸 처음 발표했을 때는 많은 사람이 크게 환영하며 공정한 사회의 도래를 예상했다. 그런데 이제 비정규직의 정규직화는 불공정한 특혜의 상징이 되어버렸다. 여러 정치적 쟁점과 갑론을박의 요소가 있었으나, 마지막까지 해소되지 않는 질문이 있다. 과연 비정규직은 어떤 절차를 거쳐 정규직이 되어야 공정한 걸까. 비정규직으로 일하던 공항경비원 전원이 취준생들이 생각하기에도 충분한 정도로 어려운 시험을 치러서 '자격'을 얻으면 될까.(하지만 이미 선발 대상이 정해진 가운데 치르는 시험이라면 다른 취준생에게 응시 기회가 돌아가지 않는 건 매한가지다.) 또는 똑같은 조건하에서 각자 투입한 노력만큼만 결과로 인정하자는 것이라면, 비정규직으로 일해온 시간 자체에 이미 그러한 투입이 이루어졌다고 볼 수는 없을까. 아니면 비정규직도 언젠가 정규직이 될 가능성이 있으므로 애초에 학교 영양사도 국립대학 청소원도 필기 실기 시험에다 압박면접까지 치르고 뽑아야 되나.

냉정하게 말하자면 인국공 논란에는 최소 극대화의 원칙도, 기회균등의 원칙도 없었다. 모두가 저마다 자신의 현재 또는 미래의 이익을 다투면서 공정이라는 말을 투쟁의 프로파간다로 사용했을 뿐이다. 정부가 한번 휘저은 가짜 공짜의 나

비효과는 사람들의 마음속에 불신을 키우고 공감의 도덕을 약화했다. 이 점이 가장 나쁘다. 더 많은 비관주의자가 공정은 환상에 불과하다고 소리치게 만들었기 때문이다.

인국공 사태의 최소 수혜자는 여전히 당사자인 보안요원 1900명과 지금도 비정규직으로 공사에서 일하고 있는 노동자 7200여 명이다. "알바생으로 들어와 철밥통이 됐다"고 매도당한 보안요원들이 실제로 받아 든 근로계약서상 지위는 '무기계약직'이다. 정부가 아무리 무기계약직도 정규직과 동일한 처우라고 우겨도, 노동법상 정규직과 무기계약직은 엄연히 보호되는 범위가 다르다는 사실을 어떤 노동자도 모르지 않을 것이다. 고용안정은 모든 근로자의 바람이며, 가차 없는 자본주의로부터 인간을 지켜내야 할 책임은 사회 전체에 있다. 하지만 이제 사람들은 내가 이해당사자건 아니건, 남이 안정적인 일자리를 (스펙 시험 자격 없이) 운 좋게 차지하는 걸 반대한다. 행운마저도 당사자의 노력이 투입된 결과여야 공정하다는 믿음이 널리 상식이 됐다.

내 생각에, 우리 사회에 빈발하는 공정 논란에서 결정적으로 부재하는 것은 공정이란 무엇인가에 대한 최소한의 공통된 사회적 합의다. 그러므로 무엇이 공정한 것인가에 대한 시각차는 당연한 귀결이다. 그리고 구구한 첨언들을 다 걸러내고 나면, 모두가 한마음 한뜻으로 이렇게 주장하는 것처럼 보인다. 좌우지간 누구든지 공짜는 안 된다. 노력은 각자 알아

우리의
파괴력

서 할 테니 승률이 모두에게 동일한 게임만 하자. 하지만 이토록 다층적이고 복잡한 현실 속에서 누구에게나 동일한 기회를 보장하려면, 모든 사안을 추첨으로 결정해야 한다. 고대 그리스 시대로부터 다수결로 정해지지 않을 때 그다음 대안은 제비뽑기였다. 대학입학 정원의 일정 비율을 추첨으로 하자는 샌델의 주장이 바로 이런 맥락의 공정이다. 운으로 뽑혀도 동일한 교육을 받으면 누구든지 일정 수준의 수행능력은 갖출 수 있다는 건데, 이분은 하버드에서 똑똑하고 감사할 줄 모르는 학생들을 너무 많이 가르치다 지친 거 아닐까 싶다. 물론 추첨은 형식 자체만 놓고 보면 지나칠 정도로 공평한 방식이고, 샌델의 말이 아주 틀린 것도 아니다. 문제는 그것이 진정한 의미의 공정인지 여부다.

다른 한편, 철학자들이 '운 평등주의'라고 부르는 이상적이고 과격한 공정론도 있다. 운 평등주의에 따르면 "삶의 기회는 오로지 각 개인이 책임을 질 수 있는 선택에 좌우되어야 한다". 맞는 말이다. 그러나 조금만 더 생각해보면 운 평등주의가 얼마나 "독특하고 요구사항이 많은" 기회균등론인지를 깨달아 흠칫하게 될 것이다. 왜냐하면 "순전한 운에 뿌리를 둔 모든 요소"를 배제하려면, 가장 먼저 "출생 환경과 그 환경이 낳은 유리한 조건에 영향받는 재능이나 노력"이라는 것부터 배제해야 기회의 공정이 실현되기 때문이다. 그래서 운 평등주의 원칙에 따라 출발선 자체를 아예 다르게 조정하자고 하면 상당히 충격적인 상황이 벌어진다. 내 능력과 노력이 고등교육을 받은 부유한 부모 덕분에 더 잘 발휘될 수 있었으므로, 수능을 볼 때 무조건 30점은 감점이다. 이걸 흔쾌히 받아들일 공정한 정신의 소유자는 많지 않을 거라고 확신한다. 이쯤 되면 타고난 운에 따른 불평등은 차등의 원칙으로, 이미 많이 가진 쪽이 조금 덜 받는 방식으로 극복하자고 제안한 롤스가 가장 합리적으로 너그러워 보인다.

○

그나저나 록시는 어떻게 되었을까. 비통한 모정이 바꿔준 신분을 만끽하며 자란 토미는 무뢰한이 된다. 자신이 백인 도련님이라고 믿는 아이가 노예에게 친절해야 할 이유가 없고, 가혹한 주인이면 안 될 이유도 없으니까. 친아들인 가짜 주인에게 짓밟힌 록시는 회한에 차 응징한다. "멋지고 훌륭한 젊은 백인 신사" 토미가 누구의 배에서 나왔는지를 똑똑히 일러준 것이다. 자신이 깜둥이 노예라는 사실에 충격으로 쓰러져 흐느끼는 토미를 내려다보며 "이백 년에 걸쳐 보상받지 못한 모욕과 불법의 상속자" 록시는 "깊은 만족의 술잔을 들이켜는 듯" 도취된다. 이 장면은 기묘하고 슬프다. 록시는 정말로 승리자일까. 그녀가 아들에게 부여한, 타고난 운을 넘어서는 "고개를 높이 치켜들고 다닐 권리"는 끝까지 지켜졌을까.

우리의
파괴력

안타깝게도(또는 다행하게도) 『얼간이 윌슨』은 범죄에 대한 법의 승리로 끝난다.

그런데 록시의 행동은 정말 범죄일까, 아니면 나름의 정의로 불평등을 바로잡은 예일까. 당연히 범죄라고 생각하겠지만, 노예들의 입장은 다르다. 왜냐하면 그들은 "자신에게서 값으로 따질 수 없는 보물—자신의 자유—를 매일매일 강탈하는 사람"의 물건이나 돈을 훔치는 것은 "최후의 심판 날에 하느님이 기억할 만한 그 어떤 죄도 짓는 게 아니라고 완벽하게 확신"하기 때문이다. 이것이 그들에게는 정의의 실현이고 공정한 판결이다. 아니 그래도 암탉이나 동전을 슬쩍하는 것과 남의 인생을 통째로 훔치는 것은 차원이 다르지. 어째서? 백인들도 무수히 많은 인생을 멋대로 처분해왔는데? 정의를 논하려면 먼저 이 물음에 답할 수 있어야 한다.

어느 시대에나 정치가들은 저마다의 정의론을 내세우며 대중의 환심을 사려 하고, 사상가들은 각자 최선의 노력으로 정의의 구성 요소를 규정하려 하지만, 안타깝게도 정의는 '누구도 부인할 수 없게 늘 바르고 훌륭한 규범적 실체'로 존재했던 적이 없다. 정의는 법률과 관습 그리고 사회적 합의에 좌우되는 대단히 유동적인 규정이고, 문화와 시대에 따라 천차만별이었던 상대적인 개념이다. 함무라비 시대에는 응보가 정의였으며, 사회주의 국가들에서는 프롤레타리아트의 만족이 정의다. 그리고 서구의 근대 민주주의 국가들이 제안하는 정의는 주로 자본주의의 결함을 상쇄하는 분배정의다.

따라서 누구든지 록시와 토미의 행위를 문제 삼고자 한다면 정의보다는 차라리 도덕률에서 더 설득력 있는 근거를 찾을 수 있다. 도덕은 법이나 정의보다 훨씬 허약하고 강제성도 없지만, 더 보편적인 옳음의 기준을 갖는다. 19세기 미국의 법과 정의가 이 모자를 단죄하는 방식에는 여전히 인종과 신분의 차별이 작용한다. 살인을 저지른 토미는 종신형을 선고받지만 감옥에 갇히지 않는다. "백인이고 자유인라면 물어볼 것도 없이 그를 처벌하는 것이 정의롭다고 인정했다. 그러나 값나가는 노예를 평생 가둬둔다는 것, 그건 전혀 다른 문제였다." 해서 그는 즉시 사면되었다. 하지만 노예로 길러진 무고한 아이는 모든 사실이 밝혀진 뒤에도 자신의 새로운 신분, (아니, 이렇게 말해도 된다면) 원래의 자리로 돌아갈 능력이 없다. 위안을 주던 교회의 '깜둥이 좌석'에 앉지 못하는 백인 주인은 애처로운 노예의 몸가짐으로 부엌 구석에서 평화를 찾는다. 비록 록시가 응보주의에 입각한 정의를 실현했다고 주장하더라도, 오로지 자신의 이익을 위해 타인에게 회복할 수 없는 손해를 입히고도 그의 고통과 비참에 무감했다는 점에서 그녀는 신에게나 자비를 구해야 할 죄인이다.

지금 한국 사회에서 벌어지고 있는 공정 논쟁들과 기존의 여러 공정론을 비교하면 할수록 나는 연결점이 점점 더 희박해지는 느낌을 받는다. 각자의 주장들이 표면적으로는 다

우리의
파괴력

양한 공정론의 개념을 차용하고 있지만, 왜 그러한 공정이어야 하는가를 파고들면 결국에는 누군가의 이익 또는 기회의 보장과 관련이 있다. 그리고 그 누군가란 주로 그것을 말하고 있는 자기 자신 또는 자신이 속한 집단이다. 이것은 마치 공정을 요구하는 사람들이 저마다 무지의 베일을 찢어버리고 무엇이 누구의 입장에서 더 정의로운가를 두고 끝나지 않을 입씨름을 하는 형국이다. 이러면 우리가 공정을 요구하고 있다고 주장하기가 곤란해진다.

우리 사회는 상당한 수준의 집단적 압력이 항시적으로 작용하는 구조다. 그래서 비교우위를 선점하는 것이 중요하다. 그래야만 좀더 자유롭게 자신의 이익을 실현할 수 있기 때문이고, 이로부터 기회와 경쟁에는 충분히 높아서 아무나 뛰어넘기 어려운 정도의 허들이 필요하다는 공감대가 쉽게 형성된다. 이는 공정한 분배와는 그 목적에서부터 부딪친다. 또한 집단주의적 정서는 나의 삶이 최소한 남들과 비슷한 정도로는 영위되어야 한다는 요구를 만들어내고, 각자 자기만의 가치를 추구하기보다 상대적 결핍에 더 민감해진다. 그런 점에서 지금 한국인에게 공정이라는 단어는 자신의 만족과 목적을 추구하는 과정에서 드러나는 이기심을 가리는 위선의 용도로 주로 사용되고 있다.

이것은 서구식 공정론보다는 차라리 『논어』의 정명론을 연상시킨다. 사회구성원 모두가 저마다 자신의 '이름名'에 걸맞은 일을 바르게正 수행하도록 하는 것을 통치의 목적으로 삼는 정명은 각자의 지위와 처지에 걸맞은 능력과 태도를 보이도록 요구한다. 또한 정명에 어긋나는 것은 부정의하기 때문에, 그 사회가 믿고 추구하는 신념에 따라 불의를 바로잡고 정의를 실현하는 사고 틀이 되기에도 용이하다. 비유하자면, 공정은 케이크를 어떻게 고루 나눌 것인가의 문제를 다루고, 정명은 각자가 다른 크기의 케이크를 가져야 하는 명분을 다룬다. 만일 우리가 관심 있는 것이 수확한 성과물을 나누는 적절한 방법이 아니라, 불평등한 결과라도 받아들일 용의가 있는 경쟁의 출발선을 정하는 문제라면, 우리가 추구하는 가치들은 여전히 유교적 정명에 더 가깝고 그래서 우리에게 더 문제되는 쟁점이 공정이 아니라 능력주의와 위계가 아닌지, 이 문제를 생각해보아야겠다.

『얼간이 윌슨』, 마크 트웨인, 김명환 옮김, 창비, 2014.

『정의론』, 존 롤스, 황경식 옮김, 서광사, 1977; 수정판, 1985.

우리의
파괴력

너는 커서 뭐가 될래

마이클 영 『능력주의』 1958년

인생의 중요한 순간마다 우발적 선택을 되풀이한 결과, 계획에 없던 자식을 한 명 낳아 기르고 있다. 부끄럽게도 나는 내 유전자를 물려받은 후손을 내 눈으로 확인하기 전까지 미래에 그다지 관심이 없었다. 내가 겪지 않을 장래의 세계를 염려하는 것은 퇴사 후 회사 사정을 궁금해하는 것만큼이나 쓸데없는 미련이라고 생각했다. 그런데 애가 나오고보니 생각이 달라졌다.

조지 오웰이 그린 『1984』의 세상이 나에게 닥친다면 어떨까 상상해보는 것과, 부모 세대의 어리석음으로 자손이 그러한 삶의 조건에 내던져지게 된다고 예견하는 것은 끔찍함과 죄책감에서 커다란 차이가 있었다. 갑자기 100년의 미래가 걱정되기 시작했다. 내 자식과 그의 자식이 살아가야 할 세상이 힘들고 고되면 마음이 아플 테니까 적어도 100년은 더 세계 평화가 지속되어야 하고, 지구온난화도 100년은 더 미뤄져야 하고, 사회 불평등도 100년 동안에 훨씬 더 해소되어야겠다는 다급함이 생겨났다. 교육이 백년지대계인 데는 다 이유가 있었던 거다.

아무렴, 100년의 미래가 달린 일에 소홀할 수야 없다. 대한민국에서 부모 된 자의 도리라면 누가 뭐래도 자식을 대학에 보내는 것 아니겠는가. 그러자면 생후 36개월까지 지능을 결정짓는 첫 번째 발달기가 무엇보다 중요하다. 갓난애를 뉘어놓고 손가락 발가락 열 개씩 모두 멀쩡하다고 기뻐하는 것은 고작 출산 후 몇 시간이다. 무한한 가능성을 가지고 태어난 아이더러 그저 튼튼하고 씩씩하게만 자라달라는 부모는 시대착오적이다. 그러니까 대입을 향한 20년의 대장정은 바로 지금, 산후조리원에서부터 시작되어야 하는 것이다.

교육은 한국 사회에서 누구도 자유롭지 못한 주제 중 하나고, 교육열만큼 즉각적으로 한국인을 추동하는 요인도 드물다. 부의 축적, 계층 이동, 삶의 질의 향방이 모두 상당한 정도로 교육에 좌우된다고 생각하며 그렇게 되어야 마땅하다고 믿는다. 장래의 성공 행복 같은 추상적인 단어로 아무리 감추려 해도 자녀 교육에 인생을 거는 부모의 속마음은 제 자식에게 더 나은 기회, 더 빠른 경로를 마련해주고픈 간절함이고, 이를 단지 사회 불평등 구조를 공고히 하는 이기심으로만 치

우리의
파괴력

부하기엔 너무도 많은 사람이 이해당사자다. 그래서 진보적인 교육정책자들이 부모의 지위나 재산이 자녀의 스펙을 결정짓지 못하도록 교육제도를 개선하려 아무리 애써도, 그 제도들의 틈새를 귀신같이 찾아내 지름길을 닦아주는 세계 최고 수준의 사교육비 지출은 막을 수가 없는 것이다.

영국의 사회학자 영은 『능력주의』 서문에서 이 책을 '소설'이라고 소개한다. 하지만 냉소와 위트의 경계를 줄타기하듯 넘나드는 영의 입담을 감안할 때, 이는 퍽 짓궂은 농담이다. 소설의 화자인 '나'는 영 자신이고, 배경은 2034년의 영국. 뛰어난 5퍼센트가 나머지 95퍼센트를 지배하는 완전한 능력주의 사회다. 미래의 사회학자 영은 20세기 초부터 100년에 걸쳐 공고해진 능력주의의 제도화 과정을 보고서 형식으로 개괄하는데, 분명 공상적 서사임에도 스토리이야기라기보단 히스토리역사로 다가온다. 왜냐하면 나의 현재가 이 책이 쓰인 1958년보다는 2034년에 더 가깝기 때문이고, 저자가 그린 예언적 사회가 오늘날의 현실과 너무도 흡사하여 이것이 63년 전에 쓰인 허구의 미래학이라는 사실을 망각하게 되기 때문이다.

영이 만든 단어 '메리토크라시'는 라틴어merit-와 그리스어-cracy의 결합이라서 "표준 문법에 어긋나는" 신조어지만, 능력주의적 가치관은 이미 18세기에 평등사상의 출현과 함께 시작되었다. 봉건적 신분제를 무너뜨린 근대의 에스프리가 다름 아닌 능력주의다. 아버지의 계급 신분 직업이 아들의 인생 경로를 태어난 즉시 결정해버리던 시대에는 누구도 너는 커서 뭐가 되고 싶으냐 묻지 않았다. 신분세습 사회에서는 5급 공무원에 걸맞은 지능을 가진 아이가 열다섯 살부터 육체노동을 시작하는 반면, 우편배달을 해야 할 아이가 외교관의 아들이라는 이유로 공문서를 들고 돌아다니는 터무니없는 상황이 비일비재다.(책의 내용을 설명하는 것일 뿐, 특정 직업에 대한 비하 의도는 전혀 아니다.)

불평등한 신분사회의 가장 큰 문제는 인적자원의 낭비다. 이는 국가적 손실이고, 다른 나라와의 전쟁이나 경쟁에서 뒤처지는 원인이 된다. 불평등은 사회 발전을 저해하는 심각한 비효율이다. 특정 계급이 재화와 권력을 독점할 도덕적 권리가 없고, 보통 사람들에게도 재능과 노력에 따라 사다리의 정점에 오를 기회가 동등하게 주어져야 한다. 각 개인이 저마다 최대의 풍요와 번영을 이룩하는 것이야말로 국부를 늘리는 최선의 방책이다. 따라서 국가는 일찌감치 인재와 둔재를 가려내고, 각자의 재능과 적성에 맞는 적절한 교육을 통해 인적자원을 효율적으로 관리해야 한다. 그러려면 개인의 재능과 노력을 측정할 수 있는 객관적 수단이 필요하다.

우리의
파괴력

영이 상상한 2034년의 해결책은 정교하게 고안된 '지능검사'다. 우리가 익히 알다시피, 아이들의 타고난 재능으로 보이는 요소 중 많은 부분이 실은 능력 있는 부모가 만들어준 환경의 결과물이다. 똑같이 아이큐 100인 두 아이 중 한 아이는 소년가장이어서 특성화고를 다니면서 전화 상담원으로 인턴 취업을 나가 종일 고객의 폭언에 시달려야 하고, 다른 아이는 스카이캐슬에 살면서 의대를 목표로 월 500만 원의 고액 과외를 받는다면, 10년 후 두 아이의 재능 격차는 타고난 것과 다를 바 없게 막대해질 것이다. 노력도 마찬가지다. 학자금 대출 이자와 생활비를 벌기 위해 하루 여덟 시간은 알바를 해야 하는 대학생이 학업에 쏟을 수 있는 노력의 양은 박사과정 연구원이 자신의 미래를 위해 투입하는 노력에 비해 절대적으로 부족하다. 이런 결과들은 심각한 기회 격차로 이어진다. 능력주의 사회는 아이들이 7, 9, 11, 13, 15세가 될 때마다 지능검사를 실시해 각자 점수에 따라 어떤 학교에서 교육받을지 정해준다. 직업학교에 배정되거나 대학 진학을 목표로 하는 그래머스쿨에 배정되는 기준은 지능검사 결과뿐이다. 교육 직업 연봉 등의 기회에 접근하는 경로 어디에도 '운'은 없으며, 계량된 수치만을 따른다. 충분히 우수한 지능을 타고난 사람이라면 환영할 만한 능력 검증 시스템 아닌가.

영이 지능검사를 능력주의의 기본 시스템으로 설정한 것은 황당무계한 공상적 발상이 아니다. 1960년대 이후 발달심리학과 지능검사 기술이 정교해지면서 한때는 전 세계적으로 아이큐 테스트와 멘사 열풍이 일었다. 나 또한 초중고생 때 학교에서 아이큐 검사를 받았다. 주변의 또래에게 물어보니 주로 고등학교 때 한 번만 받은 경우가 많았지만 한 번도 안 받았다는 사람은 없었다. 지능검사 자료로 교사와 교육정책자들이 무엇을 했는지는 모르겠지만, 사회 전반에 어떤 편견을 심어주는 계기가 된 것은 틀림없다. 너 아이큐 몇 자리야? 같은 말을 스스럼없이 하고 높은 아이큐와 천재를 동의어처럼 사용하는 것은, 한때 우리가 아이들의 재능을 지능지수로 파악하려 시도한 흔적이다. 한국인의 평균 아이큐가 세계 최상위라는 것도 아마 한국인들만 알고 있을 것이다. 그 뒤 사회지능 감성지능 등 다양한 형태의 지능 연구가 이루어지고, 아이큐 자체가 허구라는 주장까지 나오면서, 무의미하고 비교육적인 검사로 평가절하되어 교육 현장에서 설 자리를 잃었다.(대신에 내 아이가 혹시 영재 천재는 아닐까 설레는 부모들을 위해 여러 사설 기관이 다양한 지능적성 검사를 여전히 수행하고 있다.)

0

　"엄마, 나는 INFP라서 시인, 선생님, 물리치료사가 어울리는데 이 중에 하고 싶은 게 없으면 어떡하지?" 아이가 초등학교 5학년 때 학교에서 했다는 MBTI 검사지를 가지고 와선 걱정스럽게 물었다. 요새는 학교에서 이런 걸 검사하는군. 성격대로 직업을 갖는 사람이 얼마나 된다고. 어차피 때 되면 뭐라도 하는 거지. 부모가 되긴 했으나 뭐든지 닥쳐야 생각하는 타입이라서 그때까지만 해도 이런 안이한 생각에 빠져 있었다. 한데 학교에서 교육의 사활이라도 건 듯이 점점 더 애 성격을 파헤치더니 마침내 아이의 입에서 "입시는 초6부터래."라는 말이 나오자 막연한 의심은 확실한 수상함이 되었다. 학교에서 보내주는 각종 검사의 결과 항목은 매번 '내 적성에 맞는 직업' 안내고, 그것의 실체는 추천 직업에 부합하는 대학과 전공 들의 기나긴 목록이었다. 선생님은 우리 애가 커서 뭐가될지가 궁금한 게 아니라 10차 개정 교육안에 따른 교과과정을 수행하고 있었을 뿐이다.

2009년 개정되어 2015년부터 적용되기 시작한 10차 교육과정은 입시 위주의 능력 서열화에서 벗어나 "자율적이고 창의적인 융합형 인재"를 길러내는 것을 목표로, 문이과 통합 및 고교학점제 등 선진 교육 시스템 도입을 추진 중이다. 고교학점제의 기본 골자는 고등학생들이 장차 자신의 "적성"에 따라 선택할 (것으로 기대되는) 대학 전공에 연계된 교과과목들을 더 집중적으로 학습할 수 있도록, 다양한 과목 선택권을 주는 것이다. 그래서 고교학점제는 고등학생이 희망하는 "진로"가 구체적이고 목표의식이 뚜렷할수록 대학 진학에 유리해지게 한다. 뿐만 아니라 고교학점제는 혁신적으로 조기 졸업의 길도 열었는데, 학생 본인의 노력과 능력에 따라 필요 학점을 모두 이수하면 즉시 졸업이 가능하다.

이 새로운 고교 시스템에 발맞춰 중학 교육은 고등학생이 되기 전에 자기 적성을 찾아 희망하는 대학 전공이나 분야를 가늠할 수 있도록 직업 탐색 과정이 추가되었다. '진로와 직업'이 정규과목으로 편성됐으며, 특별히 중1은 1년간 중간 기말 고사를 치르지 않는 자유학기제로 운영된다. 만 12~13세의 아이들은 시험도 평가도 면제되는 귀한 자유 속에서 (어떤 방법을 동원해서든) 다양한 직업을 체험해보고, 자신의 적성에 맞는 진로를 결정하도록 노력해야 한다. 그러니 당장 중1의 자유학기제를 대비하려고 초등생 때부터 성격심리적성 검사를 실시하기에 이른 것이다. 이 모든 게 위에서 아래로, 저 멀리 대입이라는 고지에 안착하기 위한 갖가지 압력들이 하방으로 축적된 결과다.

이는 조지프 피시킨이 『병목사회』에서 지적한 독일식 모델의 문제점을 연상시킨다. 독일의 교육제도는 초등학교 성적으로 대학 진학 여부가 결정되는 것이나 마찬가지다. 교사가 초등 4학년 학생에게 학업성취도에 따라 각기 다른 중등학교를 추천하는데, 이때 김나지움을 추천받아야 대학에 갈 수 있다. 일단 김나지움에 진학하면 졸업자의 90퍼센트 이상이 대학에 진학해 문이과 구분 없이 어떤 전공이든 선택해 공

우리의
파괴력

부할 수 있다. 반면, 김나지움을 추천받지 못한 학생은 직업계 중등학교로 진학하고, 이들 중 높은 성적을 받아 김나지움으로 전학하는 사례는 극히 드물다.

독일 시스템의 문제는 자신의 미래를 좌우할 학교를 결정해야 하는 부담이 그토록 어린 나이에 지워진다는 것이다. 이는 곧 부모의 능력이 변형된 형태로 자녀에게 상속되는 결과를 낳는다. 김나지움에 진학하는 아이는 대부분 부모가 중산층 이상이고, "하층 사회계급 학생들은 김나지움 입학에 필요한 (교사의) 긍정적 추천서를 받기 위해 훨씬 더 성적이 좋아야" 한다는 사실은, "초등학교 학력시험에서 커다란 사회계급적 간극이 존재"함을 시사하며, "이는 (계급과 관련된) 부모의 유리한 조건을 강화한다".

물론 대한민국 교육부는 "인재 교육보단 시민 교육"에 방점을 찍은 정의로운 제도를 만들겠노라 장담했지만, 그것이 혹여 제 자식에게 불이익이 될까 봐 눈을 부릅뜬 학부모와, 이들의 열성에 호응해 공정한 제도에서조차 보다 유리한 입시 루트를 찾아내는 영특한 교사들 그리고 어떤 방식으로든 더 똑똑한 학생을 선발하고자 하는 대학들의 욕구를 간과했다. 전통적인 숭문 사상, 직업에 대한 차별적 시선, 불완전한 사회보장 시스템, 경제산업 부문에서만 유독 두드러지는 신자유주의적 자본주의 불평등 옹호론 등, 서로 충돌하는 가치들이 모두 교육이라는 '기회'에 매달려 거대한 쳇바퀴를 돌리고 있다. 한국 사회에서 입시 경쟁은 '그건 별로 좋은 게 아니니까 없애는 걸로 하자'고 넘어가지지 않는다.

사실 우리나라는 너무 많은 애들이 그렇게나 공부하는 걸 싫어하면서 굳이 대학엘 가서 돈 낭비 시간 낭비를 하고 있다. 하지만 전체 성인의 50퍼센트가 대졸자고 이삼십대에선 80퍼센트에 육박하는 대졸 비율을 고려한다면, 한국에서 대학은 "학문 중심 교육과정에 기본을 둔 3차 교육기관"이라는 교육법상 규정이 무색할 정도로 필수 자격증 취득 코스에 가깝다. 당연히 학사 학위로는 변별력이 없으니 대학원 이상 학위와 각종 스펙을 추가하고, 그러고도 여전히 진로를 결정하지 못한 청년들이 인생의 황금기를 낭비하며 방황하고 있다. 국가의 목표는 이 비효율적인 구조를 근본에서부터 뜯어고치려는 것인지도 모르겠다. 교육을 통해 100년의 미래를 준비하는 타당한 사회개혁 방향이라고, 정책자들은 믿고 있을 것이다.

그러나 한국의 어버이란 내가 캘리포니아 농장주여도 자식은 오렌지 농부를 시키고 싶지 않고, 도쿄대를 졸업한 자식에게 고향에 돌아와 아버지의 우동 가게를 물려받으라 하지 않으며, 직업훈련학교에서 금속제련을 전공하고 룀금속기계제조사에 취업하는 게 꿈이라는 자식을 안쓰러워할 사람들이다. 이런 사람들에게다 대고 귀댁의 형편과 자녀의 적성에 맞는 (대학에 안 가도 되는) 직업이 이렇게나 많으니 생각을 좀 바꿔보시라 하는 것은 교묘하게 설계된 계층이동 억제 장치를 강요한다는 의심을 사기 십상이다. 아무리 취지가 훌륭하더라도 고교학점제와 자유학기제가 고등교육을 받을 아이와 직업교육을 받을 아이를 더 일찍, 더 확실히, 되돌릴 수 없게 구분 짓는 결과로 이어진다면, 이러한 기회의 원천적 박탈에 대한 책임은 누가 질 것인가. 하여 학부모들은 우리 애 머리가 아까우니까, 부모가 먼저 자식을 포기할 순 없어서, 다시 한 번 마음을 다잡고, 너만은 꼭 성공해서 행복하고 여유롭게 살아가라고 가열한 입시의 전장으로 아이들을 몰아넣는 것이다.

그 결과, 오늘날 한국의 이삼십대들은 "인생은 한강물 아니면 한강뷰"라는 한탕주의에 빠지게 되었다고 한다. 『K-를 생각한다』의 저자로 밀레니얼인 임명묵에 따르면, 1990년 이후 출생자들은 생애주기의 매 단계를 경쟁으로 통과하면서 더는 다른 어떤 공적 사적 가치도 추구하기 힘든 "인지적 자원의 고갈" 상태에 이르렀다는 것이다. "그 이전 세대들에 비해 뚜렷해진 사회계층화를 경험"하면서, 부모의 경제력으로 친구들의 등급을 매기는 데 거침없어졌으며, 인터넷과 SNS의 과시적 인정투쟁이 또래문화의 일부로 자리 잡게 되었다. 그리고 결정적으로, 진보적 교육정책자들이 "고교정상화"라는 타이틀을 내걸고 학종 수시 내신 수능으로 입시 루트를 다양화하면서, 아이들이 감당해야 할 경쟁 스트레스는 가공할 수준이 되었다. 그런 중에도 부모의 사회경제적 지위를 총동원해 만들어진 '고등학생 천재'들은 유명 로펌에서 인턴을 하고 해외 봉사와 저술 활동으로 장관 표창을 받고 대학의 연구팀원으로 실험실습을 한 이력을 제출해 명문대에 입학했다. 이러한 불공정에 분노하면서 비트코인을 샀던 청년들은 정부의 규제 발표로 코인 가격이 폭락하자 "고도성장의 모든 혜택을 다 입은 기성세대가 90년대생을 절망적인 계층화에 몰아넣고서 최후의 남은 기회의 사다리마저 차버리려" 한다고 부르짖는다. 바로 이 울분으로부터 강력한 능력주의에의 요구가 시작된다.

본고사나 학력고사를 치렀던 586세대 행정관료와 교육정책자 들은 현재의 "선진적인" 교육 시스템 속에서 청소년들이 겪는 고통에 무지하다. 그들 때는 교사가 학급 학생 전원을 대걸레 자루로 때리면서도 조회 종례 시간이면 "전인교육"을 설파했고, 우열반을 나누고 공공연히 학생들을 차별하면서도 "행복은 성적순이 아니"라고 했다. 586은 능력 서열화에 대한 적의를 키우면서 자란 세대고, 개방적이고 자유로운 서구식 교육에 대한 이상주의적 동경이 있었다. 따라서 이들이 만드는 교육정책은 필연적으로 위선적일 수밖에 없다. 왜냐하면 한국 사회는 여전히 능력과 서열화를 더 추종하는 집단정서가 지배적이기 때문이다. 그래서 그들 또한 자신들이 추구하는 교육목표에서 자기 자식만큼은 열외였던 것이다.

단 하루, 단 한 번 치르는 전국단위 일제고사로 당락이 결

우리의
파괴력

정되는 대입 모델은 지원하려는 전공에 대한 열의나 학업 적합성을 평가할 수 없다. 그에 비하면 지원 기회가 많고 적성과 재능을 다양한 방식으로 평가받을 수 있는 입시제도가 원칙적으로는 더 훌륭하다. 그리고 실력을 철저히 검증하는 대학교육, 진정한 전문가가 되도록 훈련시키는 직업교육은 사회적 인적 자원의 질을 향상하는 데 훨씬 유용하다. 그럼에도 이토록 많은 청년이 로스쿨보단 사법고시, 학종보단 수능이 차라리 공정하다고 외치는 이유는 제도의 공정성과 합리성이 곧 그 제도의 실행자들의 정의로움을 담보해주지 않아서다. 그리고 부모들이 애들을 생긴 대로 살게 놔두지도 않는다.

오늘날 밀레니얼이 보여주고 있는 계량적 정의관은 전적으로 부모 세대 탓이다. 투입과 산출, 즉 가성비와 효능에 민감하고 경쟁이 완전히 내면화된 이들에게는 특혜의 수혜자 없는 공정한 경쟁의 기회가 주어지는 것이 무엇보다 중요하며, 그 결과로 누가 선발되어야 하는가의 기준은 '다만 능력과 노력'이어야 한다고 믿는다. 그러다보니 아이러니한 상황이 벌어지는데, 요즘 청년들은 사교육비가 얼마나 들었든지 간에 결국 본인이 고득점으로 명문대에 진학했다면 이를 당사자의 능력으로 인정한다. 설령 당사자의 노력에 부모의 자원이 대거 투입되었더라도, 최종적으로 충분한 능력과 자격만 입증한다면, 부모가 만든 환경적 조건적 어드밴티지는 무시할 용의가 있는 것이다. 그만큼의 투자가 이루어졌으니 응분의 보상을 받아도 된다는 논리다. 아니, 오히려 투입된 자원의 종류가 많으면 많을수록 부러움을 사고 선망의 대상이 된다는 편이 더 솔직할 것이다.

밀레니얼이 극렬히 거부하는 것은 단 하나, 아빠 찬스로 '동일한 능력 검증 시스템을 통과하지 않고서' 특정 지위를 획득하는 것이다. 부모의 부와 지위를 편법으로 대물림하는 것만큼은 이 무한경쟁 세대에게 결코 용납이 안 되는 것이다. 타고난 우수함은 흔쾌히 본인의 능력으로 인정하지만, 자녀에게 우월한 유전자를 물려주기 위해 엘리트들끼리 폐쇄적인 그룹 내에서 배우자를 선택하는 것은 불쾌해한다. 그래서 밀레니얼의 능력주의 역시 이율배반을 피하지 못한다. 결과로서 능력 지향은 반드시 장기적 결과로서 세습에 도달하기 때문이다. 마이클 영이 신랄하게 꼬집었듯이, "특정한 가족의 성원으로서 시민들은 자기 자식이 모든 특권을 누리기를" 바라지만, "다른 누구의 자식이든 특권을 누리는 데는 반대"하며, "부모는 자기 자식만 빼고 다른 모든 아이들에게는 동등한 기회가 주어지기를" 원하는 것이 현실이어서, 공정한 경쟁 기준을 정할 충분히 독립적이고 공평무사한 지위에 있는 사람은 어디에도 없다.

영의 『능력주의』의 결말은 비정한 능력 평등주의가 분배 불평등으로 이어져, 부와 권력의 극심한 양극화 속에서 노동자 계층이 노예화된 고도의 엘리트 신분사회다. 전형적인 디스토피아의 모습이다. 『능력주의』뿐만 아니라 『멋진 신세계』나 『1984』 등, 여러 디스토피아 소설들에는 두 가지 공통점이 있다. 첫째, 디스토피아는 언제나 단 하나의 지배 이데올로기만이 작동하는 사회다. 둘째, 디스토피아에는 공통적으로 가족이 없다. 물론 유토피아에도 가족은 없지만, 그것이 없는 이유는 전혀 필요가 없기 때문이다. 반면, 디스토피아에서 고도의 개인화는 획일화된 이데올로기 시스템을 유지하기 위해 필요불가결하다. 이로써 알 수 있는바, 능력주의 사회건 전체주의 사회건 우생학 사회건 단일가치 공동체에게 가장 큰 위협은 혈연관계다. "야심 있는 학부모들은 언제나 평등주의 개혁가들이 신중하게 내놓은 안을 망쳐"놓는다. 가족주의는 사회 불공정과 기득권 세습의 원천이므로 돌이킬 수 없을 만큼 철저히 파괴되어 마땅하다. 거참, 이미 나와버린 애를 도로 주워 담을 수도 없고 어쩌면 좋단 말인가.

피시킨에 따르면, 사회 불평등이 증대할수록 "자녀의 인지발달에 대한 부모의 투자가 늘어"나며, "사회경제적 지위가 높은 부모일수록 어린 자녀와 읽고 쓰기 같은 '비일상적' 활동을 하는 데 훨씬 많은 시간을 투자"한다. 노동계급 가정에서 "자녀가 즐겁게 놀면서 스스로 활동을 조직하게끔 안전한 환경을 제공하는 자연스러운 성장"을 추구하는 동안에도, 중산층 이상에서는 "철저하게 자녀의 '교양'에 관심을" 기울인다. 밖으로 드러나지 않을 뿐 어디서나 이루어지고 있는 능력의 세습이다. 한 사람의 재능이 발현되는 데 끼치는 부모 세대의 능력과 노력은 우리가 자각하거나 인정하는 이상으로 지대하다. 개성을 존중하는 자기주도 학습과 창의적 인재 육성도 부모의 교육과 지위 수준에 따라서 얼마든지 대단히 심화한 엘리트 교육으로 변형될 수 있다. 어떤 방식의 능력주의라도 청년들이 요구하는 완전한 공정경쟁을 제도로 만드는 것이 불가능한 이유다.

이런 세상에서 경쟁하게 만든 점, 청년들에게 정말 미안하다. 구직활동기에 접어든 수십만 청년들이 해마다 각종 국가고시와 자격증 시험에 뛰어드는 것을 비판적으로 보는 시선도 있지만, 일면 순기능도 있다고 생각한다. 수능 100퍼센트 대입 전형을 찬성해야 할지는 모르겠지만, 공시생들을 응원하는 마음은 진심이다. 학창 시절에 열심히 공부했건 놀았건, 집안 형편이 넉넉하건 아니건, 학벌이 좋건 나쁘건, 오로지 자신의 노력만을 투여해 안정적인 직업을 가질 수 있는 시험이란 '인생의 두 번째 기회' 같은 것이니까.

어쩌면 우리의 교육제도에 필요한 것은 생애의 어느 한

우리의
파괴력

시기에만 기회가 주어지는 것이 아니라, 목적지에 도달하는 다양한 경로를 허용하는 것이 아닐까 한다. 피시킨은 대학입학이 "중요한 경쟁적 병목*"인 사회라면, 이 관문을 통과할 수 있는 방식을 다양화하는 것이 공정이라고 말한다. 미국의 커뮤니티칼리지는 보통 2~3년제의 실용전문학교지만, "젊었을 때 실패한 사람들에게 계속 기회를 주어야 한다는 믿음"에 따라, 뒤늦게라도 고등교육을 받고자 하는 학생들이 저렴한 학비로 공부해 4년제 대학으로 편입할 수 있는 통로가 되어준다. 십대에, 고작 인생의 8분의 1을 겪고서 '뭐가 되고 싶은지' 결정할 필요가 없게 해주는 것, 뭔가가 되었다가도 또 다른 길로 가보는 것을 허락하는 유연함이 우리의 교육 시스템에 필요하다고 생각한다.

그리고 이 유연함을 가로막는 힘으로 염려되는 것은, 교육 문제에서도 늘 상당한 위력을 발휘하는 한국적 집단주의다. 교육부가 10차 개정 교육안을 발표하면서 "학습 부담 감축과 학업 성취도 상향을 위해"(공부는 적게 하고 점수는 높게 나오도록) 이과 기본수학에서 기하 영역을 제외하자, 전국의 수학과 교수들은 크게 반발했다. 이공계 학과들의 기초 소양

---

* 피시킨은 사회구성원 다수가 한정된 수의 자리를 얻고자 모여듦으로써 불가피하게 경쟁이 벌어지고 공정성 시비가 일어나는 것을 '기회구조의 병목현상'으로 설명한다. 자격, 발달, 도구재 병목의 대표적 예는 각각 시험, 직업훈련, 돈이다.

인 기하를 선택과목으로 하면 누가 고등학교에서 기하를 공부하고 대학에 오겠느냐는 합리적인 문제 제기였다. 그렇지만 수학 잘하는 소수를 위해 수십만 명의 학생들이 최소 3년, 최대 12년을 고통받아야 할 이유가 무엇인가. 하여 능력주의를 그토록 신봉하는 학생과 학부모 다수가, 전문가들이 그렇게나 반대한 교육부의 수학과목 난이도 하향조정에는 기꺼이 찬성했다.

평균적인 실력을 가진 다수에게 혜택이 돌아간다면 뛰어난 소수에게만 유리한 평가 기준은 조정되는 것이 집단적 가치로 보자면 합리적이다. 어떤 시험이건 최종 목적은 실제 능력의 검증이 아니라 응시자들간 변별력이라고 생각하는 상대주의는 하향평준화를 환영하게 만든다. 한편, 교육부가 단호히 추진하던 학종과 수시의 전면 확대는 금수저 전형이라는 소문에 더해 굵직한 입시 비리 사건들로 여론이 악화했다. 결국 2018년 교육부는 "공론화 조사 결과 시민참여단의 68.5퍼센트가 수능 위주 전형의 적정 수준으로 30퍼센트 이상을 선택"하였으므로, 수능 비율을 높이도록 대학에 권고하고 2022년 수능부터 이과 수학에 기하를 다시 포함하겠다고 했다. 우리나라 관료들은 백년지대계인 교육이라도 민의를 받들어 수시로 뒤집는 데 주저함이 없다.

집단주의와 능력주의는 기본 성질에서부터 서로 어우러지기 어렵다. 능력주의는 개인주의와 자유주의가 충분히 보

우리의
파괴력

장되는 환경에서만 우수한 성과를 달성하며, 그렇다고 하더라도 경쟁하는 개인들의 스트레스와 엘리트 세습의 출현은 여전히 문제가 된다. 반면에, 집단주의는 외부에 맞서는 동일 집단 구성원으로서 발휘하는 능력이 아닌 한, 특출한 개인의 비약을 늘 견제한다. 능력주의는 그것이 표방하는 바와 전혀 달리 객관적이지도 공정하지도 않지만, 그럼에도 누구에게나 공평한 가능성을 약속하는 것처럼 보이기 때문에 쉽사리 극복되지 못한다. 그래서 우리는 시기심 속에서, 다른 사람들이 나보다 더 좋은 자리를 쉽게 차지하지 못하도록, 함께 서로를 붙잡고 있다. 능력주의와 집단주의가 결탁한 이 기이한 순환 논리에서 벗어나는 것이 우리 교육이 해결해야 할 선행과제로 채택되길 바란다.

『능력주의』, 마이클 영, 유강은 옮김, 이매진, 2020.

『K-를 생각한다』, 임명묵, 사이드웨이, 2021.

『병목사회』, 조지프 피시킨, 유강은 옮김, 문예출판사, 2016.

경험이 말해주는 것 그리고
미친 꼰대를 피하는 방법

찰스 디킨스 『어려운 시절』 1854년

일상에서 혼용되는 꼰대의 규정은 세 범주로 나뉜다. 첫째는 꼰대의 사전적 정의에 따라, "요즘 애들은"으로 시작해서 "우리 때는"으로 끝나는 푸념을 늘어놓는 어르신을 가리킨다. 세대 차를 빌미로 갈등을 불러일으키는 존재일 때, 늙은이는 꼰대가 된다. 둘째 범주에는 교육적 의지가 추가된다. 청하지 않은 충고로 남을 가르치려는 연장자는 조언의 내용이 옳건 그르건, 합당하건 부당하건, 아무튼지 꼰대다. 꼰대가 '선생을 일컫는 은어'인 이유다. 마지막 범주는 한국의 현대 노동사에서 급격히 발달한 영역으로, 꼰대 선배, 꼰대 상사, 꼰대 사장의 횡포다. 그리고 모두가 알다시피, 세 범주의 꼰대가 공통으로 내세우는 근거는 경험이다.

경험은 인간이 외부 세계를 지각 추론 판단하는 과정에

서 축적되며, 반복과 학습을 거쳐 일반화되면 지식의 지위를 얻는다. 경험지식은 가장 보편적인 형태의 지식이고 누구든지 평생 얼마간 자기만의 경험지식을 형성하지만, 조건과 상황에 크게 좌우된다는 점에서 인과율에 취약하다. 언제 어디의 누구에게나 참인 경험지식이라면 글쎄, 인간은 죽는다 정도가 아닐까. 경험지식은 각 개인이 인간의 보편성을 확신하는 정도에 비례해 신뢰의 강도도 높아지지만, 아무리 다수가 사실로 믿는다고 해도 그것이 모든 사람에게 옳음을 보증할 수는 없다.

흄은 인간의 인식을 그 유래에 따라 지식, 실증, 개연성으로 구분하는데, 지식은 "관념들의 비교를 통해 발생하는 확증"이고, 실증은 "인과관계로부터 유래한 의심 없는 논변"이다. 하지만 우리가 지식이라고 믿는 대부분의 관념은 "불확실성을 수반하는 개연성"일 뿐이다. "경험이 우리에게 제공하는 이상의 어떤 다른 확증도 갖지 못하므로" 모든 인간은 죽는다는 것조차 흄에게는 "개연적 사실"이다.(그렇다. 언젠가 과학이 인간을 불사의 존재로 만들어줄지 모르니, 이 또한 단정을 미루고 기다려보자.)

경험론 철학의 종결자인 흄의 『인간 본성에 관한 논고』를 읽다 보면, 절대적 객관적 판단을 부정하는 경험론이야말로 극단적 상대주의로 떨어질 위험이 높은 인식론이라는 생각이 든다. 생득관념이나 선험적 관념에 반대하는 경험론이 인식의 근거로 삼는 것은 결국 "판단과 정념passion, 그리고 판단과 공상 사이의 상호 협력"이다. 우리는 상상과 공감을 통해 세계를 받아들임으로써 판단력을 갖게 된다는 말이고, 그런 점에서 흄의 경험론은 지식의 가능성과 개방성의 폭을 최대로 확장한다.

내가 의문을 갖게 되는 지점이 바로 여기다. 경험지식의 불확정성이 이토록 자명한데도, 꼰대의 경험론은 언제나 예외 없이 절대주의적 경향을 띤다. 그분의 '경험'은 우리에게 '행동강령'으로 하달되며, 그 실효성에 의문을 품어서는 안 되고 이의제기나 반박도 용인되지 않는다. 흄의 제안대로라면, 경험론자인 꼰대는 '불변의 진리'의 불가능성을 깊이 이해하고 역지사지와 측은지심의 마음으로 상대를 존중해야 마땅하다. 그런데 정확히 그 반대로 한다. 역시 철학자들은 세상 물정을 모른다.

θ

찰스 디킨스의 소설 『어려운 시절』에는 극악한 꼰대 신사가 둘씩이나 등장한다. 동갑내기인 그래드그라인드 씨와 바운더비 씨는 효율을 최고의 미덕으로 여기는 공리주의자요 실증주의자로, 19세기 영국의 산업화와 기계화를 견인하는 선도적 공업 도시 '코크타운'의 지도자들이다. 국회의원이자

우리의
파괴력

학교 설립자인 그래드그라인드는 그 이름에서 알 수 있듯이, 아무리 단단한 영혼이라도 거뜬히 '갈아버릴grind' 만한 경험론적 확신의 소유자다. 그는 통계와 사실만을 신뢰하며, 법과 원칙의 첫째 기준은 비용 대비 편익, 요즘 말로 가성비여야 한다고 믿는다.

한편, 코크타운의 여러 공장 상점 식당 은행의 소유주인 바운더비는 자수성가한 부자다. 어릴 적 부모에게 버려져 "낮에는 도랑에서 밤에는 돼지우리에서" 살았다는 그는 양말이 뭔지도 모를 만큼 비천했다. "누구도 그에게 밧줄을 던져주지" 않았으나, 오로지 제 노력과 능력만으로 진흙탕에서 기어 나왔다고 '믿는' 그는 "나의 성공에 내가 감사해야 할 사람은 나 자신 말고는 없다."고 단언한다. "놋쇠로 된 트럼펫 같은 목소리로 옛날 자신의 무지와 가난을 항상 떠벌리고" 다니는 바운더비는 "겸손을 휘두르는 깡패 같은" 사람이다. 『어려운 시절』은 "탁월하게 실제적인" 이들 두 신사의 신념과 원칙이 현실에 철두철미 적용될 때, 과연 그 세계는 어떻게 작동할 것인가를 상상해본, 일종의 사고실험 같은 소설이다.

영국인이라면 누구나 아는 교과서 소설인 『어려운 시절』은 영국의 여러 공리주의자 가운데 특히 제러미 벤담을 노골적으로 비판한다. 왜냐하면 벤담의 공리주의가 가장 과격해서기도 하지만, 사실은 작가로 성공해 상류층 신사가 된 뒤로 디킨스의 정치관이 보수화되었기 때문이다. 벤담의 사상으로 널리 알려졌지만, '최대 다수의 최대 행복'이라는 표현 자체는 프랜시스 허치슨이라는 영국 철학자가 1725년에 쓴 『도덕적 선악 판단 연구An Inquiry Concerning Moral Good and Evil』라는 책에서 처음 발견된다. 그리고 거슬러 올라가면 아리스토텔레스의 '목적론'에도 공리주의적 가치 판단이 작용하고 있다. 공리주의가 가장 쉽고 폭넓게 지지를 얻는 분배 방식인 것은, 모두를 만족시킬 수 없다면 보다 많은 사람을 만족시키는 분배가 바람직하다는 다수결주의에 입각해서다.

그러나 18세기부터 본격 이론화된 근대 공리주의utilitarianism에서는 '효용utility' 개념이 극대화된다.* 벤담은 고통과 쾌락을 측정 비교해 행복도를 파악하는 계산법을 고안했는데, 효용에 따른 선택에서 개별 인간의 가치를 거수자擧手者, 1인 1표로서만 고려했다. 이런 설명을 읽으면 어쩐지 벤담이 거만하고 냉정한 권력 지향형 인간이라는 인상을 받을 것이다. 그런데 막상 『도덕과 입법의 원칙에 대한 서론』(1789)을 읽으면 뭐랄까, 극도의 신중을 기해 정리해놓은 세심한 규칙들이 터무니없게 진지해서 절로 실소가 나온다. 아아, 이 사람은 강박증

* 공리주의는 서양철학 용어를 우리말로 옮기면서 공익(公益)이나 공동선(common good) 개념과 구분하기 위해 한자어로 功利를 채택했는데, 이것이 오히려 한자에 익숙하지 않은 세대에서 자주 혼동을 일으키는 듯하다. 철학 용어 공리(功利)는 '실제적' 이익을 추구한다는 의미에서 실리주의 또는 실용주의에 가깝다. 그에 반해 일반 어휘 공리(公利)는 개별적 실제적 이익이 아니더라도 공공에 이로운 여러 경우를 포함하므로 보다 광범위한 도덕개념이다.

우리의
파괴력

환자였나 보다. 아니면 결벽이 심했거나.

　부유한 법조인 가문에서 태어나 3세에 라틴어를 익히고 12세에 옥스퍼드에 입학, 16세에 졸업한 벤담은 소문난 신동이었다. 아버지는 아들이 대법관이 될 줄 알았지만, 21세에 변호사 자격증을 취득한 이후로 벤담은 법정 근처에는 얼씬도 하지 않았다. 평생 독신으로 살았으며, 낯선 사람과 대면하는 데 공포증이 있어 조수였던 제임스 밀에 이어 그 아들인 존 스튜어트 밀(『자유론』의 그 밀이다.)을 조수로 고용할 정도였다. 84세로 세상을 뜰 때까지 하루 15장씩 규칙적으로 각종 원고를 작성했지만 그중 대부분을 출판도 않은 채 쌓아두기만 했고, 이따금 정부가 요청하는 프로젝트를 소일거리로 맡아 전무후무하게 효율적인 원형 감옥판옵티콘을 설계한다든지 이런저런 법률을 검토해 효율성을 높인 개정안을 내는 정도의 활동을 했을 뿐이다. 대대로 보수당을 후원해온 가문 출신임에도 벤담은 당대에 가장 급진적인 사상가여서, 대부분의 정치인들이 기절초풍할 법률을 주로 제안했다. 영국 특유의 관습법에 반대해 성문법을 제정하자고 주장했으며, 노동자의 완전고용을 위한 사업장 관리와 빈곤 관리를 위한 통화정책을 제안했다. 엄격한 평등주의자로, 여성의 참정권과 이혼권을 옹호하고 노예제와 동물학대를 반대했다. 누구나 공교육을 받을 권리를 주장해 옥스브리지에 맞선 UCL유니버시티칼리지런던의 설립에 기부금을 쾌척하기도 했다.

디킨스는 『어려운 시절』에서 그래드그라인드를 통해 꽤나 적대적으로 벤담을 풍자했는데, 벤담이 숫자에 집착한 점을 유난히 거슬려했다. 벤담은 행복을 선악과 정의의 판단 기준으로 삼는다면 인간 사회 전체로 보아 쾌락은 늘어나고 고통은 줄어들 것이라는 간명한 논리에 따라 행복도를 계산한다. 공리주의 사상을 담은 벤담의 책 제목이 '도덕과 입법의 원칙'인 이유다. 그는 공리주의로 다수의 결정을 개인들에게 강요하려 했다기보다 어떤 경우에 다수의 이익이 개인의 불가침 영역을 침해할 수 있는지를 결정하고자 했다. 열정적 선동가 기질의 디킨스는 침착한 계산기형 인간인 벤담을 피도 눈물도 없는 냉혈한으로 묘사했지만, 벤담은 그저 인간의 제도 개선에 남달리 관심이 많았던 괴짜일 뿐이다. 물론 흔한 천재답게 지나치게 자신만만하고 말투가 모욕적이긴 하다. 예를 들어, "만약 그 사람이 당신과 똑같이 생각하기 전에는 당신이 결코 만족할 수 없다면, 당신이 어떻게 해야 할지를 말해주겠다. 그를 당신의 반감에 굴복시키지 말고, 당신이 당신의 반감을 극복하라" 또는 "옳은 길로든 틀린 길로든 인간의 모든 자질 가운데 가장 모자란 것이 일관성이다".

『어려운 시절』의 등장인물들은 오늘날 우리 사회의 양자

우리의
파괴력

구도를 이루고 있는 586과 밀레니얼만큼이나 명쾌하게 둘로 나뉜다. 한쪽은 '숨만 쉬어도 꼰대' 그룹이고 다른 쪽은 '숨 쉬는 것도 사치'인 그룹이다. 기득권자인 사장님과 선생님은 돈 권력 나이가 많고, 이들의 관리감독하에 있는 노동자와 학생은 신체, 주거 이전, 표현의 자유 같은 기본권도 없는 거나 마찬가지다. 코크타운의 경제는 제조 금융 서비스 산업을 모두 장악한 바운더비라는 축을 따라 도는 바퀴다. 그곳에선 "심하게 일하는 것" 외에 다른 어떤 활동도 찾아볼 수 없고, "숫자로 서술할 수 없거나 가장 싸게 사서 가장 비싸게 팔 수 있다고 증명할 수 없는 것은 존재하지 않는 것"이다. "일손들"의 고용과 해고, 파산과 회생, 즉 노동자의 생활 기반은 전적으로 바운더비의 아량과 가혹함에 달려 있다.

도시의 다른 쪽에서는 그래드그라인드의 학교가 모든 학생을 사회자원으로 최적화하기 위한 "사실의 교육"에 매진하고 있다. 학교는 아이들에게 상상과 호기심을 금지하고, 학생들은 현실에 없는 것, 가령 말이 그려진 벽지나 꽃무늬 카펫을 좋다고 해선 안 된다. 왜냐하면 벽 위로 걸어 다니는 말이나 방바닥에 핀 꽃은 사실과 부합하지 않으므로 공상적이기 때문이다. 그래드그라인드는 일손들에게 하등 필요 없는 도서관이 코크타운에 있는 것도 못마땅하다. 교육의 목적은 다만 바운더비의 공장과 상점에서 일할 훌륭한 일손들을 길러내는 것이므로, 책 읽는 노동자는 사회자원의 비효율을 증가시킨다.

이 대목에서 나는 한국의 어느 밀레니얼이 소신을 가지고 밝힌 교육의 정의가 떠올랐다. "교육은 사회에 필요한 인적자원의 생산을 의미한다."(임명묵, 앞의 책.) 피교육자인 학생이 충분한 다양성을 갖춘 질 높은 교육을 제공받을 권리를 주장하는 것이 아니라, 교육 공급자의 시각에 동화되어 스스로를 '인적자원'으로 간주한다는 점에서 충격적인 정의였다. 물론 성인이 된다는 것은 경제적 자립을 이루고 생활을 이끌어갈 능력을 갖춘다는 뜻이기도 하다. 그렇지만 '교육은 곧 취업 준비'라고 하는 아이디어가 나에겐 꽤나 생경하다. 아마 나도 영락없는 꼰대여서 오늘날 청년 세대가 겪는 혹독한 취업 전쟁을 실감하지 못하기 때문일 것이다.

이철승은 『불평등의 세대』에서 한국 사회의 뿌리 깊은 위계구조를 '세대'라는 프레임으로 분석하게 된 동기를 이렇게 말한다. "나는 마르크스의 '계급'도 베버의 '계층'도, 부르디외의 '문화계급'도, 한국 사회의 개인과 집단의 행위 및 그 행위의 동기를 분석하기 위해 충분히 적절한 개념들인지 의심해 왔다. 혹자는 세대가 중요한 게 아니라 세대 내부의 계급이 중요하다고 말한다. 나는 그에 동의하지 않는다. 특정 세대가 권력을 장악하고 제도를 좌지우지하게 되면, 세대는 새로운 계층(계급)이 형성되는 과정의 출발이자 그 바탕일 수도 있다."

2000년대부터 경제활동인구의 최대 다수를 차지하고 학연과 출신으로 얽힌 강력한 이익 네트워크를 형성해 다양한 조직의 관리자 계급을 독점하면서 한국 사회에서 일어나고 있는 많은 변화(그리고 갈등과 반목)의 주생산자가 된 586세대를 혹독하게 비판하고 있는 이 책은 2019년 8월에 출간되었는데, 2021년 현재의 시점으로 보면 거의 '성지 글'에 가까운 통찰과 예견을 담고 있다. "2019년 가을, ○○가 발생한다고 가정해보자. 무슨 일이 일어날까? (……) 자영업자들은 가게 문을 닫을 것이다. 빈 사무실이 늘어나며 공실률은 치솟고, (……) 실업률이 급등하면서 가계 수입이 줄고 가계 빚은 천정부지로 오르며, (……) 가뜩이나 어려운 신규 채용 취업 문은 꽁꽁 얼어붙고, 기업은 규모를 줄이는 데 여념이 없을 것이다. 그런데 ○○는 각 사회집단별로, 각각의 계층과 세대 집단에 다른 흔적을 남긴다." 한숨 속에서 졸업식을 치르고 등 떠밀리듯 사회에 나선 청년들이 갈 곳 없이 방황하는 동안에도, 안전한 거대 조직(예를 들어 공무원이나 대기업 정규직)에 있는 사람들은 조직력과 은밀한 정보망을 가동해 성장의 발판을 마련할 절호의 기회를 잡는다.

　　여기서 이철승이 가정한 ○○ 시나리오는 '3차 금융 위기'다. 그런데 2019년 겨울, 우리에겐 금융 위기 대신 코로나가 덮쳤고, 상황은 그의 예측과 거의 비슷하게 흘러갔다. 많은 사람이 코로나로 직장을 잃고 질병과 빈곤의 두려움에 시달리는 사이에도 주식시장과 부동산시장에는 역대급으로 많은 유동자금이 쏟아져 들어갔고, 정부와 국민은 투기와 세금을 놓고 쫓고 쫓기는 추격전을 벌였다. '위기를 기회로'가 어째서 부의 법칙인지 실감할 수 있었고, 그게 왜 부도덕한지를 깨닫게 되었다. 누군가 크게 한몫을 잡는다는 건 곧바로 다른 누군가들에게 커다란 위기가 닥쳤거나 조만간 닥치리라고 예상할 수 있기 때문이다. 요는, 경제위기건 전대미문의 감염병이건 국가적 재난 상황에서 계급(계층)구조의 하단부에 있는 사람들의 삶은 더 빨리 더 치명적으로 무너진다는 것이다.

2021년 6월 현재, 한국 총인구는 5167만 명이고, 그중 이삼십대가 26퍼센트, 사오십대는 32퍼센트를 차지한다. 머릿수부터 밀레니얼이 밀리는데, 여기에 위계구조의 실질적이고 다양한 압력까지 감안한다면, 2021년의 한국은 완연한 꼰대국가라 해도 과언이 아니다. 1970년에 1인당 국민소득GNI이 255달러였던 대한민국은 2000년대 후반부터 국내총생산GDP 기준 세계 10위권의 경제 대국으로 올라섰지만, 지난 10년 동안 청년 고용률은 계속해서 떨어지는 중이고, 2020년에는 청년의 42퍼센트만이 직업을 가지고 경제활동을 하고 있다.(KDI 발표 기준.) 정부와 통계청이 발표하는 청년 실업률은 언제나 9~10퍼센트 언저리고 64퍼센트가 경제활동을 하고 있다지만, 이는 '제대로 된 직업'을 가졌다는 뜻이 아니라 '어떻게든 돈은 벌고 있다'는 의미다. 체감실업률에 가까운 지표들을 좀더 반영한 확장실업률은 줄곧 25퍼센트 수준이고, 급여와 고용안정, 승진 등 일자리 만족도에 영향을 주는 복잡한 숫자들을 다

우리의
파괴력

집어넣는다면 정말로 참담한 결과가 나올 것이다. 작금의 청년 실업은 모든 세대가 합심해 해결책을 모색해야 할 중대한 사회문제다. 그러나 돈 지위 나이를 다 가진 꼰대들이 선뜻 자신들의 권력을 내놓을 리 없다. 청년들이 눈높이를 낮추면, 더 열정을 발휘하면, 덜 이기적이면, 주위에 괜찮은 비정규직 인턴 알바 자리가 널렸다고 선심 쓰는 척한다.

이철승에 따르면, 산업화 세대_{육십대 이상}의 권위주의와 독재에 맞서 투쟁했던 586은 산업화 세대의 봉건적 신분 위계를 보다 치밀하고 조직화된 경제-권력 시스템으로 업그레이드했다. 정치적으로는 평등주의와 민족주의를 표방하면서도 신자유주의적 시장주의를 능숙하게 이용하며, 세대 네트워크_{지연과 학연}, 노조를 발판 삼아 신분적 위계구조를 강화함으로써 이익과 기회를 모두 전횡하는 것이다. 이들은 부모 세대로부터 학습한 '세습' 욕구를 실현하기 위해 정치권력과 시장권력을 장악하고, 자산의 안전한 대물림이 (주로 부동산을 통한 지대 추구 행위로) 완성될 때까지 이 독점적 지위를 포기할 마음이 없다.

그래서 오늘의 밀레니얼이 586 꼰대들을 그렇게 싫어하는데도 정작 당사자들은 그 말이 자신들을 가리킨다고는 생각지 못한다. 꼰대는 유교 마인드의 새마을운동 세대한테나 쓰는 표현이고, 우리는 의식이 깨어 있는 민주화 세대니까. 586들은 앞날 창창한 밀레니얼이 어째서 육칠십대 수구주의

자와 비슷한 정치 성향을 보이는지는 이해하지 못한 채, 애들이 너무 오냐오냐 자라서 철이 없어서, 사회의식 정치의식이 부족해서, 경험이 없어서 아직 뭘 몰라서 그런다고 혀를 찬다. "우리는 동일한 연대기적 시간을 살고 있는 듯 보이지만, 실제로는 완전히 상이한 시대를 각기 경험하고 있는 것이다. 세대론은 바로 이러한 객관적 기회에 대한 주관적 경험이 서로 다르다는 데서 시작된다."

建조하고 암울한 경제 우화로 시작하는 『어려운 시절』은 뜻밖에도 오십이 되도록 총각이었던 바운더비가 그래드그라인드의 스무 살 딸 루이자에게 청혼하는 것으로 급격히 드라마틱해진다. 바운더비는 도시의 혈액인 돈과 노동자들의 밥줄을 틀어쥔 자신이 루이자를 결혼 상대로 택한 것은 그녀에게 "특별히 좋은 일"이라고 믿는다. 루이자에게는 불행하게도, 그녀의 아버지도 바운더비의 청혼을 "재산이나 사회적 지위로 보아 아주 적합한" 제안으로 받아들인다. 영국의 '결혼 통계'에 따르면, "약간의" 나이 차는 결혼의 장애물이 아니라 오히려 풍습에 해당하고, 결혼 또한 "최선의 계산"에 따른 결과여야 하므로, 코크타운에서 그래드그라인드의 딸에게 걸맞은 남편감은 바운더비밖에 없다. 게다가 루이자의 남동생 톰은 아버지의 억압적 양육의 반작용으로 야비한 건달에 노름꾼이 돼버렸는데, 바운더비의 은행에 취직해 겉보기나마 사람 구실을 하고 있다. 한데 누나가 은행장님의 청혼을 거절한다면 자신은 해고될 테고, 그러면 앞날은 불투명해질 것이다. 이렇게 모두가 원하는 결혼을 거부할 힘도 다른 대안도 없었기에 루이자는 "살아 있는 동안 할 수 있는 작은 일"을 한다는 심정으로 바운더비의 아내가 된다.

루이자와 톰이 아버지/남편의 통제에서 벗어나지 못하는 가장 큰 이유는 '효용'이라는 강력한 가치를 뿌리치지 못해서다. 그들의 돈, 영향력, 그로부터 얻게 될 가능성과 기회. 꼰대가 가진 기득권에 저항했을 때 유익한 무언가를 잃게 되리라는 가정이 두려움을 불러일으켜 맞서기를 포기하는 것이다. 꼰대질의 본질은 기득권자가 자신의 지배 권력을 확인하는 절차고, 권력은 피지배자들의 거듭된 승인을 통해 더욱 강화된다. 이 악순환의 고리에서 벗어날 방법이 아주 없는 걸까.

그렇지 않다. 『어려운 시절』에서 유일하게 해피엔딩을 맞는 소녀 씨씨 주프가 통쾌한 해결책을 알려준다. 씨씨는 곡마단 광대인 아버지에게 버림받았으나 그래드그라인드의 공리주의적 사명감 덕분에 구제되어 그의 집에 얹혀살게 되었다. 걱정스러울 정도로 무지하고 해맑은 씨씨를 자기 식으로 교육하려고 그래드그라인드는 여러모로 노력한다. 하지만 씨씨를 가르치려는 그의 집념은 번번이 실패로 돌아간다. 한 나라에 5000만 파운드의 돈이 있다면, 너는 부자 나라에서 사는 것 아니냐? 글쎄요, 제 돈이 아니라서 잘 모르겠어요. 100만 명이 사는 도시에서 굶어죽는 사람 수가 연간 25명이라면 이 비율은 어떻다고 생각하느냐? 굶어 죽지 않는 사람 수가 아무리 많아도 굶어 죽는 사람 입장은 힘들겠지요.

매사 이런 식이다 보니, 그래드그라인드는 어쩔 수 없이 다음과 같이 결론 내리고 만다. "이 아이는 지진아다." 그는 얼굴을 찌푸리면서 씨씨에게 "너는 공부를 계속해도 소용이 없을 것 같다."는 판정을 내리고, 이에 씨씨는 "그럴 것 같아서 저도 걱정이에요."라고 공손히 답한다. 어쩌면 우리는 능력 이상으로 노력하는 학생의 자세로 세상을 사는 것이 아닐까. 실제의 우리가 얼마나 학습되기 어려운 존재인지를 고백함으로써 꼰대에게 체념하는 법을 가르쳐주자.

아니, 그런 게 아니다. 지금 나는 사적 영역을 침해하는 꼰대와 공적 영역을 통제하는 꼰대를 구분하지 않음으로써 그 둘의 근본적 성격 차이를 외면하고 있다. 성별 나이 외모 등의 생득조건이나 취향 선호 같은 주관적 영역을 건드리는 사적 꼰대는 사회의 용인에 민감하다. 차별 편견 혐오는 행위자의 도덕성의 빈곤을 드러내기 때문에 동조하는 집단이 없다면 쉽게 제재의 대상이 될 수 있다. 개방적인 사회일수록 사적 꼰대는 입지가 좁아지고 조롱과 지탄의 대상이 된다. 그렇지만 전통이나 풍속이라는 명목으로 사회 전체가 악습을

우리의
파괴력

공유한다면, 이러한 무논리에 일개인이 맞서기는 결코 쉽지 않다.

한편, 위계구조에 편승해 부당한 지시나 요구를 하는 공적 꼰대는 위법한 수준이 아니라면 그 행위를 윤리적으로 비난하기가 훨씬 까다롭다. 왜냐하면 나 또한 그 구조의 일부로서, 조직으로부터 얻을 이익/혜택을 기대하며 꼰대에게 협력하고 있기 때문이다. 승승장구하는 직장생활의 노하우로 "상사가 까라면 까고 죽으라면 죽는 시늉이라도 하라"는 조언이 여전히 유효하고, 조직에 부적응하는 일원에게 "중이 절이 싫으면 나가야지"가 흔한 압력이라면, 그곳에는 일방적 피해자나 가해자가 없다. 꼰대와 나의 차이는 결정권을 이미 갖고 있는가 아니면 장차 가지고자 하는가뿐이다. 이때 꼰대를 향한 도덕적 비난은 종종 무력한 감상주의로 폄하된다.

그래드그라인드의 학교에서 모범적으로 교육받고 바운더비의 은행에서 심부름꾼으로 일하는 비쩌는 "마음은 정확하게 조절되어 애정이나 정념은 조금도 갖고 있지" 않으며, "사회체계 전체가 이해관계의 문제"일 뿐이라고 확신한다. 그는 근면하게 일하고 무조건 저축하고 휴식을 싫어하며, 노동자들을 "방탕한 생활을 하며 돈을 헤프게 쓰는 게으름뱅이"라고 비난한다. "어째서 그들은 제가 해온 대로 할 수 없을까요? 한 사람이 할 수 있는 것은 다른 사람도 할 수 있는 법인데 말입니다." 그러고는 그 이유를 스스로 단정한다. "그들은 앞날을 생각하지 않는다."

우리가 현실에서 자주 만나는 꼰대는 그래드그라인드나 바운더비 같은 조직의 수장이 아니라 비쩌 같은 중간관리자다. 이들은 자신이 학습한 조직의 생리를 다음 세대에게 전수하며, 그것이 중간관리자의 핵심 기능이다. 중간관리자의 꼰대질은 너나없이 모두를 '한통속'으로 만들어 느슨한 관계에 있던 개성적 개인들을 결속시키고, 이로써 개개인의 마음은 조직의 마음과 일체가 된다.

조직은 결코 타당한 원리나 원칙에 따라 작동하는지를 스스로 성찰하지 않으며, 구성원 개개의 자아들 저 위에 초자아로, 저 아래 무의식으로, 과잉된 자의식으로 어디에나 있는, 실체는 모호하지만 명백하게 작용하는 힘의 형식으로 존재한다. 조직이 우리에게 주는 얼마간의 돈과 혜택은 조직의 요구에 따라 언제든지 내 감정의 동기화synchronize, 사유의 조직화, 행동양식의 평준화를 실행하기로 한 계약의 대금이다. 위계 조직의 본성에는 필연적으로 꼰대가 깃들어 있다. 그러나 과연 어떤 젊은이가 취업하면서 자신이 이러한 계약에 동의한다고 상상이나 하겠는가. 그래서 일단 입사라는 급한 불을 끄고 나면 그 즉시 퇴사 욕구가 분출하는 것이다.

사실을 말하자면 나는 '경험이 말해주는 것 그리고 미친 꼰대를 피하는 방법'이라는 제목의 글을 쓰기에 한참 모자라는 사람이다. 일평생 대기업이나 공공기관 근처는 가본 적

이 없고, 강력한 위계조직에 발을 들여놓은 일도 없(는 것 같)
다. 학창 시절에는 줄곧 반항적 외골수에 가까웠으므로 무작
정 들이받다 두드려 맞는 거라면 모를까, 영리하게 피하는 기
술 같은 건 생각해본 적도 없다. 그래서 나는 행운아인가. 아
니, 그저 내 지향이나 일이 사회의 주류가 아닐 뿐이다. 효용
성이 낮고 손익계산에 취약하며 큰 이익을 노려본 경험이 부
족해서, 세상천지 별의별 희한한 꼰대들 구경을 별로 못 해봤
다. 그리고 심지어 그 사실조차 모르고 지냈다. 이렇게나 우물
안 개구리라서 가끔 행복하다.

그럼에도 이런 이야기를 하고 싶었다. 우리가 풍자와 해
학으로 관용하고 있는 상당수 꼰대 문화는 시대와 인식의 변
화에 따라 불법적 행위가 되기도 하고 지당한 가르침이 되기
도 한다. 극단적 경험주의는 관습의 상대성을 정당화하지만,
바로 그 때문에 한갓 탁상공론에 불과해 보이는 관념론, 즉 덕
의 윤리가 필요해진다. 경험론과 비교해보면, 플라톤에서 유
래해 데카르트, 칸트로 이어진 관념론 철학은 궁극적으로 이
성과 논리에 기초한 무오류의 결정론을 추구하기 때문에 배
타적이고 폐쇄적이다. 관념론에서는 판단력도 도덕도 이성으
로부터 나온다. 아마 꼰대가 관념론자가 될 수 없는 이유는 관
념론 자체를 이해하는 데 너무 많은 노력이 들기 때문이고, 남
을 가르치려 들기 전에 먼저 자신의 능력과 판단력에 대해 깊
이 회의하기가 정말로 어렵기 때문일 것이다.

사람들은 어쨌든 자신의 옳음을 마음속으로나마 믿어야 살아갈 수 있다. 남이 하는 말만으로 한 사람의 신념이나 인생관은 쉽게 흔들리지는 않는다. 우리는 어릴 적부터 부모님의 잔소리에 '소귀에 경 읽기'로 내면을 단련해왔으며, 결국은 저마다 자유롭고 시끄러운 시냇가의 청개구리로 성장한다. 어른이 된다는 건 그런 것이다. 누가 뭐라 하건 "그건 네 생각이고."로 응수할 준비가 되었다는 것. 그런데 이 말은 어떤 미친 꼰대가 나에게 써도 똑같이 효력이 생기는 양날의 검이다. 그러니까 타인의 감정과 생각을 헤아려 공감하려는 작은 노력도 거부하는 태도라면, 나이 성별 지위 빈부에 관계없이 꼰대라 불려 마땅하다.

『어려운 시절』, 찰스 디킨스, 장남수 옮김, 창비, 2009.

『인간 본성에 관한 논고 1: 오성에 관하여』, 데이비드 흄, 이준호 옮김, 서광사, 1994.

『도덕과 입법의 원칙에 대한 서론』, 제러미 벤담, 강준호 옮김, 아카넷, 2013.

『불평등의 세대』, 앞의 책.

우리의
파괴력

규칙과 반칙

프란츠 카프카

『**변신**』 1912년

『**심판**』 1914년

『**성**』 1922년*

형법 제307조(명예훼손)

① 공연히 사실을 적시하여 사람의 명예를 훼손한 자는 2년 이하의 징역이나 금고 또는 500만원 이하의 벌금에 처한다.

② 공연히 허위의 사실을 적시하여 사람의 명예를 훼손한 자는 5년 이하의 징역, 10년 이하의 자격정지 또는 1천만원 이하의 벌금에 처한다.

---

* 카프카는 예외적으로 작품의 출판이 아닌 집필 연도를 밝혔다. 1924년에 세상을 뜬 카프카가 이 셋 중 생전에 출판한 작품은 『변신』(1915)뿐이다. 어떤 의미에서 카프카의 장편소설들은 『변신』을 제외하면 모두 미완성이고 제목 또한 '가제'라 할 수 있다. 이 때문에 큰 혼선이 빚어진 작품도 있다. '화부' '아메리카' '실종자'는 모두 한 작품을 가리키는 다른 제목들이다. '화부(유럽과 미국을 오가는 대서양 횡단선 기관실에서 석탄 넣는 일꾼, 소설 1부의 제목)'는 카프카가

우리나라 형법은 보시는 바와 같이, 타인에 대해 허위사실을 유포하는 것뿐 아니라 '사실'을 공표하는 것도 형사처벌의 대상이다. 이 조항은 '반의사불벌죄'여서, 명예훼손의 피해 당사자가 아닌 제삼자 아무나의 고발로도 수사와 기소가 이루어질 수 있다.* 타인에 대한 사실적시가 "오로지 공공의 이익"에 관한 것일 때는 처벌하지 않는다는 제310조의 단서가 있긴 하지만, 실제 재판에서 '공익 목적'인지 '비방 목적'인지 여부는 변호사 검사 판사 사이에서도 자주 의견이 갈린다.

간혹 확고한 목표와 집념이 있는 피고(예를 들어, 부적절한 처치로 자신의 반려견에게 영구 장애를 입힌 수의사를 인터넷 게시판에서 공개 저격한 이)가 사건을 대법원까지 가져가기도 하지만, 법은 피고의 '공익 목적 제보' 주장을 쉽사리 받아들이지 않는다. 왜냐하면 법은 나의 진실한 취지나 사건

친구인 막스 브로트와 주고받은 편지에서 이 작품을 그렇게 지칭한 데서 유래했고, '아메리카(소설의 배경)'는 브로트가 카프카 사후 출간한 초판에 붙인 제목이다. 그러나 카프카의 유고에는 '실종자(소설 주인공의 상태)'로 되어 있다.

* 반의사불벌죄 자체는 피해자의 의사에 반하여 처벌할 수 없다는 뜻이지만, 수사와 기소는 피해자의 의사와 무관하게 이루어질 수 있다. 단체 대화방에서 갑이 을의 명예를 훼손하는 발언을 하고 이를 본 병이나 정이 고발해도 갑은 수사 대상이 된다. 반면, 명예훼손과 유사성이 있는 모욕은 친고죄로, 피해자가 직접 고소해야 수사, 기소할 수 있다. 모욕죄는 내용의 사실 여부를 따지지 않으며(개자식이라는 욕설을 들은 피해자가 실제로 개자식인지는 판단의 대상이 아니다.), 명예훼손죄보다 형량이 적다. 또한 둘이 동시에 이뤄졌다면 모욕은 명예훼손에 흡수된다.

우리의
파괴력

에 무관심하며, 다만 그 사실이 대중에 알려지는 것이 어떻게 얼마나 유익한지를 따지기 때문이다. 그러니까 바람난 남편과 상간녀의 신상을 인터넷에 뿌려 개망신을 주려면, 그 복수의 가격이 '500만 원+전과자 등록'이라는 점은 확실히 인지하고 실행할 필요가 있다. 아무리 그래도 설마, 하시는 분들께 다시 한 번 쐐기를 박겠다. 명예훼손에 관한 법률은 아주 최근, 2021년 2월 25일에 헌법재판소가 합헌으로 판결했다.* 예의 그 끈질긴 피고가 자신의 명예훼손 패소 판결에 항고하는 것에서 나아가 이 법이 상위법인 헌법 제21조 '표현의 자유'를 침해한다며 위헌심판을 청구한 결과라서, 당분간은 계속 남욕을 삼가며 살아야겠다.**

역사상 명예훼손죄는 왕과 귀족이 평민들의 비판이나 불만을 통제, 억압하는 장치였다. 고귀한 신분에 명예는 선천적이므로 명예 없는 자들에게 훼손당해선 안 된다는 신분의식의 소산이다. 재미있는 점은 근대법이 정당방위를 인정하는 유래도 신사의 명예와 관련이 있다는 사실이다. 명예를 훼

---

* 국가법령정보센터, 형법, 헌재결정례. 형법 제307조제1항 위헌확인.(전원재판부 2017헌마1113, 2021. 2. 25.) 그리고 형법 제307조제2항 '허위사실 유포에 의한 명예훼손 처벌'의 위헌소원 역시 같은 날짜로 기각되었다.(전원재판부 2016헌바84, 2021. 2. 25.)

** 대법원 판례에 따르면, 명예훼손죄는 "숨겨진 사실"을 폭로하는 것뿐만이 아니라 "이미 사회의 일부에 잘 알려진 사실"을 또다시 적시해 타인의 평판에 손상을 가해도 유죄다.(대법원 1994. 4. 12., 선고, 93도3535, 판결.)

손당한 신사는 결투를 신청해야 하고, 결투를 신청받은 신사는 달아날 수 없기에, 결투 중 서로에게 상해를 입히거나 사망에 이르게 하더라도 상호 책임을 묻지 않는다는 원칙이 정당방위를 합법화하게 된 근거다. '남자다움'과 명예에 대한 이러한 의식은 19세기 말에 쓰인 마크 트웨인의 『얼간이 윌슨』에서도 찾아볼 수 있다. 공개 장소에서 다른 신사를 비방한 젊은이가 상대의 결투 신청에 응하는 대신 재판을 걸어 승소한다. 그러자 놀랍게도 젊은이의 큰아버지는 본인이 지방판사임에도 사격 실력이 형편없는 조카가 무사해서 다행이라고 여기는 게 아니라 진정으로 노발대발하면서 인간 말종, 가문의 수치라고 비난한다. 심지어 신사의 자격이 없으므로 집안 전체에 유일한 상속인인 조카의 이름을 유언장에서 빼버리겠다고까지 한다.

관심 있는 분들은 아시겠지만, 자유주의와 개인주의 전통이 강한 미국에서는 이미 1960년대에 연방대법원이 명예훼손죄가 국민의 기본권인 표현의 자유를 침해하는 것으로 판결했다. 영국도 1970년대부터 폐지 논의가 있었고, 2010년에 최종적으로 "정치적 반대자와 자유언론을 탄압하는" 수단으로 변질될 수 있는 '반정부 명예훼손법'과 '형사상 명예훼손법'을 모두 폐지했다. 반면, 대륙법(독일 프랑스 등)은 허위사실 유포에 대해서만 명예훼손을 형사처벌할 수 있고, 그미저 실제 법 적용은 극히 제한적으로 이루어지고 있다. 그 밖에 스

우리의
파괴력

리랑카 멕시코 아르헨티나 가나 등 많은 나라가 명예훼손죄를 완전 폐지했다. 그런데 어째서 우리나라 대법원은 형법 제307조제1항이 표현의 자유를 침해하지 않는다고 보았을까?

판결문을 보면, 재판부는 오히려 타인의 명예를 해칠 수 있는 '사실'을 공표하는 것이 "자유로운 논쟁과 의견의 경합을 통해 민주적 의사형성이 이루어지는 과정"을 "저해"하기 때문에 표현의 자유로 인정할 수 없다는, 세계적 추세와 정반대의 해석을 하고 있다. 2011년 유엔인권위원회가 표현의 자유를 심각하게 침해할 수 있는 사실적시 명예훼손의 형사처벌법을 폐지하도록 전체 회원국들에 권고했으나, 대한민국 형법은 1953년 10월 3일 처음 시행된 이래 오늘날까지, 제307조제1항의 본디 모습을 흐트러짐 없이 지켜내고 있다.*

판결의 법률적 요지는 "타인으로부터 부당한 피해를 받았다고 '생각하는' 사람"이 법이 아닌 "사적 제재수단으로 명예훼손을 악용"하면 안 된다는 원론이다. 하지만 우리는 8년 사귄 남친이 알고 보니 유부남이고, 피부과에서 간단한 시술을 받았는데 부작용으로 얼굴이 부풀어올랐고, 지인이 사기 전과자라는 사실을 알게 돼 다른 지인들에게도 조심하라고 알려줬을 뿐이다. 명예훼손 범죄자 중 상당수는 소소한(?) 불

---

* 벌금 조항만 "1만5천환"에서 "500만원"으로 바뀌었다. 한국은행 경제통계시스템이 제공하는 화폐가치 계산식에 따르면, 1만 5000환은 2020년 기준 570만원에 해당하는 금액이다. 즉 명예훼손죄는 벌금액도 거의 처음 그대로다.

의를 겪은 평범한 시민이고 피해자인데, 악당을 악당이라 부르지 못하고 부당함을 부당하다 호소하지 못하다니, 이 억울함은 어떤 "민·형사상 절차"가 풀어준단 말인가. 게다가 법대로 하자면 대개 돈이 들거나 너무 복잡하거나 속이 후련해지는 결말이 아니다.

위로가 될진 모르겠지만, 이 위헌심판은 재판부 판사 아홉 명 중 5 대 4로 아슬아슬하게 기각되었다. 솔직히 나로서는 위헌 또는 일부위헌을 주장한 판사들의 의견이 더 설득력 있어 보인다. 1) 어떤 사람의 '외적 명예'가 실체 없는 '허명虛名'이라면, 이는 사실의 적시로 바뀌어야 할 대상이지, 무조건 보호되어야 하는 것일까. 2) 헌법 21조 '표현의 자유'조차도 민사상 손해배상을 침해의 구제수단으로 하고 있는데, 사실적시 명예훼손을 형사처벌하는 것이 형평에 맞는가. 3) 사실적시 명예훼손이 헌법 17조 '사생활의 비밀' 침해를 막기 위한 목적이라 한다면, 사생활 침해에 적용할 수 있는 다른 법률 조항들은 이미 수다하다. 4) "진실한 것으로서 '사생활의 비밀에 해당하지 아니한' 사실적시"는 해도 괜찮지 않나.

그럼에도 우리는 명예훼손을 당한 사람 입장에서 한 번 더 생각해보아야 한다. 수만 명 네티즌에게 욕을 먹고 신상이 털리고 문자 테러를 당할 만큼 대역죄인은 아닌 상간녀의 치욕스러운 심경은 어떻겠는지를 좀 헤아려보자는 말이다. 재판부는 "개인의 외적 명예는 일단 훼손되면 완전히 회복이 어렵다는 특징"이 있고, "더욱이 명예와 체면을 중시하는 우리 사회에서는" 피해자가 자살과 같은 극단적 선택을 하는 경우가 있어 "그 사회적 피해가 매우 심각"하므로, "우리 사회의 특수성을 고려하여" 명예훼손을 규제함으로써 "인격권을 보호" 해야 하며, "개개인이 표현의 자유의 무게를 충분히 인식하고, 그 결과에 대해 당연히 책임을 져야 한다는 분위기가 성숙"되면 형사처분의 필요성도 사라지겠지만, 아직은 이러한 "국민적 공감대가 형성되어 있다고 보기 어렵다"고 밝힌다.

한국인에게는 명예와 체면이 목숨만큼이나 소중하기 때문에 다른 개방적인 사회들과 달리 명예훼손을 처벌하는 것이 오히려 인권을 보호하는 일이고, 표현의 자유를 마음껏 누리기에는 책임의식이 많이 부족하므로 국가가 계속해서 이를 제재해야 한다니. 이것은 자조일까 냉철한 현실인식일까? 확실한 건, 이 판결문이 도덕과 법률에 관한 한국인의 평균적 사고와 의식을 풍부히 담아내고 있다는 점이고, 그 결과는 오묘하게도 미국인 도덕철학자 소머스의 가설—한국인의 도덕성의 집단성과 수치의 문화—을 대한민국 헌법재판소가 법리로써 공인해준 모양새가 된다.

$\mathcal{O}$

단순한 구조를 무수히 반복하여 이루어지는 복잡한 전체

구조를 가리키는 기하학 용어인 '프랙털'은 자기유사성과 순환성을 특징으로 한다. 인체에 뻗어나간 혈관의 모양이나 창문에 핀 성에꽃의 패턴이 전형적인 자연계의 프랙털이다. 나뭇가지가 자라나는 모양은 그 나무의 장래 모습을 예시豫示하며, 나무의 성장은 자기 구조를 복사하는 가지들의 축적으로 이루어진다. 이때 부분과 전체의 차이는 패턴의 반복 횟수와 그에 따른 복잡도의 차이일 뿐, 규칙은 언제나 동일하다.

생성 중인 프랙털을 응시할 때 우리는 그 속으로 빨려드는 듯한 현기증을 느낀다. 단순한 패턴이 밀도를 높여가며 거대하고 복잡한 조직체로 증식되는 과정을 '신비로움'으로 발견하는 것이다. 그것이 신비인 까닭은 프랙털 운동의 질서 정연함이 어떤 원인이나 목적을 갖는지 알 수 없어서다. 의미를 설명할 수 없는 규칙은 절대적 질서가 되고, 그러면 우리는 그 구조/시스템에 작용하는 집요하나 무심한 어떤 힘을 상상하게 된다. 프랙털의 운동에너지는 몽환적 흡인력으로 관찰자를 홀린다.

카프카 소설의 서두에 묘사되는 첫 번째 인물과 그의 상태는 처음 돋아난 한 줄기 가지, 하나의 갈래, 한 세트의 패턴이다. 해충으로 변해 자기 방에서 나가지 못하는 영업사원 그레고르 잠자, 알 수 없는 이유로 범죄 피의자가 되어 재판을 기다리는 은행 주임 요제프 K, 목적지인 백작의 성에 도착하지 못하고 그 아래쪽 마을에 임시 체류하게 된 토지측량사 K

우리의
파괴력

는 각각 『변신』 『심판』* 『성』의 서사를 형성하는 최소 단위다. 그리고 이것은 전체 서사의 최소 축약형이기도 하다. 세 개의 각角**을 가진 이야기는 자기 구조를 반복함으로써 연장되고 있기에 아무리 팽창해도 구조의 속성은 처음에서 달라지는 것이 없다. 결말을 예고하는 시작인데, 주인공들만 그 사실을 모른다.

불시에 억류 상태에 놓인 그레고르-요제프-K는 갇힌 존재의 흔한 반응으로 출구를 찾는다. 하지만 어둠 속을 더듬어 경로를 탐색하는 사람에게 구조는 결코 전체로 파악되지 않는다. 그들은 계속해서 통로 안을 돌아다니며 일단의 시도로써 이런저런 문을 열어보고 열쇠구멍이나 문틈을 기웃거린다. 그러나 방에서 나가도 여전히 다른 방 안이고, 구석을 돌면 또 다른 구석이다. 복도는 서로 연결된 복도들일 뿐 아무 데로도 이어지지 않는다. 모든 길은 아무리 멀리 뻗어가도 결

* 이 작품의 원제(*Der Prozeß*)가 요즘은 '소송'이라는 건조한 법률 용어 제목으로 소개되고 있다. 하지만 내가 읽은 번역본과 카프카 관련 책들은 모두 비장하고 종교적 인상마저 풍기는 '심판'이라는 제목으로 번역되던 시절에 출간되었으므로, 인용의 통일성을 위해 '심판'으로 썼다. 엄밀히 하자면 프로체스(Prozeß)는 소송도 심판도 아닌 '공판', 즉 형사소송에서 피의자에 대한 법정심리(審理)를 뜻한다. 법학 박사학위 소지자였던 카프카는 제목에서부터 이것이 재판 과정 중에 있는 어느 범죄 혐의자의 이야기임을 명확히 하고 있다.

** 세 인물의 공통점은 세 가지다. 그들은 (1)자기 정체를 입증할 수단을 상실해 (2)끈의 길이를 반지름으로 하는 원을 그리며(『심판』의 마지막 대사를 빌리자면 "개처럼") 한자리에서 맴도는 (3)하급 화이트칼라 노동자다.

국은 제자리로 돌아오게 되어 있다. 익숙한 것들로만 이루어진 이 낯선 세계에서 출구의 존재는 상상에 불과하다는 사실 또한 그들은 알지 못한다.

그들이 계류된 정체불명의 구조는 미로라고 부르기 무색할 만큼 단순해 보인다. 그런데 탈출 시도를 거듭할수록 구조는 예상보다 훨씬 복잡하고 뚜렷하며 완고한 것으로 드러난다. 그것은 부피 없는 평면처럼 아득히 펼쳐지면서 멀어진다. 그 동적 상태에는 상승/고양이나 하강/추락이 없다. 구조가 스스로 복제하며 자라나고 있다는 걸 깨닫는 데는 오랜 시간이 걸린다. 고집스럽게 문을 찾아 헤매던 그레고르-요제프-K는 마침내 사람들이 수군거리던 소문, 누군가 호의로나 어떤 의도를 품고 귀띔해주었던 이야기가 사실임을, 깊은 실의 속에서 시인할 수밖에 없다. 구조는 그들이 움직이기 때문에 생겨나고, 발생한 구조는 구조의 영속永續 외에 다른 기능이 없기에 타의로 멈춰지지 않는다. 그리고 구조는 의지가 없으므로 스스로 멈추지도 않는다.

카프카 문학이 발산하는 독특한 미감은 그 구조에 내재한 프랙털 속성에서 기인한다. 문학작품을 분석 비평하면서 다른 영역, 가령 과학이나 수학의 개념을 빌려오는 경우, 비평자의 주관적 직관에 근거한 해석이 보편적 설득력을 획득하지 못하면 실패한 사변이 되고 만다. 그럼에도 불구하고 카프카 소설의 구조를 프랙털로 설명할 수밖에 없는 이유는, 나

우리의
파괴력

에게는 이것이 관념적 비유가 아니라 매번 실체험되는 현상이기 때문이다. 카프카의 소설에서 사건은 그 사건을 서술하는 문장들의 의미를 독해하려 애쓰기보다 문장들이 축적되어가는 언어의 패턴을 감지할 때 보다 명료히 경험된다. 또한 카프카의 각 소설은 완결된 서사에 이르기 전에 결말로 나아가는 동인動因을 상실해버린, 박제된 '서사의 패턴'이기 때문에 모든 작품이 본질적으로 미완일 수밖에 없다. 애초에 생성의 과정 중에 있던 이야기들이라서 반복을 중지하는 것 말고는 다른 종결의 방법이 없는 것이다.* 카프카 소설을 반사실주의로 독해하는 관점들은 이 패턴의 중요성을 간과하는 경향이 있다.

---

* 특히 카프카의 마지막 장편소설인 『성』은 대화 중간에 갑자기 끝나버리는 결말 때문에 일대 혼란을 불러일으킨 미완성작으로 유명한데, 이는 처음에 유고를 정리해 출판한 막스 브로트의 영향이 컸다. 브로트는 원고의 마지막 한 페이지가 앞의 장면과 연결성이 부족하다고 판단해 이를 빼버렸다. 작품의 완성도에 대한 논란을 우려해 편집자적 선택을 한 것이지만, 이는 더 큰 논란을 빚고 만다. 그 때문에 2판에서는 유고를 원본대로 복구했는데, 양쪽을 비교해보면 분명한 점은, 유고 원본도 모호한 상태로 끝나기는 마찬가지고 그럼에도 미완성이라는 사실이 『성』을 이해하는 데 걸림돌이 되지는 않는다는 것이다. 카프카가 이 작품을 더 이어 쓰지 않아서 생겨난 차이를 그의 다른 작품들과 비교해 추정한다면, 『변신』과 『심판』의 두 인물이 죽음에 이른 것과 달리 『성』의 K는 아직 살아 있다는 짐뿐이다. 그리고 한 사람의 독자로서 나는 작가가 의도하지 않았더라도 K가 살아 있는 채로 멈춰진 이 결말에 작은 위안을 얻었더랬다.

현대의 관습적 독자는 소설의 서술자를 서사의 생산자 또는 통제자로 여긴다. 소설가를 소설의 유일한 창조자로 보는 시각은 너무도 당연해서 예외의 가능성을 염두에 두기 어렵다. 자동기술법이나 초현실주의 기법조차도 작품에 대한 작가의 지배력을 부정하지는 못한다. 하지만 카프카 소설의 서술자는 자신의 내러티브에 대해 그러한 권위를 갖지 못한다. 카프카의 서술자는 서사 자체의 힘에 끌려다닌다. 그는 결정되어 주어진 세계의 이야기를 이겨내지 못한다. 이것은 작가로서 자기 작품에 대한 장악력이 부족해서 생겨난 미숙함이라기보다, 그러한 글쓰기가 카프카에게는 필연이었을 따름이라고 이해해야 정당할 것이다. 카프카의 서술자는 자신이 서술하고 있는 이야기로부터 소외당하고 있음을 고발하는 존재기 때문이다.

오스트리아-헝가리 이중왕국* 통치하에 있던 체코 프라하의 유대인 카프카는 독일어를 정규교육으로 배우고 제1언

---

* 1867년 오스트리아 합스부르크 왕가의 프란츠 요제프 1세는 헝가리 왕국과 연합해 오늘날 동유럽의 대부분 지역을 복속시켰다. 두 왕국은 각기 독립한 주권국가의 지위를 유지하되 한 명의 군주가 다스리는 제국을 승인했고, 요제프 1세가 오스트리아-헝가리 제국의 황제가 되었다. 동유럽 지역에서 대다수 슬라브족에 대해 소수의 독일인이 지배 우위를 차지하도록 했던 이중왕국 체제는 1918년 1차 세계대전이 독일의 패배로 끝나며 해체되었다.

우리의
파괴력

어로 사용했지만, 상위 7퍼센트만이 썼던 그 계급언어 속에서 주류 의식을 가질 수는 없었다. 또한 그는 아버지의 영향으로 체코어를 완벽하게 구사할 수 있는 소수의 프라하 유대인이 었지만, 체코어가 그에게 민족성 또는 자아정체성을 표현하는 언어로서의 모국어는 아니었다. 국가 시민 민족 종교 언어의 모든 측면에서 소수집단에 속했으나 그중 어디에도 자신을 일체화할 수 없었던 카프카에게 유일한 정체성은 소수자였다.

시골의 유대인 게토에서 성장한 카프카의 아버지는 푸주한의 자식이었고 체코어를 쓰는 프롤레타리아였다. 그러나 남다른 야심과 근성의 소유자였기에 프라하로 상경해 잡화상으로 성공했고, 독일어를 쓰는 상류층 유대인 여성을 아내로 맞았다.(카프카의 외가는 프라하에서 가장 부유한 유대인 지식인 가문으로 유명했다.) 카프카의 아버지에게 결혼은 자수성가의 증명서이자 부르주아의 삶을 공고히 해줄 사업 발판이었다. 그가 아들의 연인들을 매번 집요하게 반대해 끝내 파혼에 이르게 한 데는, 권위와 계급에 의해 작동되는 사회에서 신분의 중요성을 무시하는 아들의 어리석음에 대한 분노가 컸다.

아버지는 아들을 지배층 자녀들이 다니는 왕립 김나지움에 보냈고 변호사가 되길 바랐는데, 아들은 아버지의 부단한 질타에도 아랑곳없이 소설을 썼다. 카프카는 "쓰는 삶"에 확신을 가지고 있었고, "쓰는 것과 연관되지 않은 것으로 행복한 적이" 단 한순간도 없었으며, "쓰고 싶어 하는 그리움은 어디서나 과도한 중량을 가지고" 그를 붙잡아두었다. 그래서 1912년 이후로는 프라하 밖으로 한 걸음이라도 벗어나는 일은 모두 마다하고, 아버지가 그토록 싫어하는 말단 공무원*으로 성실히 출퇴근하며 "미쳐버리지 않기 위해 이를 악물고 책상에 매달려" 있었다. 카프카는 가족 안에서조차 소수자적 자아를 고집했다.

그렇다고 해도 카프카의 소설에 편재하는 난공불락의 법, 관료체제, 시스템, 절대자, 그 모두가 다만 아버지, 집안의 기둥이어야 할 장남 프란츠의 유약함과 예민함에 울화통을 터뜨리는 다혈질 유대인 상인 헤르만 카프카의 치환된 은유일 뿐이라면, 이토록 진부한 가족 드라마를 제삼자인 우리가 읽어야 할 이유는 무엇인가. 비록 혈육과 가족은 그 보편성 때문에 수많은 작가의 초기작에서 가장 흔히 볼 수 있는 주제지만, 카프카의 문학을 폭군 아버지에 저항하는 아들의 복수로, 서양의 주류 신화에서 빌려온 '오이디푸스 콤플렉스'로 해석하는 정신분석학적 작가론은 이중적으로 불성실한 접근법이다.

---

* 정확히는 '보헤미아왕국 근로자사고보험'공단의 법률 서기였다. 카프카는 성실한 근무 태도와 유능하고 유연한 업무 처리, 친절하고 다감한 성격으로 인사평가에서 늘 높은 점수를 받았으며, 14년 동안 일하면서 점차 비서관으로 그리고 마지막에는 비서실장으로 승진했다.

우리의
파괴력

먼저, 그러한 분석의 근거로 가장 자주 인용되는 텍스트가 카프카의 문학작품이 아니라, 여관집 딸이라는 이유로 약혼녀를 반대하는 아버지 때문에 세 번째로 파혼한 뒤에 카프카가 쓴 「아버지께 드리는 편지」라는 점이 첫 번째 불성실이다. 카프카 일가의 일화들이 노골적으로 담긴 이 편지는 카프카가 작가로는 물론이고 일개인으로도 공개할 의사가 없었던 사생활이다.* 심지어 이 편지는 수신자인 아버지에게는 전해지지도 못하고, 먼저 읽은 어머니가 제출을 반려한, 완전히 실패한 시도였다.(아버지에게 전해졌더라면 아마 갈가리 찢겨 흔적조차 남지 않았을 것이다.)

자신의 작품 극소수를 제외한 모든 글이 불태워지기를 희망했던 소설가의 의사에 반해, 원고를 구상한 메모부터 연애편지까지 모조리 공공재로 취급하여 출판한 것은 그보다 조금 더 오래 살았던 가족과 지인들의 월권이었다. 그리고 이러한 개인사의 자료들을 토대로 그의 문학을 논한다는 것이 인간 프란츠에겐 모욕이라는 생각을 지울 수 없다. 하지만 이보다 더 의미심장한 불성실은, 카프카 소설을 '가족의 비극'으로 읽는 관점이 카프카 문학이 가리키는 보다 본질적인 주제,

---

* 출판업자들은 흔히 이것을 '자전소설'로 소개하지만, 카프카는 실제로 아버지에게 보이고자 하는 일념으로 마흔다섯 장에 달하는 긴 편지를 썼다. 그리고 그 안에 담긴 내용이 소설이 아니라 모두 '사실'이어서 더욱 가슴 아프고 의미심장하게 다가오는 것이다.

즉 '주류 집단이 소수자에게 가하는 소외와 억압의 문제'를 부차적 요소로 만든다는 점이다.

들뢰즈는 카프카를 "소수집단의 문학*"으로 규정하고 그 특징을 언어의 탈영토화, 정치성, 집단성으로 압축했다. 프라하의 유대인 카프카는 "독일어로 글을 쓸 수도 없으며, 독일어 외의 다른 언어로 글을 쓸 수도 없으며, 어떤 언어로도 글을 쓸 수 없다"고 느꼈다. 카프카가 소설의 언어를 대상화하고 질료성을 부각하는 이유는 주류 집단 작가의 예술적 유희나 문학 실험의 목적이 아니라, 그 스스로가 의미 차원과 기호 차원의 중간지대에 있는 존재로서 언어를 인식하고 사용하기 때문이다.

작가가 자신이 쓰고 있는 언어에 대하여 소수자인 상태는 필연적으로 "거기에서는 모든 것이 정치성을" 띠게 한다. 지배 집단의 주류 문학에서 가족의 문제가 환경 또는 배경으로서 사회문제와 연결되는 것과 달리, "모든 개인적인 문제가 정치에 직접 연결"되는 카프카에게는 지극히 사적인 문제, 예컨대 아버지와 아들의 불화도 그 근원에서부터 정치 문제일 수밖에 없다. 소수집단의 문학에서 작가는 자유로운 개인으로서 재능을 발휘하는 "거장의 발화 행위"가 불가능하며, 언

---

* "소수집단 '언어'의 문학"이 아니라 "지배 집단의 언어권에서 소수집단이 지탱해나가는 문학"을 뜻한다.

우리의
파괴력

제나 소수자로서의 "집단적 발화"를 대신할 수 있을 뿐이다.

『심판』에서 요제프 K는 변호사의 집 창고 방에서 우연히 마주친 상인과 나눈 대화를 통해 재판 절차의 부조리를 확신하게 된다. 상인 역시 K와 마찬가지로 예심판사의 심리만 거쳤을 뿐, 본심 재판이 열리기를 기다리며 5년째 소송에 대비하고 있는 처지다. 기소된 자는 정당한 심리와 판결을 통해서가 아니라 그 프로세스 자체 때문에 평판이 무너지고, 법률 비용으로 가산을 탕진해 파산하며, 법에 매인 노예로 전락한다. 그럼에도 상인은 K에게 말한다. "기다리는 일은 쓸모없지 않습니다. 쓸모없는 것은 다만 일개인으로서 맞서려는 시도입니다." 소수자인 상인이 같은 소수자인 K에게 지배 질서에 저항하는 일의 무용함을 충고하는 것이다. 바로 이것이 카프카가 직면하고 있는 동류자들/아버지의 억압이지만, 그러는 동안에도 그들 소수집단을 완고하게 몰아붙이는 것은 더 거대한 주류의 압력이다.

○

법의 집행자들은 종종 법의 객관성과 합리성 그리고 사실중심주의를 강조하며 판결에 대한 도덕적 책임 추궁을 비켜 가지만, 인간의 제도 가운데 가장 보편적이고 평균적인 감정에 기초해 만들어지는 것이 법이다. 살인 폭행 절도가 왜 나쁜가를 설명하려면 그러한 행위가 초래하는 직접적 손해뿐만 아니라 그 때문에 야기되는 두려움이나 혼란의 감정까지도 충분히 해명되어야 한다. "감정을 고려하지 않으면 우리의 많은 법률적 실천의 이론적 근거를 이해하기 어려워"지며, "인간이 지닌 어떤 취약성이 두려움의 근거가 되는지에 대한 공유된 인식이 없다면, 왜 우리가 법에서 특정한 형태의 위해와 손상에 주목해야 하는지를 이해할 수 없게 된다."고 미국의 법철학자 누스바움은 말한다.

오직 사실에 기초한 엄격하고 객관적인 판결은 법의 '환상'에 불과하다. 근대 민·형법이 "행위 시 법률"만이 유효하다*고 선언하는 이유는 그것이 특정 시대와 지역의 평균적 도덕관념을 넘어선 보편타당하고 정의로운 만인의 법, 즉 자연법이 아님을 명확히 하기 위해서다. 보통 사람들이 바라고 기대하는 포괄적 불편부당함은 실정법의 한계를 초과한다. 그래서 법은 도덕을 필요로 한다. 누스바움은 『혐오와 수치심』에서 다양성이 증가하는 현대사회에서 점점 더 그 중요성이 부각되는 두 논쟁적 이슈를 근현대 형법사에 중요한 기점이 된 재판 사례들을 통해 분석함으로써, 공평impartial을 요구하는 법과 사회정의가 인간성의 불완전함을 왜 어떻게 포용해야

---

* 처벌은 행위가 일어난 때의 현행법을 따른다는 원칙으로, 이로부터 법 적용의 소급불가 원칙이 자연스럽게 뒤따른다.

우리의
파괴력

하는지를 탁월하게 설득한다.

　사이코패스의 엽기적인 살인 행각을 접할 때, 우리는 그토록 불완전한 인간성을 부인하고 싶고, 그의 결함이 인간의 보편적 내적 나약함을 드러내는 것이 아닐까 두렵다. 그런데 '그것'이 인간 이하의 존재, 우리로선 이해할 수도 상상할 수도 없는 짐승이라면? 나는 그런 괴물과 다르고, 그는 짐승에 마땅하게 취급되어야 한다. 이는 유아기에 형성되는 '원초적 수치심'이 응보주의 법의식으로 변형된 것이다. 자신과 대상 세계를 구분하는 의식이 없는 유아는 일종의 "자기충족적 나르시시즘" 상태에 있다. 유아는 자신의 긴급한 필요(안락함 편안함 충만감 등)를 '내 분신'인 양육자가 즉각 만족시켜주지 않으면 충격과 좌절 속에서 그 불완전성에 분노하게 된다. "나의 특별함"이 상실되었다는 모욕감, "자신이 의존적이며 다른 누군가의 도움이 필요한 존재"라는 사실이 밝혀지는 데 대한 불쾌, 내 취약성을 폭로한 양육자를 향한 분개 그리고 그러한 공격적 감정이 나쁘다는 의식 등이 뒤얽힌 원초적 수치심은 "완전해지고 완전한 통제력을 지니려는 원초적 욕구"에서 비롯하며 "내가 다른 사람의 행위를 통제할 자격이 있다는 사고"로 이어진다.

　범죄자를 "취약성이라는 특징을 공유하는 공동체의 구성원"으로 바라보지 않고, "인간 존엄의 측면에서 다른 사람과 동등하지 않은 열등한" 존재로 대상화하여 그의 유약함과 불완전함을 "동정심 없이" 비난하는 것은 유아기적 원초적 수치심의 발로다. 저토록 불완전한 존재라니, 이 얼마나 수치스러운가.(I shame on you!) 그런데 이러한 관점을 법에 적용하면 역설적으로 범죄자에게서 그의 범죄 행위에 대한 책임을 덜어주게 된다. 애초에 그가 인간이 아니거나 비정상이라면, 법은 인간이 아니거나 정상이 아닌 존재에게는 책임을 묻지 않기 때문이다.

한편, 비참하고 비정한 현실의 단면을 드러낸 어떤 사건을 접할 때 우리가 수치심을 느낀다면, 이는 "자신의 내적 세계와 너무나 잘 맞는 편안한 나르시시즘적 신념에서 벗어나"는 것이고, 공동체의 구성원으로서 다른 사람에 대한 관심과 참여가 부족했음을 깨닫는 자기반성적 성찰이 이루어지는 것이다. "이러한 종류의 도덕적 수치심은 죄책감처럼 재통합과 잘못에 대한 교정과 연결될 가능성"이 커지며 "사회 내의 다양한 계급 구성원이 보다 가까워지고 서로를 지지하게" 만든다.

수치심과 죄책감의 차이가 여기에 있다. 수치심은 인간의 '결점'에 주목하고 죄책감은 '행위'를 문제 삼는다. 그래서 수치심은 범죄자의 부족한 인간됨을 비하하는 쪽으로 나아가기 쉽고, 죄책감은 범죄자가 저지른 그릇된 행위의 결과를 바로잡으려는 의지로 연결된다. 우리는 범죄자를 혐오하는 대신 범죄 행위에 대한 적정한 분노를 가져야 하며, 법의 본래 기능 또한 그가 존엄한 한 인간이자 사회의 일원으로서 자신

우리의
파괴력

의 범죄 행위에 합당한 책임을 지도록 하는 것이다.

그렇다면 이런 주장은 어떨까. 도덕은 그것이 영향을 미치고자 하는 악당에겐 무용하고, 이미 착하게 살고 있는 선량한 사람들만을 더욱 반성하게 만든다. 법은 희대의 살인마를 감옥에 가둘 수는 있어도 그가 참회하게 만들지는 못한다. 우리가 진정 바라는 것은 범죄자가 스스로의 잘못을 시인하고 뼈저린 후회 속에 피해자의 고통을 경험하는 것이다.

또는 이런 주장이 있을 수 있다. 잘못된 행위에 대해 수치심을 느끼는 감각을 상실한 파렴치한에게는 공동체가 공개적으로 수치심을 주는 처벌을 가해야 한다. 한 사회가 공유하는 도덕적 신념을 표출하는 것은 처벌의 중요한 목적 중 하나고, 이로써 우리 삶의 소중한 가치들을 더 잘 유지하게 된다. 범죄자의 신상을 공개하고 누구나 알아볼 수 있는 표시를 부착하고 다니도록 한다면 성추행이나 음주운전을 시도하기 전에 한 번 더 생각하게 될 것이다.

자신이 직접 연루된 사건이 계기가 돼서건 다른 사람이 겪은 고통에 열렬히 감정이입을 해서건, 이런 주장들에 혹하거나 동조하게 되는 순간이 누구에게나 있을 수 있다. 그러나 가혹한 응보주의는 단죄를 법에 위임함으로써 피해자와 제삼자들이 죄책감 없이 복수심을 채우는 수단이 된다는 점에서 도덕성 문제를 피할 수 없다. 근대법의 목적은 초월적 권위자로서 '심판'하는 것이 아니라 공동체에 속한 개개인의 존엄이

훼손당하지 않도록 보호하는 것이고, 그 보호해야 할 대상으로서 개인의 범위를 점차 넓혀가는 방향으로 수정되고 있다. 다양한 사회적 소수자—여성, 아동, 장애인, 동성애자, 성전환자, 소수 종교 신도, 외국인, 소수 인종 그리고 범죄자—의 권리에 관심을 기울이는 법은 오늘날 세계적인 추세다. 그와 동시에 혐오와 차별, 인종주의, 분리주의도 더 극단적으로 표출되고 있다. 닭이 먼저일까 달걀이 먼저일까 궁금하지만, 확실한 것은 이러한 극단주의가 공감력 결여와 폭력의 재생산이라는 두 측면이 동시에 작용한 결과라는 점이다.

만일 어떤 사람이 자신은 그러한 고난을 겪을 가능성이 거의 없다고 믿는다면, 그는 다른 이들의 불운과 비통에 동정심을 갖기 어렵다. 루소는 "프랑스의 왕과 귀족들이 하층 계급에 대해 동정심을 결여하고 있는 이유는 그들은 자신을 삶의 영고성쇠 아래 놓인 인간이라고 절대 생각하지 않기 때문"이라고 했다. 스스로를 전지적 존재로 여기는 이러한 믿음의 기원은 유아기적 나르시시즘과 관습에 기댄 경험론이다. 그에 비해 오늘날 많은 차별과 혐오범죄는 피억압자가 자신이 경험한 폭력을 학습하고 더 과격한 폭력으로 재생하는 악순환의 측면을 간과할 수 없다.

혐오 대상을 규정하고 이들을 철저히 배제하는 것이 공동체의 존속과 번영에 더 바람직하다는 사회적 결벽증은 그 자체로 집단성의 폭력적인 면을 강화할 뿐, 어떠한 순기능도

우리의
파괴력

실질적으로 발휘하지 못한다. 그럼에도 이러한 주장이 되풀이되는 이유는 아마도 우리가 약하고 불완전한 인간이기 때문일 것이다. 그러나 인간의 불완전성은 포용과 관용의 대상이지 처벌과 억압의 근거가 될 수는 없다. 법은 이 사실을 잘 알고 구성원 다수가 동조하는 폭력 또한 저지하는 역할을 담당한다.

대한민국의 명예훼손죄는 한국 사회의 집단성과 문화적 동질성이 여전히 매우 높기에 개인주의 자유주의 사회에 비해 공개적으로 수치심을 주는 행위가 훨씬 더 고통스러우리라는 것을 인정한다. 만일 명예가 표현의 자유보다 더 보호해야 할 가치가 있다는 주장이 옳다면, 이는 한국인의 집단적 도덕성과 수치의 문화가 아직도 다양한 개인과 소수자를 관용할 만한 수준에 이르지 못했음을 역설하는 것이다. 법은 숭고한 도덕적 이상을 담아야 할 뿐만 아니라, 사회구성원들의 평균적인 약점을 깊이 이해해야 한다.

한국은 1992년 UN 난민지위협약에 가입했지만, 난민법이 제정된 것은 그로부터 20년이나 지난 2012년이다. 그사이 인권과 다양성에 대한 사회적 합의와 이해가 한결 성숙한 덕분이었다. 그런데 2018년 제주도의 예멘 난민 사태는 수면 아래 있던 부정 여론을 공론화하면서 난민은 물론이고 다양한 소수자를 "싫어할 권리"를 더 강경하게 주장하게 만든 기폭제가 되었다. 내가 생각할 때, 우리나라 난민법의 문제는 국민

다수가 그러한 다양성을 받아들일 준비가 되어 있는지 여부를 충분히 살피지 않은 채 입법자들의 선의지를 앞세웠다는 점이다. 역사 지리 언어 민족 등 모든 면에서 소수집단의 지위를 벗어난 적이 없는 한국인은 내부적 결속과 집단성의 강화를 통해 생존해왔고, 그 때문에 이질적인 대상을 비정상으로 규정하고 거부하는 데 대한 합의에 이르기도 더 쉽다.

한국은 난민법 시행 전이나 후에나 신청 건수 대비 승인율이 1퍼센트 미만인 인권 후진국이다. 그러나 부인할 수 없는 사실은 우리 국민 다수는 난민 이슈에서 한국이 인권 후진국이라는 데 깊은 유감을 갖지 않으며, 우리 자신이 언젠가 이슬람교도나 성소수자나 장애인 하물며 범죄자가 될 수 있으리라고는 쉽게 상상하지 못해서, 아시아인을 대상으로 혐오 범죄를 저지르는 아프리카계 미국인을 보면서 분개한다. 난민법은 한국 사회의 집단적 동질성과 인권 의식 부족을 강렬하게 폭로했을 뿐만 아니라, '다수의 동의'라는 근거로 우리의 집단성을 정당화하는 순환논리를 대중화했다. 법의 위선이 국민 다수를 부도덕한 존재로 전락시킨 것이다. 그에 비하면 명예훼손죄야말로 유교 문화권에 속한 한국인의 가장 솔직한 자기성찰적 형벌이 아니겠는가. 우리는 타인에게 수치를 강제당하기에는 이미 너무 많은 수치를 스스로 느끼고 또 권하는 민족이어서 이 법을 버릴 수가 없는 것이라고 말이다.

하지만 어떤 주장에건 지켜져야 할 최소한의 선線이라는

우리의
파괴력

것이 있다. 법이 정할 수 있는 것은 겨우 그 최소의 선善이지 최대의 덕德은 아니다. 룰은 지켜질 때에만 정당성을 따질 수 있을 뿐, 모두가 반칙을 저지른다면 아무도 규칙을 탓할 수 없다. 카프카는 반칙만이 유일한 규칙인 세계에서 홀로 고집스럽게 규칙의 진위와 의미를 질문하는 자가 겪는 무수한 억압의 결들을 언어로 생생히 체험하게 한다. 부피 없는 선분의 틈새에 끼인 그 미시적 존재에게 패배는 숙명이다. 그럼에도 그가 그 세계로부터 달아나지 않고, 다수의 논리에 스스로를 적응시키지 않고, 비굴하거나 비열해지지 않고도 계속할 수 있는 행위는 질 것이 예정된 그 싸움뿐이다. 선택이라 하기엔 너무나 가망이 없음에도 언제든지 싸움에 응하기로 선택하는 것. 옳음이란 그런 것이 아니겠는가.

공동체에게 승인된 법은 절차로서 권위와 당위성을 가질 수는 있지만 그것으로 도덕적 올바름이 보증되지는 않는다. 존엄한 인간으로서 우리 개별자들의 의무는 법이 각자의 부당성을 은폐하는 도구로 전락하지 않도록 감시하는 것이고, 나와 당신과 그들을 모두 단독자인 우리의 일원으로 바라볼 수 있는 힘을 기르는 것이다.

『변신·시골의사』, 프란츠 카프카, 전영애 옮김, 민음사, 1998.

『심판·실종자』, 프란츠 카프카, 박환덕 옮김, 범우사, 1987.

『성』, 프란츠 카프카, 박환덕 옮김, 범우사, 1991.

Die Romane: Amerika Der Prozeß Das Schloß, Franz Kafka, S. Fischer Verlag, 1965.

Brief an den Vater, Franz Kafka, R. Piper & Co Verlag, 1965.

『카프카』, 클라우스 바겐바하, 전영애 옮김, 기린원, 1989.

『소수집단의 문학을 위하여: 카프카론』, 들뢰즈·가타리, 조한경 옮김, 문학과지성사, 1992.

『혐오와 수치심』, 마사 누스바움, 조계원 옮김, 민음사, 2015.

「형법상 명예훼손죄의 폐지: 한국과 세계 각국의 비교 연구」, 손태규, 《공법연구》 41집 2호, 2012.

3부

평균의 마음,

비주류의 마음

평균의 특이점

빅토르 위고 『레미제라블』 1862년

1789년 1월, 프랑스 국왕 루이 16세가 소집한 삼부회에 참석했던 시에예스 신부는 국왕이 제안한 알맹이 없는 형식적 개혁안을 신랄하게 논평하며 이렇게 썼다. "이때까지 제3신분*은 무엇이었던가? 전무全無였다. 앞으로 제3신분은 무엇이 되고자 하는가? 그 무엇인가가 되고야 말 것이다." 당시 파리 시민들을 흥분시킨 신부의 소책자는 3만 부가 팔렸다. 그리고 그해 7월, 바스티유 감옥이 함락되는 소요사태를 기점으로 장장 100여 년에 걸친 프랑스혁명사가 시작되었다. 그런

---

* 프랑스대혁명 이전에는 성직자, 귀족, 평민으로 이루어진 봉건제 프랑스의 세 신분 계층 가운데 국민의 대다수인 평민을 가리키는 말이었으나, 삼부회가 구성되어 헌법이 제정되는 과정에서는 시민 대표를 일컫는 좁은 의미로 사용되었다.

데 앙드레 모루아는 『프랑스사』에서 시에예스 신부에 대해 이런 말을 한다. "그는 토착적인 켈트족으로 구성된 '민중적인 프랑스'와 침입자인 프랑크족의 후손인 '강압적인 프랑스'라는, 역사적으로 보아 부당한 '두 개의 프랑스'론을 고집하고 있었다." 이런 양분론적 신념이 나폴레옹의 출현을 가능하게 했다.

13세기 이래로 프랑스의 왕가는 영국 독일 덴마크 오스트리아 등 주변 왕국들과 결혼을 통한 친인척 관계로 엮여 있었다. 왕가의 서열은 외교의 핵심 전략이자 내정간섭의 근거로 종종 활용되었다. 군주들의 정치는 국민과는 아무런 관련이 없었으며, 국가가 국민을 소환하는 때는 오직 전쟁뿐이었다. 그에 반해 나폴레옹은 혼탁한 왕족의 피가 섞이지 않은 순수한 프랑스 민중의 아들이었으므로 민중적인 프랑스를 이끌 자격이 있다고 믿어졌다. '자크프랑스 민중봉기 참가자를 통칭하는 명사'들이 그토록 나폴레옹에 열광했던 이유다.

싸우려는 자들에게 무엇보다 시급한 일은 적을 명확히 하는 것이다. 대상이 누구인지 모르면 싸움을 시작할 수 없고, 대상이 추상적이면 전투력은 약해진다. 자유 정의 인권 같은 이념만으로는 투쟁을 지속할 수 없다. 현실의 싸움은 언제나 물리적 실체와 패거리를 필요로 하기 때문이다. 물론 프랑스가 최종적으로 얻게 될 혁명의 내용은 "인권을 보장하는 헌법에 따라 국민에게 권한을 위임받은 대리자가 국정을 운영하

평균의 마음,
비주류의 마음

는 공화정"이었지만, 이런 개념은 80년 뒤에나 명확해질 것이었다. 시에예스 신부를 비롯한 초기 자코뱅프랑스혁명을 주도한 정치집단은 자신들이 바라는 것이 무엇인지를 아직 알지 못한 채 불복종만을 학습한 민중에게 적의 실체를 구체화했다. 우리를 둘러싼 주변 왕국들 전체. 그리고 프랑스의 왕족과 귀족 전체. 바로 이것이 1793년에 루이 16세의 목을 자른 국민공회가 불과 10개월 동안 처형한 왕족과 귀족의 수가 2만 명에 달한 이유다.

제1신분인 사제이면서 제3신분의 대변자로 나선 시에예스는 혁명기 내내 현역 정치가로 의회 활동을 했으며, 나폴레옹을 옹립해 황제에 즉위하도록 설득했다. 민중의 영웅 나폴레옹은 자신의 황제 즉위를 국민에게 승인받고 싶어 했다. 그래서 국민투표가 시행됐으며, 결과는 찬성 99.93퍼센트. 프랑스 민중은 왕을 제거하자마자 자신들의 머리 위로 황제를 들어 올렸다. 빅토르 위고는 『레미제라블』에서 이렇게 말한다. "사람들은 나폴레옹과 자유를 동시에 대단히 좋아했다. 그것은 그 시대의 환상이었다."

프랑스인이 아닌 우리는 잘 모르지만, 프랑스가 1875년 최초의 근대적 공화국 헌법을 제정하고 대통령제를 시행하기까지, 그들이 감내해야 했던 피와 복수의 세월은 끔찍했다. 하나의 정체政體가 들어서면 거기서 배제된 세력이 원한을 품어 복권을 시도하고, 그래서 금세 구체제로 돌아갔다. 그리고 또

다시 과거의 잘못을 되풀이해 더 크고 격렬한 시위가 벌어졌다. 그 속에는 진짜 강도들도 많았고, 수많은 기회주의자가 있었다. 거듭되는 시위는 이것이 폭동인지 반란인지를 질문하게 만들었다. 혁명은 흔히 영웅적이고 희생적인 민중의 승리로 그려지지만, 그 안에서 대다수 국민이 실제로 겪은 것은 극도의 궁핍과 잦은 징집, 온갖 폭력과 천문학적인 물가상승이었다. 한 켤레에 5프랑이던 구둣값이 혁명 후에는 2000프랑으로 치솟았다. 과연 누가 제대로 된 신발을 신고 다닐 수 있었겠나. 모두가 굶주리는 가운데 권력과 결탁한 극소수 부르주아가 매점매석으로 벼락부자가 됐다. 19세기의 프랑스인들은 전제적 군주제와 완전한 공화제라는 양극단 사이에 놓인 모든 가능성을 몸소 겪으면서 아주 조금씩 민주주의 쪽으로 나아갔다.

$\mathcal{O}$

위고의 대작 『레미제라블』은 1795년 스물다섯 살의 무지렁이 날품팔이꾼 장발장이 굶주린 조카들에게 먹일 빵을 훔치다 체포돼 '살인미수' 죄목으로(그가 밀렵꾼으로 사냥총을 소지하고 있었고 명사수였기 때문에) 옥살이를 하는 사건에서 시작해, 1833년 수양딸인 코제트와 귀족 청년 마리우스를 무사히 결혼시키고 고독 속에서 죽는 것으로 끝난다. 장발장

평균의 마음,
비주류의 마음

의 63년 인생 역정은 격동의 시대 한가운데 내동댕이쳐진 한 인간의 부단한 사투였다. 프랑스대혁명과 로베스피에르의 공포정치기, 나폴레옹의 제1제정기, 루이 18세와 샤를 10세의 왕정복고기, 그리고 마침내 프랑스의 마지막 왕 루이 필립의 입헌군주제까지, 거대한 역사의 물결이 장발장을 '스치고' 지나간다. 하지만 장발장은 단 한 순간도 어떠한 정치적 입장을 취하지 않으며, 다만 자신이 지은 '도덕적' 죄를 속죄하는 마음으로, 자신에게 주어진 현실만을 산다.

이 점이 그를 다른 시대 다른 세상의 독자들에게도 호소력 있는 인물로 만들어준다고 생각한다. 『레미제라블』에는 프랑스혁명기에 등장했던 여러 입장, 당파, 지지자와 반대자들의 생각이 다양하게 상술되어 있다. 그들 각각은 혁명이라는 거대한 퍼즐의 조각들이다. 그리고 장발장은 어떤 지배자, 어떤 체제하에서든 계속해서 살아가고자 하는 보통의 인간, 소속된 집단의 명칭으로만 불릴 수는 없는 고유한 일개인을 보여준다. 장발장이 감옥에서 19년을 보낸 것은 그가 네 번이나 탈옥을 시도해서였다. 형량이 자꾸 늘어난 덕분에 그는 나폴레옹 군대의 징집을 피했고, 혁명기의 폭력에 대해서도 무고했다. 그렇지 않았다면 그처럼 건장한 체구에 괴력을 지닌 남자는 나폴레옹의 워털루전투에서 생매장을 당했거나, 점점 더 사회의 밑바닥으로 떨어져 내려가 삼색기와 칼을 동시에 휘두르며 돌아다니는 강도가 되었을지 모른다.

왕당파 귀족인 어머니와 나폴레옹 휘하의 장군이었던 아버지 사이에서 태어난 위고는 당시 계급사회의 최상층에 속했으며, 현실 정치에 뛰어들어 많은 고초를 겪으면서 수차례 사상적 전환을 거듭했다. 초기에는 그 역시 엘리트 귀족답게 자유주의를 옹호했고, 한때 입헌군주제를 지지하기도 했지만, 결국은 공화주의자가 되었다. 그사이 그의 마음속에는 간단명료하게 흑 또는 백으로 답할 수 없는 많은 질문이 떠올랐을 것이다. 그래서일 것이다. 위고가 프랑스혁명사에 중대한 획을 그은 굵직한 항쟁들을 다 놔두고 굳이 실패한 반란을 소설의 중앙 무대로 가져온 이유는, 혁명이란 결국 무엇에 기여해야 하는가에 답하기 위해서였다.

1832년 6월 5일 항쟁의 밤, 장발장은 여러 사람의 목숨을 구한다. 그를 평생의 원한으로 삼고 여우를 쫓는 사냥개처럼 끈질기게 추격했던 형사 자베르는 시위대의 손에 붙들려 처형당할 뻔하지만 장발장이 그를 풀어준다. 다른 계급, 다른 속성을 가진 인간의 냄새가 나는 장발장을 증오했던 자베르는 자기를 지탱해주던 신념을 잃어버리자 단숨에 무너진다. 한편, 코제트와 헤어지고 자포자기해서 "그냥 이대로 죽으려고" 시위에 가담했던 풋내기 "민주주의적 보나파르티스트*" 마리

* 마리우스가 학생운동 서클인 'ABC의 벗들'에게 자기소개를 하면서 이렇게 말했는데, 그는 이 진술에 담긴 이율배반을 알아차리지도 못할 만큼 정치적으로 무지했다. 그래서 한 친구에게 "안심한 생쥐 회색분자"라고 조롱당한다.

평균의 마음,
비주류의 마음

우스는 왕의 군대가 쏜 총에 맞아 쓰러진다. 그러자 이미 예순이 넘은 노인 장발장이 그를 들쳐 메고 파리 하수관으로 들어가 18시간 동안 기어서 기어코 살려낸다.

1832년 6월 항쟁은 실제로 고작 이틀간이었고, 대부분 대학생인 참여자 전원이 죽거나 체포되었다. 그래서 위고는 그들의 투쟁을 문학으로나마 기록해 잊히지 않도록 했다. "누군가는 반드시 패자들 편에 서야 한다. 이 미래의 위대한 시험자들이 실패할 때, 사람들은 그들에 대해 옳지 못하다." 『레미제라블』이 출판된 1862년에도 아직 프랑스는 혁명을 완수하지 못하고 있었던 것이다. 한국의 근현대를 몸소 겪었거나 들어서라도 아는 사람이라면 위고의 말이 무슨 뜻인지 아주 잘 이해할 것이다. 우리에게도 옳지 못했던 숱한 날들이 있었고, 드물게나마 옳았던 밤들이 있었다. 비록 독립운동가의 후손은 아니지만, 민주화 유공자의 가족이 아니어도, 노동운동에 투신한 적은 없을지라도, 내 이익을 희생하기 싫은 이기심을 이겨내고, 나의 기득권이 조금 헐어질지라도, 혼란한 시대에 당대인으로서 가질 수 있는 부족한 판단력으로나마 정의에 동참하고자 했던 순간들이 있었다.

하지만 대부분의 시간은 그저 자기 삶을 살아가는 데 골몰할 뿐이다. 위고가 날카롭게 지적한바, 많은 혁명이 실패하는 핵심 원인이 이것이다. "혁명을 중도에서 저지하는 것은 누구인가? 중산계급이다. 왜? 중산계급은 만족에 도달한 이익이기 때문이다. 부르주아, 그것은 이제 자리에 앉을 겨를을 가진 사람이다. 의자는 계급이 아니다." 대학생들이 거리에 바리케이드를 치고 정부군과 대치하는 동안 중산계급은 대문을 걸어 잠그고 창문에는 총알이 날아들지 못하도록 침대 매트리스를 매달아놓고 촛불을 끈 채로 또 한 번의 폭동이 지나가길 기다리며 어둠 속에서 숨죽이고 있었다.

그들이 비겁했을까. 그랬더라도 누가 그들에게 투사를 강요할 수 있었겠나. 민중은 이념보다 강력한 물질적 요구와 심정적 절실함, 즉 "밥통॥의 필요"에 따라 싸우기 때문이다. 그래서 만일 패자의 편에 서지 않는 다수를 비난할 자격을 자신이 독점한다고 믿는 혁명가가 있다면, 그는 언제든지 가장 위험한 처단자로 돌변할 수 있다. 공포정치기의 선동가였던 생쥐스트는 그 잔인성과 극단성 때문에 "죽음의 천사장"이라는 별명으로 불렸는데, 그가 한 연설 가운데 프랑스혁명기 내내 거듭 인용되며 폭력을 정당화하는 데 쓰인 대표적인 문구는 다음과 같다. "혁명은 적에 맞서는 자유의 전쟁이며, 혁명 정부는 공공의 자유에 관여한다. 우리와 뜻을 함께하지 않는 자들은 곧 우리를 반대하는 자들이다!"

*

1859년 다윈의 『종의 기원』이 출간되었을 때, 이를 적극

평균의 마음,
비주류의 마음

지지하여 다윈의 사상이 널리 확산하는 데 가장 크게 기여한 인물은 영국의 사회학자 허버트 스펜서다. 그는 자연 진화의 작동 원리를 인간 사회에 적용한 사회진화론 모델을 고안해 『생물학의 원리_Principles of Biology_』(1864)라는 책을 펴냈다. '적자생존'이라는 단어가 처음 쓰인 이 책은 19세기에 가장 많이 팔린 책 중 하나였으며, 스펜서는 유럽 대륙과 미국에서 쏟아지는 강연 요청에 월드투어를 나설 만큼 영향력 있는 사회학자로 부상했다.

　　오늘날 우리가 진화론에 대해 갖는 인상의 상당 부분은 스펜서의 논리에 물들어 있다. '모든 생명체는 생존을 위해 경쟁하며, 그중 더 강하고 적합한 개체가 더 약한 개체들을 제치고 살아남아 그 우수한 부분을 다음 세대로 전달한다. 이 과정이 반복되면서 생명체는 점점 더 발전된 단계로 진보해 나간다.' 다윈보다는 라마르크의 '목적론적 진화론'에 더 가까운 이런 내용 덕분에, 스펜서의 사회진화론은 미국의 신자유주의자들에 의해 빠르게 우생학으로 변질된다. 그리고 시간이 흐르면서 다윈 자신조차 이 막강한 사회학자와 그 지지자들의 견해에 영향을 받아 『종의 기원』 제5판에서부터 '진화'와 '적자생존'이라는 용어를 쓰기에 이른다. 이 때문에 후대의 생명과학자들은 진화론에 대한 대중의 오해를 바로잡는 데 많은 노력을 기울여야 했다.

　　『종의 기원』 초판본을 읽어보면, 애초에 다윈은 '진화론'

이라는 것을 시도하지도 않았다. 그는 책 전체에서 진화evolu-tion의 동사형인 'evolve'를 '전개되다'라는 뜻으로 딱 한 번 사용할 뿐, 시종일관 "변화를 동반한 계승"이라고만 표현한다. 그럼에도 다윈의 자연선택론이 폭넓게 오인된 데는 그것이 주는 암시와 비유가 너무도 강력했기 때문이다. 예를 들면, 이런 구절들. "사회성동물에서 자연선택은 전체 군집의 이익을 위해 각 개체의 구조를 조정할 것이다." "자연선택은 그 자체로 먼저 나타난 중간적인 단계들을 끊임없이 대체하고 멸절시킨다." "지구상의 수많은 개체들이 서로 투쟁할 수 있도록 하고 그 가운데 최고가 생존하도록 적응시키는 것이 바로 이 자연선택을 통한 변화다."

과학자가 아닌 독자 대다수가 자주 간과하는 것은, 진화는 수만 년의 시간과 헤아릴 수 없이 많은 세대의 개체들을 조망함으로써 발견되는 경향이지, 각 개체 단위에서는 결코 파악되지 않는 질서라는 점이다. 한 사람이 자기 생애 동안에 진화하는 것은 불가능하다. 자연은 인간이 스스로 전보다 좀 나아졌다는 주관적이고 실체 없는 믿음을 가지는 것에는 일절 관여하지 않는다. 그럼에도 우리는 유전자 단위에서 일어나는 자연의 변이를 거대한 규모의 인간 행동에까지 결부시키고 싶은 유혹을 끊을 수 없다.

다윈은 수수하고 겸손한 문체로, 알아차리기 힘들 만큼 느리고 미세하지만 언제 어디서나 일어나고 있는 대자연의

평균의 마음,
비주류의 마음

법칙을 기술했으며, 그가 확신하고 쓴 문장은 이런 것뿐이다. "인간은 자기 자신의 이득만을 위해 선택하지만 자연은 자신이 돌보는 존재의 이득을 위해서만 선택한다." 그래서 자연은 '진보'하지 않고 '다양'해질 뿐이다. 하지만 대중은 거기에서 '지루한 조화로움' 대신 '지배 또는 전멸인 투쟁'을 더 눈여겨본다. 어쩌면 이 또한 근시안적 유전자에 담긴 인간의 행동특성 일부일지 모른다. 호전적 성향을 발휘해 경쟁자인 적과 보존해야 할 나를 명확히 할수록 생존에 더 유리하니까. 생물인 인간은 완전하지 않고, 믿을 만하지 않으며, 변덕스럽다. 적자로 살아남으려고 끊임없이 싸우고, 이익을 지키기 위해 무리지어 행동하며, 약육강식의 논리로 더 약한 집단을 박해한다. 그러나 가끔, 민중이, 다수가, 보통 사람들이 독특하게 희생적이고 고결한 선택을 하기도 한다. 위고가 목격한 실제 사례 중에는 이런 것도 있다.

    1839년 5월 반란* 때 생마르탱 거리에서 한 늙은 장애인

* 프랑스혁명 중반기에 있었던 노동자 무장봉기 중 하나로, '계절협회 봉기'로 일컬어진다. 프랑스혁명은 초기에 빈곤과 기근에 시달린 농민반란이었으나, 후기로 갈수록 도시 노동자와 빈민 계층이 시위를 주도하게 된다. 위고는 『레미제라블』에서 이러한 시위 성격의 변화 역시 암시적으로 묘사하고 있다. 작은 어촌에서 태어난 팡틴이 파리로 상경해 공장 노동자가 되는 과정이나 산골 출신인 장발장이 공장을 운영하는 사장이 되는 것은 산업구조의 변화를 나타내며, 구걸과 소매치기를 하면서 시위대를 돕는 빈민가 소년소녀들의 모습은 장차 이들이 1848년 2월 혁명으로 군주제를 완전히 무너뜨릴 도시 하층민으로 성장하리라는 것을 예견하게 한다.

이 손수레에 감초수를 싣고 "그 위를 한 조각의 삼색 누더기로 덮고서, 바리케이드에서 군대로, 그리고 군대에서 바리케이드로 왔다 갔다 하면서" 정부군에게나 반란군에게나 공평하게 음료수를 나눠준다. 노인에게는 이쪽 청년이건 저쪽 청년이건 똑같이 목마른 프랑스 국민이었다. 또 1848년 2월 시위대가 튈르리 궁을 습격했을 때, 성난 군중의 파괴로부터 피신시키던 보물 운반차를 지켜낸 것은 파리의 넝마주이들이었다. "누더기가 보물 앞에서 보초를 섰다." 그 속에는 3000만 프랑 값어치의 프랑스 왕관이 있었고, "그들은 맨발로 이 왕관을 지켰다". 이때 민중의 외침은 "도둑놈들을 타도하라!"였다. 그들은 단지 전제군주를 싫어했을 뿐, 프랑스는 열렬히 사랑했다.

그래서 나에게 『레미제라블』의 잊을 수 없는 한 문장은 늘 이것이다. "부분에 대한 전체의 전쟁은 반란이요, 전체에 대한 부분의 전쟁은 폭동이다." 지극히 평범한 사람들이 어느 순간 개인의 이익과 목적을 뛰어넘어 자신이 속한 종 전체에 가장 이로운 선택을 할 때, 이 위대한 힘이야말로 '평균의 특이점'이다. 눈에 띄지 않고 아무것도 아닌 입자particle에 불과한 개인들이 순수한 의지로 중심을 향해 응집할 때, 그 에너지를 막을 권력은 세상에 없다.

평균의 마음,
비주류의 마음

『레미제라블』, 빅토르 위고, 정기수 옮김, 민음사, 2012.

『프랑스사』, 앙드레 모루아, 신용석 옮김, 기린원, 1992.

Democracy: A Very Short Introduction, Bernard Crick, Oxford University Press, 2002.

『종의 기원』, 찰스 다윈, 장대익 옮김, 사이언스북스, 2019.

출세의 본질

오노레 드 발자크 『잃어버린 환상』 1844년

발자크를 사랑한다. 내가 누굴 사랑하든 별 관심은 없으시겠지만, 발자크를 사랑하는 이유만큼은 꼭 한번 궁서체로 적어보고 싶다. 하지만 발자크는 이름만 유명할 뿐 이젠 거의 읽히지 않는 작가인데, 내가 쓴 글 때문에 사람들이 그를 더 싫어하게 되면 어쩌지. 괜한 걱정에 이리저리 고민하다가 미리 당부드리기로 한다. 간결한 단문을 선호하는 분, 담백하고 시적인 글을 좋아하는 독자라면 보나마나 발자크의 모든 면이 거슬릴 텐데, 굳이 본인 취향인지 아닌지 확인해보려고 시도도 하지 마시라. 이렇게까지 썼는데도 기어이 읽고서 별로라고 하시면, 자업자득이라는 말밖에는…….

현대 독자에게 발자크 소설의 가장 큰 단점은 '장황하다'는 것이다. 어떤 이야기를 시작하기 전에 그에 얽힌 전후 맥락, 그러한 사건이 발생하게 된 시대의 특징, 정치 경제 사회 동향, 그리고 사건이 그렇게 흘러갈 수밖에 없었던 지역의 풍습과 사회구조가 소상히 서술된다. 인물 하나를 소개하려도 친가와 외가로 사돈에 팔촌까지 삼대 족보를 읊어대고, 주인공의 직업을 설명하자면 먼저 그 분야 산업의 역사, 현재의 수익성, 전망을 두루 살펴본 다음, 운영비 임대료 대출이자 급여 등의 항목이 고스란히 담긴 회계장부까지 들이민다. 그래서 『잃어버린 환상』을 읽으면 박학한 도슨트가 안내해주는 18~19세기 인쇄제지 산업박람회 체험을 다녀온 기분이 들고, 『사촌 퐁스』를 읽고나면 이름도 모르는 내 증조할아버지보다 퐁스 선생의 가계도가 더 친숙하게 느껴진다. 그리고 불현듯, 책의 92쪽까지 읽었는데 여태 아무런 사건도 일어나지 않았음을 깨달아 기가 막힌다.

사실 동시대 작가 중에 발자크가 유별나게 장황한 것은 아니다. 위고만 해도 『레미제라블』이나 『파리의 노트르담』의 전체 분량 중 5분의 3은 작가의 사설과 사변으로 채워져 있고 스탕달이나 졸라 역시 심플한 문체와는 거리가 멀다. 그 시대 소설가들에게 '흡인력'이나 '스피디한 전개'는 픽션의 제일 덕목이 아니었다. 그럼에도 발자크의 문체가 도드라지는 것은, 장황하면서도 기세가 좋아서다. 만연체의 지루한 문장들은 읽으면서 눈치껏 건너뛰게 되는데, 현란한 강속구의 문장들이 연타로 이어지는 발자크는 빼먹을 타이밍을 자꾸 놓치고 어머 어머 하면서 딸려가게 된다.

발자크 소설의 또 다른 치명적 단점은 인물들의 '세속성'
이다. 남녀노소, 지위 고하를 막론하고 모두가 돈 성공 입신
양명을 좇으며, 가난 실패 무명에 굴욕감을 느끼고, 미모 식
욕 사랑의 노예들이다. 이런 경향은 발자크의 소설을 단 한 작
품만 읽어도 바로 알 수 있으며 열 작품을 읽어도 여전히 똑같
다. 발자크 소설에는 독자의 정신을 고양시키는 위대한 영웅
이나 숭고한 희생자, 하다못해 만사를 초탈한 이방인 하나가
없다.

소설 읽는 즐거움의 상당 부분은 모종의 대리만족 또는
나 자신의 허물은 논외로 하는 권선징악에 있다. 내가 누리지
못하는 것을 상상 속에서나마 맛보고, 내가 행하지 못한 복수
를 대신해주는 허구의 이야기들은 현실에 치이는 독자에게
위로와 쾌감을 선사한다. 그런데 발자크는 좌절되는 꿈과 인
간성의 속됨만을 질리도록 부각한다. 이러면 독자는 기분이
나빠진다. 쿨하게 거리를 두기엔 빠져나갈 구멍이 없고, 온전
히 감정이입을 하자면 냉혹한 자기비판이 선행돼야 하니까
내 손으로 내 목을 조르는 기분이다. 발자크를 좋아한다는 것
은 그러니까 '멋짐'이라는 것은 한 조각도 섞이지 않은, 전적
으로 구질구질하고 구차한 세계에 연연하는 일이다.

바로 이 두 가지 단점이 나에게는 발자크의 경이로움이
자 무한한 매력의 원천이다. 발자크는 인간을 묘사하면서 문

평균의 마음,
비주류의 마음

장 하나로 그를 천국까지 들어 올렸다가 다음 문장 하나로 지옥 바닥을 뒹굴게 한다. 저항할 수 없는 매혹으로 빠져들게 했다가 이보다 더 졸렬할 수 없는 나약함으로 무너지게 한다. 발자크의 묘사력이 힘센 이유는 인간이라면 누구나 아는 감정들을 누구라도 수긍할 수밖에 없는 생생한 비유와 상징으로 되살려 코앞에 들이밀기 때문이다. 흑백의 희미한 윤곽으로만 머물던 세계에 발자크의 시선이 닿으면 그곳에 불이 들어오고 사물은 색채를 얻고 존재는 활동을 시작한다.

이런 정도의 밀도로 글을 쓴 작가는 누가 또 있을까 생각해보면 셰익스피어밖에 떠오르지 않는다.(그렇지만 셰익스피어의 작품은 모두 '극'이기 때문에 발자크와 동일 선상에 놓고 비교하기엔 곤란함이 있다.) 그리고 이런 증언은 나뿐 아니라, 발자크를 읽은 많은 작가와 평론가 들이 공통적으로 했다. 소설이라는 장르의 규정은 시대마다 끊임없이 갱신되고 있지만, 그 절정은 발자크에서 이미 도달되었으며, 다시는 재현되지 않을 양식을 완성했다. 그래서 나는 그를 미켈란젤로에 비유하고 싶다. 피카소와 자코메티와 워홀을 경험한 현대인에게 미켈란젤로의 화풍은 식상하지만, 시스티나 성당에 그려진 〈천지창조〉의 가치는 여전하다.

고전에 조금이나마 관심 있는 독자라면, 발자크가 빚 때문에 하루에 커피를 50잔씩 마시면서 16시간씩 글을 쓰고, 채권자가 들이닥칠 때를 대비해 뒷문을 늘 열어두고 지냈다는 이야기를 들어보았을 것이다. 그런데 그가 어쩌다 그렇게 큰 빚을 지게 되었는지는 잘 모르시는 듯하다. 발자크는 소르본 대학 법학과를 다니는 동안 파리의 엄청난 생활비를 감당하기 위해, 단지 돈을 목적으로 소설을 쓰기 시작했다. 필명으로 발표했던 이때의 원고들에 대해서는 알려진 바가 거의 없지만, 가판대용 상업 소설과 대필, 단어 수로만 고료가 책정되는 시사칼럼 등이었다고 한다. 발자크는 일평생 성공과 출세를 꿈꿨는데, 그가 계획한 출세의 경로는 이랬다. 먼저, 사업으로 부를 축적하여 상층 부르주아가 된다. 그다음 결혼과 인맥을 통해 정계에 진출한다. 고위 관료로 재직하며 공로를 쌓아 훈장을 받고 최종적으로 백작이 된다.

위고가 1802년생이고 발자크는 1799년생으로 둘이 겨우 세 살 차이라는 사실을 감안하면, 그의 꿈은 얼마나 퇴행적인가! 하지만 이는 발자크가 시대착오적이었다기보다 당시 현실이 시대의 큰 물결에 역행했던 탓이 더 크다. 발자크도 프랑스혁명기를 살았지만 위고보다 35년 먼저 죽었고, 그가 일평생 경험한 정체政體는 나폴레옹 제정부터 복고왕정을 거쳐 7월

평균의 마음,
비주류의 마음

왕정까지, 모두 군주제였다. 이 시기 프랑스 부르주아는 상층과 하층으로 나뉘었으며, 왕정주의자 부르주아가 새로운 특권층으로 부상하여 상류사회에 편입되었다. 그들은 제3신분 자격으로 의회에 진출해 시의원을 비롯한 선출직 공무원이 되거나, 공증인이나 법관 같은 관직을 돈으로 사고, 멸족 직전 재림에 성공한 왕이 하사하는 귀족 작위를 받았다.

이토록 반동적인 시대만을 목격한 발자크는 분명 19세기임에도 18세기 복고풍인 양, 사교계와 귀족사회를 배경으로 출세의 야망을 품은 인물들이 아웅다웅 각축전을 벌이는 이야기만 줄기차게 쓰다 갔다. 발자크의 인생 출사표는 오로지 그 시대에만 가능하고 유효했던 조건들 속에 놓일 때 정당하게 이해받을 수 있다. 이것이 위고와 발자크를 가르는 결정적 차이다. 위고는 『레미제라블』에서 혁명의 불가피성을 논하며 미래의 국제정치 지형을 예언하는데, 20세기 초 러시아의 사회주의, 스페인과 이탈리아의 전체주의 그리고 이들에 맞서는 유럽연합의 모습을 어렴풋하게나마 제시한다. 이 대목을 보면, 한편으로 민족성과 국가의 정체 사이에 어떤 연관관계가 있는 것은 아닐까 생각하게 되고, 다른 한편으로 현역 정치가로서 위고의 신념과 판단력에 존경의 마음이 우러난다. 위고가 프랑스를 상징하는 국민작가인 것은 지당하다.

그렇지만 위고의 소설 속 인물들은 비현실적이다. 길 가는 개미를 밟지 않으려고 피하려다 발목을 삘 정도로 선한 주교신부 미리엘은 말 그대로 생불生佛이고, 주어진 사회 조건과 환경에 따라 인성까지 격변하는 장발장은 작가의 필요가 만들어낸 '빈 서판' 같은 존재다. 혁명투사들과 어울리며 시위에 가담하지만 끝내 정치의식의 각성에는 이르지 못하는 귀족 청년 마리우스는 위고가 스스로 반성하는 자신의 한 단면이고, 개전改悛의 여지 없이 성악설의 증거인 여관 주인 테나르디에는 당대의 부패와 타락을 고농도로 압축한, 파리 하수구의 시궁창 쥐다.

특히 장발장은 삶의 고비마다 죽음의 문고리를 잡게 되지만 신출귀몰한 능력과 엄청난 체력 그리고 백발백중 명사수의 실력으로 사선死線을 뚫고 살아나, 끝내 인간에 대한 사랑을 실천하고 떠난다. 허균의 상상적 영웅인 홍길동을 연상케 하는 이런 존재는 현실에서 가능하지 않다. 위고의 인물들은 작위적이고, 방대한 분량임에도 소설에서 이야기의 뼈대만 추려내는 게 가능한 전형적 서사다. 덕분에 『레미제라블』은 뮤지컬이나 영화로 거듭 각색되어 모든 시대 사람들이 즐기는 작품으로 기억되고 있다. 위고의 소설은 인간이 희망하는 인간, 이상적 인간상을 보여주며, 그래서 그의 소설은 낭만주의로 분류된다.

그럼 발자크는? 발자크에는 당신이 익히 아는 당신 자신, 들키고 싶지 않은 인간성을 가진 변덕스러운 존재가 있다. 능력에 비해 과도한 야심, 습관의 지배를 떨쳐내지 못하는 허

평균의 마음,
비주류의 마음

약한 의지, 하잘것없는 욕망에 따라 이리저리 나부끼는 변덕, 사소한 성취에 쉽게 자만하고 작은 실패를 못 견뎌하는 얄팍함, 타인의 실패에서 절호의 기회를 발견하는 야비, 가진 것들에 흡족한 마음 말고 아직 없는 것에만 불타오르는 갈망이 있다. 체면과 위선으로 가린 누더기 속옷 같은 양심이 있다.

그들 중엔 비범한 자와 간악한 자, 아둔한 자와 기민한 자가 있지만, 극단적 상황에 처한 예외적인 인간은 없다. 그래서 나도 언제든지 얼마든지 그들처럼 졸렬한 기회주의자가 될 수 있겠다는 각성이 따라오고, 스스로에게마저 감춰왔던 내 본모습, 필라멘트처럼 예민한 자의식과 무한한 자기애로 덮어왔던 나의 결점들이 낱낱이 까발려진 듯 부끄러움이 밀려든다. 발자크의 인간은 타고난 성품과 환경적 요인의 복합작용으로 이루어지는, 본성과 양육의 합작품이다. 이것이 더 인간의 실제에 가깝고, 그래서 발자크를 사실주의의 정점으로 일컫는 것이다.

발자크는 스물일곱 살에 처음 진지하게 장래를 도모하여 한 가지 사업에 도전한다. 당시 그의 후원자였던 공작부인에게 투자를 받아 인쇄소를 차린 것이다. 그는 인쇄출판 사업으로 거부가 되려 했다. 오늘날의 출판 관계자가 들으면 실소를 금치 못하겠지만, 그때는 이게 매우 가능한 시나리오였다. 『잃어버린 환상』에는 발자크가 시도한 백만장자 프로젝트가 구체적으로 소개되는데, 모든 부르주아 경제활동이 지역 귀족 및 관료 들과 결탁한 일감 몰아주기로 이루어졌기 때문에, 시청이나 법원이 발주하는 각종 인쇄물과 《공보신문》을 독점하면 손쉽게 큰돈을 벌었다. 인쇄와 출판의 업무가 명확히 나뉘지 않았던 시대라 인쇄소 사장이자 출판편집인이었던 발자크는 베스트셀러를 꿈꾸며 잡지와 단행본 기획에도 손을 댔다. 그러나 겨우 2년 만에 6만 프랑의 빚을 지고 출판사를 접는다. 이때부터였다. 그가 자신의 본명을 걸고 소설을 써 호평받기 시작한 것은.

51세라는 이른 나이로 숨을 거둘 때까지 발자크는 무지막지하게 많은 양의 소설을 엄청나게 빠른 속도로 써서, 프랑스 작가들 가운데 가장 많은 작품 수를 보유하게 되었다.(발자크의 〈인간희극〉 시리즈에 포함된 완성작만 90여 편이다.) 상류층을 선망했던 그는 잠시도 사치와 방탕을 게을리하지 않았으며, 인기 작가가 되어 얼마간 숨통이 트이자 우라질 사업병이 도져 파인애플 농장을 만들다 실패했고, 급기야는 빚 때문에 기소되었는데 또 다른 백작부인이 대신 갚아주어 채무자구치소 수감을 겨우 면하기도 했다. 그가 더 열렬히 성공과 부를 원할수록 그는 한층 심각한 재정 파탄에 처했고, 그래서 자신이 즉시 발휘할 수 있는 돈벌이 재능인 소설 쓰기에 매진해야 했다.

발자크에게 문학은 위대한 정신의 작용이어서 세속적 존재증명을 위한 수단일 수 없었다. 그가 돈만은 기필코 자본으

평균의 마음,
비주류의 마음

로 벌고자 했던 건 예술을 향한 그의 순정이었다. 하지만 그는 당시 갓 출현한 자본주의 시스템에서 유산이 아닌 창출되는 부의 가능성은 알아보았으나, 그 작동 원리는 정확히 이해하지 못했고, 그것이 나아가려는 방향에 무지했으며, 무자비한 착취를 실행할 만한 성정도 가지지 못했다. 가장 가슴 아픈 어리석음은, 그가 비단장수도 후작이 되던 시대를 살았기에, 사회가 예술가에게 허락하는 최대치의 보상에 걸맞도록 목표를 하향조정할 수 없었다는 점이다. 그는 자신의 탁월성에 만족하기엔 넘치도록 천재였다. 바로 이 점 때문에 출세의 본질이 궁금한 야심가들에게 발자크만 한 반면교사가 다시없다.

〽

『고리오 영감』의 법대생 외젠 드 라스티냐크와 『잃어버린 환상』의 천재 시인 뤼시앵 샤르동은 남프랑스 앙굴렘 출신의 스물한두 살 청년들이다. 이름에 지주계급을 암시하는 전치사 '드'가 들어 있는 라스티냐크의 아버지는 가장 낮은 서열에다 가난한 농부긴 해도 '남작'이라는 공인 타이틀을 가졌다. 뤼시앵의 아버지 '무슈' 샤르동은 약제사였는데, 1793년 대혁명 때 단두대에서 목이 잘릴 뻔한 뤼방프레 가문의 마지막 생존자 소녀를 구해내 신분을 감춰주고 아내로 삼았다. 뤼시앵의 평생의 한은 자기 성이 드 뤼방프레가 아니라 샤르동이라는 사실이고, 어떻게든 작가로 이름을 떨쳐 어머니 성을 사용해도 좋다는 국왕 폐하의 허가장을 받는 게 소원이었다. 도토리 키 재기에 불과하지만 올챙이들의 우물인 앙굴렘에선 엄청난 신분 격차 탓에 두 사람은 서로 마주칠 일이 없었다.

외젠의 부모님은 아들을 변호사로 만들고자 파리로 유학 보내고 영혼까지 끌어모아 연 1200프랑의 생활비를 보내주지만, 하룻밤 무도회 치장비만 3만 프랑이 드는 파리에선 한 끼 식사로나 거뜬한 금액이었다. 총명하고 이해타산에 밝은 외젠은 파리에 도착하자마자 자신의 목표를 이루는 유일한 길은 사교계 진출임을 간파해, '할아버지의 조카딸의 남편의 외손녀'인 보세앙 자작부인을 찾아가 혈육인 자신의 장래를 부탁한다. 붙임성 좋은 외젠은 친척이라기보단 남에 더 가까운 초면의 보세앙 자작부인을 다짜고짜 "누나"라고 부르며 살갑게 군다. 그의 귀여운 외모와 열정적인 솔직함에 약간 놀란 보세앙 부인은 그를 오페라에 초대하고, 이 가냘픈 연줄을 단단히 움켜잡은 외젠은 같은 하숙집 거주자인 고리오 영감의 작은딸 뉘싱겐 남작부인과 사귀게 된다.

1835년경, 발자크는 기존에 발표한 소설들과 장차 쓰게 될 작품들을 전부 다 엮어 하나의 풍속 대작을 이룩하기로 마음먹는다. 『고리오 영감』은 그 분기점이 되는 작품으로, 인물 재등장 기법이 처음 나타난다. 이내부터 발자크 소설들은 각기 독립된 작품이면서 서로가 서로의 프리퀄, 시퀄, 스핀오프

평균의 마음,
비주류의 마음

성격을 띠게 된다. 『고리오 영감』에서 외젠은 딸들에게 버림받고 뇌일혈로 쓰러진 고리오 노인의 비참한 죽음을 애도하며 결심한다. 반드시 이 도시에서 살아남아 성공하리라! 그로부터 9년 후인 1844년 완간된 『잃어버린 환상』에 다시 출연한 외젠은 완연한 파리 댄디의 모습을 하고 있다. 밀가루장수로 모은 전 재산을 딸들에게 퍼주다 장례 치를 동전 한 푼 없이 죽어간 아버지를 팽개친 불효녀 뉘싱겐 부인과 팔짱을 끼고서 도박장과 오페라하우스를 들락거리는 라스티냐크는 일말의 순진도 모두 버린 파리 속물이다. 극장 로열석에서 귀족 부인들 가운데 앉아 있는 신출내기 뤼시앵을 알아본 드 라스티냐크는 약제사의 아들이 어머니 성을 이용해 귀족 행세하며 사교계에 발을 들이려 한다고 폭로한다.

홀깃 눈길만 스쳐도 심장이 멎을 듯한 미모의 소유자 뤼시앵은 앙굴렘 최고 가문의 외동딸인 바르즈통 부인 눈에 들어 한동안 썸을 탔더랬다. 하지만 아침 눈인사가 저녁엔 입맞춤으로 소문나는 갑갑한 시골 생활에 질린 바르즈통 부인이 뤼시앵을 꼬드긴다. 함께 파리에 가면 내가 더 잘해줄 거고, 네가 작가로 성공하게 팍팍 밀어주겠노라고. 그래서 뤼시앵은 여동생의 남편이자 자신의 동창인 다비드가 빚을 내 마련해준 2000프랑을 들고 그녀를 따라 상경했는데, 하필 그때 라스티냐크가 뤼시앵을 발견한 것이다. 남이 자기와 같은 방식으로 성공하는 꼴을 참을 수 없었던 라스티냐크의 심술로 뤼시앵은 파리에 온 지 9일 만에 바르즈통 부인에게 버림받는다. 그 후 1년 동안 그가 파리에서 겪는 궁핍과 영욕은 눈물이 앞을 가려 차마 말로 다 전할 수가 없다.

앙굴렘에서 뤼시앵은 빼어난 미모와 재능으로 모두에게 무조건적인 지지와 찬사를 받았더랬다. 발자크가 뤼시앵을 얼마나 탐스럽게 묘사하는지, 읽다보면 지니에게 빌 세 가지 소원이 바뀔 지경이다. 책 속으로 들어가고 싶다, 이런 남자와 손깍지 한번 껴보고 싶다, 책 밖으로 무사히 빠져나오고 싶다.(그 속에서 영영 살긴 싫으니까.) 그러나 사십대 변태 아저씨도 돈만 있다면 남부럽지 않게 우아해지는 파리에서 가난은 뤼시앵의 미모를 우스꽝스럽게 만든다. 주목받고 예쁨받는 것만 당연한 응석받이의 마음을 가진 뤼시앵은 파리의 멸시를 견디지 못한다. 그사이 동거하던 애인이(삼십대 후반인 바르즈통 부인에게 차이자마자 뤼시앵은 자기 나이와 미모에 어울리는 인기 여배우와 사귐으로써 자존심을 과시하는 우를 범한다.) 병들어 죽자, 뤼시앵은 장례비 200프랑을 마련하려고 영혼을 파괴하는 심정으로 가판대용 샹송 가사를 쓴다.

이 장면은 라스티냐크가 고리오 영감의 장례비를 구하려고 영감의 두 딸네를 이 집 저 집 찾아갔다 큰딸에게는 문전박대당하고, 작은딸에게는 잔돈만 든 지갑을 받아 나오던 밤의 장면과 오버랩된다. 그렇지만 외젠이 묘지 위에서 비정한 파리의 밤을 장식하고 있는 영롱한 불빛들을 굽어보며 기필코

평균의 마음,
비주류의 마음

승자가 되기로 결심했던 것과 달리, 뤼시앵은 건실한 생활인인 매제의 서명을 위조해 3000프랑짜리 어음을 끊는다. 이 대목에 이르면 독자는 뤼시앵의 아름다운 콧대에 주먹을 날리고 싶은 충동을 느낀다. 왜냐하면 그의 철없는 행동으로 후일 다비드는 감옥에 갇히고 생업이 달린 인쇄소마저 경쟁자에게 빼앗기기 때문이다.

〈인간희극〉 시리즈에 등장하는 인물은 (익명을 제외하고도) 총 2472명으로 알려져 있는데, 그중 주인공은 아니지만 여러 작품에 되풀이해 등장하는 인물, 즉 작가의 의식과 무의식을 평생 지배한 유의미한 존재들이 있다. 한 사람은 범죄자인 보트랭이고, 다른 한 사람은 훗날 위대한 작가가 될 대학생 청년 다니엘 다르테즈다. 보트랭은 발자크의 어린 시절에 깊은 상처와 영향력을 남긴 엄마와 그 연인의 변신이고, 다르테즈는 발자크가 소망한 자신의 이상적 페르소나다. 이 둘은 발자크의 양면성, 어둠과 빛, 추락과 상승을 재현한다.

'불사신'이라는 별명을 가진 보트랭은 변장의 귀재고 여러 가명을 사용해서 그의 정체를 정확히 아는 사람이 아무도 없다. 사실 그는 혁명기 프랑스에서 저질러진 모든 유형의 불법을 섭렵한 사기꾼이요 수완가다. 『고리오 영감』에서 보트랭은 외젠에게 300만 프랑짜리 사기 결혼의 동업을 제안하지만, 고리오 영감의 간곡한 우정이 외젠의 일탈을 가로막는다. 하지만 『잃어버린 환상』에서는 길가에서 우연히 마주친 뤼시앵을 고작 1만 2000프랑으로 낚아채 자기 마차에 태우는 데 성공한다.

보트랭은 처지를 비관해 자살하려던 뤼시앵에게 "젊은 이들의 행운이 시작되는 것은 미래에 대해서 가장 절망하는 때"이니 너무 빨리 포기하지 말라고 다독여주며 출세의 비결을 가르친다. 인간들을 도구로만 여겨라. 그가 너의 굴종에 비싼 대가를 치러줄 때까지는 그와 헤어지지 마라. 몰락한 자는 마치 그가 존재한 적이 없었던 것처럼 무시해라. "세상을 지배하고 싶다면, 세상에 복종하고, 세상을 잘 연구하는 것으로부터 시작해야 한다."

반면, 다르테즈는 망가질 것이 훤히 내다보이는 뤼시앵을 안타까워하며 말한다. "천재란 인내입니다. 싼값에 위대한 인물이 될 수는 없어요. 사람들 위에 오르고자 하는 자는 어떤 난관 앞에서도 물러서지 말아야 합니다." 그리고 뤼시앵의 누이에게 충심과 연민을 담아 편지를 쓴다. "뤼시앵은 꿈을 꾸지 생각은 하지 않습니다. 그는 자신의 작은 야심이라도 만족시키는 것에는 반대할 힘이 없습니다. 그를 가족의 품에 붙잡아두세요. 파리는 언제나 그에게는 위험합니다. 그에게 정을 주세요, 부인. 그는 그 정이 필요할 것입니다."

평균의 마음,
비주류의 마음

생각해보면, 발자크가 이렇게나 좋은 이유는 그의 솔직함이다. 그에게 삶은 언제나 우회로 없는 정면 승부였고, 글쓰기는 그 투쟁의 계속이었다. 그에게는 작가가 의식적으로나 무의식적으로나 작품과 독자에게 드러내는 엷은 정도의 가식도 없다. 그가 나열하는 인간의 약점들에 대해서 자신도 전혀 예외가 아니라고 선언하는 것. 이해에서 어리석음까지, 탐욕에서 덕성까지, 최고의 승부부터 최악의 허영까지가 모두 자신에게서 비롯했다고 고백하는 것. 그래서 그가 웅변하는 아름다움은 더 고결해지고, 그가 묘사하는 악덕은 더 추잡해지며, 그가 바라보는 세계는 더 위대해진다.

내 생각에, 작가로서 위고의 위대성이 자기가 속한 계급을 뛰어넘은 혁명 정신에 있다면, 발자크의 위대성은 '그럼에도 불구하고'라는 수식어가 자주 필요해지는 보편적 인간성의 긍정에 있다. 자신의 계급을 버리는 것이 쉽다고는 결코 말할 수 없지만 그것만으로 모든 걸 시작할 수 있었던 위고보다는, 전 생애를 걸어도 도달할 수 없었던 지점을 향해 끝까지 질주했던 발자크가 내게는 더 와닿는 삶이다. 현실의 인간이 얼마나 무서워질 수 있는지 알고 있지만, 얼마나 끔찍하고 쉽게 부서지는지 거듭 확인하게 되지만, 비록 사교적이지 못하고 대인관계도 형편없을지언정, 나 역시 동종에 대한 호감을 떨쳐버릴 수 없는 인간이어서 발자크를 읽는 것이다.(그래도 한꺼번에 많이 읽으면 코냑으로 밤새 병나발을 분 듯 간 손상이 오는 느낌이어서 10년에 한두 권씩 나눠 읽고 있다.)

『고리오 영감』, 오노레 드 발자크, 박영근 옮김, 민음사, 1999.

『잃어버린 환상』, 앞의 책.

『오노레 드 발자크: 세기의 창조자』, 송기정, 페이퍼로드, 2021.

평균의 마음,
비주류의 마음

인간중심주의와 보편화의 한계

요한 볼프강 폰 괴테 『친화력』 1809년

〈DNA〉라는 K팝을 들은 친구(생명과학 전공자)가 다음과 같은 감상평을 날려 뜨악했던 적이 있다. 가사 내용으로 유추한바, 생면부지의 처녀에게 '니가 바로 신생아 때 병원에서 바뀌어 잃어버린 내 새끼'라며 감격하는 엄마의 노래. 아냐, 이건 그냥 시적 비유잖아, 꽉 막힌 이과 놈아. 지적질을 했다가 융통성 없는 자연과학도에게 반강제로 유전학 특강을 듣게 됐다. '네 혈관 속 DNA가 말해주는 네 운명의 베이비'는 네 자식밖에 없단 말이다. 그 정도는 다들 알아, 유전자가 뭔지 DNA가 뭔지는 중학교 때 배운다고! 현대시 전공자인 나의 반발에 이과생은 저녁거리를 낚은 어부의 표정으로 물었다. "그래서, 유전자가 뭐지?" 그러고는 긴 정적이 이어졌다. 그러게…… 뭘까 그게.

문과생들은 대체로 자신에게 자연과학 지식이 부족하다는 사실을 잘 알고 인정하며 가끔 부끄러워도 한다. 그래서 드물게나마 과학 교양서를 읽으려고 한다. 출간 이후 현재까지 과학 베스트셀러 1, 2위를 놓친 적 없는 『이기적 유전자』를 읽었다는 성인 열에 여덟은 과학과 아무 관련 없는 사람들일 것이다. 그렇지 않다면 유전자의 이기성이라는 개념에 대해 대다수 독자가 보여주는 인간적 반응이 잘 설명되지 않는다. 반면, 내가 만나본 이공의학 전공자들은 과학 교양서에 관심이 없었는데, 본인이 이미 아는 내용이라고 확신하는 듯했다. 또이들은 문학이나 인문 서적을 읽지 않는다고 말하는 데도 거리낌이 없는 편이다. 오히려 '주관'의 세계에 대한 포괄적 무관심을 드러냄으로써 스스로의 객관성을 담보하려는 경향이 있다. 그리고 인문 계열치고는 '상대적으로' 합리적인 경제경영 전문가들은 새로운 과학 이론에 기민하게 반응하며 맥락을 대담하게 뛰어넘어 적극 활용하는 모습을 보여주곤 한다.

나의 경우, 어떻게든 과학을 이해해보려고 노력하기 시작한 첫 이유가 고전을 읽기 위해서였다. 고대부터 현대에 이르기까지 수많은 고전은 당대의 과학 지식을 토대로 형성된 세계관에서 자유롭지 못하다. 당연한 말이지만, 과학도 문학도 모두 인간의 것이기 때문이다. 정말 많은 작가 철학자 사상가 들이 당대의 과학 이론을 자신의 문학이나 철학에 끌어들였으며, 그래서 때론 감탄을 또 때로는 탄식을 토해내게 된다.

그러다보면 마음 한구석에 슬그머니 걱정이 자리 잡는다. 이러다가 나도 괴테처럼 되면 어쩌지. 풉, 니가? 실소하시겠지만 내 나름으로는 근거가 있다.

장르의 기원을 따지는 일은 대개 일없는 놀음이지만, 괴테의『파우스트』가 SF의 효시로 일컬어지는 것만큼은 흥미롭고도 논의할 가치가 있는 주제라고 생각한다. 독일 문학의 신성神聖 괴테는 문학적 재능 덕분에 살아생전 가장 많은 복을 누린 작가다. 부유한 상층 부르주아 집안에서 태어나 일찍부터 엘리트 교육을 받은 그는 25세 때 쓴『젊은 베르테르의 슬픔』으로 일약 유럽 최고의 인기 작가가 되었고, 이를 계기로 출세의 길이 열려 바이마르 공국의 재상까지 지냈다. 그러다보니 괴테에게서 두드러지는 특징 중 하나가 공명심이다. 그는 작품 속에 세상을 이롭게 할 많은 아이디어를 쏟아내고, 이를 실현하려는 정치가 또는 공무원을 등장인물로 출현시킨다. 파우스트가 마지막까지 영혼을 바친 일은 국토 개간과 간척사업이었다.

이런 괴테가 평생 자부심을 가지고 연구한 분야가 바로 과학이다.『파우스트』에는 호문클루스라는 인조인간이 등장하는데, 투명 플라스크 안에 든 이 발광發光 생명체는 완벽한 인공 유기화합물로, 자유의지와 판단력을 가지며 병째로 날아다니는 염력도 선보인다. 이 정도의 과학 판타지라면 최초의 SF라 할 만하다. 괴테는 화학(이라 쓰고 연금술이라 읽는

다.), 광학과 지질학 그리고 기술과학에 관심이 많았는데, 주로 통치자가 치세에 활용할 수 있는 측면에서 이들 학문에 접근했다. 한 분야의 대가가 흔히 저지르는 오류 중 하나는 자신이 잘 모르는 다른 분야들에 대해서도 주저 없이 의견을 내거나 주장을 펼치는 것인데, 괴테는 그중에서도 발군이었다.

괴테는 '색은 빛의 굴절 작용'이라고 한 뉴턴의 "결정론"이 너무도 거슬린 나머지 몸소 빛과 색을 탐구하여 뉴턴에 반박하는 『색채론』이라는 책을 썼다. 74세의 나이로 19세 소녀와 결혼하려던 계획이 아들의 반대로 무산된 일을 제외하면, 쓰라린 실패의 경험이 드물었던 괴테는 언제나 자신감과 추진력이 넘쳐서 "4분의 1만큼의 착상이라도 떠오르면 그것을 인쇄에 부치고자 하는 사람"이었다. "색이란 대상과 영혼의 상호작용을 통해 감각되는 것"이라고 주장하는 『색채론』은 오늘날 색채심리학의 기원으로 평가받고 있지만, 자연과학자의 관점에선 여러모로 우스울 책이다. 괴테는 객관적 실증적 색 현상을 부정하고, (자기 눈에 보이는) 색의 주관적 심리적 인지양상을 치밀하게 관찰하고 서술했는데, 자신의 "불멸의 업적"인 자연 탐구가 한갓 '수학'과, '제한된 조건하에서 이루어진 실험'이 전부인 뉴턴 과학만큼 인정받지 못하는 것을 원통해했다.

괴테가 예순 살에 발표한 소설 『친화력』은 "흥넌에 빵십에 몰려들듯이" 서적상들의 주문이 쇄도했던 또 하나의 히트

평균의 마음,
비주류의 마음

작이다. 줄거리는, 부부인 남녀가 각자 자신의 친구와 조카를 초대해 넷이 한 집에서 살게 되면서 남편은 아내의 조카에게, 아내는 남편의 친구에게 반해서 모두의 관계가 파탄 나는 것이다. 시대를 앞서간 스와핑 소재인가 귀를 쫑긋하겠지만, 이 아이디어의 출처는 셰익스피어의 『한여름 밤의 꿈』이다. 괴테는 셰익스피어를 작가적 롤모델로 삼았기 때문에 그의 작품에서 셰익스피어의 영향을 발견하기는 아주 쉽다. 그런데 감각적이고 재기 넘치는 영국인 극작가의 모티프가 독일사람 괴테로 넘어오면 하나같이 무겁고 장중해진다.

『친화력』의 경우, 현대인이 보기에도 무척이나 독특하고 세련된 제목이 붙게 된 것은 이 소설이 남녀의 끌림을 화학 이론으로 설명해서다. 사랑이라는 게 원래 호르몬의 화학작용이지, 아무렴. 그게 아니라 진짜 화학, 분자 간 결합에 작용하는 친수성과 소수성* 개념을 거대 생명체인 인간 개체에 곧바로 적용했다는 거다. 이 엄청난 비약, 과학에서 드라마로 곧장 형질전환이 이루어지는 과감함이야말로 괴테가 고전주의의 대가인 증거다. 문학에서 고전주의는 단지 '클래식을 사랑하는 마음' 같은 게 아니라, 고대 그리스 로마 정신의 계승을 뜻

---

* 친수성은 산소와 수소의 결합으로 이루어진 물 분자(H_2O)와 쉽게 결합하는 성질로, 어떤 분자가 산소나 질소를 가지면 친수성을 보인다. 반대로 물을 튕겨내는 소수성은 기름, 즉 지질(脂質)이다. 산소가 없이 탄소와 수소로 이루어진 분자들은 소수성을 띤다.

한다. 고대인들은 저마다 자연철학자로서 만물의 근원을 탐구하고, 수학자로서 신비로운 우주의 패턴을 파헤치고, 예술가로서 신의 형상을 한 인간을 재현했다. 파우스트가 지식의 4대 분야에 정통한 박사인 것은 그가 고대인의 이상에 가까워질 수 있는 자질을 갖췄음을 암시한다. 바로 이것, 대통합을 향한 정진이 고전주의의 본질이고, 호메로스와 셰익스피어를 선망한 괴테가 과학에 매진한 까닭이다.

그렇지만 괴테는 어느 모로 보나 더없이 직관적인 인간이어서, 그의 작품이 갖는 힘이나 설득력은 그가 펼친 이론의 타당성이 아니라 그가 간파한 '주관적 인식'의 가치와 그에 대한 열렬한 옹호에서 나온다. 괴테의 인본주의는 문학적으로는 귀중하지만 과학적으로는 경계해야 할 요소가 다분하다. 그런데 괴테를 한 번 더 비틀어서 보면 예기치 못한 즐거움과 맞닥뜨리게 된다. 화학 분자에도 인간의 마음을 투영한 괴테가 오늘날의 유전학 지식을 습득했더라면, 그는 아마도 BTS의 〈DNA〉보다 훨씬 절절한 유전자의 사랑에 관한 장편소설을 썼을지 모른다.

∅

보통의 교양인들은 그때그때 내키는 대로 아무렇게나 섞어 쓰고 있지만, DNA와 유전자와 유전체는 각기 다른 개념을

평균의 마음,
비주류의 마음

설명하는 과학 용어다. 이 단어들을 적절히 구분해 쓸 줄만 알아도 생명과학의 기초는 뗀 거란다. 생명과학 대학원생이 전수해준 유전에 관한 기초 지식 몇 가지를 나눠드리자면, 우선 DNA를 굳이 영어로 DNA라고 쓰는 이유는 이에 해당하는 우리말 번역이 없어서다. '리보오스5탄당, 탄소 다섯 개로 이루어진 탄수화물의 2번 탄소에서 산소 원자가 탈락하고 수소 원자가 결합한 디옥시리보오스(De-oxy-ribose), 염기, 인산으로 구성된 뉴클레오티드 사슬(Nucleic-Acid)'이라는 뜻의 DNA보다 더 정확히 이 유기화합물을 설명해주는 다른 명칭을 만들 수가 없다. 디옥시리보오스는 DNA의 구성물이고 리보오스는 RNA의 성분이지만, 둘 다 당류고 공통적으로 분자들이 이동할 때 타고 다니는 수레 역할을 한다. 인산은 분자들의 결합을 유지해주는 뼈대 기능을 맡는다. 하지만 유전물질의 화학적 실체는 아미노산이라는 단백질이고, 이걸 만들어내는 일은 아데닌(A), 구아닌(G), 티민(T), 시토신(C)이라는 네 종류의 '염기'들이 해낸다.

염기들은 둘씩 둘씩 짝을 이뤄 이중나선 구조의 기다란 사슬을 만든다. 이때 A는 늘 T하고만 결합하고 G는 언제나 C와만 결합하는데, 이는 각 염기 분자들 간에 작용하는 고유한 "친화력" 때문이다. 저명한 생화학자 닉 레인은 이를 괴테보다 더 낭만적으로 다음과 같이 비유한다. "염기쌍은 단순히 서로를 보완하는 게 아니라 서로 간절히 결합하고 싶어 한다.

T의 칙칙한 화학적 삶을 밝혀줄 유일한 길은 A의 곁에 있게 해주는 것뿐이다." 이렇게 해서 뭉쳐진 DNA 이중나선의 지름은 2나노미터고, 인체 내 염기쌍의 수는 총 30억 개다. 어쨌거나 DNA가 내 혈관 속에 들어 있는 화학물질이긴 하다.(실은 혈관뿐 아니라 우리 몸 전체 어디에나 있다. 머리카락이건 침이건 손톱이건.)

그렇다면 유전자는 무엇인가. 유전자gene는 유전의 원리를 설명할 때 가장 빈번하게 쓸 수밖에 없음에도 실체가 확연한 '물질'이라고 말하기 모호한 측면이 있다. 생물학 교과서는 유전자를 "염색체* 내에서 특정 유전정보가 있는 부위"라고 설명한다. 그렇지만 이것만으로 유전자 개념을 이해하기는 역부족이다. DNA 속에서 일정한 규칙에 따라 결합한 염기쌍 분자(A-T 또는 G-C)들은 같은 패턴을 무한 반복하는데, 여기서 중요한 점은 DNA의 염기서열에는 진짜 유전정보가 담긴 아미노산을 만들어내는 '코딩 시퀀스' 구간과 그렇지 않

---

* 한 개의 세포핵 속에 있는 DNA 사슬은 평소에는 풀어놓은 실처럼 흩어져 있기에 염색사라고 부른다. 그런데 세포분열이 일어나면 일시적으로 염색사들이 막대 모양으로 뭉친다. 이 막대가 염색체다. 이러한 이유는 유전물질을 자손에게 보다 안전하게 전달하기 위한 패키징, 즉 안심포장 기술이다. 인간의 경우, 엄마에게서 받은 염색체 하나와 아빠에게서 받은 염색체 하나가 같은 모양(상동염색체)끼리 짝을 이룬 22쌍의 상염색체(유전 결정)와 1쌍의 성염색체(성별 결정)를 가지므로, 세포 한 개당 염색체 수는 46개다.

평균의 마음,
비주류의 마음

은 '논코딩 시퀀스*' 구간이 있다는 사실이다. 따라서 각기 다른 유전물질을 생성해내는 각 암호화 구간을 하나의 유전자로 간주할 수 있다. 말하자면 DNA란 두 개의 염기쌍이라는 문자로 코딩한, 단순하지만 효율적인 아미노산 제조 프로그램이 설치된 '암호 생성기'이고, 유전자는 이 하드웨어가 만들어내는 암호의 종류(개수)에 비유할 수 있을 것이다.

　게놈genome의 우리말 번역인 유전체는 매우 포괄적인 단어다. 실험과학에서는 'DNA 속 유전자의 염기서열 전체'를 지칭하지만, 유전체의 본질을 생각하면 '한 생명체가 가지고 있는 유전정보들의 총합'이라는 정의가 더 적당하다. 초창기 유전학자들은 콩이나 초파리에 비해 고등한 생명체일수록 유전자 종류도 다양할 것으로 예측했고, 인간 유전자 수는 200만 개에서 4000만 개일 것으로 추정했다. 그러다가 생화학 연구 기술이 급격히 발전하면서 이 수는 4만 5000개까지 줄어들었다. 그리고 인간 게놈 프로젝트가 종료된 2003년 이후 밝혀진바, 인간의 유전자 수는 2만 개에 불과하다.(연구가 거듭될수록 점점 줄어들어 지금은 2만 개보다 더 적을 것으로 본단다.) 한 개체의 총 세포 수가 1000개인 꼬마선충의 유전

---

* 　유전자의 90퍼센트 이상을 차지하는 논코딩 시퀀스 구간은 과거에 그 역할이 제대로 알려지지 않아 정크(쓰레기) DNA라고 불렸다. 그러나 분자생물학 연구 방법의 발달과 더불어 최근에는 이 논코딩 시퀀스의 역할에 수목하는 연구들이 활발히 이루어지고 있다고 한다.

자 수가 2만 개라는 사실을 생각하면 충격적으로 적은 숫자다. 그에 비해 밀의 유전자 수는 12만 개에 달하고 쌀도 5만 개나 된다.

문과생들의 볼멘소리가 귀에 들리는 듯 쟁쟁하니 이쯤에서 화제를 바꿔보겠다. 여러분 중 대부분은 제임스 듀이 왓슨이라는 과학자의 이름을 들어본 적 있을 것이다. 1953년, 25세의 나이로 DNA 이중나선 구조를 밝혀내 34세이던 1962년에 노벨 생리의학상을 받으신 그분 말이다. 나 역시 고등학교 생물 시간에 배웠던 기억이 있다. 여태껏 아무도 알아내지 못했던 DNA의 구조를 그토록 젊은 과학자가 연구를 시작한 지 겨우 3년 만에 발견하다니, 정말 대단한 천재라는 인상이었다. 그런데 우연히 그가 1968년에 쓴 『이중나선』이라는 회고록을 읽고부터는 깊은 우려와 의문을 품고 그의 행보를 주시하게 됐다.

왓슨은 책의 서문에서 초창기 DNA 연구에 참여했던 여러 경쟁자 중 "승리자"의 한 사람으로서, DNA 구조 발견의 경위를 밝히겠노라 선언한다. 노벨상 공동 수상자 3인 중 논문의 제1저자로 이름을 올린 왓슨은 미국 시카고 출신이다. 그는 1950년 인디애나대학교에서 생물학 박사학위를 받은 후 박사후과정을 밟기 위해 영국 케임브리지로 건너갔다. 영국인이며 물리학 전공자인 크릭은 케임브리지 캐번디시 연구소 소속 연구원으로 단백질 구조를 연구 중이었는데, 왓슨이 이

평균의 마음,
비주류의 마음

크릭의 팀에 합류하게 됐다. 한편, 뉴질랜드인인 윌킨스 역시 물리학자로 당시에는 킹스칼리지 런던의 선임 연구원이었다.

그런데 윌킨스의 연구실에는 로절린드 프랭클린이라는 영국인 여성 과학자가 있었고, 두 사람의 사이는 매우 나빴다. "비상한 두뇌를 가진" 생물물리학자인 로절린드는 탄소 연구가 주전공이었고, DNA를 촬영할 수 있는 X선 카메라를 직접 고안 제작한 뛰어난 실험과학자였다. 윌킨스가 로절린드를 연구원으로 선발한 것은 "그녀가 자신의 실험에 도움이 되길 기대해서"였다. 하지만 로절린드는 실험 결과 공유를 거부했다. 그녀는 자신이 윌킨스의 조수가 아니라 독립된 연구원이라고 주장했다. 그녀가 뜻대로 움직이지 않는 것에 몹시 분개한 윌킨스는 다른 기관 소속 연구자인 크릭과 왓슨에게 로절린드가 촬영한 DNA X선 회절 사진을 몰래 보여준다.

왓슨과 윌킨스는 그보다 2년 전 나폴리에서 개최된 고분자학회에서 우연히 사귄 사이였다. 당시 윌킨스는 왓슨에게 DNA X선 회절 촬영 연구법을 소개했고, 왓슨이 이 주제에 큰 관심을 갖게 된 것도 이때부터다. 윌킨스가 보여준 로절린드의 사진은 왓슨과 크릭의 연구에 중요한 전환점이 되었다. 이때부터 크릭은 원래 연구 주제인 단백질 분석을 팽개치고 DNA의 구조에 몰두하게 된다.

크릭이 처음 이중나선 구조를 떠올린 이유는 단순했다. 염기서열이 단선으로 이어진 것보단 꼬아놓은 실처럼 두 줄이 겹쳐 있으면 물리적으로 결합이 훨씬 용이해지지 않겠는가. 왓슨과 크릭은 직관적으로 염기들이 이중나선 모양으로 결합되어 있을 것이라고 유추했지만, 이를 입증할 만한 수단을 전혀 가지지 못했기 때문에 이중나선은 단지 흥미로운 '착상'에 불과했다. 그런데 왓슨이 윌킨스에게 이 아이디어를 설명하자, 윌킨스는 로절린드의 X선 사진이 왓슨과 크릭의 아이디어에 훌륭한 증거가 될 수 있음을 알아차렸다.

1953년 4월, 왓슨과 크릭은 손으로 그린 DNA 모형 스케치를 곁들여 이중나선이라는 아이디어를 설명한 2쪽짜리 소논문을 《네이처》에 발표한다. 그리고 그다음 페이지에는 X선 회절 기법으로 밝힐 수 있는 DNA의 구조에 관한 윌킨스의 논문이, 그 옆에는 로절린드가 찍은 선명한 X선 회절 사진이 차례대로 게재되어 있었다. 왓슨과 크릭의 착상을 읽고 윌킨스의 해설로 로절린드의 사진을 본 사람들은 하나같이 무릎을 치며 감탄했다. 왓슨과 크릭은 이중나선을 증명해 보이지 않고도 자신들의 옳음을 증명받았다.

왓슨은 아이디어가 나온 초창기에 여러 차례 세미나를 통해 로절린드와 의견을 공유하려 했지만, 그녀가 이중나선 이론의 가치를 깨닫지 못해 시큰둥했다고 비난한다. 그리고 왓슨과 크릭이 철사로 엮어 만든 엉성한 이중나선 최종 모형을 본 윌킨스가 때마침 자신과 로절린드의 논문이 실리기로 예정되어 있던 《네이처》에 왓슨과 크릭의 논문을 동시 게재

평균의 마음,
비주류의 마음

하자고 제안했다고 쓴다. 왓슨은 꽉 막힌 로절린드와 약삭빠른 윌킨스에게 모든 책임을 미룬다. 사실상 DNA의 염기서열 구조를 실험으로 증명한 것은 로절린드인데, 그녀가 이중나선이라는 개념을 '선언'하지 않았기 때문에 실험 결과로부터 도출되는 결론이 왓슨과 크릭의 차지가 된 것이다.

당시 로절린드가 이중나선 이론에 무관심했던 가장 큰 이유는 그녀가 철저한 실험과학자였다는 데 있다. 그녀는 크릭과 왓슨의 설익은 아이디어를 입증하려면 더 많은 검증 절차가 필요하다고 생각했다. 그녀는 이중나선 초기 모델을 보았을 때도 결정적 문제점을 곧바로 파악했다. 크릭은 포도 줄기에 달린 포도알들처럼 염기서열의 뼈대가 안쪽에 있고 염기들이 바깥을 향해 달린 모형을 생각했는데, 로절린드는 이런 구조로는 염기쌍들의 결합이 화학적으로 불가능하므로 염기들이 기둥의 안쪽을 향하게 달린 모양이어야 한다고 했다. 이런 지적 덕분에 크릭과 왓슨은 엉뚱한 곳에서 헤매는 시간을 줄일 수 있었다. 책을 보면 왓슨과 크릭이 로절린드의 날카로운 의견을 얼마나 두려워했는지 여실히 드러난다.

그럼에도 왓슨은 (그가 『이중나선』을 출간하기 10년 전인 1958년에 38세라는 젊은 나이로 암에 걸려 이미 세상을 뜬) 로절린드를 향해 "그녀가 감정을 조금만 억눌렀더라면 윌킨스에게는 더없이 훌륭한 조력자가 될 수 있었을 것"이라고 지껄인다. 그러고는 "그녀가 DNA의 A형과 B형을 분류해낸 것만도 훌륭한 업적"이라고 추켜세우며, 자신들과 그녀는 "지난날의 언쟁은 깨끗이 잊고" 잘 지냈다고 말한다. 이 모든 내용이 왓슨이 직접 쓴 책에 나온다. '이중나선의 발견은 훔친 사진으로 가로챈 업적'이라는 비난에 맞서 스스로를 옹호하고자 쓴 내용이 이 지경이다. 천재 과학자 왓슨에게선 일말의 도의, 평균 수준의 윤리의식도 찾아볼 수 없다.

닉 레인은 『생명의 도약』에서 왓슨과 크릭의 1953년 논문이 "지역 신문에 나는 출생 공고와 별반 다를 게 없는 일종의 공지였다."고 말한다. DNA가 이중나선 구조라는 사실은 생명의 아름다움을 드러내긴 하지만, 그것만으로는 유전자의 복제에 관한 미스터리를 풀 실마리가 전혀 없었다. 레인은 왓슨의 중요한 두 가지 업적으로 염기서열에서 A-T와 G-C 결합을 생각해낸 것, 그리고 종잡을 수 없는 캐릭터인 크릭으로 하여금 계속해서 연구에 매진하도록 조련한 것을 든다. 그 뒤 크릭은 이중나선보다 훨씬 더 중요한 발견을 자신의 대표 업적으로 쌓는다. 유전자 단백질인 아미노산이 어떻게 암호화되는지를 연구하여 유전자 복제에서 RNA의 역할을 규명한 것이다.

현재까지 밝혀진바, DNA는 아미노산의 모양을 찍어내는 틀에 가깝고, 실제로 어떤 아미노산이 만들어질지를 결정하는 것은 RNA의 염기서열인 '코돈'에 달려 있다. "이 모든 것은 흥미롭고 의미심장하게도 인력, 친화성, 탈락과 결합의 교차

평균의 마음,
비주류의 마음

로 나타낼 수 있으며, 이제껏 둘씩 둘씩 결합되어 있던 네 존재가 접촉을 통해 기존의 결합을 버리고 새로운 결합을 이루는 것이다." DNA와 RNA가 협력해 아미노산을 '복제-전송-합성'하는 유전물질 생성 과정을 묘사하는 듯한 이 구절은 괴테가 『친화력』에 쓴 문장이다.

$\mathcal{O}$

왓슨은 《네이처》 논문 발표 후 3년 만에 하버드대의 교수로 초빙되었으며, 콜드스프링하버연구소CSHL 소장을 겸직하며 연구행정가로 변신한다. 그리고 40년 후 또 하나의 회고록인 『지루한 사람과 어울리지 마라』를 쓰는데, 이 책에서도 그는 공격적이고 경쟁적이며 목표 지향적인 태도를 천진난만하게 드러낸다. 그는 과학에서 배운 인생의 교훈이라며 "남이 먼저 성공하기 전에 민첩하게 움직여라." "부유한 이웃을 두어라." "기부자들과 친구가 돼라." 같은 '현실적인' 조언을 한다. 그러고는 작가 후기에서 당시 하버드대 총장이던 로런스 서머스가 조기 퇴진하게 된 설화舌禍 사건을 언급한다.

경쟁 대학인 MIT를 이기기 위해 다양한 학교발전 정책을 적극 펼치던 총장이 세계여성과학자대회에 참석해 "물리학 분야의 여성 종신교수 수가 상대적으로 적은 이유는 일류과학에 적합한 잠재력을 타고나는 여성의 빈도가 남성보다 낮아서일지 모른다."고 발언해 참석자들과 언론의 맹비난을 당한다. 그런데 왓슨은 서머스 총장이 "자신의 소신을 굽히고 일주일 안에 세 번이나 공식 사과한 것을 안타깝게 생각한다."고 썼다. 그리고 회고록 출간을 기념해 영국 《선데이타임스》와 한 인터뷰 중에 왓슨은 "서로 다른 인종이 동일한 지능을 가지리라 믿는 것은 희망일 뿐이다. 흑인을 고용해본 사람들은 내 말뜻을 알 것"이라고 말한다.

이 일로 왓슨은 CSHL에서 정직 처분을 당하고, 그 역시 하버드대 총장처럼 사과문을 발표한다. 왓슨의 우생학 발언을 일일이 다 인용할 필요는 없을 것이다. 다만 최근 소식에 따르면, 그는 CSHL이 그간 유지해주었던 명예직마저 모두 박탈당했다. 2019년 미국 공영방송의 다큐멘터리에 출연한 왓슨이 "평균적인 아이큐 테스트를 실시한 결과 백인과 흑인은 지능에서 차이가 있었고, 이는 백인과 흑인이 유전적으로 차이가 있기 때문"이며, 그가 과거에 한 인종차별적 발언에 대해 견해가 바뀌었냐는 질문에는 "전혀 아니"라고 했기 때문이다.

침팬지와 인간은 DNA 염기서열의 98.6퍼센트가 일치하고, 심지어 인간과 바나나의 유전체도 50퍼센트가 일치한다. 이런 내용을 접한 비과학도는 또 어디 가서 '우리는 절반이 바나나'라는 익살을 떨지 모른다. 과학 지식의 속성을 제대로 이해하지 못하는 사람들은 멋대로 과학을 곡해하고 어리석음

평균의 마음,
비주류의 마음

과 그릇된 신념을 사회에 퍼뜨린다. 하지만 그건 우리가 뭘 몰라서 그런다 치자. 도대체 왓슨 같은 대단한 과학자는 왜 저런 주장을 하고 그걸 끝내 고집할까. 그게 정말 '과학적으로' 옳기 때문에? 그렇다면 왓슨의 입장에서는 "불편하지만 객관적인 사실"에 저항하고 '정치적 올바름'에 집착하는 인본주의자들이 참 한심해 보이겠다.

내가 존경해 마지않는 양자물리학자 하이젠베르크는 1941년에 「빛에 대한 현대물리학의 관점에서 본 괴테와 뉴턴의 색채론_Die Goethe'sche und die Newton'sche Farbenlehre im Lichte der modernen Physik」이라는 소논문에서, 그리고 1967년에는 괴테 탄생 219주년 축하 연설에서, 독일인의 애정을 담아 괴테의 『색채론』을 옹호했다. 하이젠베르크의 논점은 괴테가 뉴턴보다 더 옳았음을 증명하려는 것이 아니라, 과학 지식 또한 인간 정신작용의 산물이고 인간의 언어로 표현되기 때문에 불완전할 수밖에 없음을 환기하는 데 있었다. 뉴턴으로부터 시작된 근대과학은 '객관'과 '실증'이라는 전제조건을 충족시키기 위해 점점 더 실제적인 자연으로부터 멀어지게 되었고, 자연과 대상에 대한 인간의 '인식작용'의 중요성을 배제했다. 그러나 인간의 과학은 어떻게 해도 결국은 인간의 의식과 관점을 초월할 수 없으며, 우리가 서로에게 지식을 전달하는 수단으로부터도 자유로울 수 없다. 일반 언어는 언제나 얼마간은 의미가 불확정적이기 때문에, 확실하고 결정적이어서 논란의 여지가 없는 개념을 추구하려면 과학은 "반드시 수학적인 언어"를 사용해야 하지만, 그 "수학적 도식들과 자연을 견줄 때는" 또다시 실제 현상과 개념 사이에 격차가 발견된다. 그리고 현대의 양자물리학이 뉴턴역학과 충돌하는 빛의 운동/파동 문제를 해결한 돌파구는 다름 아닌 '관찰자'의 존재를 인정한 것이었다.

철학 종교 예술 과학에는 동일하게 인간의 마음이 반영되는 두 갈래가 있다. 하나는 '완전하고 통일된 체계'에 대한 갈망이고, 다른 하나는 수많은 다양성을 포용하려는 노력이다. 인간은 무질서를 흔쾌히 받아들이기에는 조화로움에 대한 꿈을 포기하지 못한다. 과학사에서 폐기된 많은 주장이 '이토록 아름다운 이론'이라서 칭송되었으며, '우리의 미감에 반하는' 것이어서 여러 중대한 발견들이 무시당했다. 하지만 균형 잡힌 조화로움이라는 믿음은 돌연변이와 요동으로 가득한 세계와 필연적으로 충돌할 수밖에 없다. 하이젠베르크의 말을 빌리자면, "이상은 현실과 다르지만, 현실을 이해하기 위해서는 결국 이상화를 수행할 필요가 있다". 그렇긴 해도 "자연이 가져야 하는 이상적인 모습을 구상하는 것은 우리의 일이 아니다. 우리의 직무는 그저 사실을 있는 그대로 이해하는 것뿐이다".

인간 게놈 프로젝트를 비롯해 수많은 유전자 연구가 밝혀낸바, 지구상 모든 생명체는 동일 유전자로부터 40억 년에 걸쳐 서서히 다양하게 진화되었다. 그리고 이것은 다시, 다윈

평균의 마음,
비주류의 마음

의 위대함을 복기시킨다. 『종의 기원』이 암시한 가장 경이로운 사실은 당시에나 오늘날에나 많은 창조론자와 인본주의자들이 분개하는 '인간의 조상이 원숭이'라는 점이 아니다. "아주 단순한 생명에서 복잡한 생명으로 진화했을 것으로 생각한다."는 다윈의 말은 인간의 아득한 기원이 박테리아라는 뜻이다.* 다윈은 분자생물학이라는 것은 생기기도 전인 1859년에, 23년에 걸친 관찰과 추론, 성실한 기록 그리고 탁월한 직관으로 진화의 진실을 통찰해냈다. 우리가 칭송해야 할 인간의 지력이란 이런 것이 아닐까.

우리가 아무리 태양이 지구 주위를 돈다고 믿고 싶어도 사실은 우리의 바람대로 작용하지 않는다. 그리고 세계의 질서를 총체적으로 객관화, 보편화한다는 믿음 역시 그런 바람 중 한 가지다. 이것이 인간 지식의 실체요 한계이자 가능성인 듯하다. 우주의 법칙을 탐구하는 과학자들은 천체에서 인간에게는 없는 완전성을 볼 때 경이로운 아름다움을 느낀다고 고백한다. 나로 말하자면 인간의 불완전성이, 이토록 허술하고 미미한 존재들이 우주적 스케일로 보면 미세먼지보다 작

---

* 재미있게도 크릭은 이 사실로부터 지구 생명체는 외계의 지적 생명체가 계획적으로 심어놓은 외래 세균에서 출발한다는 "정향적 범균설"을 주장했다고 한다. 크릭은 정말이지 천재가 미친 상태 같다. 하여간 지구 세균이건 외래 세균이건 모두 지구환경에서 긴 시간 진화해왔으므로, 이제는 외래 세균도 토종화됐다고 봐야 하지 않을까.

은 행성 위에서 아옹다옹 바글거리며 그래도 제 필요한 것들을 찾아나가고 무엇인가 조금씩 이뤄내며 생명을 유지해가는 이 모습이, 저 광대한 천공만큼이나 경이롭게 다가온다. 나는 깊이 있는 인문학도도 아니고 자연과학 전공자도 아니지만, 양쪽 모두에게 하고 싶은 말이 있다. 그러니까 문과생은 과학책을 읽을 때 지나친 감정이입을 자제하고 섣부른 의인화로 괴테처럼 놀림거리가 되지 않도록 주의하자. 그리고 이과생들은 일단 여러 분야의 책들을 좀 읽으시라(고 썼지만 아마이 글도 안 읽을 테니 반향 없는 독백이겠다).

『색채론』, 요한 볼프강 폰 괴테, 권오상·장희창 옮김, 민음사, 2003.

『친화력』, 요한 볼프강 폰 괴테, 김래현 옮김, 민음사, 2001.

『생명의 도약』, 닉 레인, 김정은 옮김, 글항아리, 2011.

『이중나선』, 제임스 D. 왓슨, 하두봉 옮김, 전파과학사, 2000.

『지루한 사람과 어울리지 마라』, 제임스 D. 왓슨, 김명남 옮김, 이레, 2009.

『부분과 전체』, 베르너 하이젠베르크, 김용준 옮김, 지식산업사, 2005.

『물리와 철학』, 베르너 하이젠베르크, 조호근 옮김, 서커스출판상회, 2018.

평균의 마음,
비주류의 마음

당신이 실패하는 이유

미겔 데 세르반테스 사베드라 『돈키호테』 1605년

내가 읽은 책에 대해 다른 독자들이 쓴 서평을 주기적으로 찾아 읽는다. 온라인 서점의 짧은 리뷰에서부터 SNS나 블로그 리뷰, 작가를 비롯한 명사의 칼럼, 해외 신문 서평과 전문가 비평까지 골고루 뒤지고 다니는 편이다. 한나절, 어떤 때는 온종일 이런저런 사이트를 들락거리며 남들의 생각을 엿보다보면, 관음증의 중독성을 확실히 느끼게 된다. 하나의 텍스트가 다양한 층위의 독자들에게 수용되는 양상을 관찰하는 것은 독서 자체만큼이나 흥미진진할뿐더러, 현대 비평의 중요한 영역이기도 하다. 고전은 오래되고 널리 알려진 만큼 서평의 수도 많고 내용도 가지각색이다. 상당한 수준의 훈련이 있었음을 짐작케 하는 분석도 있고, 눈이 번쩍 뜨이도록 날카로운 시점을 보여주는 글도 있다. 물론 고전의 명성에 속아 책을 집어 들었다가 패닉에 빠진 초심자의 투덜거림도 정겹다. 그런데 언제부터인가, 그 하고많은 리뷰들에서 뚜렷한 공통점 하나가 두드러졌다.

문학 이론가나 비평가, 즉 문학작품 분석이 직업이 아닌 거의 모든 독자가 자신의 리뷰에 단서를 붙인다. 이것은 나의 사적인, 개인적인, 주관적인 감상이다, 라고. 이런 지당한 얘기는 굳이 안 하셔도 되는데. 종교재판 시대의 검열 승인서나 소비에트예술가연합의 성명서라면 모를까, 공적이고 사회적인 리뷰 같은 건 세상에 없다. 있다고 우긴다면 그건 상업적이거나 파쇼적인 거다. 종교와 관습의 억압에서 풀려난 현대인은 얼마나 엉뚱하든지 자기 생각을 말할 자유를 획득한 존재다. 감상은 더 사적이고 개인적일수록 개성적이 된다. 물론 감상평의 완성도나 내적 충실함에는 차이가 있을 수 있지만, 내 블로그에 내 독서 감상을 적는데 타인들의 평가를 의식할 필요가 있나? 오늘날 독자가 자신의 생각을 공개적으로 말하는데 이토록 소극적이고 위축된 원인은 어쩌면 현대의 콤플렉스, 즉 경도된 타당성 검증 욕구와 관련이 있을 듯하다.

가령 『돈키호테』의 가치를 논할 때, 다음과 같은 명성이라면 여러분이 만족할 만한 객관적 증거인가. 2002년 노벨연구소가 전 세계 54개국 100인의 '톱' 소설가에게 '최고의 소설'을 설문한 결과, 『돈키호테』가 호메로스와 셰익스피어의 작품을 제치고 1위를 차지했다.(복수 응답이 가능한 방식이었는

평균의 마음,
비주류의 마음

데, 거론된 전체 작품들 중 『돈키호테』를 꼽은 비율이 50퍼센트나 됐다.) 브리태니커 백과사전이 꼽은 '가장 위대한 소설 12선'에도 『안나 카레니나』『위대한 개츠비』『백년의 고독』 등과 함께 『돈키호테』가 들어 있고, 《가디언》의 '역대 최고의 소설 100선'에서 첫 번째로 호명된 작품 역시 『돈키호테』다.(어떤 작품이 걸작 목록에 포함되는 빈도와 전문가 투표 등을 인터넷 알고리즘이 종합적으로 계산해서 선정하는 〈그레이티스트 북스thegreatestbooks.org〉에는 『잃어버린 시간을 찾아서』『율리시스』 다음이 『돈키호테』인데, 이건 좀 고개를 갸우뚱하게 된다. '엄청 유명하지만 평생 읽지 않을 소설 1, 2, 3위'를 뽑은 건가 싶어서.)

각기 고유한 매력을 지닌 문학작품에 순위를 매기는 천박한 작태가 불편하다시면, 이런 건 어떨까. 당신이 이름을 들어봤거나 심지어 좋아하는 작가 중 적어도 한 사람 이상이 언젠가 『돈키호테』에 크나큰 찬사를 바쳤더랬다(플로베르, 디킨스, 도스토옙스키, 카프카, 울프, 포크너, 멜빌, 쿤데라 등.) 이쯤 되면 여러분의 마음속에는 (『돈키호테』를 읽었건 아니건) 400년째 변함없는 이 책의 영예에 깊은 불신이 생겨날 것이다. 아니 이게 그렇게까지 대단하달 책인가.

독자의 실망을 입증이라도 하듯 『돈키호테』 서평 대부분은 단조롭고 뻔하다. 불가능한 꿈에 도전하는 무모한 영웅, 아니면 불가능한 꿈에 도전하는 허술한 미치광이. 타당성 비판에 휘말리지 않으려고 스스로를 검열하는 독자들이 그토록 사적이고 주관적으로 작성했다는 리뷰가 이렇게까지 한마음 한뜻이라니, 미스터리가 아닐 수 없다. 독자 리뷰를 읽는 즐거움은 다양하고 개성적인 시점을 경험하는 데 있는데,『돈키호테』만은 독자 집단이라는 것이 있어서 '이것이 우리 모두의 생각'이라고 합의라도 한 듯 천편일률이다. 문학가들의 격찬과 대중 독자의 심드렁한 반응의 온도차 면에서도 세르반테스는 다시 한 번 셰익스피어를 능가한다. 시대의 보편자들에게 이해받지 못한 조롱거리, 가련한 웃음 유발자 돈키호테는 이제 너무 많이 왜곡되어 돌이킬 수 없는 존재가 되었다.

○

우리를 둘러싼 사물과 세계에 통제력을 발휘할 수 있다는 믿음은 일관된 자기인식을 형성하는 중요한 요소다. 나는 이런 사람이다, 라고 스스로 생각하고 말할 때, 그 '나'는 어떤 상황들과 조건들 속에서 특정한 방식으로 반응하는 자아상이다. 하지만 뜻밖의 사고, 기대하지 않은 행운, 생소한 장소, 낯선 언어, 하다못해 기묘한 작은 우연에도 이런 친숙한 나는 쉽사리 흔들린다. 하물며 절체절명의 위기나 돌연한 성공 같은 급작스러운 변화가 정신에 일으키는 요동은 우리를 자신으로부터 분리시켜 대상으로 바라보게 하고, 그럴 때의 나는 평소

평균의 마음,
비주류의 마음

알던 나와는 딴판으로 느껴진다. 이 분열을 극복하고 흩어진 자아의 조각들을 이어 붙여 익숙한 나로 돌아오려면 어떤 이야기, 스스로 납득할 수 있는 설명이 필요하다. 근대modern소설은 바로 이 요청에 응답하려는 문학이다.

『돈키호테』는 최초의 근대소설이다. 이것은 나에게 오랫동안 '지식'이었다. 문학이론과 문예사조사를 다룬 책들에서 그렇게 배웠다. 이 정의를 누가 맨 처음 선언했는지는 모르겠지만*, 내 기억의 범위 안에 있는 모든 이론가가 돈키호테라는 캐릭터의 근대성modernity을 반박 불가능한 논거로 피력했다. 게오르크 루카치, 앙리 베르그송, 미하일 바흐친, 노스럽 프라이, 해럴드 블룸 등. 아무려나, 돈키호테에 무심한 여러분에게라면 어떠한 탁월한 문학이론을 들이밀어도 설득당할 의향은 생겨나지 않을 것이다. 논리나 이성은 단 한 사람의 마음을 바꾸는 데도 그다지 신통한 힘을 발휘하지 못한다. 나처럼 권위에 쉽사리 무릎 꿇는 순종적인 학생만이 위대한 비평가들의 성찰에 탄복하며, 그들의 관점에 따라 『돈키호테』를 해석해보고는 그 다층성에 응당한 경의를 표한다.

널리 알려진바, 돈키호테가 근대인인 이유는 이런 것들이다. 1) 그는 이름이 '키하다'인지 '케하나'인지 '케사다'인지

---

* 열린책들에서 펴낸 『돈키호테』 표지에는 프랑스의 비평가 알베르 티보데(1874~1936)의 말로 인용되어 있는데, 이분 글을 읽어본 적이 없어 출처를 밝힐 수 없다.

불분명한 존재였으나, 돈 '키호테'라는 이름을 지어 자신에게 부여한다. 고유한 이름을 가진 존재임을 선언하는 것은 근대인의 첫 번째 징표다. 2) 이로부터 근대소설의 선결조건, 즉 작가가 자기 이름으로 출판될 것을 전제로, 의식적으로 창작한 산문 서사여야 한다는 공식이 생겨난다. 『돈키호테』는 이 요건 또한 완벽하게 충족한 첫 번째 소설이다. 3) 자기 존재의 개인성을 자각한 인물은 개성을 갖는다. 양식화된 우화의 캐릭터가 아니기 때문에 그가 겪는 고난은 독특한 한 개인의 문제로 축소된다. 돈키호테의 시련은 신의 명령도 아니고 시대의 임무도 아니다. 그는 모험을 삶의 방식으로 스스로 선택했으며, 따라서 그가 겪는 실패 역시 그만의 고유한 개성의 일부다. 4) '로망무훈담, 기사소설'은 소설의 전 단계 양식이지만 세속화된 신화에 더 가까워서 인물의 육체성을 숨긴다. 편력기사는 창에 찔려도 비명을 지르지 않고 칼에 베여도 피를 흘리지 않는다. 편력기사는 결코 죽지 않는다. 그에 반해 돈키호테의 사지는 각종 분비물을 쉼 없이 뿜어내고 부러지고 쓰러지고 으깨진다. 그리고 마침내 라만차의 기사 돈키호테는 시골 귀족 알론소 키하노로 죽는다. 이토록 생생한 몸뚱어리의 등장은 『돈키호테』가 최초다. 5) 과장법과 평면성으로 이루어진 로망의 세계에 우당탕 뛰어들어 이야기의 도식을 망가뜨리는 돈키호테의 물질성. 이것이 특히 중요하다. 왜냐하면 물질적 존재라는 인식으로부터 사실성의 싹눈이 돋아나기 때문이다.

평균의 마음,
비주류의 마음

6) 그리고 이 모든 요건들의 합으로서 돈키호테는 1605년의 사람들에게 우스꽝스러운 미치광이가 된다.

　해석이라는 돋보기를 대고 보면 『돈키호테』는 기적에 가까울 만큼 독창적이고 독보적인 걸작이 틀림없다. 그러나 내가 스스로 펼쳐 읽을 때의 『돈키호테』는 자주 웃기다가 놀랐다가 안도했다 대환장 파티인 전개에 속이 터지다 삼천포로 빠져 어리둥절하고 끝내는 마음이 아파서 엉망진창의 혼란한 기분이 수습되지 않는, 쓸쓸하지만 위로가 되는 이상한 책이다. 객관화된 지식과 내 감상 사이의 이 거리감. 그리고 독자 개개인의 성향 문제로 치부하기에는 너무도 광범위하게 퍼져 있는 돈키호테에 대한 사람들의 불호와 내가 느끼는 친근감 사이의 간극. 나는 여기에 '돈키호테 문제'라는 이름을 붙이고 혼자 고민해왔다.

　현실도피적 소설광, 이야기와 실제를 구분하지 못하는 망상 환자, 허황된 영웅심리로 불필요한 소동만 일으키는 관종, 그래서 사람들에게 손가락질받는 모지리. 좋게 말하면 남들의 시선을 개의치 않고 자기만의 꿈을 좇는 기인, 실패에도 굴하지 않고 허튼짓을 거두는 괴짜, 그러느라고 주위 사람들을 곤경에 빠뜨리는 민폐. 백작 작위와 통치할 섬을 하사하겠다는 터무니없는 약속으로 무지렁이 농부 산초 판사Panza를 종자로 삼아서는 하루가 멀다 하고 얻어터지게 만들고, 오다 가다 마주치는 아무나(그리고 종종 아무거나, 양 떼라든지 풍차라든지)에게 달려들어 창을 휘두르고 시비를 걸다 곤죽이 되는 무능력자. 돈키호테는 일면식도 없는 사람들의 삶에 불쑥 끼어들어 그들의 안온한 현실을 헝클어놓는다. 이런 캐릭터에 호의를 품을 독자는 많지 않다.

그러나 이것은 돈키호테에 관한 잘못된 설화일 뿐이다. 정말 많은 사람이 『돈키호테』를 문학이 아니라 우화로 읽고 그의 언행을 재판하려 한다. 돈키호테를 긍정적으로 이해하고자 할 때 흔히들 "불가능한 꿈일지언정 실현하려고 노력하는 삶"이라고 말한다. 여기에 오해의 단초가 있다. 불가능을 가능한 현실로 바꾸려는 개혁가는 본질적으로 체제 전복자다. 관습화된 사회에 위협을 가하고, 현실적 가치를 수호하는 기성 집단을 공격함으로써 자신의 혁명을 완수하려 하기 때문이다. 소문과 달리, 책에 쓰인 그대로만 보면(물론 나의 주관적 관점이다.), 돈키호테는 허약한 관념론자, 편력기사의 이데아를 추구하는 이상주의자에 더 가깝다. 그래서 오르테가 이 가세트는 『돈키호테 성찰』에서 그를 "신성하고 고독한 그리스도의 슬픈 패러디"라고까지 했다. 돈키호테는 용감무쌍하고 거침없는 혁명 선동가가 아니라 순수한 이념가, 총알이 아니라 방아쇠다. 그런데 어째서 사람들은 그에게 도전자

평균의 마음,
비주류의 마음

의 이미지를 씌워 단죄하려 하나. 왜냐하면 이상주의자는 실천가보다 더욱 근본적인 문제로 우리의 심기를 불편하게 만들기 때문이다.

이상주의자는 비판 정신을 포기하는 대신 일신의 안위를 보장받은 현실주의자들과 스스로를 대조시킴으로써, 대중 다수의 속물성과 불완전성 그리고 윤리적 모순을 드러낸다. 또 이상주의자의 모험은 합리적 실용주의자들의 삶을 특색 없고 단조로운 일상으로 퇴색시킨다. 원칙과 절차를 엄중히 따르는 이상주의자는 모든 개혁가에게 내재된 '목적을 위한 수단의 정당화' 가능성조차 없다. 그리고 만일 이상주의자가 올바르게 방향을 설정해 충분한 파급력을 발휘할 경우, 그에게 감화된 행동주의자들이 현실을 와해시키고자 나설 수 있다. 이토록 위험한 사상가라서, 모두가 공모해 그를 소달구지에 가둬 집으로 돌려보내고, 마법에 걸린 것은 당신이라며 그를 미친 사람으로 몬다.

돈키호테는 실패한 이상주의자다. 그가 실패하는 것은 수구집단의 욕망에 봉사하는 세력이 그를 집요하게 추적하고 제어해서다. 그러니까 『돈키호테』는 불가능이라고 단정하는 시선들과 불가능이어야 한다고 믿는 보편자에 맞서 싸운 사람의 이야기로 읽혀야 마땅하다. 그는 무모한 영웅이 아니라, 영웅의 정석이다. 다만 신화화된 영웅 서사에서는 무결점인 존재가 승리하도록 온 우주가 돕는데, 돈키호테는 전대미문의 사실적인 육체로 고약할 정도로 세속적인 현실을 활보한다. 그는 너무도 새로웠기 때문에 실패하고, 실패했기 때문에 미움받는다. 우리가 돈키호테를 싫어하는 진짜 속마음이 이거다. 그를 향한 비난의 기저에서 공유되고 있는 감각은 유용성과 성과에 대한 추종이다. 우리에게 득이 되지 않는 주장을 펼치고 우리가 정한 룰의 폐단을 지적하는 단독자로서 패배하기 때문에, 돈키호테는 이솝우화 속 치기 어린 개나 무모한 원숭이처럼 희화된다.

신과 자연에 복종해온 근세 이전의 인간에게 세계는 나와 분리되어 있지 않았다. 개인이라는 아이디어는 불가능했고, 따라서 개성적 가치관도 불필요했다. 그러나 근대인은 합일된 전체가 허구임을 깨달았고, 이로부터 '집단 사회 국가'의 대립항인 '개인' 개념이 형성되었다. 근대인은 자기 망막에서 신성神聖이라는 렌즈를 떼어내고 주위를 둘러본다. 그러고는 우리 인생이 겨우 "이것밖에 안 되는 쳇바퀴"임을 발견하자 놀라고 실망해 우울에 잠긴다. 루카치가 『돈키호테』를 "신이 버린 시대의 서사시"라고 말했을 때, 이는 근대인의 해소되지 않는 우울증을 표현한다. 시름으로 방황하던 근대인이 마침내 신 대신 마련한 돌파구는 구성원 다수의 이익을 개인보다 우선시하는 실리주의다.

사회화된 근대인은 각자의 생기를 내면화하여 집단에 영향을 끼칠 불안 요소를 제어하게 됐다. 상상력은 "존재의 무

평균의 마음,
비주류의 마음

거운 짐을 벗어 놓고 도망치도록 해주는" 환각의 용도로만 처방되었다. 그런데 이때 돈키호테라는 돌발변수가 나타나서 "광범위하게 형성된 타성"을 거부하고 "아직 실현되지 않은 존재가 되려고 하는 의지"를 천명하자, "근대에 숨어 있는 위선적인 성격"은 음험한 본모습을 드러낸다. 돈키호테는 "우리 내부에 도사리고 있는 평범성이 가장 싫어하는 것", 즉 보통의 다수에게 공평무사하게 작용하는 중력을 거스르고 솟구치려는 "발사체"의 속성을 갖고 있다.

개성적 개인인 돈키호테는 시스템에 오류를 일으키는 악성코드, 예측 가능한 범위를 넘어서는 미지의 변수로 평가절하된다. 통제를 제일의 미덕으로 삼는 사회에 해로운 유형의 돌연변이라서 배척되는 것이다. 이 반작용의 부도덕성을 깨달을 필요가 있다. 원대한 꿈을 좇는 나 자신에 대하여는 관대한 아량을 요구하면서, 자신의 이상을 좇으려는 수많은 돈키호테를 경원시하는 우리의 이중성 말이다. 합리와 타당성을 추구하는 현실주의자들은 돈키호테를 좌초시키는 데는 성공할지 몰라도, 스스로를 패배시키고 있음은 깨닫지 못한다.

돈키호테가 그토록 미움받을 때, 가장 자주 동정받는 인물은 그의 종자 산초다. 정신이 온전치 못한 주인 때문에 무고한 하인이 팔자에도 없는 생고생을 한다고. 제정신인 독자라면 산초에게 공감하기가 훨씬 쉽다는 건 알겠다. 그렇지만 돈키호테와 산초는 자신들을 한시도 떨어질 수 없는 일체, 한 몸

안의 두 인격으로 여긴다. 산초가 적당히 셈하고 적당히 타협하며 살아가는 사회인인 나라면, 돈키호테는 다른 누구와도 비슷하지 않고 어떤 누가 바꿀 수도 없는 내 안의 본래 나다. 그러니까 독자가 산초를 가엾어하며 돈키호테에게 눈을 흘길 때, 그는 세상 사람들의 눈으로 부적응하는 자기 자신을 못마땅해하는 것이 아닌가.

모든 현대인은 자기 삶에 대해서 얼마간은 돈키호테적이다. 한 치 앞을 모르면서 계획을 세우고, 이뤄지지 않을 무수한 헛꿈을 꾼다. 가끔 뭔가에 도전해보지만, 조금 안 됐다고 금세 포기하거나, 이상한 데 꽂혀서 망할 때까지 버틴다. 돈키호테를 부정하는 것은 헛발질하는 자기 삶을 비판하는 것이고, 이것이 최악의 실패다. 어리석은 우리들과 달리, 돈키호테와 산초는 서로를 진심으로 아끼고 돌본다. 실성한 돈키호테보다는 맨 정신인 산초 입장이 더 자주 고달프긴 하지만, 그건 현실에서도 마찬가지다. 설령 잠자리에 누워서는 자기가 낮에 한 어떤 바보짓을 떠올리며 이불을 차올릴지라도, 서로 이해하며 있는 그대로 받아들여주는 정다운 돈키호테와 산초처럼, 세상살이에 닳아가는 자신을 안쓰러워하는 만큼 그 아래 억눌려 지내야 하는 엉뚱하고 제멋대로인 당신 자신도 조금만 더 사랑해주시길.

인생은 한 걸음만 떨어져서 보면, 인과관계가 희박하고 우발적인 듯 보이는 무수한 사건의 연속이다. 그럼에도 우리

평균의 마음,
비주류의 마음

는 각자의 삶을 그럴듯한 줄거리를 가진 이야기로 다듬어 기억하고 추억한다. 이런 의식 작용이 없다면 자기정체성을 유지할 수 없다. 만물을 설명해주는 단일 원리를 상실한 현대인은 반박 불가능하고 절대적인 판단 기준을 가질 수 없다. 나를 둘러싼 시스템과, 막막하고 위태로운 내 자유의지만이 내 삶의 최종적이고 유일한 준거가 된다. 그래서 시점perspective이 무엇보다 중요해진다. "세계의 궁극적 존재는 (……) 세계를 바라보는 관점일 뿐이라는 확신을 언제쯤 열린 마음으로 받아들일 것인가?" 오르테가의 심원한 물음에 답하기 위하여, 우리는 다시 돈키호테를 사유해야 한다.

『돈키호테』, 미겔 데 세르반테스, 박철 옮김, 시공사, 2004; 안영옥 옮김, 열린책들, 2014.

『문학의 이론』, 르네 웰렉 · 오스틴 워렌, 이경수 옮김, 문예출판사, 1987.

『비평의 해부』, 노스럽 프라이, 임철규 옮김, 한길사, 1982.

『소설의 이론』, F. K. 슈탄첼, 김정신 옮김, 문학과비평사, 1990.

『현대소설론l'univers du roman』, 롤랑 부르뇌프 · 레알 월레, 김화영 편역, 문학사상사, 1986.

『커튼』, 밀란 쿤데라, 박성창 옮김, 민음사, 2008.

『웃음』, 앙리 베르그송, 정연복 옮김, 세계사, 1992.

『돈키호테 성찰』, 앞의 책.

평균의 마음,
비주류의 마음

부자의 딜레마

윌리엄 셰익스피어 『베니스의 상인』 1596년

『목민심서』「진황」편을 보면, "황정荒政이 곧 목민牧民하는 재능"이라는 구절이 있다. 기근이 들었을 때 관리가 백성을 어떻게 보살피는가, 즉 재난 상황에서 컨트롤타워 역할을 잘하는 것이 공무원의 행정 능력의 핵심이라는 얘기다. 다산은 바람직한 황정으로 중국의 권분勸分을 추천하는데, 국가가 부자들의 곡식 비축량을 전수조사한 후 시세보다 조금 비싸게 사들여 백성들에게 나눠주는 방식이라고 되어 있다. 부자의 사유재산권을 존중하면서도 그들이 베풂을 실천하도록 국가가 개입하는 것인데, 나눔을 '권'한다지만 실상은 강제하는 것이나 다름없으니 자유시장의 원칙은 아니다.

그렇지만 정약용이 우리나라 관리들에게 중국의 권분법을 권한 이유를 알고 나면, 그나마 그 정도면 합리적이라는 생각이 든다. 왜냐하면 후기 조선의 관리들은 기근이 들면 일단 부자들을 잡아다가 곤장을 친 후 관아에 곡식을 바치도록 했기 때문이다. 1814년의 한 사례를 보면, 목민은커녕 부패 정치인과 양아치가 판치는 세상이다. 군수를 통해 조만간 권분령이 떨어질 거라는 정보를 입수한 어느 유생이(정식 관리도 아니고 한갓 글공부하는 선비가) 고을 최고의 부자에게 찾아가 '나에게 100냥을 주면 수령에게 로비해서 너에게 할당될 1000냥에서 300냥은 줄여주겠다'고 한다. 당연히 부자는 유생의 제안을 거절하는데, 결국은 맞을 만큼 다 맞고나서 유생에겐 뒷돈을 수령에겐 700냥을 바친다. 이러니까 "흉년이 들면 사는 것이 죽는 것만 못하고 부자가 가난뱅이만 못하다."는 말이 나올밖에.

부가 정치적 정당성을 획득한 것은 19세기 미국에서부터였다. 왕도 귀족도 없이, 1776년에 이민자들이 건국한 이 신세계에서 민주주의란 누구든지 자수성가할 수 있는 자유시장을 보장하는 것을 뜻했다.(그래서 미국은 세계에서 가장 강력한 반反독점법을 시행하고 있다.) 물려받은 부와 신분은 아무도 못 가졌으니 평평한 운동장이고, 성공이 오직 본인의 근면과 노력 그리고 얼마간의 운에 달려 있다면, 부자가 되었다는 사실은 곧 그 사람이 훌륭한 미덕을 갖췄다는 증거다. 오늘날 우리가 공유하는 '숭지로시의 부자' 관념은 여기서 비롯했다.

미국 역사상 가장 위대한 부자로 꼽히는 앤드루 카네기

평균의 마음,
비주류의 마음

는 스코틀랜드의 가난한 직조공의 아들로 태어났으나 13세에 미국으로 건너가 철강 철도 해운 사업으로 억만장자가 되었다. "부의 복음The Gospel of Wealth" 전도사로, 부자의 사회적 책무를 무엇보다 강조했던 카네기는 『승리의 민주주의Triumphant Democracy or Fifty years March of the Republic』라는 저서를 이렇게 시작한다. "비록 내 고국은 나의 동등함을 부인했으나, 평등한 법 아래에서 나를 타의 귀감이 되게 해준 사랑하는 공화국에 이 책을 바친다."

하나, 유구한 역사와 유교 문화의 전통을 가진 우리 민족은 체면과 예의범절을 중시하고 위아래를 따지는 법도가 확실하여 도저히 졸부를 '최고의 민주적 영웅'으로 치켜세울 수가 없다. 직업에 귀천이 없다는 말이 진실이었던 때가 없고, 자유자본주의 사회인 오늘날에도 돈을 천시하는 사고방식은 여전하다. 무슨 소리! 나 돈 되게 좋아하는데? 반문하시는 분들도 다만 '정승처럼 쓰고' 싶을 뿐이지 '개처럼 벌고' 싶은 마음은 없을 것이다. 조선 최고의 실학자였던 박지원의 「양반전」은 양반의 허위의식과 부패상을 조롱한 풍자문학으로 널리 해석되지만, 실은 200년이 지난 지금까지도 위력을 발휘하는, 부에 대한 이중적 태도를 극명하게 보여준다.

학문은 더없이 높았으나 누구보다 가난한지라 막대한 세금*을 체납하고 있던 선비에게 고을의 부자가 찾아온다. 세금

---

* 원문은 '환곡'이다. 국가가 추수기에 곡식을 비축했다 춘궁기에 농민에게 빌

을 대납해줄 테니 양반 지위를 파시라. 당사자 간 거래는 이견 없이 성사되었는데, 문제는 그다음이다. 1000석에 달하는 체납금이 일시불로 납부되자 이를 의아히 여긴 군수가 사정을 알아보고는, 양반 매매증서를 수여하겠다며 부자를 부른다. 군청 소속 행정공무원 전원이 근엄하게 도열한 가운데 군수가 '양반의 도리'를 낭독하는데, 사서삼경과 삼강오륜에 따라 엄격한 자기수련을 해야 하는 양반의 삶은 족쇄 그 자체요, 양반 지위를 앞세워 저지르는 패악은 도적의 행태나 다름없다. 군수는 이 증서에 적힌 내용 중 하나라도 어길 시, 거래는 원천 무효임을 엄중히 경고한다. 결국 부자는 양반 되기를 포기하고 만다.

물론 당시의 사회체제를 감안하면 이 정도 비판도 꽤 진보적이라 하겠지만, 그럼에도 그 바탕에 자리 잡은 굳건한 계급의식은 어쩔 수가 없다. 표면적으로는 양반을 풍자했지만 이 이야기에서 실질적 손해를 입은 사람은 부자밖에 없다. 가난한 선비는 체납 세금을 해결했고, 군수는 어쨌거나 세금 환수에 성공했으니 아쉬울 게 없는데, 부자는 1000석 쌀을 날리

려주는 제도로, 빈민 구제와 농업 생산성 유지가 목적이었다. 그러나 조선 후기에 들어서는 환곡을 강제로 대여한 후 이자를 붙여 수익을 추구함으로써 간접세 형태를 띠게 되었고, 농민 수탈 수단으로 전락했다. 즉 가난한 선비가 실제로 쌀을 1000석(1석=144킬로그램), 즉 14만 4000킬로그램이나 먹어치운 게 아니라, 연체과징금이 1000석에 이른 것.

평균의 마음,
비주류의 마음

고* 군수의 언변에 말려 '감히 양반 되려던 꿈'을 좌절당한 것이다. 부자는 '네 가진 것을 베풀라'며 곤장이나 맞고 다닐 뿐, 선비에게 대납해준 쌀의 반환을 청구할 수도 자신에게만 엄격한 룰을 적용하는 군수의 불공평에 항명할 수도 없었을 것이다. 돈으로 신분을 사고자 하는 욕망에 대한 비판은 결국 이쪽이든 저쪽이든 '선'은 넘지 말라는 메시지다. 부자는 그저 돈이 많은 사람일 뿐, 그의 인격에도 재산에도 존중할 만한 가치는 부여되지 않는다. 바로 이 지점에서 부자의 딜레마가 생겨난다.

「양반전」의 부자만큼이나 억울하고 유명한 서양 부자로는 샤일록이 있다. 셰익스피어의 희곡 『베니스의 상인』에 나

---

* 오늘날 쌀값으로 환산해보면 약 4억 원이다.(2020년 쌀 한 가마니 80킬로그램 시세 22만 원을 적용했을 때, (144×1000)÷80×220,000=3억 9600만 원.) 그렇지만 실제 가치는 그보다 훨씬 크다. 조선시대 정1품 정승의 1년치 녹봉이 비단과 쌀을 모두 합해 쌀 100석 정도였다고 하는데(《농민신문》, 2009년 7월 20일자.), 이를 정승과 비슷한 직급의 현 국무총리 연봉 1억 7500만 원과 비교하면, 1000석은 아무리 못해도 17억 원에 이르는 막대한 돈이다. 지방행정부가 군민을 상대로 이렇게나 큰 금액의 이자놀이를 하는 것도 부당하고, 이걸 밀리고도 태연히 글만 읽는 선비더러 도가 높다 이르는 것도 웃기는 짓이다. 그나저나 그 부자는 대체 얼마나 큰 부자였기에 17억을 버리고 돌아설 수 있었던 것일까. 그 야말로 군자로다!

오는 고리대금업자 유대인 말이다. 물론 제목의 '베니스의 상인'은 샤일록이 아니다.* 국제무역 상선 투자자인 안토니오는 바람직한 부자다. 후덕하고 너그러워 곤궁한 이들에게 돈을 꿔주더라도 절대 이자는 받지 않는다. 이 훌륭한 베니스 시민이 어쩌다 악질 고리대금업자와 얽히게 되었나. 그의 절친인 바사니오가 포셔라는 처녀에게 반해 청혼하려는데, 대부호인 아버지가 일찍 죽어 막대한 재산을 물려받은 여인이라 구혼자들이 문전성시를 이루는 중이다. 해서, 경쟁자들에게 꿀리지 않으려면 이래저래 자금이 필요하니까 샤일록에게 돈을 꾸면서 보증을 서달라고 부탁했기 때문이다. 안토니오는 하필 이때 여러 척의 배에 거액을 투자한 상태라 수중에 현금이 없다. 하지만 사랑하는 친구를 도울 수 있다면 얼마간의 모욕은 감수하기로 한다.

셰익스피어를 좋아하는 고상한 문학 독자들께선 아마 별 관심이 없으시겠지만, 이 대부 계약에서 오간 돈의 액수와 거래 조건은 따져볼 필요가 있다. 바사니오가 샤일록에게 3000두카트ducat를 딱 3개월만 쓰겠다고 (돈 떼먹는 채무자의 흔한 대사를) 하자, 샤일록은 이자를 면제해주는 대신 상환일을 넘길 시 연대보증인 안토니오가 페널티를 감수하는 계

---

* 현대 이전의 작품에서 안타고니스트(반영웅, 악인, 반동적 캐릭터)는 역할 비중이 아무리 커도 제목으로 올 수 없었다. 이 규칙은 여성에 대한 거부감보다 훨씬 강했다.

평균의 마음,
비주류의 마음

약서를 작성해 공증하기로 한다. 아시다시피, 샤일록의 조건
이란 보증인의 심장 근처에서 살 I파운드(450그램)를 도려내
는 것이다.

여기서 궁금증이 생긴다. 대체 얼마나 큰 액수기에 이런
비정상적인 대부 계약서가 문제없이 법률로 공증될 수 있었
을까. 17세기 베네치아는 국제무역의 중심지로, 베네치아 금
화인 두카트는 오늘날 달러와 같은 기준 화폐로 쓰였다. 당시
두카트는 순도 97~98퍼센트의 금으로 만들어졌으며, 개당
3.5그램이었다. 2021년 8월 현재 국제 금 시세는 I트로이온스
(약 31그램)당 1729달러로, 3000두카트면 한화로 7억 원에 육
박한다. 당시 베네치아 시민 한 명의 I년치 생활비가 2두카트
내외였다고 하니, 실제 가치는 훨씬 컸겠다. 샤일록도 이만
한 거액은 갖고 있지 않아서 다른 유대인 대부업자에게 부족
분을 꿔 온다. 이제 돈의 크기를 알고나니 생각이 좀 바뀌시
는지.

일단 안토니오는 친구를 잘못 사귀었다. 허세에 찬 귀족
바사니오는 이 전에 이미 사치와 방탕으로 가산을 탕진하고
빚더미에 올라 있었다. 그가 포셔에게 관심을 갖게 된 동기에
그녀의 막대한 유산은 결정적이었다. 그는 "이제까지 진 빚을
명예롭게 갚고 부자가 될 마지막 기회"로 청혼을 택했다. 그
러고는 인생 역전의 비즈니스를 성사시키기 위해 또다시 무
리한 대출을 끌어온 것인데, 이게 연극이니 망정이지 현실이

라면 전형적인 사기범의 행각이다. 이런 친구를 말리기는커 녕 흔쾌히 보증을 서주다니, 기업가로서 안토니오의 자질과 안목이 의심스럽다.

그뿐 아니다. 샤일록이 이렇게 큰돈을 과연 석 달 안에 무사히 갚을 수 있겠느냐고 묻자 안토니오는 오만하게 답한 다. 그때쯤엔 내 배에서 나올 수익이 3000두카트의 세 배의 세 곱이니까 염려 붙들어 매시라.(우수리는 떼고 계산해도 무려 60억이다.) 그는 자기 목숨을 담보로 하는 계약서에 서 명하면서 기대수익의 최대치만 셈할 뿐, 손실에 대해서는 아 무런 대책이 없다. 제아무리 타고난 부자라도 자연재해와 같 은 불운 앞에서는 속수무책이기 마련인데, 해상무역이라는 큰 사업을 하시는 분이 리스크 관리에 이토록 소홀하다니.

안토니오가 기한 내에 빌린 돈을 갚지 못하게 되자 샤일 록은 소송을 걸지만, 피는 한 방울도 안 되고 "계약에 따라 순 전히 살만" 떼어가라는 판사의 명령을 지킬 도리가 없어 결국 포기하고 만다. 이렇게 만사 잘 해결되었으니 후련한가. 잔인 하고 비정한 부자를 응징한 재판관이 실은 변장한 여인 포셔 였다는 설정 또한 이 작품이 안겨주는 쾌감의 한 축이지만, 내 가 만일 샤일록이라면 이 판결은 억울해서 지병을 얻을 만하 다.(그는 판결문을 듣자 급격히 몸이 안 좋아진다.)

평균의 마음,
비주류의 마음

『베니스의 상인』에서 쟁점이 되는 경제와 법률의 두 축은 근대적 관점의 출현과 깊은 관련이 있다. 먼저, 샤일록의 주장을 요약해보면 세 가지 질문이 생겨난다. 첫째, 적법한 절차에 따라 이루어진 계약일지라도 그 이행을 요구하는 것이 위법이라고 판단하는 요건은 무엇인가. 둘째, 도덕적 선택 행위인 자비/자선/기부를 국가가 개인에게 명령한다면, 그러한 명령권은 어떤 경우에 정당한가. 셋째, 이윤 추구의 수단으로 빌려준 돈에 대해 청구하는 이자를 법으로 제재한다면, 그 이유와 목적은 무엇인가.

이 중 세 번째 질문은 샤일록이 안토니오에게 증오에 가까운 원한을 품게 된 동기와도 관련이 있다. 평소 안토니오는 누구에게나 이자 없이 돈을 빌려줌으로써 지속적으로 샤일록의 사업을 방해했다. 안토니오는 대부업 자체를 비난하면서 공개적인 장소에서 샤일록을 이자나 받아먹는 개자식이라고 욕하고 침 뱉고 발길질했다. 샤일록은 반문한다. 돈으로 돈을 벌면 왜 안 되나. 이는 초기 자본주의 형성기에 대두된 가장 근본적인 물음이며, 이에 대한 답은 영국의 경제학자 애덤 스미스가 1776년에 발표한 『국부론』에서 찾을 수 있다.

"어떤 나라에서는 화폐에 대한 이자가 법으로 금지되어 있다. 그러나 어떤 곳에서든 화폐를 사용해서 무엇인가를 얻을 수 있으므로, 화폐의 사용에 대해 무엇인가를 지불해야 한다." 채무자는 자신의 목적/필요/이익을 위해 채권자의 돈을 사용한 것이므로, 그 대가를 이자의 형태로 지불해야 한다는 '교환의 원리'다. 이는 토지를 빌려주고 경작물의 일부를 지대로 받는 것이나, 노동을 제공하고 급여를 받는 것과 다르지 않다. 모든 경제활동의 근간은 분업과 교환이며, 자본 자체도 자원으로서 대여하여 수익을 추구할 수 있다. 특히 스미스는 이자를 법으로 금하면 채무자는 채권자가 고리대로 처벌받을 위험에 대한 보험까지 해줘야 하기 때문에(누군가는 살다보면 꼭 급전이 필요해지고 또 누군가는 기어이 돈놀이를 할 테니까) 해악이 가중된다고 보고, 이를 방지하기 위한 법정이자율을 권고한다. 그는 18세기 당시 여러 나라의 이자율을 비교한 후, 연 4~5퍼센트 정도가 적정하다고 판단한다. 이자율이 10퍼센트 이상이 되면 이자소득이 임대소득보다 높아져 땅값이 떨어지고, 이자율이 지나치게 낮아지면 지대가 폭등하기 때문이다.

무엇보다 스미스는 이자율과 관련해 샤일록에게 매우 유리할 만한 진술을 하는데, 다음과 같다. "최저의 보통 이자율은, 대부할 때 조심을 하더라도 면하기 어려운 우연한 손실을 보상하는 데 충분한 것보다 커야만 한다. 이자율이 이것보다 크지 않으면 자선 또는 우정이 대부의 유일한 동기일 것이다." 그렇다. 샤일록에게는 안토니오(와 그 친구)에게 우

평균의 마음,
비주류의 마음

정이나 자선으로 돈을 빌려줄 어떠한 동기도 없었다. 그렇다면 3000두카트라는 막대한 금액에 대한 위험부담분을 고려한 적정 이자율은 얼마일까. 또는 이자를 면제해주는 대신 보증인의 신용담보로 대출이 이루어졌다면, 보증인의 배상책임 한도는 얼마일까. 아무래도 이게 쉽게 계산이 안 되니까 안토니오도 순순히 엽기적인 신체포기 계약에 합의하지 않았을까. 스미스가 명시하고 있듯, "인간은 항상 다른 동포의 도움을 필요로 하는데, 단지 그들의 선심에만 기대해서는 그 도움을 얻을 수가 없다. 거지 이외에는 아무도 전적으로 동포들의 자비심에만 의지해서 살아가려고 하지 않는다".

자본의 관점에서 보면, 상인 안토니오가 샤일록의 이자 수수를 비난하는 데는 이율배반의 요소가 있다. 안토니오는 대부업이 돈을 빌미로 남의 돈을 뺏는 도둑질이라고 한다. 하지만 안토니오 자신도 무역선에 투자해 부를 창출한다는 점에서 돈으로 돈을 벌기는 매한가지다. 심지어 안토니오는 자신의 수익률이 원금의 세 배의 세 배, 즉 900퍼센트나 된다고 자랑했는데, 이 정도면 대부업자 샤일록과는 차원이 다른 거대 자본가다. 사실 둘 사이의 이자 논쟁에서 부각되는 것은 기독교와 유대교의 대립이다. 샤일록은 경제의 관점에서 이자를 주장하는데, 안토니오는 이를 종교(윤리)의 관점으로 비판한다. 제삼자가 보기에 이 논쟁에선 안토니오가 패자다. 그런데 아무도 샤일록 편을 들지 않는다. 샤일록이 항변하듯이,

이는 기독교도 베니스인들의 이교도 외국인에 대한 차별이다. 그래놓고는 재판이 벌어지자 판사와 베니스 공작까지 모두 합세해 샤일록에게 자비를 요청한다. 샤일록에게는 선처를 거부할 법적 권리가 있고, 그렇게 한다.

바로 이 선택이 소송의 성격을 민사에서 형사로 전환한다는 사실을 샤일록은 인지하지 못했다. 형법의 근대성은 개인의 신체의 자유와 생명을 어떠한 경우에도 침해할 수 없는 고유권으로 인정하는가 여부에서 출발한다. 대다수 나라의 형법이 쌍방의 자발적 합의가 있었더라도 타인의 자살이나 안락사를 도운 사람을 자살 방조죄나 살인 교사죄로 처벌하는 것도 같은 이유에서다. 안토니오는 온전한 정신 상태로 자유의지에 따라 자필서명했으며, 그가 계약의 내용을 충분히 이해하지 못했다고 볼 어떠한 근거도 없다. 그는 일이 잘못되면 계약에 따라 친구를 대신해 죽겠다고 본인 입으로 말했다. 아무리 그렇다고 해도 법은 샤일록에게 타인의 목숨을 좌우할 권한을 허용하지 않는다. 이것이 그의 첫 번째 질문에 대한 답이다.

샤일록은 부자 아내와 결혼에 성공한 바사니오가 원금의 두 배를 배상할 테니 안토니오를 선처해달라고 사정했을 때 그 제안을 받아들였어야 했다. 자선은 통상적으로는 선행, 즉 윤리의 영역이지만 일정 조건하에서는 정의, 즉 법률의 문제로 바뀐다. 그 근거와 이유에 대한 탁월한 저술을 남긴 인물은

평균의 마음,
비주류의 마음

스코틀랜드 출신의 도덕철학자 애덤 스미스다. 그렇다. 불후의 경제학 고전이자 자본주의 교과서인 『국부론』의 저자께서는 원래 스코틀랜드 글래스고대학교에서 논리학과 수사학 그리고 도덕철학을 강의하는 교수였으며, 『국부론』을 발표하기 17년 전인 36세 때 쓴 『도덕감정론』으로 먼저 세상에 이름을 알린 분이다. 일생에 단 두 권의 저작만을 남겼는데, 그 두 책이 각각 서로 다른 영역에서 근대사상의 토대가 되다니, 새삼 자세히 들여다보고 싶어지는 인물이다.

하지만 막상 뒤져보면, 스미스의 일생에서 눈길 끄는 가십거리라곤 평생 싱글로 살면서 여든 넘은 노모에게 매일 저녁밥을 차리게 했다는 정도뿐이다.* 물론 『국부론』의 성공 후에는 사회적 영향력이 큰 인물들과 교류하고 공무(관세위원)를 맡기도 했지만, 그는 생애의 대부분을 학자이자 연구자로 조용히 보냈다. 다만 그가 영국 경험철학의 완성자인 데이비드 흄과 깊은 우정을 나눴다는 점은 주목하지 않을 수 없다.

* 『잠깐, 애덤 스미스 씨, 저녁은 누가 차려줬어요?』라는 흥미로운 경제서가 있어서 해본 말이다. 지금까지 거시경제학이 배제해온 '(주로 여성들에 의해 수행되는) 사랑의 노동'의 경제적 가치를 다각도로 조명한 책인데, 가사노동과 돌봄에 모성이나 희생의 프레임을 씌워 평가절하하는 가부장적 경제학에 대해서 그 창시자 격인 스미스 씨가 대표로 소환되어 혼나고 있다. 그렇지만 스미스가 패륜아여서 일부러 장가도 안 들고 엄마를 부려 먹은 것은 아니고, 그가 태어나기도 전에 아버지가 죽어 엄마 혼자 몸으로 아들을 키우다보니 서로 무척 애틋했던 듯하다. 아무튼 오늘날에도 여전히 '집안일'보다는 '바깥일'에 더 큰 경제적 가치를 부여하는 관점은 수정되어 마땅하다.

스미스는 스물일곱 살 때 같은 스코틀랜드 출신으로 열두 살 연상인 흄을 처음 만났다. 당시 스미스는 옥스퍼드대를 중퇴하고 고향에 돌아와 미래가 불투명했고, 흄은 오늘날 그의 대표작으로 꼽히는 『인간 본성에 관한 논고』를 출간했지만 그 사상의 과격함(무신론적 경향)으로 세간의 차가운 반응과 생활고를 견디고 있었다. 둘은 성격도 무척 달랐는데, '극단적 경험주의자 흄'이나 '냉정한 자본주의자 스미스'라는 대중적 인상과는 달리, 흄은 "덩치 크고 쾌활한 호인"으로 유명했고, 내향적이고 수줍음 많았던 스미스는 "정신이 딴 세상에 가 있는 듯 보이는 천재 타입"이었다고 한다. 두 사람이 어떻게 처음 만나게 되었는지는 명확히 알려진 바 없으나, 평생 지적 인간적 교류를 이어가며 영향을 주고받은 기록(편지들)과 흔적은 남아 있다.

스미스의 경제이론과 윤리론에는 흄의 영향이 뚜렷하다. 하지만 흄이 경험을 통한 지각과 인식을 인간 지식(이성)의 유일한 형성 원리로 보고 그 과정을 정밀하게 파헤친 철학자라면, 스미스는 경험론의 토대 위에서 사회공동체를 지탱하는 세 축인 도덕, 법률, 경제의 상호작용을 사려 깊게 분석한 사회학자에 가깝다. 현대에 『도덕감정론』은 심리학이나 인지과학 분야에서도 널리 인용되며 그 사상적 중요성이 점점 부각되고 있다. 그러나 이 책이 갖는 대표적 의의라면 역시 근대 사회과학, 그 가운데서도 '정의론'의 뿌리라는 점이다.

평균의 마음,
비주류의 마음

스미스에 따르면, 도덕과 정의는 모두 타인에 대한 '동감'에 기초하는데, 둘을 구분 짓는 요소는 바로 '적정성'에 대한 감각이다. 먼저, 스미스가 말하는 동감은 상황이나 사람에 대한 단순한 감정이입 혹은 일시적 반응으로서의 동정심이 아니라, 경험적 판단력과 상상력을 가진 인간으로서 타인에 대해 갖는 동료감각으로 풀이된다. 그리고 도덕이란 우리가 스스로의 정서에 비추어 타인의 행복이나 비애에 동감하는 것이다. 한편, 정의는 불의나 악행을 당한 피해자가 갖는 분개심에 동감하는 것에서 출발하는데, 이때 이해당사자가 아닌 '공정한* 관찰자impartial spectator'로서 가해자의 행위에 대한 처벌을 승인하는 것이다. 사회공동체는 동감으로 승인된 처벌을 법률에 따라 집행함으로써 정의를 실현한다.

샤일록은 판사에게 그동안 자신이 안토니오에게 받은 수모를 호소하며 "정의로운 법의 판결"을 요구한다. 하지만 판사는 피해자로서 샤일록의 주장에 일정 정도 타당성이 있음을 인정하면서도 가해자(안토니오)에 대한 그의 분개심에는 동감하지 않는다. 왜냐하면 가해자가 처벌받아 마땅한 대상이 되려면, "피해자의 분개심을 수용하기에 앞서서 우리는 반

---

* 어느 한쪽으로 치우치지 않는다는 뜻에서 '불편부당한'이 더 정확해 보이지만, '공정한' 관찰자로 번역돼 널리 쓰이고 있다. 불편부당함은 너무도 불편부당해서 왠지 거리감이 느껴지는 반면, 공정은 어쩐지 더 쉽게 내 편이 되어줄 것 같긴 하다.

드시 가해자의 동기를 비난해야만" 하기 때문이다. "정의로운 분노는 중립적 관찰자가 공감할 수 있을 정도로 억제된 노여움"이어야 하며, 이를 넘어선 분노는 혐오와 불쾌감을 불러일으켜, "우리는 분노하는 사람이 아니라 그의 분노의 대상이 된 사람에게 관심을 갖게 된다".

안토니오의 행위(만기 체납)에는 공정한 관찰자인 우리가 분개할 만한 고의성이 없다. 그에 반해 피해자(샤일록)가 요구하는 처벌의 수위는 분개심이 허용하는 적정 범위를 매우 초과한다. 이에 명판관 포셔는 베니스 공국의 법률에 따라 베니스 시민의 목숨을 노린 외국인 범죄자 샤일록의 전 재산을 몰수하도록 명한다. 다만 그의 처형에 대해서는 너그러운 베니스 공작이 "너와 다른 우리의 자비를 보여주려고" 사면해 준다. 이렇게 하여 동감을 얻지 못한 복수는 좌절되고 적정성에 따른 정의가 실현되었다, 라고 해석하는 것이 합당할 것이다. 그렇긴 한데…… 어쩐지 여기에는 뭔가 다른 요소가 더 있을 것만 같은 느낌이 든다.

*

『도덕감정론』에 따르면, 부자가 사람들에게 호감을 얻는 것은 "세상 사람들이 비애보다는 환희에 한층 더 동감하는 성향을 가지고 있기 때문"이다. 꼭 부자에게 잘 보여서 실질적

평균의 마음,
비주류의 마음

이득을 얻고자 하지 않더라도, "그들의 유리한 지위에 대해서 감탄하는" 마음이 호감으로 이어지는 것이다. 물론 사회에서는 지혜와 미덕에만 주어져야 하는 존경과 감탄이 부자에게 바쳐지고, 악덕과 우매함에 주어져야 하는 경멸을 빈자와 약자가 받는 경우가 흔하다. 도덕감정의 이러한 타락은 불의와 불공정의 원인이 된다. 그렇긴 하지만 고귀한 지위와 부를 타고나지 않은 대다수 중류층 사람들에게는 "덕성을 쌓는 길과 재산을 모으는 길이 거의 동일하다". 즉 "이러한 사람들의 성공은 거의 항상 그들의 이웃과 동료 들의 호의와 호평에 의존한다. 따라서 꽤 균형 잡힌 행동을 하지 않고는 그것을 거의 얻어낼 수 없다".

애덤 스미스가 매력적인 이유가 바로 이런 부분이다. 문체는 수수하여 이해하는 데 어려움이 없고, 주장하는 바는 누구나 공감할 수 있을 만큼 쉽고 현실적이다. 무엇보다 그는 번영과 풍요의 추구를 자연스러운 자기애의 감정으로 인정하면서도, 경험적 사실들을 근거로 이타적 행위의 필요성을 설득한다. 이러면 우리의 이기심만을 고집할 구실이 없어진다. 그는 우리의 용량을 초과하는 덕성을 강요하기보단, 최소한의 선의로 얻는 보상과 최악으로 결여한 자애심에 가해지는 처벌을 나란히 놓고 우리 스스로 선택하게 한다.

안토니오와 샤일록은 둘 다 부자다. 그런데 안토니오가 타인에 대한 자애로움의 발로로 돈을 빌려준다면, 샤일록에게 대부업은 경제적 풍요를 얻기 위한 이기적 수단이다. 당연히 안토니오의 관대함은 존경을 얻는 반면, 샤일록의 가혹한 이윤 추구는 원성을 산다. 안토니오가 과시하는 자애심은 샤일록의 인색함과 대비되어 더 쉽게 좋은 평판을 얻는다. 안토니오가 베니스 상인으로 성공한 비결이 이것이다. 사람들이 꾸준히 안토니오에게 보여주는 친절과 선의와 지지는 그가 베푼 호의의 결실이다. 이에 맞서 샤일록에게는 수모를 견디며 이룬 부를 뻐기는 것 외에 다른 어떤 선택지가 있었을까. 그는 타인의 행복에 관심을 가지는 모습을 보였어야 하고(본심은 아니더라도), 자신이 생활의 발판으로 삼고 있는 공동체의 번영에 조금이나마 기여하려고 노력했어야 한다(울며 겨자 먹기로라도).

베풀지 않는 부자, 즉 수전노는 사회적 비난의 대상이 된다. 왜냐하면 언젠가 그가 사람들로부터 받은 호의나 혜택에 감사하지 않고, 사회 속에서 이룬 자신의 번영에 다른 사람들이 기여한 공로를 인정하지 않기 때문이다. 물론 구두쇠에게 감사나 인정을 강제할 도덕은 없다. 그렇지만 부자가 손쉽게 얻은 호감이나 존경은 그들의 인색함이나 오만함 때문에 언제든지 가볍게 휘발될 수 있다. 부자가 감탄이 아닌 시기의 대상이 되면 그는 자신에게 닥친 불운이나 비애를 바로잡을 정의가 필요할 때 사람들의 동감과 승인을 받기 어려워진다. 세상 사람들은 부자의 불운에 야박하다. 부자도 사람이고 인생사 희로애락이 있을 텐데, 어지간히 끔찍한 비극이 아니라면, 그래 봐야 돈 많은데 무슨 걱정이냐고, 인간적 고뇌는 외면당한다. 부자를 돈으로만 여기는 각박한 세상, 참 쓸쓸하고 쓸쓸하겠다.

그렇지만 당신이 사람들의 눈에 잘 띄는 "특별한 행운아, 부자, 권력자"일수록 당신에게 기대되는 덕성과 품위도 더 고상해진다는 사실만은 기억해두시라. 그리고 부자가 (어쩔 수 없이) 덕성과 품위를 드러내야 한다면 가장 손쉬운 방법은 기부와 자선이다. 나는 많은 대가를 치르고야 이만큼 벌었는데 어째서 없이 사는 사람들은 늘 거저 얻으려 드느냐. 볼멘소리가 나올 만하다. 하긴, 부자라면 손해 보는 일이 가장 어렵기도 하겠다. 부자가 천국에 가는 것이 낙타가 바늘구멍에 들어가기보다 어렵다는 바이블이 그래서 생겼나 보다. 그렇지만 자본주의의 아버지께서 말씀하시길, "선망하는 지위에 도달하기 위해 재산을 도모하는 지망자들은 덕성에 이르는 길을 너무나 빈번히 포기한다. 왜냐하면 불행하게도 재산에 이르는 길과 덕성에 이르는 길은 정반대의 방향으로 나 있는 경우가 종종 있기 때문이다". 아무쪼록 부자가 되느라고 아등바등하는 사이 잃어버린 당신 내면의 밝은 빛을 되찾으시길. 부자도 아니면서 부도덕한 사람들은 유구무언이고요.

『베니스의 상인』, 윌리엄 셰익스피어, 신정옥 옮김, 전예원, 2010; 최종철 옮김, 민음사, 2010; 이경식 옮김, 문학동네, 2011.

https://shakespeare.folger.edu/downloads/pdf/the-merchant-of-venice_PDF_FolgerShakespeare.pdf

『정선 목민심서』, 정약용, 다산연구회 편역, 창비, 2005.

『연암집』, 박지원, 신호열·김명호 옮김, 돌베개, 2007.

『국부론』 상, 애덤 스미스, 김수행 옮김, 비봉출판사, 2007.

『도덕감정론』, 애덤 스미스, 김광수 옮김, 한길사, 2016.

『무신론자와 교수』, 데니스 C. 라스무센, 조미현 옮김, 에코리브르, 2018.

평균의 마음,
비주류의 마음

옹졸해서 좋은 그 사람

호메로스 『일리아스』 기원전 700년경 vs.

베르길리우스 『아이네이스』 기원전 19년[*]

한국의 대중 독자에게 알려진 그리스 로마 신화는 엄밀히 말해 그리스신화도 아니고 로마신화도 아니다. 하버드에서 고전학을 전공한 미국인이 1855년에 출판한 '*The Age of Fable*'이라는 책에서 많은 에피소드가 유래했으며, 올림포스 신들에 관한 일반의 인상도 이 책으로부터 크게 영향받았다. 저자는 "실리적인 시대에 사는 미국 시민들의 교양을 증진하기 위해" 애초에 운문으로 된 로마신화집을 가져다 산문으로 바꿔 쓰면서 여러 가지로 윤색을 더했다. '전설의 시대'라는 번역이 더 어울리지만 공식적으로는 '신화의 시대'로 불리는 이 책의

---

[*] 인명과 올림포스 신들의 이름이 『일리아스』에는 그리스어, 『아이네이스』에는 라틴어로 표기되어 있지만, 혼동을 피하려고 대부분 그리스식으로 통일하고 문맥상 필요한 경우에만 구분해 썼다.

저자는 토머스 불핀치고, 한국어 번역본 제목이 『그리스·로마 신화』였다.

불핀치의 『신화의 시대』는 로마 시인 오비디우스기원전 43~서기 17의 『변신이야기』에서 형식과 내용 대부분을 가져왔다. 저자가 '임의로' 고른 짤막한 에피소드들이고, 주로 '변신' 테마가 들어 있는 신화들이다. 불핀치는 오비디우스가 "고대의 황당무계한 전설들을 예술의 소재로 삼아 인상적인 생생함을 부여했다."고 설명한다.(그리고 책의 후반부에는 인도의 시바 신에서부터 스칸디나비아 바이킹의 신 토르까지, 다양한 전승신화를 모아놓았다.) 그런데 또 이 오비디우스야말로 그리스신화를 로마식으로 변형하면서 상당한 왜곡을 감행한 인물이다.

서정시인으로 그전까지는 주로 사랑시를 써 로마 여성들 사이에서 폭발적 인기를 누렸던 오비디우스는 서기 8년에 황제 아우구스투스*에 의해 흑해 연안의 작은 마을 토미스오늘날의 루마니아로 추방당했다. 공식적으로는 그가 '황제의 측근에게 무례를 범해서'라고만 알려졌지만, 사실은 희대의 불륜 스캔

* 기원전 63~서기 14. 본명은 옥타비아누스로, 독재자 카이사르가 암살된 후 후계자로 지명되어 통치를 시작했다. 그는 로마의 공화정이 야기한 정치적 혼란을 종식하고, 온건한 '제정'을 펼쳐 원로원으로부터 아우구스투스(존엄자)라는 칭호를 받았다. 하지만 옥타비아누스 스스로는 공식적으로 황제의 칭호를 쓰지 않았다. 200년간 지속된 '팍스 로마나(로마의 평화)' 시대를 연 인물로 높이 평가된다.

평균의 마음,
비주류의 마음

들이 있었을 것으로 추정된다. 유부남이었음에도 대담한 바람둥이였던 오비디우스는 황제의 아내와 딸을 동시에 유혹해 사귀다 발각되었다.* 『변신이야기』는 그가 황제에게 바쳐 용서를 구하고 로마로 복귀하기를 희망하면서 난생처음으로 진지하게 시도한 서사시집이다. 그렇지만 작가의 본래 성향은 가려지지 않아서 『변신이야기』는 신들의 애정행각과 불륜, 그에 따른 응징과 참회의 내용이 대종을 이룬다.

불핀치는 호메로스가 실존 인물이 아닐 가능성을 주장하는 학자들에 더 동조하며, 그토록 유려한 장시가 그렇게 오래전에 창작되었다는 데 의구심을 품는다. 그는 로마신화를 그리스신화보다 더 선호한 듯하며, 비록 짜임새나 서사의 독창성은 떨어질지라도 베르길리우스의 문체가 호메로스보다 훌륭하다고 칭찬한다. 각자의 취향은 차치하고라도, 내 생각에 불핀치 신화집이 우리나라 독자들에게 끼친 가장 심각한 폐해는 그리스신화와 로마신화가 전반적으로는 하나의 신화 또는 같은 내용의 신화라고 여기도록 만든 점이다. 똑같은 올림포스 신들의 이야기인데 무슨 차이가 있나? 그리스신화였는데 로마인들이 계승하면서 더 널리 알려지게 된 정도 아닌가?

---

* 오비디우스의 추방 이유에 대해서는 다양한 가설이 있으며, 그의 음란성은 황제가 자신의 정치적 박해 의도를 가리기 위해 내세운 이유였다는 주장도 있다. 어느 쪽이건 분명한 점은, 그의 서작들이 공통적으로 남녀의 사랑에 지대한 관심을 집중한다는 것이다.

신들의 이름이 그리스식이냐 로마식이냐의 차이인가? 그 정도가 아니다. 그리스신화와 로마신화는 읽으면 읽을수록 서로 얼마나 다른지를 깨달아 매번 머리가 멍해질 만큼, 전혀 다른 신관 인간관 세계관을 담고 있다.

$$\bigcirc$$

서양문학 최초의 서사시는 고대 그리스 서사시인 호메로스의 『일리아스』다. 기원전 8~7세기에 창작된 것으로 추정한다. 그럼에도 서양문학의 원류로 일컬어지는 최초의 서사시는 고대 로마의 시성詩聖 베르길리우스기원전 70~기원전 19의 『아이네이스』다. 『아이네이스』는 베르길리우스가 기원전 29년 로마의 초대 황제 아우구스투스(오비디우스를 추방하신 그분)의 권유로 집필을 시작한 로마 건국신화로, 그는 생애 마지막 10년을 오직 이 한 작품의 완성에만 매달렸다. 라틴어로 창작 기록되어 후대에 전해진 『아이네이스』는 '작가의식'을 가진 저자가 쓴 최초의 서사시라는 점에서 그 가치를 인정받는다. 문학의 연구와 평가에서 이는 결정적 요소로 작용한다. 작가가 명확하다는 것 그리고 창작 목적이 뚜렷하다는 것은 그 작품의 탁월성과 완성도를 논할 수 있는 출발선이기 때문이다.

그에 반해 호메로스가 누구인가는 아마도 영영 확인 불

평균의 마음,
비주류의 마음

가능한 미스터리로 남을 것이다. 그리고『일리아스』의 원본이라는 것은 존재한 적도 없다. 그뿐만 아니라 르네상스 전까지『일리아스』는 서유럽 대중에게 그 실체를 드러낸 적이 없다. 로마의 네로37~68 황제 때 원로원 원로였던 바이비우스 이탈리쿠스Baebius Italicus가 1만 5693행에 달하는『일리아스』를 1070행으로 축약한 "매우 조잡한" 라틴어 번역본이 중세기 내내 소수의 지식인(성직자와 학자) 그룹에서 라틴어 교본으로 쓰였을 뿐이다. 오늘날 우리가 읽는『일리아스』는 현재 베네치아의 국립 마르치아나 도서관이 소장한 그리스어 필사본 '베네투스 A'를 바탕으로 한다.*

베네투스 A를 누가 만들었는가는 명확하지 않다. 케임브리지대학교의 그리스 고전 흠정교수였던 제프리 커크Geoffrey Stephen Kirk, 1921~2003는 가장 가능성이 높은 인물로 12세기 동로마제국 제2의 수도 테살로니키그리스 마케도니아의 동방정교회 주교 에우스타티우스Eustathius, 1115~1195?를 지목한다. 설령 그가 필사자는 아닐지라도 최소한 이 판본의 내용을 알았던 것으로 보인다. 그가 쓴 호메로스 해설서에 베네투스 A와 동일한 버전이 인용되어 있다. 그렇다면 현재의『일리아스』는 대략 10~12세기에 비잔티움에서 만들어졌다고 봐야 되지 않나.

* 이 필사본은 15세기에 그리스어 교사이자 문헌수집가였던 조반니 아우리스파(Giovanni Aurispa)가 콘스탄티노플(오늘날의 이스탄불)에 가서 입수해 이탈리아로 들여온 것으로 추정된다.

『일리아스』 원전이라는 게 있기는 하냐. 기원전 8세기와 서기 12세기 사이에는 무려 2000년이라는 거리가 있는데, 그사이에 무슨 일이 있었는지 어떻게 알고? 당혹스러울밖에.

『일리아스』는 창작 당시부터 전문全文이 노래로 불렸다. 『일리아스』의 분량을 고려한다면 대단한 기억력이라고 생각되지만, 실은 직업 가인歌人들이 있었다. 이들은 완창하는 데 10시간쯤 걸리는 〈열녀춘향수절가〉완판본 「춘향전」를 통으로 외는 소리꾼처럼 서사시를 외웠다. 이렇게 입에서 입으로 외워 전해지는 이야기는 수시로 변형이 일어나기 때문에 원전을 논하기 어렵지만, 『일리아스』는 좀 다르다. 민간에서 여흥을 목적으로 창작되고 향유되었던 「춘향전」은 지역마다 특색 있는 이본異本들이 다수 생겨났고 이를 모두 '춘향전'으로 받아들인다. 그에 반해 호메로스의 서사시는 국가가 주관하고 포상한 시 창작 경연에서 우승한 작품들이다. 국민들에게 그리스인의 정신을 가르치기 위해 만들어진 『일리아스』는 국가의 중요한 행사 때마다 공연되었다. 그러니까 고대 그리스인들은 국민 교과서를 노천극장에서 4D로 즐기며 배웠던 것이다. 그리고 기원전 6세기부터 아테네에서는 정기적으로 음송 대회도 열렸다. 이로부터 학자들은 『일리아스』의 공식 버전이 당대에 있었을 것으로, 이 또한 추정한다.

호메로스 서사시는 고대 그리스인들의 이상적 세계관의 원천이었다. 그래서 그리스의 '시민'이라면 누구든지 호메로

평균의 마음,
비주류의 마음

스를 외웠다. 가령 플라톤기원전 428?~기원전 347?은 『국가』에서 아킬레우스의 잔인성을 묘사한 『일리아스』의 구절들을 언급한 후 시인은 신들과 영웅들을 그렇게 악하게 묘사하면 안 되었다고 투덜댄다. 그런데 재미있게도, 플라톤이 『일리아스』와 『오디세이아』를 능숙하게 외워 자주 인용한 덕분에 베네투스 A가 정본으로 더 믿어질 수 있었다. 왜냐하면 플라톤이 살아생전에 자신의 모든 저작을 출판했기 때문이다.(글로 써서 제자들에게 읽혔다는 뜻이다.) 그의 제자들은 스승님의 두루마리들을 토씨 하나 안 틀리고 베껴 썼다. 플라톤학파의 필사 전통은 동로마제국 유스티니아누스 황제가 아테네의 아카데메이아플라톤이 설립한 학교를 폐쇄한 529년까지 계속되었다. 따라서 플라톤은 고대 그리스의 모든 저작자 가운데 원본이 완전하게 보존된 극히 드문 경우다. 그리고 플라톤이 인용한 『일리아스』의 구절들은 모두 베네투스 A와 일치한다.

사실 오늘날 우리가 읽고 있는 『일리아스』가 정말로 2700년 전에 불렸던 그 노래가 맞는다고는 누구도 장담하지 못한다. 어쩌면 호메로스 해석이란 무지막지한 오독이거나 대담한 '전설'의 계승에 불과할지 모른다. 그럼에도 호메로스 이래 줄곧 이 인류의 문화유산을 보존하기 위해 각자 힘을 보탰던 수많은 암송자와 성실한 필사자들, 파피루스 조각이나 석판 부스러기를 뒤져 자구 하나하나를 해석하고 복원한 고문헌학자들 그리고 이를 우리가 읽을 수 있는 언어로 옮겨준 고전학자와 번역가 들의 노고를 생각한다면, 『일리아스』에 담겼던 본래의 빛은 어떻게든 살아남았을 것으로 믿고 싶다.

$\mathcal{O}$

『일리아스』는 기원전 1260년경에 있었던 그리스 대 트로이 전쟁 중 마지막 해의 50일을 다루고 있다. 싸움의 발단은 라케다이몬의 왕 메넬라오스가 아내 헬레네를 트로이 왕자 파리스에게 빼앗긴 사건이었다. 함선 1186척, 14만 병력의 그리스 연합군이 오늘날 터키 서부 해안에 있던 고대 도시 일리오스, 즉 트로이로 몰려가 헬레네를 내놓으라며 전쟁을 선포했다. 그리스인들은 10년에 걸친 이 전쟁에서 결국 이겼고, 헬레네는 남편과 집으로 돌아왔으며(어쩔 수 없이 돌아온 걸 수도 있다.), 오디세우스는 그로부터 10년을 더 바다 위에서 헤맸지만 결국은 고향 땅을 밟고 이타케의 왕권을 지켜냈다. 역사적으로는 미케네 문명 대 히타이트제국(이후에는 페르시아제국)의 충돌이었던 이 전쟁 이야기는 500년 동안 구전되어오다 호메로스에 이르러 비로소 『일리아스』라는 그리스 민족의 승리에 관한 서사시로 완성되었다. 그것이 명예와 용기 그리고 결속된 민족의 힘을 예찬하고 있었기에 그토록 즐겨 불렸던 것이다.

그에 반해 『아이네이스』는 패배한 일리오스의 마지막

평균의 마음,
비주류의 마음

생존자 아이네이아스*의 트로이 탈출기로 시작한다. 늙은 아버지 앙키세스를 들쳐 업고, 살아남은 비참한 백성 무리를 이끌고, "티브리스** 강이 흐르는 곳"에서 풍요와 번영의 삶이 너희를 기다린다는 예언만을 믿고서, 파괴된 고향을 등지는 아이네이아스는 의지가지없는 망명자요 전쟁 난민이다. 그는 7년 동안 바다 위를 오디세우스처럼 떠돌며, 오디세우스를 자신의 남자로 만들려 했던 님프 칼립소처럼 끈질기게 매달리는 카르타고의 여왕 디도를 뿌리치고, 멀고 신산한 여정 끝에 이탈리아반도에 도착한다. 그리고 그곳에 거주하던 토착민들을 상대로 아킬레우스처럼 용맹하게 싸워 승리하고, 원주민 왕의 딸을 아내로 차지한다. 제우스의 아들 다르다노스의 후손이요 아프로디테의 친아들(인간 사내 앙키세스의 근육질 몸매에 반한 여신이 인간으로 변신해 정을 통했다.)인 아이네이아스의 후손들은 먼 훗날 그곳에 로마를 건국하게 될 것이다.

저명한 고전학자들은 『아이네이스』가 호메로스의 『일리아스』와 『오디세이아』를 모형으로 삼아 작성되었다고 말한다. 총 12장 중 전반부 여섯 장은 오디세우스적 표류기고, 후

---

* 라틴어로는 아이네이아스. '아이네이스'는 '아이네이아스의 노래'라는 뜻이다.

** 로마 시내를 관통하는 테베레 강의 그리스어 표기다. 베르길리우스는 정확한 라틴어 지명 대신 의도적으로 그리스어 표기를 써서 예언의 모호성을 살리고 있다.

반부 여섯 장은 아킬레우스적 투쟁기다. 그러나 굳이 학자들을 인용하지 않더라도 스스로 책을 읽었다면 누구든지 알아차릴 수 있을 만큼 호메로스 시편들과 『아이네이스』는 구조적 유사성이 뚜렷하다. 베르길리우스 시대에도 호메로스는 위대한 서사시인으로 널리 알려졌으므로 그가 완성해놓은 형식의 전범을 벗어난 작품을 창작하기는 힘들었다. 문제는 호메로스의 작품에 담긴 '더없이 그리스적인 것'을 로마인 베르길리우스가 어떻게 뛰어넘느냐였다. 그것은 창작자로서 개성적 표현 같은 사적 욕구가 아니었다. 독자는 『아이네이스』가 황제의 요청으로 시작된 작품이라는 점을 잊어서는 안 된다. 베르길리우스는 역사적 사건을 정당화하고 로마적 가치의 토대를 마련해야 하는 이중의 부담을 지고 있었다.

베르길리우스는 호메로스의 서사시에서 로마의 시조로 적절한 인물을 찾아내는데, 사실상 그 말고는 선택의 여지가 없기도 했다. 『일리아스』에서 아이네이아스는 괴력의 그리스 장수 디오메데스와 한 번, 그리스군의 최강 병기 아킬레우스와 또 한 번, 일대일 대결을 펼친다. 물론 그는 두 장수 모두에게 맞수가 되지 못한다. 자신의 실력대로였다면 아마 벌써 뱃가죽이 뚫렸을 텐데, 첫 번째 대결에서는 어머니 아프로디테가, 두 번째 대결에서는 포세이돈이 그를 구해준다. 아프로디테야 제 자식 일이니까 나선지지만 포세이돈이 트로이인 아이네이아스를 돕는 것은 약간 의외다. 왜냐하면 그가 트로이

평균의 마음,
비주류의 마음

인들에게 되갚아줄 것이 있어 그리스 편에 섰기 때문이다. 그런데 긴 칼을 뽑아들고 함성을 올리며 달려드는 거인 아킬레우스를 막으려고 바윗돌을 들어 올리고 있는 아이네이아스를 지켜보던 포세이돈이 이때만은 평소의 좋지 않은 감정을 내려놓고 논리정연하게 아이네이아스를 옹호한다.

"왜 저자가 아무 죄도 없이 단순히 남의 잘못 때문에 고통을 받아야 합니까? 아킬레우스가 그를 죽인다면 크로노스의 아들제우스이 노여워할 것이오. 그는 죽음을 피할 운명을 타고났소이다, 프리아모스 집안이 씨도 흔적도 없이 사라지는 일이 없도록 말이오. 프리아모스의 집안이 이미 크로노스의 아들의 미움을 샀으니 이제는 아이네이아스의 힘과 앞으로 태어날 그의 자손들이 대대로 트로이아인들을 다스리게 될 것이오."* 이렇게 열렬히 지원사격해준 포세이돈 덕분에 아이네이아스는 아킬레우스의 칼을 피해 무사히 살아남는다. 베르길리우스 시대에 트로이는 이미 로마가 정복한 제국의 영토였으니, 이를 호메로스의 시대로부터 예언된 것으로 만든다면 더없이 훌륭한 명분이 될 터였다. 그나저나 포세이돈은

---

* 포세이돈의 논점은, 다르다노스의 자손이 멸하지 않도록 죽음을 피하는 것이 아이네이아스의 운명임을 다른 신들에게 주지시키는 데 있다. 그리스 신들은 설령 신이어도 인간의 운명을 함부로 바꾸지 못하도록 되어 있고, 신들의 전능한 힘으로부터 인간을 보호하는 것은 제우스의 역할이기 때문에, 아킬레우스가 아이네이아스를 죽이도록 내버려두면 제우스가 가만있지 않을 거라는 경고다.

누구를 향해서 아이네이아스의 목숨을 설득하고 있을까.

올림포스 신들은 아주 오래전에 트로이의 멸망을 예정해 두고 있었다. 정신없겠지만 여기서는 어쩔 수 없이 트로이 왕가의 족보를 훑어볼 필요가 있다. 제우스가 아틀라스티탄 신족의 딸 엘렉트라와 결합해 낳은 다르다노스는 트로이의 시조이자 로마인들의 원시 조상이다. 다르다노스의 증손자는 셋인데, 그중 장남 일로스가 트로이의 건국자고, 차남인 앗사라코스는 아이네이아스의 직계 증조부다. 그리고 막내인 가니메데스가 있었는데, 여기서 일이 생긴다. 제우스가 '필멸의 인간 중에 가장 아름다운 남자'였던 가니메데스를 올림포스로 데려다 시동으로 삼았기 때문이다. 십대의 나이로 제우스에게 차출되어 인간계를 벗어난 가니메데스는 천상에 머물다 별이 되었다. 제우스는 이때 귀한 아들을 빼앗긴 아버지를 위로하고자 신마神馬 두 필을 선물한다.(트로이산 말이 명마로 소문나게 된 이유다.)

이 사건이 헤라를 분노케 했다. 헤라는 남편이 '살아 있는 인간을 신계로 데려온 것'과 '그 대가로 신마를 준 것', 둘 다 맹렬히 비난했다. 이때부터 헤라는 트로이의 멸망을 예고하면서, 그들의 씨가 마를 때까지 노여움을 풀지 않는다. 그래서 『아이네이스』는 시작하자마자 첫 4행에서 트로이의 모진 운명은 "하늘 뜻의 핍박, 성난 유노헤라 때문"이라고 하는 것이다. 『아이네이스』에서 헤라는 시종일관 가혹하고 무자비한

평균의 마음,
비주류의 마음

여신으로 묘사되고, 이는 『일리아스』가 헤라를 언제나 "황소 눈을 가진 존경스러운 여왕"으로 칭하면서 올림포스 신들의 어머니로 추앙하는 것과 대조된다.

그렇다면 헤라는 트로이가 멸망했는데도 왜 계속해서 아이네이아스를 괴롭히는 걸까. 아이네이아스의 어머니와 헤라가 앙숙이기 때문이다. 헤라가 아프로디테를 미워하는 이유는 여러 가지다. 첫째, 아프로디테는 헤라가 밖에서 낳아 왔다고 천덕꾸러기 취급받는 헤파이스토스의 부인이라서 둘은 고부간이다. 그런데 아프로디테는 헤라와 제우스의 아들 아레스와 심각한 불륜 사이다. 아프로디테는 헤라에게 아픈 손가락인 절름발이 아들을 상심에 빠뜨리는 못된 며느리다. 둘째, 헤라는 최고의 여신을 가리는 파리스의 심판에서 황금 사과를 받지 못했다. 파리스는 인간계 최고의 미녀 헬레네를 (이미 남의 부인인 건 내 알 바 아니고) 선물하겠다고 약속한 아프로디테에게 사과를 주었다. 이 때문에 트로이 전쟁이 시작됐다. 셋째, 아프로디테는 올림포스 신계에서 헤라보다 서열이 낮은데도 번번이 제우스에게 애교와 응석을 부려 자기 뜻을 관철한다. 넷째, 아프로디테는 수시로 인간 남자들과 교합해 신의 자식들을 낳고 다녀서 세계의 질서를 교란한다. 신의 자식, 즉 영웅들을 보살피고 인간의 손에 죽지 않도록 보호하는 것은 그리스 신들의 불문율이다. 그러므로 가정의 수호신 헤라에게 아프로디테는 어중이떠중이 잡종 영웅을 양산해내는 골칫거리다.

한편, 포세이돈 역시 『일리아스』에서는 줄곧 그리스의 승리와 트로이의 파괴를 예언하는데, 여기에도 사연이 있다. 일로스의 장남 라오메돈은 왕위를 물려받자 본격적으로 트로이 도시 건설에 나선다. 그런데 이때 마침 포세이돈이 제우스에게 반기를 들었다가 1년 동안 인간에게 봉사하라는 명령을 받는다. 일거리를 찾던 포세이돈에게 라오메돈은 '트로이 성벽 쌓기'를 도와주신다면 후하게 보상하겠노라 약속한다. 포세이돈은 성실히 사회봉사명령을 수행하지만, 라오메돈은 애초에 약속을 지킬 마음이 없었기 때문에 입을 씻는다.(트로이 전쟁 당시 그리스인들이 10년을 공격했음에도 트로이 성벽을 무너뜨리지 못한 것은 그게 신이 쌓은 벽이라서다. 인간의 힘으로는 결코 파괴되지 않을 성벽 공략을 포기한 그리스인들은 목마를 만들어 성벽을 무너뜨리지 않고 잠입해 도시를 점령하는 데 성공한다.)

라오메돈의 배신에 진노한 포세이돈은 바다괴물을 보내 응징한다. 포세이돈의 괴수가 딸을 납치해 가자 다급해진 라오메돈은 당시 세계 최강의 영웅이던 헤라클레스에게 도움을 청하고, 제 딸을 구해만 주신다면 제우스의 신마를 드리겠나이다 한다. 그러고 또 약속을 안 지킨다. 이때 트로이인들이 헤라클레스 손에 멸족할 뻔했는데, 라오메돈의 막내아들 포르다케스가 살아남는다. 그는 '나는 산다'라는 뜻의 '프리아

평균의 마음,
비주류의 마음

모스'로 개명하고 트로이의 복원에 힘을 쏟는다. 트로이 전쟁에서 장자 혈통인 프리아모스 일가가 몰살되는 동안에도 앙키세스와 아이네이아스가 살아남는 것은 그들이 아프로디테의 남편과 자식인 덕도 있지만, 더 큰 이유는 라오메돈의 직계 후손이 아니기 때문이다. 그래서 포세이돈은 아이네이아스가 남의 잘못 때문에 고통받는다고 말하는 것이다.

여기에 더해 아프로디테의 출생에 관한 신화가 여러 버전인 것도 포세이돈이 『아이네이스』에서 베누스아프로디테 편을 들어주는 근거로 요긴하게 쓰인다. 호메로스 서사시는 아프로디테를 '제우스와 디오네티탄 신족 사이에서 태어난 딸'이라고 말한다. 그런데 헤시오도스기원전 8세기경의 『신통기』는 그녀가 우라노스제우스의 할아버지의 잘린 성기가 바다에 떨어져 인 거품에서 태어났다고 설명했다. 로마신화는 올림포스 신들을 모두 혈연관계로 맺어놓은 호메로스를 버리고 헤시오도스를 채택함으로써 베누스의 독자적 지위를 강조한다. 그 덕분에 『일리아스』에서 트로이의 멸망을 위해 헤라와 협력했던 포세이돈이 『아이네이스』에서는 베누스에게 "네가 내 왕국바다에 기대는 것은 당연하다. 네 출생지이고, 나도 협력자니"라고 하고, 헤라에 맞서 아이네이아스를 돕는다는 설정이 가능해진다.

신화적 혹은 정신적 측면에서 아이네이아스가 로마의 시조로 최적이지만, 베르길리우스에게는 풀어야 할 역사적 문제가 있었다. 트로이 전쟁은 기원전 13세기에 벌어졌는데, 그 생존자인 아이네이아스를 어떻게 로마의 시조로 만들 것인가. 왜냐하면 로마의 건국은 공식적으로 기원전 753년, 건국자는 로물루스로 일컬어지기 때문이다. 베르길리우스는 기존하는 전설과 부딪히지 않으면서도 아이네이아스를 로마의 시조로 만들기 위해 500여 년의 시간 격차를 활용한다. 즉 아이네이아스가 이탈리아반도에 도착해 '라비니움'을 건설하기는 했지만, 이곳은 로마에서 남쪽으로 6킬로미터쯤 떨어진 해안이고, 아이네이아스가 죽고 300년 뒤 그곳에서 로물루스가 태어나 장성하여 마침내 로마에 입성했다고.

이렇게 광범한 시간을 포괄하기 위해 『아이네이스』는 『오디세이아』의 내러티브 방식을 적극 활용한다. 현재 시점 아이네이아스의 활약상을 다루면서도 끊임없이 타임슬립을 함으로써 먼 미래에 있을 로마의 건국사를 간접 체험하는 것이다. 자신이 정말로 로마를 건국할 수 있을지 회의하고 두려워하는 아이네이아스를 위해 베누스는 거듭 격려하고, 망자가 된 앙키세스를 아들 앞에 세워 승리하는 미래를 증언하도록 하며, 불카누스헤파이스토스의 방패에 아로새겨진 그림으로 로마의 영광을 확인시켜준다. 그리하여 환상 속 시간여행에서 아이네이아스는 카이사르의 암살과 클레오파트라의 몰락을 목격하며, 마침내 기원전 31년 악티움 해전에서 승리한 아우구스투스가 번쩍이는 황금 관을 머리에 쓰고 위풍당당 개

평균의 마음,
비주류의 마음

선하는 장면까지 보게 되는 것이다. 이 시간여행 전통은 후일 단테를 거치면서 서구 작가들에게 깊은 영향을 미친다.

◌

　그리스의 신들은 인간들과 같은 평면, 동일한 시공간에 존재한다. 인간들은 신들을 존경하고 두려워하지만, 그렇다고 신들이 인간의 지배자는 아니다. 신들의 역할은 인간과 세상을 돌보는 것이고, 그래서 종종 인간보다 더 인간적인 감정을 표출한다. 한편, "신과 같은 인간" 영웅들은 어느 때고 명예롭게 자신의 운명을 받아들이는데, 왜냐하면 그러한 운명을 정하신 신들을 전적으로 '신뢰'하기 때문이다. 그에 반해 로마인들에게 신은 인간계에서 물러나 아득히 멀리 "높은 옥좌 위에 자리 잡고" 있다. 막연하고 불분명하며 거역할 수 없는 힘을 가진 신들은 때로 인간에게 행운을 허락하지만 또 어떤 적대적 운명을 예비하고 있을지 모르는 존재다. 신들이 안겨주었던 망국의 비극은 회복하기 어려운 깊은 상처를 남겼다. 이때문에 로마인은 신들을 의심한다.

　트로이 전쟁은 흔히 '신들의 대리전'으로 묘사되는데, 인간이 신들을 대리해 치른 전쟁이라는 의미지만 정확히 그 역도 성립한다. 『일리아스』에서 신들은 인간들만큼이나 빈번하게 전장에 나서며, 인간과 같은 마음으로 적들을 미워한다. 그래서 인간은 두려움 없이 적의 수호신에게 활을 겨눌 수 있다. 디오메데스는 장수들끼리 벌이는 일대일 승부에 끼어들어 아이네이아스를 보호하려는 아프로디테를 향해 창을 던지고, 손목이 뚫린 아프로디테는 놀라 비명을 지르며 물러난다. 이에 아프로디테의 연인 아레스가 살의를 다지며 나서지만, 그리스인들의 수호신 아테나는 디오메데스의 창으로 아레스의 아랫배에 구멍을 내준다. 아테네 여신을 등에 업어 방자해진 디오메데스에게 굴욕을 당했다고 하소연하는 아레스에게 제우스는 되레 화를 낸다. "이 배신자여! 내 곁에 앉아서 투덜대지 말라. 나는 올림포스에 사는 모든 신들 중에서 그대가 가장 밉다. 그대는 밤낮 싸움질과 전쟁과 전투만 좋아하니." 그러고는 네가 내 자식이기 망정이지 다른 신에게서 태어났더라면 일찌감치 "우라노스의 아들들*"이 있는 깊은 데다 던져버렸을 거라고 한다.

그리스 신들은 『일리아스』의 모든 전투를 인간들과 함께하며, 그리스 편과 트로이 편으로 갈린 신들만의 대★결전도 두 차례나 벌어진다. 이 전투 장면의 박진감은 어떤 슈퍼히어

---

* 우라노스의 아들들은 티탄 신족인데 그중 크로노스가 아버지 우라노스에게 반기를 들어 그의 남근을 자르고 최고신 지위에 올랐다. 크로노스는 자신의 악행이 되풀이될 것을 우려해 자식이 태어나면 곧바로 삼켜버렸다. 그러나 결국 크로노스 또한 아들 제우스에 의해 하데스보다 더 깊은 지하세계, 누구도 탈출할 수 없는 절대 감옥 타르타로스에 갇힌다.

평균의 마음,
비주류의 마음

로 액션물과도 비교할 수 없게 스케일이 엄청나서, 이성적인 아폴론(트로이 편)은 신들끼리 이렇게 싸우다간 지구가 부서질지 모르니 이쯤에서 그만하자고 포세이돈에게 제안할 정도다. 하지만 『아이네이스』에서는 오로지 인간들만이 실제 전투를 한다. 또한 등장하는 신들도 제한적이다. 이름이 거론되는 신은 여럿이지만 이야기 전개에 영향을 끼칠 정도로 활약하는 신은 베누스, 포이보스아폴론, 넵투누스포세이돈 정도다. 이들은 아이네이아스를 추격하는 집요하고 광포한 헤라에 맞서 미래에 있을 로마 건국이 실패하지 않도록 힘을 모은다.

아이네이아스는 망설이는 자, 계산하는 자, 의심하는 존재다. 그래서 베누스가 거듭 '승리는 너의 운명'이라고 아들을 독려하는 것이다. 아이네이아스가 불카누스의 방패를 받고서 그 위에 새겨진 미래를 보고는 "실체는 몰랐지만 문양에 기뻐"하며 "후손들의 명성과 운명을 어깨에 짊어졌다"고 했을 때, 그는 미지에 대한 원초적 두려움을 가진 한 인간에 불과하다. 이 때문에 그는 인생의 모든 불행 오욕 비참을 신의 탓으로 돌려 원망한다. 그리고 그가 소수민족을 이끄는 선지先知적 지도자로, 막강한 제국을 이룩하는 개척자들의 시조가 되기 위해 크나큰 노고를 감내했기에, 인간은 승리를 자신에게 주어진 몫으로 정당하게 누릴 수 있다.

『아이네이스』는 다만 인간사 영고성쇠를 이야기하고 『일리아스』는 그리스의 신들과 인간들에 대한 높은 자부심을 표현한다. 고전학자이자 종교학자인 세라 존스턴Sarah Iles Johnston은 이를 '전설fable'과 '신화myth'의 차이로 설명한다. 그리스신화를 과학적으로 연구한 최초의 문법학자로 평가되는 크리스티안 하이네Christian Gottlob Heyne, 1729~1812는 그리스어 '뮈토스mythus, 신화'를 라틴어 '파불라fabula, 전설'와 동의어로 간주하는 관점에서 그리스신화를 독해했다. 그리고 이로부터 신화란 그것을 전승하는 사회구성원들의 집단적 가치가 반영된 '허구의' 이야기로 여겨지게 되었다. 그러나 그리스인 당사자들에게 뮈토스는 바람직한 그리스인의 태도를 가르치는 교육적 기능과 더불어, "실제로 믿어졌던" 신들에 관한 이야기라는 종교의 기능을 적극적으로 수행했다고 존스턴은 말한다. 그래서 플라톤은 호메로스가 "모든 것의 원인이 아니라 오직 선량한 것만의 원인"인 신들을 "희사금喜捨金이나 모으는 것처럼 끌어들였다"(물욕에 차 제물을 받고 인간의 소원을 들어주는 존재로 묘사했다)고 비난하면서도, 희극이나 비극을 국가가 받아들이고 권장하는 데 반대하는 것이냐는 제자들의 질문에는 즉답을 피하며, 신들에 대해 거짓말을 하기보다는 우리가 잘 아는 인간들에 대한 참된 이야기를 해보자고 논점을 바꾸는 것이다.

『일리아스』는 그리스의 통치자들에게 웅변술과 지배의 원칙을 가르친 교과서이자, 전사들에게 숭고한 희생정신과 민족의 자부심을 고취하는 상무尙武 교본이었으며, 생활 풍습

평균의 마음,
비주류의 마음

에서 정신문화까지 아우르는 민족의 제의집祭儀集이었다. 따라서 설령 로마신화와 그리스신화가 둘 다 허구의 이야기라 하더라도, 로마인들이 당대인의 필요에 따라 그것을 창작하고 활용했다면, 그리스인들은 전해 내려온 대로의 것을 믿었다. 이토록 무구하게 신을 믿는 인간들은 어리석고 사랑스럽다. 나는 편파적이라는 비난을 흔쾌히 감수할 만큼 그리스신화가 더 좋다. 그리고 편파성을 사랑하는 이런 마음이야말로 그리스적인 것의 특징이 아닐까 한다. 하여 한껏 편애하는 마음으로 그리스신화가 좋은 이유를 여섯 가지로 정리해봤다.

1 굴욕을 잊지 않는다

『일리아스』의 영웅 아킬레우스는 마케도니아 출신으로 비록 아테네인이 아니지만, 그 어떤 아테네인보다도 더 그리스적이다. 그는 뒤끝 있는 인간, 굴욕을 결코 잊지 않고 되갚아주는 사람이다. 그리스군 총사령관 아가멤논이 여러 장수 앞에서 아킬레우스의 명예를 짓밟았을 때, 그는 참전 거부를 선언하고 자신의 함대 바닥에 드러눕는다. 그리스 연합군이 트로이의 공격에 밀려 지푸라기처럼 픽픽 쓰러지는 것은 신들이 아킬레우스를 일으켜 싸우게 만들기 위해서였다. 그럼에도 속이 간장 종지만 한 그는 아가멤논의 사과를 받아야겠다며 끝까지 뻗댄다.

전세가 그리스에 불리해지자 아가멤논은 아킬레우스에

게 협상단을 보낸다. 싸움이 체질인 장수가 마냥 함선에 드러누워 있자니 곤혹스럽던 차에 찾아와준 친구들이 반가워 아킬레우스는 잔칫상을 차리고 술잔을 돌린다. 분위기가 무르익자 협상단은 용건을 꺼낸다. 지금이라도 참전해준다면 총사령관께서 후일 높은 지위와 많은 보상을 약속하신단다. 그러자 아킬레우스는 나쁜 피*를 물려받은 아가멤논의 비열함을 조곤조곤 복기시키며 악담을 퍼붓는다. 협상단은 차라리 건드리지 말 것을 괜히 본전도 못 찾았다고 당황해하면서 복귀한다. 고지식한 그리스인에게 '적당히'는 없다. 두루두루 좋은 게 좋은 거, 남는 게 있어야 이기는 거 등의 논리는 통하지 않는다. 협상의 기술에 무관심하고, 굴욕을 갚아주기 위해 드는 손해를 아까워하지 않는다. 직선의 인간인 그들은 실용적이지 못하다.

그에 반해 아이네이아스는 앙심을 품거나 자존심을 세우기에는 너무도 다급한 처지다. 물론 그는 회한에 차 나라 잃은 설움을 줄기차게 말하지만, 그렇다고 그리스에 대한 복수를 다짐하지는 않는다. 현실 파악이 빨라 자신에게 그럴 만한 자원도 수단도 가능성도 없음을 잘 안다. 하루하루 생사에 급급하다보니 주어진 환경과 상황에서 가장 유익한 것을 택해야

---

* 아가멤논의 증조부 탄탈로스가 올림포스 신들에게 저지른 엄청난 악행의 벌로 대대손손 골육상잔을 범하고 그 죗값을 치르게 된다는 신탁이 있다.

평균의 마음,
비주류의 마음

하며, 그러기 위해 거짓말이나(선의로) 배신도(신이 명하여 불가피하게) 서슴없이 감행한다. 가련한 몰골로 카르타고 해안에 도착한 아이네이아스 일행을 디도 여왕이 융숭히 대접했을 때 그는 감사의 마음으로 감격할 지경이다. 그런데 이는 그간 고생한 아들을 쉬게 해주려고 베누스가 마련한 농간이었다. 베누스는 큐피드를 시켜 디도 여왕이 아이네이아스를 보자마자 "광염이 사무치"고 "꿈틀거리는 열정으로 꼼짝 못하게" 만든다. 남편이 친오빠에게 살해돼 생긴 트라우마 때문에 평생 재혼하지 않겠노라 다짐한 이 가련한 여인에게 또다시 비참한 사랑을 안긴 것이다.

오랫동안 바다에서 고초를 겪은 아이네이아스 일행은 비옥한 대륙 출신답게 늘 바다를 증오하고 육지를 너무나도 그리워한다. 그래서 디도의 풍요로운 왕국에서 영영 눌러살 것처럼 성채를 쌓다가 베누스의 꾸지람을 듣고서야 내키지 않는 몸을 일으켜 다시 떠날 채비를 한다. 사실 그들은 정말로 이탈리아까지 가서 새 나라를 세우겠다는 굳은 결의를 다진 적이 없고, 어디든지 뭍에 닿기만 하면 그곳에 정착하고 싶어한다. 그러다보니 일행 중 일부는 낙오되기도 하는데, 그럼에도 아이네이아스가 계속해서 길을 떠나는 것은 베누스의 채근 때문이다.

지독한 상사병으로 불타올라 "화살 맞은 사슴처럼" 온 도시를 헤매고 다니던 불행한 디도는 아이네이아스가 밤중에 몰래 도망치듯이 카르타고를 떠나자 자살한다.* 그러나 신의 의지로 정염에 휩싸여 때가 아닌 죽음을 자처했기에 그녀는 아무리 칼에 몸을 던져도 죽어지지 않는다. 결국 그녀의 "오랜 고통과 힘든 하직"을 측은하게 여긴 "전능한 유노"가 전령 이리스를 보내 "엉킨 육신과 싸우는 영혼을 풀어"주도록 한다. 훗날 아이네이아스는 저승 방문길에 디도와 재회하는데, 설마 당신이 나 때문에 진짜로 죽을 줄은 몰랐다면서, 신이 정하신 운명 때문에 어쩔 수 없었다고 자신의 행동을 정당화한다.

2 무릎을 꿇지 않는다

그리스인들이 보여주는 '대등함'에 대한 의식은 특히 주목할 만하다. 도시국가들의 동맹으로 이루어진 그리스군 장수들은 각각 자기 폴리스의 왕으로, 영토의 크기나 국부에 상관없이 동등하다. 이 때문에 연합군 사령관 아가멤논이 아무리 스파르타의 왕이고 가장 많은 함선을 동원했어도 가장 작은 폴리스 중 하나인 이타케의 왕 오디세우스가 탁월한 논변으로 더 많은 찬성표를 얻으면 그 결과를 따라야 했다. 그리

---

* 디도는 죽기 전에 로마와 카르타고 사이에 영원히 평화는 없다고 선언하는데, 이로써 베르길리우스는 로마와 카르타고가 시칠리아 지배권을 두고 세 차례 격돌했던 포에니 전쟁(기원전 260년~기원전 146년)의 근거를 마련한다. 그리고 이 전쟁에서 승리한 로마는 연이어 마케도니아와 코린토스를 정복하면서 지중해 전역의 패권을 상악한다. 고대 그리스의 멸망을 기원전 146년으로 보는 것도 여기에 기인한다.

평균의 마음,
비주류의 마음

스인들은 어떤 사안에 대해 의사결정을 할 때 반드시 '토론'을 거쳤다. 이 원칙은 아무리 급박한 전쟁 상황에서도 지켜졌다. 그래서 『일리아스』에서는 신들도 인간들도 전투하지 않을 때면 늘 토론 중이다.

『일리아스』에서 올림포스 신들은 다섯 차례나 전체 회의를 열고, 그때마다 저마다 다양한 논거를 들어 그리스 또는 트로이 승리의 타당성을 반대파에게 설득한다. 이에 비해 『아이네이스』에서는 단 한 차례 신들의 회의가 있지만 베누스와 헤라 양쪽이 화해 의지 없이 강경한 입장을 고수하자 화가 난 제우스가 더는 이 싸움에 관여하지 않겠다고 선언하는 것이 전부다. 모여 있던 나머지 신들은 그저 "바람의 첫 입김이 윙윙거리며 숲속에 머물다가 둔탁한 중얼거림이 되어 굴러가"듯이 웅얼거릴 뿐이다.

서로 모두 대등하기에 그리스인들끼리는 무릎을 꿇지 않는다. 역사적으로 그리스에는 통치자에게 무릎을 꿇거나 머리를 조아리는 전통이 없었으며, 알렉산드로스대왕이 페르시아에서 배워온 풍습을 그리스인들에게 적용해 처음으로 왕 앞에서 무릎을 꿇게 했다고 한다. 오디세우스가 지중해의 섬들을 떠돌면서 그 누구에게도 먼저 신분을 밝히지 않는 것은 자신의 현재 처지가 어떠하든 본질은 변함이 없다고 믿기 때문이다. 그에 반해 아이네이아스는 낯선 나라에 도착할 때마다 그곳의 지배자에게 자기소개를 한다. 그리스에 무참히 패망한 트로이의 생존자임을 밝히고 도움을 호소하거나, 다르다노스의 후손으로 베누스의 아들이라며 신분을 보증할 만한 근거를 내세우는 식이다. 그리스인들의 당당함은 콤플렉스 없는 자존감의 발로인 반면, 외상 후 스트레스 장애가 남다른 아이네이아스는 대체로 위축되어 있다.

3 책략을 쓰는 승부에 반대한다

『일리아스』에서 아킬레우스의 어머니 테티스는 최후의 결전에 나서는 아들을 위해 헤파이스토스에게 간청해 무구armor를 마련해준다. 이때 헤파이스토스는 테티스의 모성애에 감복하여 자신의 모든 기량을 발휘해 탄성을 자아낼 만큼 강하고 아름다운 방패를 완성한다.

이 모티프가 『아이네이스』에서 그대로 반복되는데, 그 양상은 사뭇 다르다. 베누스는 자식을 위해 남편 불카누스를 유혹해 방패를 만들도록 한다. 하지만 처음에 말로 설득했을 때는 불카누스가 "망설인다". 아내의 외도로 태어난 인간을 위해 방패를 만들어줘야 하나. 게다가 평소에는 줄곧 마르스아레스와 붙어 다니다 이럴 때만 와서 "여보!" 하는 게 곱게 보일 리 없다. 남편의 뜨뜻미지근한 반응이 못마땅한 베누스는 설득을 포기하고 사랑의 여신만이 가능한 능력으로 남편을 감싸 안아 녹여버린다. 순식간에 "복부 깊은 데를 열고 익숙한 열기가 들어와 녹아내린 뼈마디에 퍼"지자 불카누스는 자

평균의 마음,
비주류의 마음

다가도 한밤중에 일어나 일을 한다.

그런데 음흉한 목적을 위해 남편을 유혹하는 아내 모티프 역시 그 유래는 『일리아스』다. 위기에 처한 그리스인들을 몰래 도우려고 헤라가 제우스를 잠재우려 획책하는 인상적인 장면이 있다. 헤라는 아프로디테가 두르고 다니는 벨트*를 빌리고 잠의 신을 매수한 다음, 남편을 유혹한다. 과연 아프로디테의 띠는 효능이 좋아서, 거사를 치른 후 잠의 신이 다가서자 제우스는 기절하듯 잠든다.(원래 제우스는 잠들기로 스스로 마음먹지 않으면 다른 누가 재울 수 없다.) 그사이 포세이돈과 헤라는 전장에서 트로이인들을 달달 볶으며 궁지로 몰아넣는다. 이윽고 잠에서 깨어난 제우스가 노발대발하면서 아내와 동생에게 강력히 경고한다. 다시 이런 짓을 했다가는 둘 다 큰 벌을 받게 되리라.

그리스인들은 전쟁이건 운동경기건 페어플레이를 선호한다. 적수가 신의 도움을 받는 것은 어쩔 수 없지만 사악한 꾀는 자기편이라도 비난의 대상이 된다. 그러다보니 그리스 신화 특유의 에피소드들이 생겨난다. 가령 『일리아스』에서 아킬레우스는 승전 기념 체육대회**를 여는데, 이때 오디세우스가 아테나 여신의 도움으로 달리기에서 우승을 차지한다.

* 자수를 놓은 헝겊 띠로 '아프로디지아크'라고 한다. '최음제'의 어원이다.
** 그리스인들의 장례 절차 일부로, 파트로클로스의 시신을 묻어준 뒤 아킬레우스가 전사들의 노고를 치하하고 회포를 풀기 위해 개최한다.

원래 이 종목의 우승 후보였던 작은↓아이아스는 대단히 불쾌해한다. 그는 이 일로 앙심을 품어 후일 트로이의 아테나 신전에서 신성모독을 저지르고, 그 벌로 전쟁이 끝나 집으로 돌아가다 바다에 빠져 죽는다.

또 『오디세이아』에는 이런 장면도 있다. 아킬레우스가 죽었을 때 그의 시신을 트로이군으로부터 지켜낸 큰↑아이아스는 원래대로라면 아킬레우스의 방패를 받을 자격이 있었다.* 그런데 오디세우스가 자기도 받을 자격이 있다며 손을 든다. 둘의 의견이 팽팽히 갈리자 역시나 그리스인들답게 웅변과 투표로 당첨자를 결정하기로 한다. 이렇게 되면 힘세고 과묵한 큰아이아스보다는 "꾀 많은 오디세우스"에게 절대적으로 유리하다. 정당한 자기 몫을 빼앗긴 큰아이아스가 분에 못이겨 그리스 장수들을 죽이려고 하는데, 이때 아테나가 그를 살짝 미치게 해서 그는 밤새 애먼 양들만 한가득 죽인다. 날이 밝아 자신이 저지른 광경을 목도한 큰아이아스는 수치심에 자결해버린다.

---

* 당시 그리스인이나 트로이인은 적을 죽이면 자기 진영으로 끌고 가 도륙하는 풍습이 있었고, 따라서 시신을 적에게 빼앗기지 않는 것은 상징적 이미기가 매우 컸다. 시신을 지키는 데 가장 크게 기여한 전사는 사자의 유품 중 가장 좋은 것을 물려받았다.

평균의 마음,
비주류의 마음

4 용서는 신의 몫

아킬레우스는 아가멤논의 응당한 사과를 받지 않고는 화해할 마음이 전혀 없어서, 총 24권으로 이루어진 『일리아스』의 18권에 이를 때까지 정말로 꼼짝하지 않는다. 그런 그가 기어이 자리를 떨치고 일어선 것은 자신의 사랑하는 부관 파트로클로스를 트로이군 사령관 헥토르가 잔인하게 죽였기 때문이다.

아킬레우스가 먼저 싸울 태세를 갖추자 비로소 아가멤논은 변명이 대부분인 사과를 한다. 다른 장수들의 부추김(과 읍소)에 아킬레우스는 마지못해 화해하지만, 사실 아가멤논이 사과하지 않았더라도 그는 복수하러 나갔을 것이기에 별로 개의치는 않는다. 하지만 아가멤논이 이 전쟁에서 그리스가 최종 승리해 고향에 돌아가면 섭섭지 않은 물질적 보상을 하겠다*고 말했을 때는 자조적인 조롱을 날려준다. 내가 이 전장에서 죽을 몸이라는 건 온 그리스인과 트로이인까지 다 아는 신탁인데 보물이라니, 어차피 입으로만 하는 약속 누군들 못하리.

---

* 아킬레우스는 그리스 연합군 소속이긴 하지만 트로이 전쟁의 당사자가 아니다. 다른 장수들은 모두가 헬레네에게 청혼한 전력이 있으며, 현재의 사태에 일말의 책임감을 느낀다. 그러나 북부 마케도니아 출신인 그에게는 신탁을 제외하면 참전의 사적 동기가 전혀 없고, 따라서 때로는 용병처럼 보이기도 한다. 그래서 그에게 거듭 '보물' 등의 보상을 거론하는 것이다.

아킬레우스와 헥토르의 대결 장면은 박진감이 대단하지만, 보기에 따라서는 상당히 잔혹할 수 있다. 죽음 직전에 이른 헥토르는 내가 죽더라도 시신은 불쌍한 우리 아버지에게 돌려주라, 그러면 아버지가 큰 보상을 하리라 애원하지만, 아킬레우스는 단칼에 거절한다. "헥토르, 용서할 수 없는 자여, 나에게 협상을 말하지 말라. 사자와 약속하는 인간이 없고, 늑대와 양이 맹세하지 않으니, 너와 나 둘 중 하나가 피에 굶주린 아레스를 만족시켜야 끝이 날 테다."

그렇게 원수를 갚고도 아킬레우스는 헥토르의 시신을 전차에 매달고 동이 트면 나가서 해 질 때까지 트로이 성 앞 벌판을 돌아다닌다. 트로이 성 위에서 그 모습을 지켜보고 있을 헥토르의 가족들에게 자기가 느끼는 고통을 똑같이 느끼게 해주기 위해서다. 그 짓을 장장 12일이나 계속한다. 그래도 분이 안 풀려서 그는 밤이면 함선에 돌아와 파트로클로스를 부르며 운다.

아킬레우스의 만행을 보다 못한 제우스는 테티스에게 아들을 설득해 그만하게 하라 시킨다. 어머니가 아들을 찾아가 보니 다들 아침 식사를 차리느라 분주한 중에도 아킬레우스는 혼자 등 돌리고 앉아서 탄식 중이다. 얘야, 언제까지 이렇게 먹지도 자지도 않고 울기만 할 거니. 제우스께서는 이제 네가 헥토르의 시신을 돌려주고 몸값을 받길 바라신단다. 가만히 듣고만 있던 아킬레우스는 "그렇게 될 겁니다. 올림포스의

평균의 마음,
비주류의 마음

그분께서 정말 진심으로 그러기를 바라신다면"이라고 답한다. 그리스신화 속 인간들은 적을 용서하지 않는다. 그리스인들에게 용서는 다만 신이 명하셔서 따르는 것뿐, 인간의 마음으로 다른 인간을 용서할 필요가 없다.

5 편애로부터 샘솟는 용기

『아이네이스』의 마지막 장면은 『일리아스』 속 아킬레우스와 헥토르의 승부를 거의 그대로 모사한다. 아이네이아스는 최후의 일대일 대결에서 적장 투르누스에게 아킬레우스와 똑같은 대사를 한다. 그러면서도 잠시 투르누스를 살려줄까 망설인다. 그러다 자기와 함께 지원군으로 싸워준 이탈리아 청년 팔라스의 칼띠를 투르누스가 두르고 있는 걸 보고는 마음을 돌려 칼을 꽂는다.

그러나 팔라스와 아이네이아스의 관계는 아버지들끼리의 오래전 인연으로 소개받은 사이일 뿐, 어릴 적부터 함께 자란 친구인 파트로클로스와 아킬레우스만큼 뜨거운 정은 없다. 그래서 아이네이아스가 투르누스를 용서하지 않는 데에는 아킬레우스와 같은 명분이 부족하다. 게다가 라티움 왕의 딸과 약혼했던 투르누스는 갑자기 나타난 외지인 아이네이아스에게 강제로 약혼녀를 빼앗겨버렸고, 굴러들어온 돌이 박힌 돌을 빼낸 격이라 죽기 살기로 싸울 수밖에 없었다.

아킬레우스가 파트로클로스의 전사 소식을 들었을 때,

그토록 큰 장수가 바닥을 데굴데굴 구르며 식음을 전폐하고 밤낮으로 우는 모습을 보지 않은 사람은 그의 슬픔과 분노가 얼마나 큰지 짐작조차 못 한다. 그를 싸우게 한 것은 결국 신탁도 그리스인의 명분도 아닌 편애하는 마음이다. 비록 태어날 때부터 신탁이 그렇게 정해져 있었지만, 또한 트로인들이 헬레네를 뺏어감으로써 짓밟은 그리스인의 명예를 회복해야 한다는 연설로 오디세우스가 아킬레우스를 머나먼 전장까지 끌고는 왔지만, 그가 마침내 자신의 죽음을 감수할 용기를 내도록 한 것은 파트로클로스에 대한 사랑이었다.

6 인간의 필멸을 받아들인다

헥토르는 죽어가면서 아킬레우스를 향해 원한에 차 신탁을 언급한다. 마음이 무쇠로 된 너에게는 용기는 있을지언정 용서는 없구나. 이제 나를 죽였으니 너의 죽음도 머지않았다. 그렇지만 아킬레우스는 헥토르와 싸우러 나오기 전에 이미 자기 무덤 자리를 정해놓고, 거기에다 파트로클로스와 함께 묻어달라 유언도 했다. 헥토르는 아킬레우스가 죽음을 피할 마음이 없다는 사실을 알지 못한다. 헥토르의 저주에 아킬레우스는 이렇게 대꾸한다. "죽으라. 나의 죽음은 제우스와 다른 불사신들이 그것을 이루고자 원하시는 때에 언제든지 받아들일 테니."

아킬레우스에게 내려진 신탁은 동전의 양면과 같다. 트

평균의 마음,
비주류의 마음

로이 전쟁에 참전하면 비명횡사하고 참전하지 않으면 편안하게 천수를 누리리라. 이것은 확정된 미래가 아니다. 그리스신화에서 신탁은 절대적이지 않고, 늘 얼마간은 인간에게 선택의 여지를 남기면서 주어진다. 즉 악인에게는 그 악행을 저지르지 않을 기회가 주어지는데 이를 피하지 않기 때문에 처벌되는 것이다. 마찬가지로 영웅 아킬레우스에게도 신탁은 양가적이며, 그가 자신의 죽음을 개의치 않는 대범함을 보였기에 진정한 영웅의 상을 완성하는 것이다.

아킬레우스는 프리아모스 왕이 아들 헥토르의 시신을 수습하러 적진인 그리스 진영에 혈혈단신으로 찾아왔을 때, 죽음을 불사한 그 모습에 마음이 움직인다. 그리고 자식 잃은 늙은 아버지의 애끓는 탄원이 남 일 같지 않아서(아킬레우스 자신이 영웅의 운명으로 태어나 길러지는 바람에 어릴 때 후로 다시는 아버지를 만나지 못했다.) 그토록 삼엄하게 다짐했던 복수를 중단한다. 아킬레우스는 프리아모스와 트로이인들이 헥토르의 장례를 준비하고 치르는 데 필요한 시간을 묻고는, 앞으로 12일 동안 그리스는 트로이 성벽을 공격하지 않겠다고 약속해준다.

⬭

그리스신화에서 인간과 신의 차이를 만드는 것은 최종적

으로 필멸의 존재인가 불사의 존재인가뿐이다. 아킬레우스의 손에 무참히 죽임을 당하는 헥토르를 보니 안쓰러워진 제우스가 그를 살려줄 방법이 없겠느냐 물었을 때, 아테나는 어차피 한 번은 죽어야 하는 인간인데 이제 죽으나 나중에 죽으나 무슨 차이냐고 반문한다. 그리스 신들이 보여주는 인간사에 대한 무정함은 영생을 누리는 존재의 시각에서는 희로애락에 대한 집착조차 부질없기 때문이다.

생에 대한 이러한 태도는 사후세계에 대한 의식에서 큰 차이를 만들어낸다. 호메로스의 저승은 전반적으로 조용하고 무료하다. 오디세우스가 하데스로 내려갔을 때 삼삼오오 모여 수런거리고 있던 사자들은 그가 준비한 "이승의 피*"를 마시려고 몰려드는데, 우습게도 모두가 줄을 서서 순서대로 피를 마시고는 그 값으로 과거와 미래의 이런저런 이야기를 해준 뒤 또 군소리 없이 얌전히 물러난다. 이토록 지루한 저승에 걸맞게 그리스신화에는 천국 개념도 없다. 그리스인들의 저승은 죽음의 활력 없는 정지 상태를 표현한다.

반면, 쾌락에 대한 추구만큼이나 죽음에 대한 두려움에서도 로마인의 반응은 훨씬 강렬하다. 『아이네이스』의 저승은 이승과 똑같이 참혹하고 소란하며 폭력적이다. 그곳에서

---

* 가축의 피로, 예언의 대가로 바치는 제물이다. 이승의 피를 마시지 않으면 영들은 말을 못 한다.

평균의 마음,
비주류의 마음

인간들은 살아 있을 때와 마찬가지로 싸우고, 물리적으로 고통받는다. 저승은 전형적으로 우리가 알고 있는 지옥의 비전이고, 죽어서야 비로소 불사가 된 인간이 갇힌 영원한 불행의 감옥이다. 로마인의 내세는 현세 이후에, 현세와 인과관계로 이어진 인간들이 머무는 곳이다. 그리고 이로부터 사후세계에도 위계 개념이 생겨난다. 『아이네이스』에서 저승에 도착한 사자들 중에 축복받은 어떤 이는 '엘리시움'으로 올라간다.

해양민족이었던 그리스인들의 의식세계는 그들이 주름잡았던 바다처럼 가없이 평평하다. 그에 반해 기마민족 출신인 로마인들에게 세계는 투쟁의 장이고, 고통을 느끼는 육신을 가진 만큼 보상으로서 쾌락이 매우 중요했다. 이런 태도는 그들의 건국신화에 그대로 반영된다. 미의 여신 베누스와 인간 사이의 아들 아이네이아스가 그 시조고, 군신 마르스와 인간 사이의 아들 로물루스가 건국자인 로마인은 유연하고 실리적이다. 쾌락주의자적 면모와 전사의 면모를 동시에 갖춘 이중성은 로마인의 대표적 특성이다. 그리고 이로부터 그들의 적응력, 소위 회복탄력성이 생겨난다. 시련을 거듭하면서도 과거에 연연하지 않고 실패를 도약의 발판으로 삼아 더 높이 뛰어오르는 사람은 기념비적 성취를 거머쥔다. 민족의 고유성에 집착하지 않고 이민족들과 적극적 결합을 통해 다양성을 만들어내는 로마의 변용과 포용력은 미래지향적이다.

그에 반해 관념적이고 일관된 그리스인들은 물질에도 미

래에도 연연하지 않는다. 어차피 그런 것들은 본질이 아니기 때문이다. 그리스인들은 로마인들보다 더 원시적이고 모든 면에서 인간적 한계를 노출한다. 로마인은 성공하는 사람의 남다름이란 인간적 왜소함을 극복하는 지혜임을 강조한다. 그런데도 나는 자기네 신들과 민족을 편애하는 데에 변함없는 용기를 발휘했던 그리스인들의 수평선과 같은 마음이 더 좋다. 그들은 희귀하고 개성적인 고대인이었지만, 그들의 정신적 추구만큼은 닮고 싶은 인간의 모습을 보여주었다.

『일리아스』, 호메로스, 천병희 옮김, 종로서적, 1982; 숲, 2007.

The Iliad: a Commentary Volume 1., G. S. Kirk, Cambridge University Press, 1985.

The Iliad, Homer, Robert Fagles trans., Penguin Books, 1990.

The Iliad, Homer, Lang, Leaf, Myers trans., Project Gutenberg, 2002.

『아이네이스』, 베르길리우스, 천병희 옮김, 숲, 2007; 김남우 옮김, 열린책들, 2013.

『그리스·로마 신화』, 토머스 불핀치, 최혁순 옮김, 범우사, 1980.

Die Aeneis und Homer, Studien zur poetischen Technik Vergils mit Listen

평균의 마음,
비주류의 마음

der Homerzitate in der Aeneis, G. N. Knauer, Vandenhoeck & Ruprecht, Göttingen 1964.

Classical Epic: Homer and Virgil, Richard Jenkis, Bristol Classical Press, 1998.

The Story of Myth, Sarah Iles Johnston, Harvard University Press, 2018.

까마득한 이해의 지평선을 향해 한 걸음

플라톤 『국가』 기원전 375년경

인간을 '동굴의 죄수'에 비유한 순간에 이미 플라톤은 보통 사람들의 마음속에 비호감 이미지로 각인되었다. 가증스러운 허상의 조작자가 자기 등 뒤에 버티고 있는 줄은 꿈에도 모른 채 벽에 드리운 그림자만 보고서 공포에 질려 울부짖는 인간이라니, 이 어찌 가련하지 않은가. 이데아의 원리를 쉽게 설명하고자 들었던 이 예시는 지난 2400년 동안 무수한 인간에게 모욕감을 안겨주었다. 설상가상, 모든 남녀가 서로 배우자를 공유하자든지 사유재산을 금지하고 국가가 운영하는 탁아소에서 아이들에게 능력별 조기교육을 시키자는 주장은 확실히 급진적으로 들리고, 현대인들이 경계하는 여러 위험한 발상이 담겨 있는 듯 보인다.

그러나 플라톤이 『국가』에서 제시한 아이디어들을 근대

평균의 마음,
비주류의 마음

의 전체주의(칼 포퍼)나 이분법적 도덕주의(니체)로 해석하는 것은 고대 그리스인들의 의식 체계의 독특함을 간과한, 지나치게 근대적인 시각이라고 생각한다. 아렌트는 『전체주의의 기원』에서 "전체주의를 이념사의 관점에서 고찰하는 일은 지극히 가망 없"는 일이라고 단언한다. "왜냐하면 인간들이 이제까지 겪었던 정부의 형태는 얼마 되지 않"고 그것들은 모두 "일찍이 그리스인들이 발견하여 분류"했으며, "정부 형태의 근본이념은, 많은 변형들이 있기는 했지만 플라톤과 칸트 사이의 2500년 동안 거의 변하지 않았"기 때문이다.

　　서양의 정신사를 거시적으로 조망한 과학철학자 포퍼는 플라톤에서 전체주의적 아이디어의 원형을 발견한다. 그러나 '이념사'라는 것은 언제나 구체적 디테일을 생략한 일반론으로 수렴하기 때문에 전체주의의 진정한 독특함을 간과하게 되고, 이는 도리어 전체주의의 발생 조건을 오인하거나 그 불온성을 희석하는 결과로 이어질 수 있다. 아렌트는 전체주의가 "현대 형태의 참주정獨裁"과는 전혀 성질이 다른, 인류사에 다시 없어야 할 위험한 정체政體임을 거듭 강조한다.

　　이러한 아렌트의 입장은 고전을 대하는 후대의 사람들이 깊이 새겨둘 만하다. 어느 한 시기에 있었던 국가의 정체를 논할 때 근대인이 흔히 저지르기 쉬운 오류는, 그것을 당대의 맥락에서 떼어와 자기 시대와 계급의 눈으로 이해하는 것이다. 이는 필연적으로 과도한 일반화를 낳고, 해석의 자유가 허용하는 한계선을 넘어 오용되기 십상이다.

고전의 저자들이란 잊힐 자유를 잃어버린 존재들이라서, 그들 사상의 원천으로부터 아득히 멀어진 시대의 인간들이 본의에서 벗어나, 본의와 반대로, 심지어는 해괴하게 왜곡해 이해하더라도 어쩔 도리가 없다. 그렇지만 못을 박으라고 만든 망치로 남의 머리를 내리친 살인마가 있다고 해서 죄악의 책임을 망치에게 돌릴 수 없듯이, 플라톤이 『국가』를 썼을 때 그의 마음속에 떠올랐던 이상에 대해서는 그 시대의 눈으로 먼저 읽어본 후에 지금의 우리가 받아들일 만한 부분과 그렇지 못한 부분을 나눠 이해하는 것이 온당하다.(그리고 니체가 비판한 것은 '플라톤 자체'가 아니라 서양철학사에 끼친 '플라톤주의'의 막대한 영향력이었다는 점은 아무리 강조해도 지나치지 않다.)

◯

기원전 428년경 아테네에서 태어난 플라톤은 당대 최고의 권력자나 위대한 전쟁 영웅이 될 수도 있었을 출신 배경, 지력 그리고 용모를 가졌더랬다. 어머니는 전설의 이상적 개혁가 솔론과 친척이었고, 아버지 아리스톤이 일찍 사망한 후 어머니가 재혼해 플라톤의 새아버지가 된 피릴림페스는 델로스 동맹으로 그리스를 통일하고 아테네 민주주의를 완성한

평균의 마음,
비주류의 마음

위대한 통치자 페리클레스와 절친이었다. 그러나 알키비아데스가 그러했듯이, 집안 좋고 키 크고 몸매 좋은 이 조각 미남 역시 스무 살에 소크라테스의 섹스어필하는 지성에 반해 그의 제자가 되는 바람에 서양철학의 시조가 되었다.

플라톤 철학은 두 가지 이유로 근대인들에게 자주 곡해되고 있다. 그중 첫 번째는 고대 그리인들의 사유체계와 정신세계가 근대인들의 사고방식과는 너무도 달라서 역사적 이해가 없다면 거의 불가해하게 다가오기 때문이고, 두 번째는 플라톤 사후에 플라톤학파가 체계화한 관념론 철학을 플라톤과 동일시하는 경향이 기독교 문화권에서 일반화되었기 때문이다.

우리말 '국가'로 번역되는 플라톤 저작의 원제는 '폴리테이아Politeia'다. 고대 그리스어 폴리테이아는 '시민의 권리'라는 뜻으로부터 '통치 체제를 갖춘 국가'라는 의미로 발전했으며, 오늘날 '국가의 정치체제' 또는 '정부의 형태'를 가리키는 영어 단어 폴리티polity의 어원이다. 그런데 플라톤의 『국가』는 영어로 리퍼블릭republic, 즉 '공화국'이라고 일컬어진다. 이 심각한 '오역'은 로마제국의 유산이다. 평민회에서 선출된 시민 대표인 호민관, 귀족계급으로 이루어진 원로원, 두 명의 집정관으로 구성되었던 로마공화정은 대의민주주의의 원형으로 근대의 의원내각제와 총리 제도와 가장 유사하다. 즉 로마인들에게 국가의 통치 원리란 곧 레스푸블리카res-publica를 뜻했으므로 플라톤의 『폴리테이아』 또한 제국의 자부심을 담아 '레푸블리카Republica'라고 옮겼던 것이다.

그렇지만 이는 고대 그리스와 로마의 정체가 얼마나 달랐던가를 알고나면 완전히 난센스다. 데모스dēmos, people, 인민에 의한 크라토스kratos, rule, 통치, 즉 '민주정democracy'은 어떠한 상황에서도 결코 무너진 적이 없는 고대 그리스의 핵심 통치원리였으며, 특히 아테네인들의 자부심을 상징했다. 호메로스 시대부터 그리스가 로마에 흡수된 기원전 146년까지 아테네인들은 이 민주정의 원칙을 자신들의 폴리스뿐 아니라 그리스 세계의 모든 폴리스에 대등하게 적용했다. 지중해를 둘러싼 유럽 소아시아 아프리카 대륙과 여러 섬들의 도시국가 연합이었던 그리스는 서로에 대해 언제나 '동맹'이었을 뿐 중앙집권적 '제국'을 이루지 않았으며, 오늘날의 '연방 국가'와도 유사하지 않았다. 따라서 그리스인들이 직접민주주의와 수사학의 창시자가 된 것은 당연하다. 플라톤은 대등한 인간들의 토론과 다수결에 의한 통치인 민주주의에 지독한 염증을 느꼈던 인물로서, 『국가』를 통해 '지혜를 사랑하는 철학자들에 의한 통치'를 주장하게 된다. 당대의 맥락에서 플라톤의 민주주의 비판은 상당한 정도의 타당성을 가졌으며, 왜 그러했는가를 알려면 그 시대의 관점을 밝혀줄 역사 지식이 다소나마 필요하다.

알렉산드로스의 헬레니즘기 전까지 고대 그리스 역사는

평균의 마음,
비주류의 마음

통치 체제와 문명 특성에 따라 6단계로 구분된다. 최초의 문명은 기원전 1만 3000년경에 시작된 에게 문명으로 신석기시대의 소규모 원시부족사회였다. 그 뒤를 이은 청동기시대는 미케네 문명이 주도했다. 기원전 1600년에서 기원전 1100년 사이, 미케네 문명은 곳곳에 대규모 궁전을 건설하고 뛰어난 조선술造船術로 범선을 만들어 지중해를 주름잡았다. 호메로스 서사시는 이 미케네 문명기에 있었던 그리스와 히타이트제국의 전쟁을 다루며, 그리스 해양문명의 꽃이었던 삼단노선*의 구조와 성능을 짐작해볼 수 있는 대목들도 여러 군데다. 해양 민족으로서의 정체성이 확립되면서, 그리스인들에게 포세이돈은 특별히 중요한 신으로 부상하게 되었으며 안전한 항해를 기원하는 포세이돈 제례가 발달했다. 그런데 미케네 문명 말기에 발칸반도 북부 산악 지대로부터 철제 무기를 소유한 도리아인들이 남하해 펠로폰네소스반도 전역을 장악하고 미케네 문명을 대체했다. 고대 그리스 역사 연구방법론을 발전시킨 인류학자 장피에르 베르낭Jean-Pierre Vernant, 1914~2007에 따르면, 군사국가였던 미케네의 정체는 아낙스anax, 군사지도자가 통치하는, 일종의 제정이었다. 전차를 모는 전사는 특권계급을 형성한 귀족이었고, 각 가문의 수장은 원로 자격으로 토론

---

* 당시 그리스의 범선인 트리에레스(triērēs)는 최대 길이 37미터의 삼단노선으로, 하루에 300킬로미터까지 항해한 기록이 있을 만큼 빠른 속도를 자랑하는 전투용 함선이었다.

회에 참여했다. 촌락공동체로 가장 작은 행정구역이었던 데모스는 일정한 자율권을 가지고 경영되었지만, 호메로스의 시구에서 주로 '왕'으로 번역되는 바실레우스basileus는 지방의 제후와 유사한 성격이었다.

그런데 기원전 1100년에서 기원전 800년 사이에 고대 그리스 세계에 어떤 변화가 일어났다. 침략자들이 생활 기반과 문화 전반을 대규모로 파괴하면서 기존 왕정이 사라지고 고대 그리스만의 독특한 정체가 발명되었다. 또한 이 시기의 그리스인들은 문자로 기록을 남기기보다 암기하는 방식을 선호하게 되었는데, 지식을 보존하고 전파하는 수단으로서 기록의 한계를 뼈저리게 목격했기 때문으로 추정된다. 문자 유물이 다른 어느 시대보다 현저히 적은 탓에 이 시기는 '암흑기'로 일컬어진다.

흥미로운 점은, 암흑기의 인물인 호메로스가 미케네 문명기의 전투를 다룬 서사시에다 자기 시대의 의식을 또렷이 담았다는 것이다. 그래서 『일리아스』에는 미케네 문명기의 신분적 위계질서가 반영된 언어와 관습 위에 호메로스 시대의 '민주적 의식과 태도'가 겹쳐 있다. 이런 변용은 문학 창작에서 흔히 벌어지는 일로, 배경으로 삼은 시대와 무관하게 등장인물들은 당대인으로서 말하고 생각하고 행동하기 때문이다. 호메로스가 고대 그리스인, 더 정확히는 아테네인의 새롭게 변모된 정치체제와 세계관을 서사시에 적극 반영했다는

평균의 마음,
비주류의 마음

점에서, 학자들은 이 시기를 '호메로스기'라고도 부른다.*

　뒤이은 아르카익archaic, 기원전 800년경~기원전 500년경 시대에 그리스는 크게 양분된다. 아테네를 중심으로 지중해를 둘러싼 해안의 도시와 섬 들이 연합한 델로스 동맹과 그리스반도 내 산악 지대 도시국가들이 스파르타를 중심으로 결성한 펠로폰네소스 동맹이 그것이다. 그리고 두 동맹이 힘을 합쳐 페르시아제국을 제패한 기원전 450년경부터 그리스는 최고의 번영을 구가하며 '아테네적인 자부심' 속에서 철학과 사상이 꽃핀다. 고전기로 일컬어지는 이 시기는 그러나 아테네와 스

---

* 일반적으로 역사 교과서들은 페리클레스를 아테네 민주주의의 창시자로 지목하지만, 그리스 고전 연구자들은 이에 대해 회의적이며 아테네 민주주의는 호메로스기에 처음 출현했다고 본다. 또 호메로스의 서사시를 실증적 역사 자료로 파악하는 것이 타당한가라는 질문에는 대부분의 학자가 매우 그렇다고 말한다. 케임브리지대학교 다윈칼리지의 고전학과 교수였던 M. I. 핀리(Sir Moses Israel Finley, 1912~1986)는 고대 그리스의 위대한 역사가들인 투키디데스(기원전 460?~기원전 400?)나 헤로도토스(기원전 484?~기원전 425?)가 신화에서 "모순투성이로 보이는 군더더기들은 모조리 제거하고, 자기 시대의 정치적 욕구를 반영해, 그리스의 일반 전설을 앞뒤로 꼭 들어맞는 한 폭의 멋진 그림으로 재구성한 위인전기"를 썼을 뿐이라고 말한다. 즉 당대의 역사가들이 동시대의 정치가들이었던 솔론과 페리클레스를 신화화하는 과정에서 이들이 민주주의의 최초 제안자로 기록되었고, (대단히 정치적이고 선동적이었던) 그 역사책들이 오늘날 역사 교과서의 토대가 된 것이다. 그에 비해서 "고대 그리스인들의 생활 속에 깊이 침투해 있었던 호메로스 서사시는 훨씬 더 비극적이고 영웅적이면서 또한 사실 그대로의 역사성을 띠었다". 그뿐만 아니라 당대에 역사가들에 대한 그리스인들의 평가는 몹시 야박했는데, 그것이 옳은 역사 서술인가 여부 때문이 아니라, "역사 서술이라는 것 자체를 무시"했기 때문이다.

파르타의 대립으로 두 동맹국 간에 벌어진 펠로폰네소스 전쟁(기원전 431~기원전 404)을 계기로 쇠락의 길에 접어든다.

아테네적 민주정과 스파르타적 과두정_{소수의 귀족 엘리트가 전권을 가지는 통치 형태}의 대립이기도 했던 이 전쟁은 총 3기로 나뉜다. 1기의 10년 전쟁(기원전 431~기원전 421) 후 7년간 휴전기(기원전 421~기원전 413)를 가졌다가 마지막 3기(기원전 413~기원전 404)에 아테네의 패배로 끝난다. 그렇지만 전쟁의 결과로 아테네가 스파르타에 복속된 것은 아니고, 다만 그리스 연합 전체에 대한 아테네의 우위를 상실했을 뿐이다.* 이로써 한동안 아테네에도 스파르타식 과두정이 출현했지만, 뼛속까지 민주주의자였던 아테네인은 언제나 결국은 민주정으로 회귀했다.

플라톤의 다른 모든 저작과 마찬가지로 『국가』의 주인공은 '소크라테스'고 1인칭 주인공 시점으로 서술되었다. 펠로폰네소스 전쟁 1기에 태어난 플라톤은 『국가』의 배경이 되는 해인 기원전 420년에 겨우 대여섯 살이었다. 플라톤이 실제로 『국가』를 집필한 시기는 기원전 375년경, 그의 나이 오십대 중반이었다. 즉 그는 펠로폰네소스 전쟁 패배 후의 아테네인으로서 절박했던 정치와 사회 제도 개혁의 이상을 담고자 했

---

* 스파르타는 그리스 연합국 전체를 다스릴 만한 자원도 제도도 없는 소수정예 군사국이었고, 그리스의 폴리스들에게 '자치권'은 결코 양보할 수 없는 기본권이었다.

평균의 마음,
비주류의 마음

던 것이다. 이 '역사적 존재'인 일개인의 시점을 해석하는 것이 『국가』를 올바르게 이해하는 단서가 된다.

그렇다면 『국가』의 시간 배경은 왜 펠로폰네소스 전쟁이 막 휴전기에 접어든 때일까. 이 시기에 아테네가 다른 선택을 했더라면 전쟁의 결과가 달라졌을 수도 있지 않을까 하는 가정법의 소망, 그리고 그로부터 플라톤 자신이 펼치고 있는 통치 원리의 설득력이 높아지리라는 전략적 선택이 아닐까 싶다. 펠로폰네소스 전쟁기 내내 아테네인들은 놀랍게도 선제공격을 해야 할 타이밍에는 투표로 반대했으며, 전력을 가다듬고 힘을 비축해야 할 때는 또 투표로 총공세를 택했다. 그리고 그때마다 대표적인 선동가 정치인이 있었다. 전쟁이라는 국가적 사건이 철저히 논변과 민의에 의해 민주적으로 수행된 결과, 아테네는 막대한 희생을 치렀으며 자부심에 큰 상처를 입었다. 이 때문에 플라톤은 『국가』의 2권에서 5권에 걸쳐 "국가의 수호자" 양성을 위한 다양한 제언을 하는 것이다.

오늘날 사람들을 경악케 하는 플라톤의 사유재산 금지나 국영 탁아소는 모두 유능하고 용맹한 '전사'를 위한 제도다. 그리고 뛰어난 엘리트 군인을 길러내는 것이 목적이라면 플라톤식 아이디어가 전혀 생소하지 않다. 군대란 기본적으로 운명공동체로서 구성원 각자의 개인성을 배척하기 때문이다. 대화 속 주인공인 소크라테스는 47세의 중년으로 코린토스 전쟁의 참전 용사다. 스스로 전쟁의 참상을 경험한 자로서,

소크라테스가 설득하는 목표는 어떻게 전쟁을 이길 것인가가 아니라 아예 어떠한 침략도 당하지 않을 만큼 강한 국가를 건설하자는 것이다.

여기서 눈여겨보아야 할 점은 플라톤의 전사가 스파르타적 침략성과 호전성을 띠는 것이 아니라, 전적으로 '수호자'에 방점이 찍혀 있다는 사실이다.(역사적으로 아테네가 다른 폴리스를 먼저 공격한 것은 단 두 차례고, 다른 모든 전쟁은 방어전이었다.) 플라톤은 이민족을 상대로 하는 전쟁이 아니라 같은 헬라스 부족들끼리의 집안싸움에서는 서로를 진정한 원수로 여겨선 안 되며, "상대도 역시 같은 신들을 모시는 선량하고 세련된 헬라스 사람들"이므로 "언젠가는 화해하리라는 생각으로 서로 반목하는" 절제의 덕이 필요하다고 강조한다.(펠로폰네소스 전쟁 중반기라는 작품 속 배경을 생각한다면, 플라톤의 이 말에선 동족상잔의 현실에 대한 유감이 강하게 묻어난다.)

그런데 이보다 더 의미심장한 부분은, 플라톤이 주장하는 정의로운 국가 개념에도 아테네적 요소는 여전하다는 사실이다. 플라톤은 어떠한 경우에도 권력의 독점이 일어나는 것을 경계했으며, 각 개인의 욕구나 기개_{발끈하는 마음}로 발생하는 여러 불의를 막고 교육을 통한 절제가 이루어지려면 "왕도정치가 아니라 최선자정치"가 필요하다고 말한다. 또한 플라톤이 대중의 독사_{doxa, 주관적 감각적 억측}에 의한 정치에 대단히 비

평균의 마음,
비주류의 마음

판적이었음에도, 그 역시 아테네인답게 최종 결정은 투표로 이루어지리라는 전제를 버리지는 않는다. 그러니까 결국 우리가 국가를 위해 무엇인가를 하고자 하면 시민의 찬성표를 얻어야 하므로, 애초에 바람직한 결과에 이를 수 있는 훌륭한 의견을 낼 사람이 통치자가 되어야 하지 않겠는가 하는, 여전히 민주주의적 사고를 표출하는 것이다.(심지어 그는 피치 못하게 제비뽑기를 해야 할 상황이 된다면 대중이 잘못된 선택을 하지 않도록 교묘한 제비뽑기를 고안해내자고 한다. 투표나 제비뽑기를 하지 말자고는 절대 안 한다.)

일반적인 오해와 달리 플라톤은 막연하고 맹랑한 유토피아를 제안한 공상가가 아니다. 물론 그가 생각한 이상국가가 실현된다면 더없는 유토피아겠지만, 그 논의의 본질은 국가의 정체가 어떻게 정의를 실현해야 하는가였다. 플라톤에 따르면, 법이란 "약자들의 협약"이며 정의는 "피지배자들의 이익을 도모하는 것"으로서 법치를 실행하는 것이다. 사욕과 편견이 없는 철학자가 이성에 따라 선을 실천하는 통치란 전적으로 시민을 위한 봉사활동이다. 시민은 통치자가 탐욕이나 부패에 빠지지 않도록 최소한의 생계비만을 지급하므로 권력투쟁이라는 것이 생겨날 수 없다. 이는 진정 이상적인 공무원의 조건이다. 부담스럽고 쉽게 손상되는 명예 말고는 얻는 게 워낙 없다보니 아무도 흔쾌히 나서지 않고, 그래서 "최선의 치자는 마지못해" 통치를 맡는다. 다른 계급의 간섭을 받지 않는 자유로운 시민은 각자 자신의 직을 성실히 수행하며, 강하게 길러진 전사들은 늠름하여 두려움 없이 나라를 지킨다. 상상만으로도 훌륭하고 흡족한 국가의 비전이다.

독일 태생으로 2차 세계대전 때 영국으로 망명한 고대사학자 빅터 에렌버그Victor Ehrenberg, 1891~1976는 『그리스 국가』에서 이렇게 말한다.

기원전 8세기 헤시오도스에서 시작된 그리스의 정치 이론은 아리스토텔레스에 이르기까지 조용한 숙고의 문제가 아니라 규범을 확립하려는 열정적 욕구의 문제였다. 정치 이론에 대한 가장 큰 자극은 폴리스의 파국펠로폰네소스 전쟁으로부터, 그리고 소크라테스의 처형에 있어서 폴리스가 개인에 대항하여 값비싼 희생을 치르고 얻은 승리기원전 399년 소크라테스의 사형을 찬성한 500인 투표로부터 나왔다. 철학자들플라톤과 아리스토텔레스이 '최상의' 국가를 묘사하려 했을 때, 그들은 공허한 유토피아를 창조하고 있었던 것이 아니라 말하자면 존재하는 폴리스에 대한 묘사를 위해 분투하고 있었다.

$\mathcal{O}$

당대의 현실 문제를 숙고하고자 애썼던 플라톤 철학은 제자들에 의해 계승되는 과정에서 그리스적 고유성을 버리고

평균의 마음,
비주류의 마음

개인적 보편적 이상주의로 변모한다. 기원전 347년에 플라톤이 세상을 뜨고 10년 만에 알렉산드로스대왕이 소아시아에서 아프리카까지 지중해 전역을 정복했다. 알렉산드로스제국의 통치는 짧고 굵었지만 그리스 문명과 페르시아 문명을 융합한 헬레니즘을 창출해냈고, 그 영향력은 오래도록 지대했다. 왜냐하면 로마가 알렉산드로스제국을 이어 지중해를 장악하면서 헬레니즘을 이어받았기 때문이다. 철학 과학 예술 등 여러 분야에서 단연 월등했음에도 이민족에 대해서는 단연코 배타적이었던 그리스 문화는 헬레니즘기를 거치면서 민족주의 대신 국제성이 가미되었고, 이는 로마인의 기질과 잘 어울렸다.

서기 46년경 보에오티아Boeotia 섬에서 태어난 플루타르코스46?~120?는 그리스 출신의 로마인*으로, 팍스 로마나의 시대를 살았다. 아테네에서 유학하면서 플라톤 철학을 공부한 그는 '토가를 입은 그리스인'이라는 별명에 걸맞게 플라톤의 '모난' 철학을 로마적으로 '둥글게' 다듬었다. 그의 대표작 『플루타르코스 영웅전』은 로마인의 실용적 감각으로 그리스 철학을 재해석하여 이성과 감정, 사유와 실천을 절충한 조화로운 정치가의 비전을 제시한다. 그런데 그에게는 결정적으로

---

* 연방제와 유사하게 운영되었던 로마제국의 국가들은 자치권을 가진 식민시였다.

플라톤과 다른 점이 있었으니, 바로 "인간의 인식능력에 대한 불신과 열렬한 종교적 감정"이었다. 이로부터 플루타르코스는 "상이한 민족들의 신들은 그들을 지배하는 하나의 동일한 신적 존재신들의 이데아와 권능에 대한 서로 상이한 이름에 불과하다."는 결론에 이르게 된다.

이어서 205년 이집트 리코폴리스에서 태어난 그리스 출신 로마인 플로티노스205~270는 플라톤 철학을 이상주의적 관념론으로 완전히 변모시킨다. 이집트 알렉산드리아의 기독교 집안* 출신인 암모니오스 사카스Ammonios Sakkas에게 플라톤 철학을 배운 플로티노스는 40세에 로마에 학교를 열면서 플라톤주의자를 자처했다. "신의 무한성과 초현세적 특성을 그 극한까지 강조"하며, "신으로부터 시작하여 신과의 합치를 요구하는 것으로 끝맺는" 플로티노스 철학은 플라톤의 이데아론을 '경건한 일원론'으로 치환한다. 하지만 고대 그리스인 철학자 플라톤과는 실질적 관련성이 거의 없는 이 새로운 플라톤주의가 서양세계 전반에 막대한 영향을 끼치도록 한 결정적 인물은 로마 황제 콘스탄티누스 1세다.

---

* 타락한 기독교도거나 이교도였다는 반박이 있으며, 초기 기독교 철학자인 알렉산드리아의 암모니우스(Ammonius of Alexandria)와 동명이인이어서 생겨난 오해라는 주장도 있다. 눈여겨볼 부분은, 플로티노스가 플라톤 철학을 배운 시기에 알렉산드리아에서 헬레니즘과 헤브라이즘이 격렬히 융화되며 번성하고 있었다는 점이다.

평균의 마음,
비주류의 마음

다신교도였던 로마인은 제국 초기부터 기독교도들을 박해했지만, 그 세력이 계속해서 확산하자 마침내 313년 콘스탄티누스 I세가 로마제국 전역에서 모든 종교의 자유를 허락하고 스스로는 기독교도를 선언한다. 사실 콘스탄티누스 I세가 기독교를 공인한 것은 종교적 신실함 때문이 전혀 아니고 통치권의 강화와 편의를 위한 로마인다운 선택이었다. 그렇지만 제국의 규모와 더불어 기독교가 빠르게 넓게 퍼져나갔고, 이분법적 관념론(선과 악, 천국과 지옥, 내세와 현세, 불변의 진리와 가변적 허상 등)을 근간으로 하는 신플라톤주의는 기독교의 신앙 체계를 설명하는 최적의 논리로 활용되었다. 특히 중세의 스콜라철학은 플라톤적 전통에 따라 이성으로 신 존재를 논증하고자 시도한 대표적 종교철학이다.

올림포스 신들을 섬긴 아테네인 플라톤이 구상했던 이상 국가는 기독교도들이 상상한 천상의 이상국과는 근본적으로 다르다. 기독교가 지상의 삶을 천국을 위한 예비단계로 감내하는 것과 달리, 플라톤은 동족과 동시대인들을 위한 정치체제를 탐구했다. 고대 그리스의 이상은 헬레니즘의 기원이긴 하지만, 동방문명과 결합된 헬레니즘의 세계주의cosmopolitanism와는 확연히 구분되며, 더구나 헬레니즘과 헤브라이즘의 융합인 서양문명과는 관련성이 매우 적다. 그럼에도 "서양철학은 플라톤 철학의 거대한 주석에 불과하다."는 앨프리드 화이트헤드20세기 영국의 수학자, 철학자의 말이 일면의 진실을 담고 있다면, 거기에는 기독교가 그토록 오랫동안 널리 끼친 영향이 상당했음을 부인할 수 없다. 그리고 플라톤의 이데아론이 현세를 부정하고 근원 존재로서 유일신을 논증하는 모양새가 된 것은 플라톤 시대의 맥락에서 벗어난 해석이 후대에 거듭되면서 관념론이 점점 더 공고해진 결과다.

플라톤이 교조적 도덕주의자라는 인상을 만들어내는 데 기여한 또 다른 아이디어는 일명 '시인 추방론'이다. 현실을 모방하는 예술가, 즉 시인과 화가는 사람들을 현혹해 이성적 판단을 방해하기 때문에 금지해야 한다고 주장한 것으로 알려졌지만, 『국가』의 어디에도 그런 내용은 없다.(뛰어난 모방 능력을 가진 예술가가 "제 자신과 자기 시를 세상에 내보이고 싶어서 우리나라에 온다면" 참 대단하다 굉장하다 칭찬해준 다음, 우리는 그런 걸 원하지 않으므로 "그의 머리에 향유를 붓고 거기에다 양털 끈을 감아주고서 다른 나라로 보내야" 한다고는 했다.) 사실을 말하자면 플라톤은 이상적 정체를 수행해야 할 인간이라면 시를 좋아하는 것 이상으로 적절한 시 교육을 받아야 한다고 주장했을 뿐이다.

근대인이 거듭 유념해야 할 사실은, 고대 아테네에서 행정이란 '종교와 제의'로 수행되었고, 사법은 '시민법정'에서 이루어졌다는 점이다. 이때 호메로스나 헤시오도스의 서사시는 입법과 교육의 주요한 이념적 기반이었다. 그러다보니 플라톤뿐 아니라 당대 아테네인은 모두가 호메로스 애호가였고,

평균의 마음,
비주류의 마음

각기 정반대의 주장을 펼치는 데도 똑같이 호메로스를 인용했다. 『국가』에서 소크라테스와 문답을 나누는 젊은이들 가운데 한 명은 헤시오도스와 호메로스를 인용하면서 악행에 더 능한 부정의한 사람이 있고, 그런 자들은 신들을 자기 마음대로 부리기 위해 제물을 바친다고 지적한다. 이에 플라톤은 바로 이런 효과 때문에, 즉 사람이 스스로 잘못된 행동을 하면서 이를 정당화하고자 할 때 시인들을 끌어오기 때문에 시를 교육의 수단으로 삼아선 안 된다고 반박한다.

플라톤은 "내가 어릴 때부터 호메로스에게 품어온 사랑과 경외심" 때문에 말하기가 무척 조심스럽지만 "어떤 인간도 진리보다 더 존중되어서는 안 된다."고 운을 떼면서, 시는 너무도 강하게 심금을 울리고 마음을 빼앗기 때문에 "명예와 정의의 미덕을 소홀히" 하게 될 수 있고, "음악 및 문예 교양과 합쳐진 이성"의 소유자만이 평생토록 "순수하고 성실한 덕을 간직한" 최상의 수호자가 될 수 있다고 한다. 플라톤은 이성적 사고의 중요성을 강조하지만, 그런 만큼 인간 생활에서 감각계의 작용과 공감이 미치는 힘도 깊이 이해하고 있었다. 시와 시인의 강력한 영향에 관한 플라톤의 경고는 역설적으로 당대에 아테네인들에게 시가 지녔던 위력을 방증할 뿐 아니라 그것이 국민교육의 능동적 수단으로 널리 승인되었음을 생생히 증언한다.

플라톤의 이데아론과 시인 추방론에서 공통적으로 발견

되는 천재성은 플라톤이 '인식의 현상'을 메타적으로 분석했다는 점이다. 플라톤은 감각하는 주체와 지각 대상인 객체를 구분했으며, 주관적 감각으로부터 객관적 앎에 이르는 과정을 여러 단계로 세분화했고, 그 과정에서 외부 세계가 인간의 마음에 끼치는 영향과 효과를 정확히 짚어냈다. 플라톤 철학이 현대의 현상학이나 해석학의 원천인 것은 그가 주관성을 극복한 객관으로서의 지식을 추구하면서 그 방법론을 예시했기 때문이다. 즉 우리는 자기 자신을 타자의 눈으로 바라볼 때 비로소 진실에 가까워지며, 철학은 스스로의 편견 아집 욕구를 옹호하는 수단이 아니라 이성적 판단력을 가진 제삼자의 눈으로 부단히 사유하여 진리에 이르는 과정이어야 한다.

플라톤에 따르면 지혜를 사랑하는 사람, 즉 철학자란 눈에 콩깍지가 씌어 연인의 모든 부분을 사랑하듯이 앎을 사랑하는 사람이고, 반찬 투정할 겨를 없이 덥석덥석 맛있게 음식을 먹는 굶주린 사람처럼 앎을 탐하는 사람이고, 술을 마시기 위해 온갖 핑계를 생각해내는 알코올중독자처럼 앎을 구하는 사람이다. 이다지도 앎이 시급하게 느껴지는 비유라니, 당장이라도 철학을 시작해야 할 것만 같다. 하지만 늘 염두에 두어야 하는 사실은, 호메로스와 플라톤은 전장에서 무공을 세운 장수가 상으로 소갈비 한 짝을 통째로 받고 기뻐하며, 승전 기념 체육대회의 우승 상품인 세발 솥을 받지 못했다고 신을 원망하던 시대를 산 인물들이다. 고대의 세계는 우리가 막연히

평균의 마음,
비주류의 마음

상상하는 이상으로 생소하고 원시적이며 또한 독특한 방식으로 유미적이어서, 그들이 우리와는 전혀 다른 우주를 살았다고 해도 과언이 아니다.

　　그토록 먼 과거의 '현실인식'에 기초한 사상을 현재의 감각으로 자구 하나하나 곧이곧대로 읽고 논박한다는 건 우스운 짓이다. 고대 그리스에 평등사상이 없었다거나 노예와 여자를 차별했다고 가르치는 것은 역사에 대한 올바른 이해가 아니라고 생각한다. 플라톤으로 말하자면, 국가를 잘 수호하기만 한다면 여자건 남자건 무슨 상관이냐고 주장한 성평등론자고, 제화공은 구두를 잘 만드는 사람이어야지 그가 대머리냐 장발이냐로 구두 제작을 맡길지 판단한다면 얼마나 우스꽝스럽겠냐고 하여 재능과 적성에 따른 직업 선택의 자유를 주장한 최초의 사상가기도 하다. 어쩌면 2000년 후의 미래인들은 반려동물에게 투표권을 허용하지 않은 21세기 인간의 야만적 생명 인식에 충격과 경악을 금치 못할 수 있다. 불편하게 들리겠지만, 고대인들에게 노예는 "가족으로 받아들인 가축"이었을 뿐이고, 아테네인들은 스스로를 "땅에서 솟아난 민족*"이라고 믿었다.

　　그런 고대인들이 자신들에게 주어진 거친 생활세계 속

---

* 　아테네인들 역시 기원전 2000년경 발칸반도 북부에서부터 내려온 여러 민족의 후예지만, 고전기 아테네인들은 스스로를 아테네 토착민으로 여겼다.

에서도 끝내 인간다움과 정의를 숙고했다는 사실은 감동적이다. 생각해보면 고작 20~30년 차이인 부모 자식도 서로 무슨 생각을 하는지 이해할 수 없다며 도리질을 하는데, 2500년 전에 살았던 사람들의 마음을 짐작이나 할 수 있을까. 또 짐작해본들 그게 맞는다고 누가 보증할 수 있겠나. 그럼에도 '인간성의 보편성'에 대한 가냘픈 믿음으로, 그랬을 것으로 추정할 수 있는 한 가지는 분명하다.

고대 그리스인들은 세계와 만물과 인간의 본질, 즉 그것들의 내재원리를 알고자 했다. 고대 그리스의 논리학, 수학, 기하학은 모두 이 원리 탐구를 위한 방법론으로 고안되었다. 그중에서도 특히 플라톤이 독보적이었던 측면은 그가 '물질적 존재' 이상인 인간의 의식을 탐구했다는 점이다. 하이젠베르크는 플라톤이 생각한 물질의 가장 작은 구성요소가 개념적으로 현대의 양자물리학에 가장 가까워진 것은 플라톤이 유물론적 사고에서 벗어났기 때문이라고 말한다. 고대의 대부분 자연철학자들이 원자를 실증적으로 설명하려고 애쓰면서 물 불 공기 흙 등을 거론한 데 반해, "자연철학을 마지못해 받아들"인 플라톤은 만물의 근원이 질료로서 각개 물질일 수 없으며 물질의 결합과 분해 속에 깃든 "수학적 형태"라고 확신했다. 플라톤은 "형상 자체가 형상을 이루는 질료보다 중요하다"고 보았고, 이는 "추상성이 물질의 행동을 보다 일관되게 설명할 수 있다"는 현대물리학의 관점과 일치한다.

평균의 마음,
비주류의 마음

해석학 철학자 한스게오르크 가다머에 따르면, 플라톤은 '대화'라는 "서술기법을 통해 서술내용의 이면을 파고듦으로써 서술내용의 범위를 넘어서는 의문을 제기한 최초의 인물"이다. 즉 진리 탐구의 기술로서 문답법이란 질의응답 속에 오가는 말들을 정밀하게 분석하는 것이고, 그중 어떤 부분은 무지에 속하고 어떤 부분은 억측에서 나오며 어떤 부분이 거짓인지를 밝힘으로써 참된 인식에 이를 수 있는 "무지의 자각" 상태에 도달하는 것이다. 플라톤 철학은 상호 존중의 대화를 전제로 하며, "언제나 해석의 초점은 낯선 개성을 그 자체의 개념과 가치기준 등에 따라 평가하되—해석자인 '나'와 해석 대상인 '너'는 동일한 삶의 '계기들Momente, 전체를 구성하는 불가분의 부분들'이므로—이해가 가능하도록 해석하는 것"이다.

일상의 사건들에 대해서도 적절한 관점을 갖기란 늘 어렵지만, 고전 텍스트를 읽을 때는 특히 두려울 정도로 조심스러워진다. 그것은 단 몇 개의 조각만으로 거대한 퍼즐의 전체 모양을 상상하는 만큼이나 무모한 일일지 모른다. 파르테논 신전 복원팀이 컴퓨터그래픽으로 재현한 고대의 아테네 풍경은 오늘날 우리가 보고 있는 은은한 복숭아빛 대리석 기둥들의 우아함과는 거리가 멀다. 총천연색의 거대한 신전들과 신상들로 둘러싸인 그곳은 기이하고 경이로운 도시였다. 그렇다고 해도, 오류로 판명 날지 모른다는 두려움 때문에 관점 갖기를 포기한다면 우리는 어떤 고전도 전혀 이해하지 못할 것이다. 무오류의 무용지물보다는 자신의 관점을 항시 비판적으로 검토할 용의를 가지고 수행하는 이해는 "공상이나 통념에 좌우되는 의도, 예단, 추정"을 물리침으로써 올바른 해석에 가까워진다. 하이데거는 "해석의 순환이라는 악순환"에도 불구하고 "그 순환 안에는 가장 근원적인 인식의 긍정적인 가능성이 숨겨져 있다"고 말한다. 어느 문으로든지 일단 열고 들어가서 살펴봐야 여기가 어딘지, 우리가 누구고 무엇을 해야 할지 알게 될 것이다.

『국가』, 플라톤, 조우현 옮김, 삼성출판사, 1990; 천병희 옮김, 숲, 2013.

『그리스 사유의 기원』, 장피에르 베르낭, 김재홍 옮김, 자유사상사, 1993.

『그리스의 역사가들』, M. I. 핀리 엮음, 이용찬·김쾌상 옮김, 대원사, 1991.

『그리스 국가』, 빅터 에렌버그, 김진경 옮김, 민음사, 1991.

『진리와 방법 2』, 한스게오르크 가다머, 임홍배 옮김, 문학동네, 2012.

『존재와 시간』, 마르틴 하이데거, 이기상 옮김, 까치, 1998.

평균의 마음,
비주류의 마음

인간적인 것의 위안

사람은 누구나 자기의 존재 이유를 질문하며 살아간다. 표현이 거창해서 그렇지, 매일 하는 생각들이다. 왜 사나. 어떻게 해야 잘 살까. 뭐 하면서 살지. 그러고보면 인간 각자에게 자기 인생을 사는 것만큼 거창한 활동은 다시없고, 그래서 우리는 내 삶이 좀더 소중하고 값진 것이기를 바라 마지않는다. 이 인간적인 소망으로부터 생겨난 관념이 목적론적 환원주의다.

만물의 생성에는 이유가 있고, 나의 존재함에는 어떤 종교적 윤리적 실존적 목적이 있다는 믿음. 모든 유형의 창조론은 말할 것도 없고, 아리스토텔레스의 4원소론, 라이프니츠의 예정조화론, 아인슈타인의 대통일장이론에도 이러한 세계관이 깃들어 있다. 목적론적 환원주의는 우연으로 가득한 세상에 불쑥 내던져진 인간의 불안을 잠재우고 자기의미화를 통해 살아갈 힘을 준다는 점에서 충분히 값어치가 있다. 그러나 아무리 외면하고 싶어도 인간의 우수한 인식능력은 불편한 진실을 은폐하지 못한다. 이 세계가 빈번하게 우리의 신념체계와 부합하지 않는 방식으로 작동한다는 관찰 말이다.

그 지성으로부터 회의가 싹튼다. 만일 우주 만물에 근본 원인이 없고 내 존재에 아무런 목적이 없다면, 우리는 무엇에 의지해 알고 배우며 살 수 있겠는가. 이렇게나 많은 '나'들이, 이토록 무수한 '별'들이 왜 생겨나야 하고 무엇을 위해 존재해야 한단 말인가. 지혜롭기로 소문났던 실레노스(소크라테스가 닮았다는 그리스신화 속 배불뚝이 대머리 반인반수)는 미다스 왕에게 "인간은 아예 태어나지 않는 것이 최선이고 일단 태어났으면 되도록 빨리 죽는 것이 차선"이라고 했다는데, 인간 삶의 지혜가 정녕 이런 것일 수는 없다.

그리하여 인간은 설령 아무 원인도 목적도 없는 삶이 참일지라도, 존재에 어떤 이유가 있다는 허구를 믿는 쪽을 택해왔다. 기술의 발전은 대부분 그러한 믿음을 토대로 이루어졌다. 같은 믿음을 더 많은 사람에게 전파하려고 여러 가지 수단(문자 책 인쇄술 등)을 고안해냈고, 자연에 작용하는 여러 기본법칙들을 탐구하고 예측 가능한 방식으로 작동하도록 사회 시스템을 개선해왔다. 때로 사실보다 더 유의미한 허구들이 있다.

인간적인 것의
위안

주식 투자에는 일절 관심 없어도 기억해둘 만한 통계학 이론 하나를 소개하련다. 데이터가 장기간 누적되면 모든 다채로운 극단들은 결국에는 평균으로 수렴한다. 이름하여 '평균회귀 원리'다. 평균회귀는 수학적 필연이지만, 그럼에도 이를 근거로 현상을 해석하거나 미래를 예단해선 안 된다. 평균값은 극단에 민감하고 잠재적 동인을 드러내지 않기 때문에, 특히 주식처럼 변동성이 강한 시장의 추이를 예측하는 기준으로는 삼을 수 없다는 것이 이 원리의 가르침이다.

이걸 들은 순간 멍해졌다. 아니, 너무 당연한 소리를 어떻게 이렇게 어렵게 하지? 그런데 다시 생각해보니, 그 자명한 사실을 알면서도 얼마나 많은 사람이 평균의 함정에 속는가 싶어서 탄식이 나왔다. 어떤 종목의 주가가 오르는 데는 여러 가지 요인이 있을 수 있다. 실제로 그 회사나 분야의 성장 가능성이 높아져서일 수도 있지만, 일시적이거나 외부적인 동인 때문에 오르는 걸 수도 있다. 주가가 오르는 것은 다수의 매수자가 몰려 주식의 평균가격이 상승한다는 뜻일 뿐, 그러한 현상이 일어난 원인에 대해서는 거의 아무것도 알려주지 않는다.

각자 자기만의 신념과 편견을 가진 주식시장 참여자들은 상충하는 의지들이 무수히 작용해 평균값을 오염시키는 그곳에서 확실한 장래를 예견하고자 한다. 그럴 때 사람들이 가장 손쉽게 기대는 것이 대세 추종이다. 사람이 많이 모이는 데는 다 그럴 만한 이유가 있을 것이라고 믿고 일단 그쪽으로 가보는 것. 근본원인이나 목적이 아니라 경향성에 더 민감하게 반응하는 것. 세상의 큰 흐름에 올라타 다른 사람들과 함께 흘러가는 것이 이롭다는 믿음이다. 대세는 주류를 만들어내고 주류는 권위를 갖게 된다.

반면에, 아무도 가지 않은 길에서는 무엇과 만나게 될지 모른다. 미지, 그 자체가 두려움이다. 통제와 예측은 삶의 불확실성에 맞서려는 인간의 자연스러운 욕구고, 정확도와 무관하게 유의미한 시도다. 만일 서부 개척 시대에 석유 사냥꾼들이 모자를 날려 떨어지는 곳에다 채굴 파이프를 꽂았던 것처럼 모든 걸 운에 맡겨야 한다면, 그거야말로 승자독식의 룰렛 게임이다. 이런 결말만은 피하고 싶은 것이 보편적인 인간의 마음 아니겠는가.

꼭 그렇지만은 않다. 미지라는 단어가 어떤 사람들에게는 기회를, 희망을, 신세계를 꿈꾸게도 한다. 역사에는 그토록 위험스러워 보이는 미지를 향해 발걸음을 떼어놓은 예외적인 인간들이 무수하다. 못 말리는 호기심 또한 인간 능력의 일부분이라서, 기상천외한 발상을 하는 자들은 어느 때고 있었다. 그 결과, 대다수는 좀더 빨리 망하거나 안타깝게도 자기 수명을 단축했지만, 시의적절한 궁금증과 굳은 의지를 가진 사람

인간적인 것의
위안

이 드물게 위대한 업적을 이뤄내기도 한다. 세상에는 내 예상보다 더 경쟁적이거나 투기적인 사람도 있고, 덜 무모하거나 더 신중한 사람, 답답할 지경으로 회피적인 사람도 있다. 우물쭈물하다가 어디로도 가지 못하는 사람들이 가장 많겠지만.

각기 다른 시대를 대표하는 고전에는 그 시대를 살아간 사람들의 보편적 신념이 담겨 있다. 그런 오래된 책들을 읽다 보면 평범한 것에 대한 확신이 점점 흐려진다. '인간적'이라고 여겨지는 감각이 시대에 따라 얼마나 달랐는지, 지금 우리가 당연하다고 생각하는 많은 것들이 전혀 당연하지 않던 시간이 얼마나 오래였는지, 보편정서라는 것이 얼마나 짧은 유효기간을 갖는지를 깨달아 깜짝 놀라게 된다. 고전은 인간이 자기 시대의 당연함만을 알고, 자기 주변의 사람들이 가진 통념을 공유하며 살아가는 존재라는 사실을 일러준다. 정말이지 '인지상정'은 동시대인들끼리만 쓸 수 있는 말이다.

그런데 우리는 왜 스스로는 특별하게 여기면서도 타자를 바라볼 때는 진부함을 더 자주 발견하게 될까. 왜냐하면 한평생을 매일같이 바라보고 느끼고 어루만지고 보살펴야 하는 유별난 나 자신과 달리, 남들에 대해서는 설령 부모 자식보다 더한 관중과 포숙 사이일지라도 내가 알고 있는 일단의 편협한 추정치, 평균을 잣대로 판단하기 때문이다. 하지만 심리학자 월터 미셸이 40년에 걸쳐 연구한 결과에 따르면, 인간은 모든 상황에서 항상 똑같이 행동하지 않으며, "우리 각자가 보편적인 테두리 안에서 특이함을 대표하듯이 각자의 그러한 '특이성'이 평생 똑같지도 않다". 그러니까 우리는 언제든지 자기 자신에게조차 생소하고 낯선 존재가 될 수도 있다는 말이다. 아마도 평균의 마음이라는 것은 어디에나 있지만 아무 데도 없는, 너무도 인간적인 허구인가보다.

물론 아주 멀리서 오랫동안 인간을 관찰해온 누군가가 있다면 그는 시니컬하게, 인간은 다 그래, 라고 혼자 되뇔지 모른다. 하지만 그가 본 것은 단지 인간적인 것들의 평균값이다. 비록 나의 삶이 허다한 아무나의 삶만큼이나 뻔하디뻔하다 해도, 부정할 수 없는 엄연한 사실은 이런 것이다. 광활한 시간의 평면 속에서 각각의 점들은 고유값을 가지고 단 한 번만 어떤 위치에 나타나 찰나를 맴돌다 사라진다는 것. 우리 각자는 저마다의 원인과 목적을 가지고 저마다의 극단을 산다는 것. 그래서 다른 누구의 극단도 완전히 알지 못하고 저지할 수도 없다는 것. 나는 이것이 사랑스럽다.

불확정성의 원리를 제창한 하이젠베르크는 『물리와 철학』에서 이런 말을 했다. "인류의 시간이라는 척도에서 본다면 우리들 자신의 협력은 매우 짧다"고 할 수 있다. 그럼에도 위대한 전체의 티끌 같은 일부인 우리는 "낱낱의 작은 일에

인간적인 것의
위안

대한 관심"들의 축적으로 진전을 이루며 여기까지 왔다. 내가 경험하는 생이 오직 내 것이어서 나는 나에게 충만한 의미를 갖는다. 당신도, 또 당신도, 여러분 모두가 자기 자신에게 그러하다. 이것이 전체로서의 인간이 공유할 수 있는 불변의 진실이다.

2021년 가을에
이수은

감명 깊게 본 일본 애니메이션 〈귀멸의 칼날〉에는 렌고쿠 쿄주로라는 등장인물이 나옵니다. 이길 수 없는, 인간이 아닌 상대 앞에 선 그는 다음과 같이 말합니다. "노쇠하는 것, 죽는 것, 인간이라는 덧없는 생물의 아름다움이다. 노쇠하고, 죽기 때문에, 그지없이 사랑스럽고, 숭고한 거야." 이 책을 읽으면서 왠지 실레노스 앞에서 "인간은 평균의 마음을 측정할 수 없기 때문에 그지없이 사랑스러운 거야." 하고 말하는 저자의 모습이 보였습니다. 그래서 "귀멸의 칼날⋯⋯" 하고 추천사를 쓰다가 겨우 정신을 차렸습니다. 그러다가 역시, 저자의 그 지극히 조촐하고 엄숙한 저항이 자꾸 떠올라, 저도 인간에 대한 나름의 애정을 간직한 채 그 곁에 서기로 합니다. 어차피 둘의 마음을 합쳐 반으로 나눈다고 해서 누구의 평균이 될 리도 없

습니다. 당신도 비슷한 마음으로 함께 서기를 조심스레 권해
봅니다.

—**김민섭**(작가)

마지막 장을 덮으며 생각했다. 나는 대체 뭘 읽은 거지?
이것은, 똑같은 책 속에서 이수은이 이토록 치열하게 세상과
타자를 타당하게 이해할 결정적 진실들을 길어 올리는 동안
단편적인 감상만을 품에 안고 끝낸 과거 나의 독서들을 향한
탄식이자, 굉장한 책을 이제 막 다 읽었을 때 절로 흘러나오는
경이에 찬 감탄이다. 이렇게 영혼까지 푹 빠져 읽은 책은 정말
오랜만이다. 재미와 의미 중 어느 것 하나라도 없는 페이지가
단 하나도 없다. 이수은은 철학부터 과학까지 여러 학문을 넘
나드는 지성의 기폭제 위에 고전을 하나씩 올려놓고는, 그저
'다름'이라고 치부하고 지나쳐 온 타인이라는 세계의 깊숙하
고 구석진 곳으로 나를 끊임없이 데려간다. 이수은의 문장들
에 붙들릴 때마다 나는 조금씩 다른 사람이 됐다. 앞으로, 특
히 냉소에 거세게 흔들리는 날에는 이 책을 자주 열 것 같다.
이 책에게라면 온 마음을 내맡기고 기꺼이 붙들릴 수 있기 때
문이다. 게다가 그런 날에야말로 이 책의 타격감 넘치는 위트
들도 분명 필요할 테니까.

—**김혼비**(작가)

독서를 독서하는 경험이 바로 이런 것일까. '고전'이라는 씨실과 '읽기'라는 날실이 구성한 그물망을 고전하며 읽었다. 발이 푹푹 빠지는데도 어떻게든 건너가고 싶은 눈길 같았다. 무엇보다 읽는 재미가, 계속 읽게 만드는 힘이 있는 책이었다. 이수은의 『평균의 마음』을 읽는 내내, 뇌들보가 신명나게 들썩였다.

빠른 길이 늘 좋은 것은 아니다. 책 속에서만큼은 기꺼이 길을 잃기도 하고 스스럼없이 상념에 젖어들기도 해야 한다. 책을 덮은 후에도, 아니 책을 덮은 후에야 생각은 비로소 열릴 수 있다. 그럴 때 독서는 내 안으로, 세상 바깥으로 확장된다. 읽고 났더니 눈길이 다시 길이 되는 작은 기적처럼.

독서의 필요성을 전면적으로 역설하지는 않지만, 이 책을 읽고 나면 또다시 책을 읽고 싶어질 것이다. 제대로, 내 방식대로.

—오은(시인)

세상 물정을 아는 교양인이라면 메타버스나 블록체인에 대해 한마디쯤은 할 수 있어야 할 것 같다. 우리는 자칭 '4차 산업혁명'의 효시다. 이런 혁명기에 플라톤의 『국가』, 괴테의 『친화력』 그리고 에이미스의 『런던 필즈』 같은 책들을 왜 읽어야 하는지를 설득하기란 거의 불가능에 가깝다. 대개 읍소하거나 애걸해보지만 잘 통하지 않는다. 하지만 저자는 그냥 "이게 내가 아끼는 책들인데……"라며, 마치 자신의 프리스타일 스케이팅을 리허설하듯이 살짝 보여준다. 궁금해지는 우리는 종횡하는 그의 스타일리시한 글에 어느새 깊이 매료된다. 해설을 위해 그가 꺼내든 과학 지식과 통찰마저도 충분히 신뢰할 만하다. 인간 본성을 연구하는 진화학자로서 "동시대 작품은 나의 개성을 확인하는 경험이며 고전은 인간 보편성에 대한 탐구"라는 그의 독서 철학에 동의하지 않을 수 없다. 고전이 인간과 나 자신의 깊은 뿌리임을 이처럼 매력적으로 소개하기란 결코 쉽지 않다.

—장대익(과학자)

평균의 마음

저마다의 극단을 사는 현대인을 위한 책 읽기

초판 1쇄 발행 2021년 11월 10일
초판 4쇄 발행 2024년 1월 18일

지은이 이수은
교정 김정민
디자인 위드텍스트 이지선

펴낸이 박숙희
펴낸곳 메멘토
신고 2012년 2월 8일 제25100-2012-32호
주소 서울시 은평구 연서로26길 9-3(대조동) 동양오피스텔 301호
전화 070-8256-1543
팩스 0505-330-1543
전자우편 mementopub@gmail.com

ⓒ 이수은
ISBN 978-89-98614-99-7 (03800)